동트기 힘든 긴 밤

동트기 힘든 긴 밤

長夜難明

쯔진천 지음 — 최정숙 옮김

한스미디어

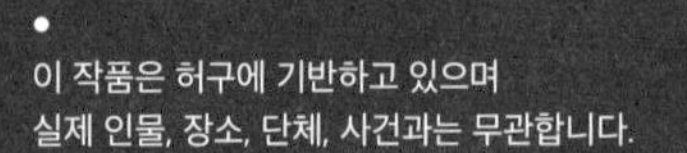

서 막

놀랍게도 수많은 사람이 모인 공공장소에서 시체를 유기하려던 용의자가 체포되었다. 현장에는 최소 수백 명에 이르는 목격자가 있었고, 용의자도 모든 범행 과정에 대해 숨김없이 자백했다. 증인과 증거, 진술이 모두 확보된 상황에서 검찰이 용의자를 정식 기소하려는 순간, 사건은 갑작스럽게 새로운 국면으로 접어드는데…….

제1장

2013년 3월 2일 화창한 토요일 오후, 장江시 지하철 1호선 시후西湖 문화광장역.

지하철역 바깥에 위치한 도로 근처에 신호등이 하나 있었다. 커다란 여행가방을 끄는 남자 하나가 도로 한쪽에 서서 참을성 있게 신호가 녹색으로 바뀌길 기다렸다.

그러나 대부분의 사람들은 남자만큼 참을성이 없었다. 특히나 정신없이 차가 오가는 도로 위를 다른 이들과 함께 떼 지어 건너는 교통규칙 위반행위는 그 사람의 문화적 소양이 높고 낮음과는 상관도 없었다. 도로를 마구 넘나드는 보행자들은 차량이 감히 자신에게 달려들지 못한다는 걸 알고 당연하다는 듯 신호를 위반했고, 다들 그렇게 주위 사람들을 따라 도로를 들락거렸다.

남자가 그들을 바라보며 경멸 어린 웃음을 지었다.

"사람들은 자기가 처음 신호를 위반한 순간 따윈 기억하지 못할 테지. 그 처음이 있었으니까 다음이 존재하는 법인데 말이야."

녹색 신호등이 켜지자 남자는 여행가방을 끌고 지하철역으로 향했다. 에스컬레이터 앞에 도착했을 때, 그와 나란히 에스컬레이터에 오르려던 대학생 커플이 그의 행색을 훑어보더니 알아서 한 걸음 뒤로 물러났다. 그리고 남자와 거리가 어느 정도 멀어졌을 때가 되어서야 에스컬레이터에 올랐다. 도무지 평범해 보이지 않는 그의 행색 때문이었다.

대략 마흔 초반쯤으로 보이는 남자는 구깃구깃한 재킷을 입고, 머리는 며칠 동안이나 감지 않았는지 잔뜩 떡이 져 있었다. 플라스틱으로 된 낡은 안경과 벌겋게 충혈된 눈, 먼지와 기름기로 범벅이 된 얼굴에 술 냄새와 땀내가 온몸에서 짙게 풍겼다. 손에 지팡이 하나만 더 들려 있었다면 거지로 착각할 정도였다.

보통 사람들은 만원 지하철 안에서도 더러운 거지에게는 1미터 넘는 넉넉한 공간을 기꺼이 내어주니 이런 길 위에서는 더 말할 것도 없었다.

에스컬레이터에서 내린 남자는 묵직한 여행가방을 끌고 계속해서 앞으로 나아갔다. 주변 통행인들이 그의 몸에서 풍기는 술 냄새에 얼른 저만치 물러섰지만, 남자는 전혀 개의치 않았다. 그는 매표기에 동전을 집어넣고 표를 구입한 뒤, 보안검색대*로 느릿느릿 걸어갔다.

그러다 저 멀리 떨어진 다른 출입구 계단 쪽에서 쏟아지는 시선을 느끼고 안경을 추켜올리며 그쪽을 바라봤다. 거기에는 중년 남자 두 명이 서 있었다. 한 명은 성난 표정으로 주먹을 꽉 쥔 채 남자를 노려보고 있었고, 다른 한 명은 무표정하게 손가락으로 안경을 가리켰다. 남자는 알겠다는 듯 그들을 향해 살짝 고개를 끄덕이며 안경을 벗더니 남들이 쉽게 알아차리지 못하게 은근한 미소를

* 중국의 지하철역에는 소지품을 검사하는 보안검색대가 설치되어 있다.

지었다. 그러고 나서 다시 안경을 쓴 후, 더는 그들에게 눈길을 주지 않고 보안검색대로 향했다.

어느덧 보안검색대 앞에 도착한 남자는 낡은 재킷을 여민 뒤 등을 구부리고 고개를 움츠린 채 여행가방을 단단히 붙잡았다. 그리고 갑자기 발걸음을 재촉해 앞에 있는 사람들 속으로 비집고 들어갔다. 마치 인파 속에 섞여 보안검색대를 슬쩍 통과하려는 것 같았다. 그러나 보안요원이 바로 그를 제지했다.

"보안검색대 위에 가방을 올리십시오."

"이……, 이 안에는 이불밖에 없는데요."

남자가 살짝 말을 더듬으며 여행가방을 꽉 쥐었다.

지하철을 난생 처음 타는 시골 사람들을 이미 숱하게 봐온 보안요원은 늘 그래왔듯 기계적으로 대응했다.

"가방은 모두 보안검색대를 통과해야 합니다."

"안에……, 안에는 진짜로 이불밖에 없어요."

남자가 그대로 지나가려 하자, 보안요원이 손을 뻗어 앞을 가로막았다.

"가방은 모두 보안검색대를 통과해야 한다니까요."

보안요원은 조금도 봐주지 않겠다는 것처럼 같은 말만 반복했다.

"진짜로 이불밖에 없어서 검사 안 해도 된다고요."

남자가 한편으로 비켜서며 뒤쪽으로 줄을 선 이용객들의 앞을 가로막자 곧바로 사람들의 불만 섞인 독촉이 쏟아졌다.

보안요원이 고개를 들었다. 그는 온몸에서 술 냄새를 풍기며 당황한 표정을 짓는 남자를 자세히 뜯어보다 미간을 살짝 찌푸렸다.

경계심이 들었는지 보안요원은 본능적으로 손에 든 무전기를 움켜쥐었다.

보안요원과 1, 2초간 서로 대치하던 남자가 돌연 발로 그를 세게 걷어찼다.

"안 들어가면 될 거 아니야!"

남자는 방심하고 있던 보안요원을 힘껏 걷어차 넘어뜨린 후, 고개를 돌리며 고함을 쳤다. 그러곤 뒤에 선 사람들을 사납게 밀치고 차단용 띠를 넘어뜨리며 가방을 끌고 다급히 도망쳤다.

달아나는 와중에 남자는 안경을 벗어 앞으로 내던지더니 밟아서 부러뜨렸다.

보안요원은 다급히 일어나 경찰봉을 쥔 채 남자를 쫓으며 "거기 서!"라고 외치고, 무전기에 대고 미친 듯이 소리쳐 지원을 요청했다.

혼잡한 지하철역에서 묵직하고 커다란 가방을 끌고 도망치던 남자는 금세 쫓아온 보안요원들에 의해 얼마 못 가 포위되고 말았다. 지하철역 파출소에 있던 경찰 두 명도 곧 도착했다.

"가까이 오지 마!"

더 이상 도망칠 곳도 없이 포위망 한가운데 선 남자는 가방을 자기 뒤에 놓고 무릎을 어정쩡하게 구부렸다. 자신을 붙잡으려 팔을 쭉 뻗는 보안요원과 경찰들을 경계하면서 남자가 눈을 부라리며 외쳤다.

"다가오지 마! 난 살상무기를 갖고 있다!"

'살상무기'라는 말에 모두가 본능적으로 발걸음을 멈췄다. 곧바로 분위기가 싸늘해졌다. 경찰은 황급히 이용객들에게 뒤로 물러나라고 손짓했다.

이 놀라운 장면을 목격한 지하철 이용객들은 요즘 사회 풍조가 흔히 그렇듯 위험한 일에는 크게 참견하지 않았다. 오히려 하나둘씩 핸드폰을 들더니 남자의 사진을 찍어 인터넷에 올렸다. 뿐만 아니라 핸드폰을 전면 카메라 모드로 설정해 자신의 모습이 나오도록 인증사진을 찍어 SNS에 '지금 지하철역에서 큰 사건 발생함. 완전 무서움.' 같은 글을 남긴 사람들도 여럿 있었다.

경찰과 보안요원은 남자의 다음 행동에 대처하기 위해 그에게서 눈을 떼지 않았다. 남자 역시 그들을 노려보며 한 손을 품속으로 집어넣더니 탁구채를 꺼내 마구 휘둘렀다.

"가까이 오지 마! 무섭지? 오지 말라고! 가방엔 정말로 아무것도 없단 말이야!"

구경꾼들은 남자가 말한 '살상무기'가 탁구채인 것을 보고 폭소하며 핸드폰의 촬영 버튼을 열심히 눌러댔다.

잠시 후, 경찰이 크게 한숨을 내쉬었다. 이제 보니 그저 술에 취한 미친놈이었다. 하지만 이대로 붙잡으려 달려든다면 탁구채에 이마를 몇 대 얻어맞을 게 뻔했다. 원래 미쳐 날뛰는 사람들은 일반인보다 힘이 센 편이니, 아무래도 뒤쪽에서 포위해 제압하는 게 좋을 성싶었다. 하지만 경찰은 남자가 내뱉은 마지막 말에도 주목하며, 그의 뒤에 있는 커다란 가방으로 시선을 옮겼다. 경찰이 거리를 유지하고 경찰봉을 휘두르면서 매섭게 물었다.

"가방에 뭐가 들었지?"

"아, 아무것도 없다."

남자는 당황한 기색이 역력했다.

"얼른 가방을 열어!"

경찰이 단호하게 외쳤다.

"안 돼. 건드리지 마!"

이때 어느새 뒤편에서 달려든 경찰이 남자의 어깨를 붙들었다. 탁구채를 휘두르려던 남자는 나머지 경찰과 보안요원이 달려들어 짓누르는 바람에 신음을 내질렀다.

남자를 붙잡은 경찰은 뒤를 돌아 가방을 쳐다봤다. 다른 경찰이 가방을 열려 하자, 남자가 갑자기 크게 소리쳤다.

"열면 안 돼! 위험해! 폭발한다고!"

'폭발'이라는 말에 경찰의 손이 대번에 허공에서 멈췄다. 그 누구도 감히 이 의심스러운 가방에 섣불리 손을 대지 못했다. 경찰이 뒤를 돌아 남자를 노려보면서 무전기를 꺼내 상부에 정황보고를 했다. 지하철역에서 거동이 수상한 남자가 의심스러운 가방을 휴대하고 있으며, 남자는 붙잡았으나 가방을 열면 폭발한다는 말에 섣불리 움직이지 못하는 상황이라고.

공공안전과 관련된 문제라 큰 위험으로 이어질 수 있는 행동은 자제해야 했다. 지하철역에서 근무하는 경찰은 이런 돌발상황에 대한 전문적 훈련을 받으므로 이를 잘 안다.

곧 상부에서 회신이 왔다. 가방을 열지만 않는다면 문제가 없을 거라 판단되므로, 일단 가방을 지하철역 바깥의 넓은 도로로 옮기고 도로를 임시 통제하라는 지시였다.

현장에 있던 경찰이 급히 안내방송을 내보냈다. 문화광장역의 열차 운행을 임시로 중단하며, 지하철이 해당 역에 정차하지 않고 통과할 예정이니 이용객들은 신속하고 질서 있게 지하철역 밖으로 나가라고 알렸다.

경찰은 흔들리지 않도록 주의하며 신속하게 가방을 지하철역 밖으로 옮겼다.

"뭐가 이렇게 무거워? 설마 진짜 폭탄은 아니겠지?"

경찰 한 명이 목소리를 낮추며 말했다. 가방을 끌어 보니 뭔가 이상했다. 무게가 최소 50킬로그램은 넘을 것 같은 가방의 내용물이 이불일 리가 없었다.

다른 경찰은 자신의 소임을 다하겠다는 듯 그저 진지한 얼굴로 아무 말도 하지 않았다. 만약 가방 안에 이만큼의 폭탄이 들어 있다면 그 위력은 그야말로 상상을 초월할 터였다. 그는 오늘 아침 일찍 출근하느라 딸의 얼굴을 미처 보지 못했다는 사실을 떠올렸다.

그런데 뒤에 있는 이 망할 놈의 용의자는 그들에게 충고나 해댔다.

"위험하니까 조심해. 절대로 열면 안 된다니까. 당신들은 아직 앞날도 창창하잖아."

그 말에 두 경찰은 문득 부모님의 얼굴이 무척 보고 싶어졌다.

지하철역 밖에 있는 도로는 어느새 차량이 통제되어 텅 빈 상태였다. 경찰은 도로 양쪽을 폐쇄하고 가방 앞뒤로 약 20미터 거리를 두어 경찰 통제선을 친 다음, 한가운데 가방을 세워 놓았다. 그 옆에는 경찰에게 방금 체포된 용의자가 있었다.

그 사이, 수상한 가방을 휴대한 남자 때문에 문화광장역의 지하철 운행이 긴급 중단되었다는 소식이 SNS를 통해 빠르게 퍼져나갔다. 장시에서 지하철 1호선을 시범운행한 지 3개월 만에 발생한 사상 초유의 사건이었다. 기자들이 사고 발생지로 속속 모여들었다. 사람들은 경찰 통제선 밖에서 핸드폰을 이용해 1인 미디어 역할을 하며 인터넷으로 실시간 소식을 끊임없이 전했다. 사람들은 가방 속 내용물에 대해 궁금증을 감추지 못했다. 폭탄이나 마약이 들어 있을 거라 추측한 사람도 있었고, 음향기기와 마이크가 들어 있을 거라고 어림짐작하는 사람도 있었다. 남자의 행색이 마치 죽도록 고생만 한, 사연 많은 방랑가수처럼 보였기 때문이다. 〈보이스 오브 차이나*〉 예선에서 떨어져 독특한 퍼포먼스로라도 대중들의 관심을 얻어 보려 했으나, 꿈이 뭐냐는 심사위원의 질문을 받기도 전에 경찰에 체포당하고 만 것일지도 몰랐다.

15분 후, 샤청下城구 공안분국公安分局** 형사와 폭탄 제거반이 현장에 도착했다. 측정기로 검사한 결과, 가방 안에 폭탄은 없다는 것이 확인되었다. 그러나 경찰이 현장에서 가방을 열자, 멀리 떨어져 구경하던 사람들이 일제히 비명을 내질렀다.

가방 안에는 나체 상태의 시체 한 구가 들어 있었다.

이 사건은 순식간에 장시를 발칵 뒤집어놓았다.

---

* 음악 오디션 프로그램.

** 시 관할구에 설치된 공안기관. 중국의 공안기관은 형사, 치안, 교통, 소방, 출입국, 호적, 국내 안전 보호 등의 업무를 담당한다. 전국 공안기관을 통솔하는 최고 부처는 공안부이며, 행정 구역 등급에 따라 각각 공안청(성, 자치구), 공안국(직할시, 시, 현), 공안분국(시 관할구), 파출소(현 공안국 소속)가 설치되어 있다.

제2장

2013년 3월 2일 저녁.

샤청구 공안분국 형정대대刑偵大隊* 취조실. 대대장과 부국장이 들어오더니 당직 형사를 향해 물었다.

"어떻게 됐어? 자백했나?"

형사가 수갑이 채워진 화면 속 남자를 가리키며 대답했다.

"용의자는 살인 혐의를 인정했습니다. 구체적인 범행에 대해서도 자백했고요. 매우 협조적입니다. 피해자는 용의자의 친구로, 채무 문제로 갈등을 겪다가 우발적으로 살인을 저질렀다고 합니다."

취조실 화면을 흘끗 쳐다본 부국장은 남자가 오늘 저지른 행동을 떠올리고 입을 비죽거리며 물었다.

"혹시 머리에 문제라도 있나?"

"정신 상태는 무척 양호합니다. 변호사랍니다."

"변호사라고?"

형사가 대답했다.

"이름은 장차오張超, 변호사 사무소를 운영하는 변호사입니다. 형

---

* '형사정사대대(刑事偵査大隊)'의 약칭으로, 시 관할구 공안분국과 현급 공안국에서 형사사건의 수사를 담당하는 상설기구다.

사소송 사건을 전문으로 맡고 있는데, 장시에서는 꽤 유명한 모양입니다."

"형사소송 전문 변호사, 장차오라고?"

대대장이 미간을 찡그리며 기억을 더듬었다.

"어디서 들어본 이름 같은데. 그래, 맞다. 작년 우리가 검찰원으로 송치한 사건의 용의자가 선임한 변호사였어. 듣자하니 변호를 굉장히 잘해서 결국 법원에서 최소 형량을 선고받았다던데. 그 일로 검찰원에 있는 친구가 어찌나 화를 내던지."

부국장이 화면 속의 장차오를 더욱 자세히 뜯어보더니 미심쩍은 듯 물었다.

"살인을 하고 시체를 지하철역으로 가져가서 뭘 하려고 한 거지?"

"유기하려 했답니다."

"유기?" 부국장이 눈을 휘둥그레 떴다. "지하철역에 시체를 유기하려 했다고?"

"지하철을 타고 교외로 가서 시체가 든 가방을 그대로 저수지에 던질 생각이었답니다."

부국장이 여전히 의심스러운 눈초리로 화면을 바라보며 물었다.

"그게 말이 되나? 시체를 유기하려고 하면서 지하철을 타? 왜 직접 차를 몰아 옮기지 않고?"

형사가 설명했다.

"장차오는 자기 명의의 아파트에서 피해자를 살해했습니다. 살해 후, 겁이 나 그 집에서 그대로 하룻밤을 보냈고요. 그러다 오늘 아침, 교외에 시체를 유기해 증거 인멸을 하기로 결심했다고 합니다. 시체를 버리러 가기 전에 마음을 진정시키려 술을 마셨는데……, 글쎄 술이 약한 체질이라 바로 취했다지 뭡니까. 그 바람에 교통사고가 날까 봐 직접 차를 몰 수 없었고요. 음주운전으로 적발되면 본인이 연행되는 건 물론이고, 차량도 경찰에서 가져가면 가방 안의 시체가 발각되는 것도 시간문제겠죠. 그래서 택시를 잡아탔는데, 하필이면 그 택시가 지하철역 부근에서 커브를 돌던 차와 추돌사고가 난 겁니다. 두 운전기사는 서로 잘잘못을 따지며 교통경찰에게 신고했고요. 장차오는 경찰에게 가방이 발각될까 봐 급한 일이 있다고 핑계를 대면서 트렁크에서 가방을 꺼내 급히 그 자리를 떴다고 합니다. 그때 문득 지하철역이 아직 시범운행 중이라는 사실을 떠올리고 보안검색이 엄격하지 않을 거라 생각한 거죠. 승객들 사이에 섞여 들어가 지하철을 타고 교외로 가서 시체를 유기하면 되겠다 싶어서 일단 지하철역으로 가본 거랍니다. 그런데 보안요원의 제지를 받자 겁이 나서 도망쳤고, 결국 뒤쫓아 온 보안요원과 경찰들에게 체포된 겁니다."

부국장이 미간을 찌푸렸다.

"그럼 왜 살상무기가 있다며 가방이 폭발할 거라고 말한 거지? 그 일 때문에 장시 지하철역이 처음으로 운행을 중단했다고 뉴스에서 이렇게 시끄럽게 떠드는 거 아냐."

형사가 어이없다는 듯 답했다.

"그때는 이미 취기가 상당히 올라서 제정신이 아니었답니다. 경찰이 가방을 열어볼까 봐 겁도 나고 당황도 해서 아무 말이나 내뱉은 거래요. 술이 완전히 깬 지금은 지하철역에서 일어난 일들이 흐릿하게만 기억난다며 잘 모르겠다고 진술하고 있습니다."

대대장이 한숨을 내쉬었다.

"그래서 막 끌려왔을 때 말도 제대로 못하고, 가방에 아무것도 없다는 말만 되풀이한 거로군."

부국장이 고개를 끄덕이며 형사에게 신신당부했다.

"상대는 형사사건 전문 변호사야. 우리 조사방식을 훤히 꿰뚫고 있지. 그러니 장차오의 말을 그대로 믿지는 말고 면밀히 조사하도록 하게. 자백 내용과 확보한 증거는 추후 현장조사 때 꼼꼼히 확인하고. 이번 사건은 파급력이 큰 만큼 절대로 실수가 있어서는 안 되네."

"물론입니다."

대대장이 화면을 통해 장차오가 고개를 숙이고 죄를 시인하는 애처로운 모습을 흘끔 보더니 비웃었다.

"그 대단한 형사변호사 아닙니까. 저지른 죄를 순순히 자백하지 않으면 어쩌겠어요? 용의자와 물증이 확보됐고, 현장에 그렇게나 많은 목격자가 있었습니다. 사법절차라면 잘 알고 있을 테니, 이런 상황에서 터무니없는 말로 발뺌해봤자 소용없다는 것쯤은 모르지 않을 겁니다. 죄를 인정하고 수사에 협조해야 법원에 선처해달라고 호소라도 할 수 있지요."

취조실 안. 장차오가 힘없이 고개를 떨궜다. 현재 자기가 처한 상황에 깊은 절망감을 느끼는지 눈빛에서는 무력함이 묻어 나왔고, 말에는 힘이 없었다.

취조관이 물었다.

"밧줄로 피해자의 목을 조를 때 정면에서 졸랐습니까, 뒤에서 졸랐습니까?"

"지, 지금 너무 정신이 없어서 자세히 기억나지는 않지만, 아마……

아마도 뒤에서 조른 것 같습니다."

두 취조관이 서로 눈빛을 교환하더니, 그중 한 명이 다그쳤다.

"다시 잘 생각해봐요."

"그, 그럼 앞에서 졸랐나 봅니다."

장차오가 겁을 먹은 듯 허둥댔다.

"범행에 사용한 밧줄은 어디 있습니까?"

"밖에다가, 아니, 쓰레기통인가? 이것도 아닌 것 같은데. 사람을 죽였으니까 무서워서 술을 마셨더니 아직까지 머리가 지끈거려요. 머릿속이 온통 흐릿해서 자세히 기억나지 않습니다. 내, 내가 사람을 죽이다니. 저, 정말 죽일 생각은 없었는데……."

장차오가 고통스럽게 머리를 쥐어뜯으며 흐느꼈다.

부국장이 다시 화면을 보더니 당부했다.

"사건이 복잡하지 않으면 며칠만 더 고생해서 조속히 마무리하고, 바로 검찰원으로 송치하도록. 빨리 종결짓는 게 좋겠어. 지하철 운행 중단이라는 일대 사건 때문에 공안국이 기자들로 미어터질 지경이니까."

대대장이 고개를 끄덕이며 대답했다.

"법의관의 부검 보고서는 오늘 밤에나 나올 거고, 사건 현장의 1차 조사는 이미 마쳤습니다. 내일 낮에 다시 현장으로 조사관을 파견해서 장차오의 진술과 다른 점은 없는지 하나씩 대조할 예정입니다. 별일 없으면 사나흘 안에 사건을 마무리할 수 있을 겁니다."

그 후, 며칠 동안 모든 조사 및 확인 작업은 일사불란하게 진행되었다.

장차오는 순순히 죄를 시인했고, 진술서 작성에도 무척 협조적이었다. 살인 동기와 과정에 대해서도 적극적으로 진술했다. 수사 절차와 법에 대해 잘 아는 형사변호사라 그런지, 이렇게라도 해서 재판에서 경미한 처벌을 받을 요량인 것 같았다. 경찰과 함께 사건 현장에 간 장차오는 살인을 저지른 장소를 지목하고, 범행 도구도 찾았다. 법의관은 용의자의 진술이 부검 보고서 및 증거 감별 보고서와 일치하는지 꼼꼼하게 확인했다.

각종 증거와 장차오의 진술은 완전히 일치했고, 일련의 증거들도 모두 확보되었다.

지하철 운행이 30분간 중단되었다는 사실만 빼면 시시하고 평범한 살인사건이었다. 그러나 장시가 지하철을 개통한 이래 돌발사고로 인해 운행을 중단한 건 처음이고, 또 현장에서 수많은 사람이 가방 속 시체를 목격했기 때문에 이 사건은 인터넷상에서 연일 커다란 화젯거리가 되었다. 각지의 뉴스 매체들은 매일같이 공안국으로 달려와 사건 배후에 깔린 진실에 대해 추적보도하면서 사람들에게 이야깃거리를 제공했다.

며칠 후, 샤청구 공안분국은 특별 기자회견을 열어 사건의 전체 경위에 대해 발표했다.

용의자의 이름은 장차오. 모 대학 법학과 교수였으나 교직에서 물러난 후 변호사로 활동한 인물로, 현재 모든 범행 사실을 숨김없이 자백했으며 깊이 후회하고 있다.

사망한 피해자의 이름은 장양江陽. 한때 칭清시 검찰원의 검찰관*이

* 법에 의거해 국가의 검찰권을 행사하는 사법관.

었다. 대학 시절 장차오의 제자였으며, 졸업 후에도 서로 꾸준히 연락하며 10여 년간 좋은 관계로 지냈다.

그러나 장양은 품행이 단정치 못한 사람이었다. 검찰관으로 재직할 당시 뇌물수수에 연루되고 도박에 손을 댔으며, 부적절한 여자관계로 아내와도 몇 년 전 이혼했다. 그 후에는 기위紀委*에 고발되어 조사를 받은 뒤 징역 3년형을 선고받았다.

교도소에서 출소한 장양은 만사가 잘 풀리지 않는다며 기분전환을 핑계 삼아 장시에 있는 장차오를 찾아왔고, 그는 10년 넘게 알고 지낸 장양을 따뜻하게 맞이했다. 몇 년 전 부모님이 세상을 떠난 뒤로 비어 있는 시내의 집을 장양이 머물 수 있도록 공짜로 제공했고, 번듯한 직장을 찾아 살 궁리를 해야 하지 않겠느냐며 격려도 아끼지 않았다. 장양 역시 새로운 인생을 살겠다는 뜻을 밝혔다. 장양은 전처가 홀로 집세를 내며 아이를 키우는 것이 마음 아프다면서, 30만 위안만 빌려주면 칭시로 돌아가 집을 사고 아내와 재결합해 조그마한 장사라도 해보고 싶다고 말했다.

장차오는 시원스레 돈을 빌려줬지만, 장양은 한 달 뒤 돈을 더 빌려달라고 부탁했다. 뭔가 이상함을 느낀 장차오가 장양의 전처에게 묻자, 그녀는 그에게서 집 구입은커녕 재결합에 관한 얘기도 전혀 듣지 못했다고 말했다. 사실을 알게 된 장차오의 추궁에 장양은 돈을 전부 도박으로 날렸다고 털어놓았다. 장차오가 당장 돈을 갚으라며 불같이 화내자 못 갚겠다고 배짱을 부렸고, 심지어 돈을 더 빌려주면 본전까지 되찾아오겠다고 했다. 둘은 이 문제로

* '기율검사위원회(紀律檢查委員會)'의 약칭으로, 공무원의 부정부패와 위법 행위를 감찰하고 조사하는 기관.

수차례 말다툼을 벌였고 결국 주먹다짐까지 하게 되었다. 사건 발생 바로 이틀 전에도 크게 다투는 소리 때문에 인근 파출소에 신고가 들어갔다. 파출소에는 출동기록도 남아 있었다.

3월 1일 저녁, 장차오는 또 다시 장양을 찾아갔다. 두 사람은 언쟁을 벌이다 주먹을 휘두르며 싸웠고, 한순간의 충동을 이기지 못한 장차오가 밧줄로 목을 졸라 장양을 죽이고 말았다.

장차오는 사람을 죽였다는 사실에 공포와 후회로 어찌할 바를 몰랐다. 그렇다고 경찰에 신고할 수는 없었다. 이 일이 드러나면 현재 뭇사람들의 선망을 받고 있는 자신의 사업과 가정이 하루아침에 무너질 것이 뻔했다.

집으로 돌아가지 않고 현장에서 그대로 하룻밤을 지새운 장차오는 이튿날 교외에 시체를 유기해 사건을 은폐하기로 결심했다. 그러나 겁이 나서 술을 너무 많이 마신 탓에 직접 운전할 수 없어서 택시를 잡아탔고, 하필이면 그 택시가 다른 차와 충돌하자 급한 마음에 가방을 끌고 근처 지하철역으로 향했다. 만취 상태에서 공포심에 사로잡혀 그런 대소동을 벌인 것이다.

증거는 충분했다. 3월 1일 저녁 7시, 장차오가 차를 몰고 아파트 단지로 들어가는 모습이 단지 입구에 있는 CCTV에 찍혀 있었다. 사건은 그 이후 집 안에서 발생한 것으로 보였다. 장양은 그날 저녁 8시에서 12시 사이, 누군가에 의해 정면에서 밧줄로 목이 졸려 기계적 질식으로 사망했다. 범행 도구인 밧줄에서 장차오의 지문이 다수 검출되었고, 피해자의 손톱 밑에서는 장차오의 피부 조직이 검출되었으며 그의 목과 팔뚝에서 이에 상응하는 상처도 발견되었다.

장차오가 이튿날 시체를 유기하러 갈 때 탔다는 택시도 찾았다.

택시기사는 당시 장차오가 엄청나게 크고 무거워 보이는 가방을 가지고 있었고, 가방을 트렁크에 넣으려 안간힘을 쓰기에 도와주려 했지만 거절당했다고 말했다. 택시에 올라탄 장차오의 몸에서는 술 냄새도 났다고 했다. 택시는 지하철역까지 도로 하나를 남겨둔 지점에서 커브를 돌던 자동차와 추돌했고, 택시기사가 상대 차주와 사고 배상 문제를 얘기하고 있는 사이에 장차오는 급한 일이 있다며 먼저 차에서 내려 가방을 끌고 급히 떠났단다.

모든 진술이 조사와 완벽히 일치했다.

단순 사건인 까닭에 기자회견은 금세 끝났다. 하지만 기자들은 여전히 만족하지 못했고, 살인범의 의도를 알고 싶다며 인터뷰를 요청했다. 죄를 시인하는 장차오의 온순한 태도를 보고 경찰은 본인에게 의사를 물었다. 장차오가 이를 수락해 기자들은 철창을 사이에 두고 그와 인터뷰를 진행했다.

몇 가지 질문에 대한 대답은 기자회견 내용과 별반 큰 차이도 없었다. 하지만 기자 한 명이 후회하느냐고 묻자, 장차오는 잠깐 침묵했다가 카메라를 똑바로 마주보고 차분하게 대답했다.

"후회하지 않습니다."

하지만 이 말은 그 누구의 주목도 받지 못했고, 뉴스로도 그대로 방송되었다.

아무도 이상하다고 느끼지 못했다. 사실 아무리 떠들썩한 뉴스라도 며칠만 지나면 대중에게는 신선함이 떨어지기 마련이고, 그렇게 되면 소리 소문도 없이 사라지는 것 또한 한순간의 일이다. 철창 안에서 인터뷰하던 장차오와 한순간 기이하게 빛났던 그 눈빛은 사람들의 기억 속에서 아주 빠르게 사라졌다.

제3장

2013년 5월 28일, 장시 중급 인민법원. 장양 살인사건의 1심 재판이 열렸다.

이번 재판은 대단한 주목을 받았다. 사건 자체가 뉴스 전파의 첫 번째 요소라 할 수 있는 '화제성'을 갖추고 있었기 때문이다.

지하철 시체 유기 사건은 전국을 떠들썩하게 만들었다. 누리꾼들이 찍은 수많은 현장 사진이 인터넷을 떠돌아다녔고, 탁구채를 쥐고 휘두르는 장차오의 모습은 각종 짤방으로 만들어졌으며, 랩 리듬의 국민가요 〈무섭지?〉도 널리 퍼졌다. 이 뉴스가 며칠 연속으로 대형 언론매체의 헤드라인을 장식하자, 이 기간을 피해 홍보 스케줄을 잡는 연예인들도 있었다.

경찰이 사건 경위를 발표하자 '당신에게는 돈을 빌려가서 갚지 않은 친구가 있는가?', '친구가 도박을 위해 돈을 빌려달라면 빌려줄 것인가?'에 대한 열띤 토론까지 벌어졌다. '첫사랑의 얼굴은 잊어도 돈 떼어먹은 사람의 얼굴과 목소리는 잊지 못한다'라는 말이 있듯, 대부분의 사람들이 돈을 빌려주고 돌려받지 못한 경험이 있었기에 여론의 열기는 식을 줄 모르고 이어졌다.

피해자인 장양은 뇌물수수, 도박, 성매매 혐의로 징역을 살았고,

그의 전처조차도 인터뷰에서 남편을 감싸려 하지 않았다. 이런 상황이 많은 사람들의 동정심을 자극해, 대중은 장차오가 우발적인 살인을 저질렀으니 경미한 처벌을 받아야 한다고 생각했다.

법원이 재판 날짜를 발표하자, 이 뉴스는 다시 세간의 주목을 받으며 많은 인터넷 웹사이트에서 특설 페이지를 통해 보도되었다. 또한 전국 각지의 언론사 기자들이 앞다투어 방청을 신청하느라 그 열기는 가히 톱스타의 스캔들 사건만큼 뜨거웠다.

거기다 이 사건은 대중의 큰 관심은 물론이고 법조계의 주목 또한 받았다. 장차오가 의뢰한 변호인들이 상당한 거물급이었기 때문이다.

장차오 본인도 형사변호사로 장시에서 꽤 유명세를 탔던 터라 많은 법조인들은 장차오가 직접 스스로를 변호할 것이라고 예상했다. 그러나 장차오의 가족은 뜻밖에도 거물급 형사변호사 두 명에게 변호를 의뢰했다.

그중 한 명은 장차오가 박사 과정을 밟을 시절의 지도교수였던 선申 교수였다. 그는 올해 예순이 넘은 나이로 은퇴했지만 법조계의 권위자로, '전국인민대표대회* 형법 수정안' 기초위원회 위원이었다. 나머지 한 명은 장차오의 동문 선배이자 선 교수의 자랑스러운 제자인 리李 변호사로, 성省 안에서 '형사변호의 일인자'로 불렸다.

선 변호사는 수년간 법정에 서지 않았고, 리 변호사는 형사변호의 최전선에서 활발히 활동하고 있으나 수임료가 비싸서 그를 선임할 수 있는 의뢰인은 많지 않았다. 장차오 역시 선 교수와의 인

* 정책 결정권과 입법권, 인사권을 지닌 중국의 최고국가권력기관.

연 덕분에 리 변호사를 선임할 수 있었다. 거물 변호사가 둘씩이나 한 사람을 위해 재판정에 올라 변호하는 일은 무척 희귀한 장면이었다. 그래서 많은 법조계 인사들은 이번 기회로 이 뛰어난 변호사들의 변호 전략을 배우기 위해 방청을 신청했다.

사건 자체는 단순했고, 공개하기 곤란한 사적 문제도 없었다. 그래서 법원은 장차오와 피해자 장양의 가족에게 의견을 구해 양측에게서 공개 심리에 대한 동의를 받고, 최대한 많은 방청객을 수용할 수 있는 넓은 법정을 특별히 마련했다.

법정 심문 전, 검찰관과 피고 변호인이 사전에 증거를 교환하고 세 차례 사전 협의를 진행할 동안 장차오는 아무런 이의도 제기하지 않았다.

재판이 열리자 검찰관은 신속하게 공소장을 낭독하고 증거를 제시하며 피고인에게 이에 이의가 있는지 물었다. 방청객들은 장차오의 온순한 자백 태도와 단순 사건에 범행 과정의 명확성 때문에 그가 이의를 제기할 이유가 없을 것이라 예상했다. 이 질문은 그저 절차일 뿐, 이번 재판의 진짜 핵심은 잠시 후 진행될 범죄의 주관적 악의성에 관한 변호인과 검찰관의 변론이었다. 장차오의 살인이 고의에 의한 것인지, 아니면 과실에 의한 것인지를 결정짓는 중요한 과정이었다.

이때, 장차오가 헛기침을 했다. 그러고는 며칠 전 구치소에 요청해서 지니고 있던 안경을 꺼내 천천히 끼고, 노란색 조끼를 잡아당겨 구겨진 죄수복을 빳빳하게 폈다. 그러자 인물이 한층 더 멀쩡해 보였다.

그가 몇 초간 지그시 눈을 감았다가 다시 뜨더니 등을 곧추세우고 천천히 입을 열었다.

"검찰관의 범죄 공소 사실과 제 의견은 전혀 다릅니다."

그의 말에 사람들이 호기심을 내비쳤다. 장차오의 변호를 맡은 두 변호사도 의아하게 서로를 마주봤다. 그들은 장차오가 선택한 어휘가 좀 이상하긴 해도, 피고 본인이 살인의 주관적 악의성에 관한 검찰관의 공소 사실을 반박하는 줄 알았다.

"피고, 진술하세요."

법관이 말했다.

고개를 숙이고 있던 장차오의 입가에 옆 사람도 알아채지 못할 미소가 어렸다. 그는 이마를 매만진 후, 서서히 고개를 들어 뒤에 있는 수많은 방청객을 쭉 훑어보며 대답했다.

"오늘 이 자리에 서니 두렵기도 하지만, 한편으로는 이해가 되지 않습니다. 제가 왜 이 자리에 서서 법의 심판을 받아야 하는지 모르겠습니다. 저는 살인을 하지도 않았는데 말입니다."

장차오가 자신은 결백하다는 듯 억울한 표정을 지었다. 법정 안이 경악과 한숨 소리로 술렁이자 법관이 판사봉을 빠르게 내리쳤다.

"그러니까…… 살인을 안 했다고요?"

검찰관은 당황해서 제대로 반문조차 하지 못했다. 지금껏 고의적 살인사건의 공소를 수없이 처리하면서 고의와 과실 여부 문제를 가지고 피고가 변명한 적은 있었다. 그러나 눈앞의 증거에는 이의가 없다고 한 피고가 뜬금없이 살인 혐의 자체를 부인한 적은 한 번도 없었던 것이다.

선 교수가 황급히 작은 목소리로 주의를 주었다.

"자네, 지금 뭐하는 겐가! 증거가 확실한데 이제 와서 진술을 번복하면 가중처벌만 받을 뿐이야! 대책은 이미 상의하지 않았나. 자네가 범행의 주관적 입장에서 변론하면 나와 리 변호사가 도와준다니까!"

장차오가 나직이 스승에게 사과했다.

"죄송합니다. 지금 고할 수밖에 없는 진실이 있어서요. 꼭 지금 말하지 않으면 나중에 시간이 없습니다."

장차오는 변호사들을 내버려둔 채 방청석에 있는 수많은 기자들과 정계 및 법조계 종사자들을 향해 눈길을 던졌다. 숨을 깊게 들이마신 그가 목소리를 한층 높여 차분하게 설명했다.

"저는 살인을 하지 않았습니다! 법의관의 부검 보고서에는 제가 3월 1일 저녁 8시에서 12시 사이 장양을 살해했다고 나와 있지만, 실제로 저는 3월 1일 정오에 비행기를 타고 베이징으로 갔다가, 이튿날 3월 2일 오전에 비행기를 타고 장시로 돌아왔습니다. 장양이 피살된 시각, 제게는 살인을 저지를 시간이 없었습니다. 제가 베이징에 있었다는 증거는 왕복 비행기 표, CCTV, 탑승 기록, 호텔 숙박 기록을 확인해보시면 될 겁니다. 또한 베이징에 있었던 내내 저는 저희 사무소의 고객 두 분을 만났습니다. 한 분하고는 같이 저녁 식사를 하고, 다른 한 분과는 카페에서 늦게까지 얘기를 나눴습니다. 그분들이 제가 그날 대부분을 베이징에서 보냈다는 사실을 증명해줄 겁니다. 혼자 있었던 시간은 단 몇 시간밖에 없었으며, 그 짧은 시간 안에 베이징에서 장시로 가 살인을 하고 다시 베이징으로 돌아오는 일은 절대로 불가능합니다. 장양은 장시에서 교살되었고, 저는 그 당시 하루 종일 베이징에 있었는데 어떻게 제가 살해를 할 수 있었겠습니까? 공안국에서 자백서를 쓴 건 모종의 거대한 압박을 받았기 때문이었습니다. 하지만 저는 살인을 저지르지 않았고 결백합니다. 저는 법을 믿습니다! 법이 저의 결백을 밝혀줄 겁니다! 관련 증거 제시를 요구합니다!"

고요해진 주위를 둘러보며 장차오가 가슴을 쫙 폈다. 그는 자신에게 쏟아지는 사람들의 시선을 조금도 피하지 않았다.

그날 밤, 충격적인 뉴스가 인터넷을 뜨겁게 달구었다. 살인범이 지하철을 타고 시체를 유기하려다 현장에서 붙잡혔고, 당시 그 주변에는 수많은 목격자가 있었다. 그 후 살인범은 범행 사실을 순순히 자백했고 텔레비전에까지 나와서 죄를 인정했다. 하지만 법정 심문이 열린 날 돌연 진술을 번복하고 말았다. 그의 진술이 검찰관이 제시한 모든 증거를 부정하자, 법원은 사실 부정확을 이유로 심리를 중단했다.

그토록 명료했던 사건이 한순간에 미궁에 빠지고 말았다.

장차오의 두 변호사는 기자들에게 이 일은 돌발적으로 벌어진 폭로로, 의뢰인 면담 중에 그는 이런 상황을 털어놓지 않았다고 말했다. 하지만 현재 상황으로 볼 때, 장차오가 장양 피살 당일 베이징에 머물렀다는 증거는 충분하며 그가 공안국에서 모종의 압박을 받았는지에 대해서는 자신들도 과도한 추측이나 해석을 하기 곤란하다고 설명했다.

그날 언론은 장차오가 어떤 엄청난 압박을 받아 자백서를 작성했다는 말을 인용하며 실제로 장차오에게는 애당초 범행을 저지를 시간이 없었고, 그가 경찰의 고문을 받아 자백했을 가능성이 농후하다고 보도했다.

실제로 몇 달 전, 성省의 고급 인민법원이 전국을 떠들썩하게 했던 사건에 대한 오심을 시정한 적이 있었다. 그 당시 사건 담당자는 저지르지도 않은 범행을 자백하도록 용의자를 고문한 일이 있었는지에 대해 조사를 받았다. 상황이 이러하니 샤청구 공안분국은 특히 장차오 사건에 대해 입이 백 개라도 할 말이 없었다.

관련 보도를 본 법률학자와 인대 대표*는 사건 및 관련 수사관에 대한 엄중한 조사를 촉구했다.

성과 시의 검찰원 지도부도 크게 분노했다. 사건 처리 과정에서 공안에 심각한 문제가 있음이 밝혀지면서 사법기관의 이미지가 크게 실추되었기 때문이다. 감찰부처는 사건 담당 경찰과의 격리 면담을 요구했다.

순식간에 샤청구 공안분국으로 커다란 압박이 쏟아지자, 국장과 부국장이 함께 시 정부로 가서 상황을 보고했다. 이 사건에서 장차오는 처음부터 순순히 죄를 인정했고 증거도 확실해서 용의자에게 자백을 강요하지 않았다고 몇 번이나 설명했지만, 상급 지도부는 그들의 수사 방식에 대해 여전히 의구심을 품었다.

한 지도부 인사가 물었다.

"장차오가 그날 비행기를 타고 베이징에 갔다는데, 그걸 몰랐다는 게 말이 되나? 비행기 표와 호텔 투숙 기록은 왜 확인을 안 했는가?"

부국장은 그에게 머저리 아니냐고 욕이라도 퍼붓고 싶었다. 장차오가 살인을 인정하지 않았다면 경찰은 당연히 알리바이 증명을 요구했을 터였다. 하지만 장차오가 살인을 인정한 마당에 뭐 하러

---

* '인민대표대회(人民代表大會) 대표'의 약칭으로, 한국의 지방의원에 해당함.

그 범행을 증명하려고 장차오가 베이징에도, 상하이에도 없었고, 심지어 세상 그 어디에도 없었다는 것을 일일이 확인해야 한단 말인가? 게다가 취조 시에도 장차오는 사건 발생 당일 밤에 장양을 찾아갔다고 진술했고, 경찰은 아파트 단지 입구의 CCTV를 통해 장차오가 그날 밤 7시쯤 차를 몰고 아파트 단지로 들어가는 모습까지 확인했다. 그런데 이제 와서 그가 장양에게 자신의 차를 빌려줬으니 그날 차를 운전한 사람은 장양이 틀림없다고 진술을 번복할 줄 누가 상상이나 할 수 있었겠는가!

사법 담당 부시장 하나가 그들 면전에 대고 한 마디 툭 내던졌다.

"증거가 확실했다면 어떻게 장차오가 이제 와서 진술을 번복할 수 있나?"

이 물음에 그들은 꿀 먹은 벙어리처럼 아무 말도 할 수 없었다.

결국 성 공안청, 시 공안국, 시 검찰원은 이 사건에 대한 사회적 관심을 고려해 고위급 삼자 합동 특별조사팀을 설립하기로 결정했다. 장시의 형정지대刑偵支隊* 지대장인 자오톄민趙鐵民이 팀장을 맡았고, 각 기관의 핵심 인력이 파견되어 사건 담당 경찰을 면담하면서 사건에 대한 상세한 재조사가 시작되었다.

---

* '형사정사지대(刑事偵查支隊)'의 약칭으로, 현급 행정구를 관할하는 지급시(地級市) 공안국에서 형사사건 수사를 담당하는 상설기구다.

제4장

"밧줄로 피해자의 목을 조를 때 정면에서 졸랐습니까, 뒤에서 졸랐습니까?"

"지, 지금 너무 정신이 없어서 자세히 기억나지는 않지만, 아마……, 아마도 뒤에서 조른 것 같습니다."

두 취조관이 서로 눈빛을 교환하더니, 그중 한 명이 다그쳤다.

"다시 잘 생각해봐요."

"그, 그럼 앞에서 졸랐나 봅니다."

장차오가 겁을 먹은 듯 허둥댔다.

"범행에 사용한 밧줄은 어디 있습니까?"

"밖에다가, 아니, 쓰레기통인가? 이것도 아닌 것 같은데. 사람을 죽였으니까 무서워서 술을 마셨더니 아직까지 머리가 지끈거려요. 머릿속이 온통 흐릿한 게 자세히 기억나지 않습니다. 내, 내가 사람을 죽이다니. 저, 정말 죽일 생각은 없었는데……."

장차오가 고통스럽게 머리를 쥐어뜯으며 흐느꼈다.

…….

시 검찰원 수사 감독과의 검찰관이 재생 중인 영상을 잠시 멈추더니 맞은편에 앉아 있는 경찰들을 힐끗 쳐다보고 나서 말했다.

"취조 영상을 통해 샤청구 공안분국 형정대대의 유도신문이 있었음이 증명됐습니다."

경찰들의 얼굴에 불안한 기색이 떠올랐다. 자신들보다 훨씬 더 많은 수의 성 공안청과 시 공안국, 검찰원의 지도부 앞에서 그들은 마치 잘못을 저지른 학생처럼 어쩔 줄을 몰랐다.

자오톄민이 헛기침을 하며 질문했다.

"다른 의견 있습니까?"

대대장이 잠시 머뭇거리다가 용기를 내어 대답했다.

"제 생각에…… 저건 정상적인 취조 과정이지 유도신문이라고 볼 수 없습니다."

"유도신문이 아니다?"

검찰관이 코웃음과 함께 손에 있는 자료를 보며 말을 이었다.

"취조 당시 경찰은 장차오가 피해자의 목을 정면에서 졸랐는지 뒤에서 졸랐는지 물었고, 장차오는 기억나지 않는다고 말했습니다. 그러다 장차오가 뒤에서 조른 것 같다고 말하니까 경찰은 다시 생각해보라고 했고요. 이건 피해자가 정면에서 교살되었다는 사실을 암시하는 것 아닙니까? 그리고 장차오는 범행 도구와 범행 시간 등 자세한 건 기억나지 않는다고 했습니다. 그런데 자백서에는 어째서 이런 것들이 명확하게 적혀 있는 거죠? 당신들이 현장 조사 후에 장차오한테 현장에 맞춰 진술하도록 시킨 게 아니냐 이 말입니다."

이 질문에 대대장은 아무 반박도 할 수 없었다. 장차오는 체포된 다음, 살인은 순순히 자백했지만 세세한 일까지는 기억나지 않는다고 했다. 하지만 이건 흔한 일이었다. 살인을 하면 긴장감과 함께 공포가 밀려들기 때문에 사건 일부에 대한 기억은 흐릿할 수밖에 없다. 게다가 장차오는 술까지 마셨다고 하지 않았는가. 장차오도 경찰의 현장 조사 결과에 이의가 없었기에 기꺼이 자백서를 쓴 것이었다.

진술 기록 중 장차오의 태도는 매우 협조적이었다. 그래서 그가 세부사항을 기억하지 못하면 경찰이 자연스럽게 현장 상황을 토대로 기억을 일깨워줬다. 사실 취조란 모두 이런 식으로 진행된다. 그런데 살인을 순순히 자백한 용의자가 자세한 일은 기억나지 않는다고 말해 경찰이 사건 정보를 알려주게 만들고, 법정에서 다시 진술을 번복했다. 그 결과, 검찰관이 해당 취조 영상을 가지고 취조 과정을 경찰이 반박할 수 없게 '유도신문'이라고 주장할 줄 누가 상상이나 할 수 있었겠는가.

대대장은 장차오가 체포된 순간부터 그가 경찰에 덫을 놓았다고 생각했다.

침묵하고 있는 경찰들을 쭉 훑어보던 검찰관이 갑자기 엄숙한 표정으로 물었다.

"솔직히 말하십시오. 장차오를 체포한 뒤, 사건에 맞춰 자백하도록 고문한 거 아닙니까?"

"아닙니다. 절대로 그런 일은 없었습니다!"

대대장이 즉각 대답했다.

다른 경찰들도 일제히 대대장의 말에 고개를 끄덕였다. 이 사실만큼은 확실하다고 해도 좋았다. 하늘에 대고 맹세컨대 자신들은 정말로 억울했다. 체포된 후 장차오는 자백 태도가 좋았고, 성격상 이 사건은 충동적으로 벌어진 격정 범죄에 해당했기 때문에 장차오에게는 한 번도 강압적인 취조 수단을 쓰지 않았다. 오히려 1차 조사가 끝나고 구치소에 수감될 때 장차오에게 1인실을 배정해주기까지 했다. 나중에 그를 몇 번 더 불러내 취조하기는 했지만, 이것 역시 모두 간단한 세부사항을 확인하기 위해서였다. 그러니까 장차오는 체포된 후부터 법정에 서기까지 지난 몇 개월간 그 어떤 폭력 행위도 당한 적이 없었다. 하지만 경찰의 고문이 있었을 거라는 여론과 상급기관의 의혹을 풀 길은 도저히 찾을 수가 없었다.

검찰관은 불신감 어린 표정으로 다른 특별조사팀 팀원을 바라보며 엄숙하게 말했다.

"구체적으로 고문이 있었는지 여부에 대해선 추가 조사가 필요합니다. 하지만 현재 상황으로 볼 때 유도신문이 있었음은 확실하며, 이는 절차상 규정 위반에 해당합니다."

경찰이 아무 반박도 못하자, 검찰관은 그들을 먼저 내보내고 특별조사팀끼리 논의하기로 했다.

경찰들은 묵묵히 일어나 낙담한 얼굴로 발걸음을 옮겼다. 하지만 회의실 입구에 이르렀을 때, 대대장이 불쑥 뒤돌더니 지도부를 향해 큰 소리로 말했다.

"맹세컨대 저희는 장차오를 고문하지 않았습니다. 장차오와 대질시켜 주십시오. 그는 사건과 관련이 있습니다. 일부러 함정을 파놓은 겁니다. 현재 진술을 번복하고 있지만, 장차오는 틀림없이 이 사건에 연루돼 있습니다!"

특별조사팀 1차 회의를 마치고, 팀장인 자오테민은 사무실로 돌아와 책상 위에 쌓인 자료를 살펴봤다. 장차오의 베이징 왕복 비행기 표, 비행기 탑승 기록, 숙박 기록, CCTV 영상 속의 얼굴 식별 감정 보고서, 장차오가 베이징에서 고객과 만났다는 목격자 진술

등은 장차오가 피해자 사망 시각에 베이징에 있었으며 범행을 저지를 시간이 없었음을 의미했다.

장차오는 살인을 하지 않았다고 강력히 주장했다. 장양의 시체가 담긴 가방을 끌고 가게 된 이유는 3월 2일 오전 장시로 돌아온 후 장양을 찾아갔기 때문이라고 설명했다. 집 열쇠는 장차오와 장양만 갖고 있었는데, 노크를 해도 인기척이 없어서 열쇠로 문을 열고 안으로 들어갔단다. 집 안에 커다란 가방이 놓여 있어서 열어 봤더니 그 안에 장양의 시체가 들어 있었다는 것이다. 두렵고 긴장된 마음으로 조심스럽게 집 내부를 살펴봤지만, 문의 잠금장치에는 훼손된 흔적이 없었고 창문은 닫혀 있었다. 열쇠는 장차오와 장양만 갖고 있는데다 그는 최근 장양과 수차례 다투며 이 집에서 쫓아내겠다고 엄포를 놓았고, 이틀 전에는 난투극을 벌여 경찰까지 출동했다. 그런 까닭에 시체가 담긴 가방이 있다고 성급히 신고할 경우, 경찰이 자신을 장양의 살인자로 의심할 것이 뻔했다. 이 난처한 상황에 벌렁거리는 심장을 가라앉히려 술까지 퍼마시니 머릿속은 더욱 엉망진창이 되었고, 결국 이성을 잃어 아예 시체를 유기할 생각을 하게 된 것이라고 했다.

하지만 이게 진실이라면 장차오는 왜 처음에 죄를 인정한 걸까?

자오톄민은 처음에 공안분국의 형사가 이 사건에 대한 사회적 압박 때문에 장차오를 고문해서 자백을 받아낸 다음, 범행 사실을 날조해 사건을 일찍 종결할 의도를 갖고 있었다고 추측했다. 그러나 1차적으로 상황을 파악한 결과 샤청구 수사대 전체가 고문 사실을 완강히 부인하고 있고, 장차오를 만나러 구치소로 간 형사조차도 경찰에 의한 고문이 없었음을 피의자 본인이 직접 인정했다고 전화로 보고했다.

경찰의 고문도 없었는데 장차오는 대체 왜 죄를 인정했다가 마지막에 진술을 번복한 걸까?

뿐만 아니라 그는 공안국으로부터 어떤 거대한 압박을 받았다고 말했다.

강압적인 분위기에 압도당했다는 것이 그의 대답이었다.

성격 급한 경찰이라면 이 같은 대답에 속이 터져 길길이 날뛰었을 것이다. 자오톄민도 초조하기는 마찬가지였지만, 다행히 그는 산전수전 다 겪은 노련한 경찰관이었다.

현재 자오톄민의 임무는 꽤 까다로웠다. 특별조사팀의 1차 임무는 당연히 사건 담당 경찰의 고문 여부를 조사하는 일이었지만, 그보다 더 중요한 임무는 바로 장양 피살사건의 진실을 밝히고 진범을 잡는 것이었다.

진범을 못 잡아 장양 피살사건의 의혹이 풀리지 않는다면 경찰의 고문이 없었다고 사회에 알린다고 한들, 자백도 강요받지 않은 용의자가 모든 죄를 인정했다가 진술을 번복했다는 사실을 과연 대중이 믿어줄까? 상급기관은? 전국 사법계는 잠자코 있을까?

그러므로 현 상황에서는 진상을 밝히고 진범을 잡는 일이 급선무였다.

제5장

"지하철 시체 운반 사건, 아시죠? 최근 몇 달 동안 이 뉴스로 난리가 났잖아요."

형사 한 명이 물었다.

"알고 있습니다."

앞에 앉아 있는 남자 둘이 동시에 대답했다.

"인터넷에 용의자 체포 사진하고 텔레비전에서 인터뷰한 동영상, 그리고 SNS로 장차오 사건 보도의 캡처 사진까지 돌아다니는데 보셨습니까?"

"봤습니다."

"뉴스에서는 장차오가 3월 1일 저녁에 살인을 저질렀다고 상세히 보도했습니다. 그런데 장차오가 3월 1일에 선생님하고 같이 저녁을 먹고, 또 이쪽 선생님하고는 카페에서 늦게까지 대화를 나눴단 말이죠. 뉴스를 봤을 때, 그 사람이 사건 발생 당일 선생님들과 함께 있어서 장시로 돌아와 범행을 저지를 시간이 없었다는 점은 생각하지 못했습니까?"

그중 한 명이 대답했다.

"뉴스에서 언급된 용의자가 그날 저와 식사를 한 리李 변호사일

줄은 꿈에도 몰랐습니다."

"네, 저도 전혀 몰랐습니다."

"리 변호사?" 형사가 미간을 찌푸렸다. "지금 리 변호사라고 말했습니까? 그 사람은 장차오잖아요."

앞서 말한 사람이 기억을 더듬으며 대답했다.

"만나기 전날, 변호사 사무소에서 전화가 왔는데 리 변호사가 베이징으로 출장을 가는 김에 저와 만나서 자세한 대화를 나눠보고 싶다 했습니다. 그리고 다음 날, 베이징에 도착한 리 변호사와 전화로 식사 약속을 잡았고 말입니다. 만났을 때 명함을 주지 않기에 그냥 리 변호사님이라고 불렀는데 아니라고 부정도 안 하더라고요. 그래서 전 그 사람이 리씨인 줄 알았습니다. 형사님한테 연락을 받고 나서야 그 사람이 리씨가 아니라 장씨인 걸 알았고 말입니다."

"그럼 장차오가 리씨라고 거짓말을 했다는 겁니까?"

남자가 잠시 생각에 잠기더니 곧 대답했다.

"직접 말한 적은 없지만, 전 리씨인 줄 알았습니다."

기록 담당 형사가 한쪽에서 그의 진술을 자세히 기록했다.

"저도 똑같습니다. 변호사 사무소에서 하루 전에 전화가 와, 리 변호사가 갈 거라고 알려줬어요. 사실 그때 전 장시에 있는 다른 변호사 사무소에 사건 의뢰를 한 상태라 안 만나려 했거든요. 근데 그쪽이 이 일을 따내고 싶었는지 만나서 얘기라도 해보자며 적극적으로 나오더라고요. 그냥 대화만 하면 되니까 상담비도 받지 않겠다면서 말이죠. 그래서 승낙했죠 뭐. 하지만 상담을 하고 나니 결국 소송 당사자와 합의하는 게 좋겠다고 말하더군요. 그게 아니면 자기는 이 사건을 안 맡을 테니 다른 변호사 사무소를 찾아가라면서 말이죠. 도대체 뭐하자는 건지."

"저도 마찬가집니다. 식사 후, 그 변호사가 식사비를 대신 계산하더니 이 사건은 규모가 작아서 소송거리도 안 된다며 의뢰를 안 받겠다고 했습니다. 큰 사건이 아니라는 건 미리 알고 있었을 텐데 굳이 찾아와 열성적으로 얘기까지 나누더니 결국 의뢰를 안 받겠다는 거예요. 수임료를 몇 천 위안 더 줄 테니 승소할 수 있도록 도와달라고 했는데도 거절만 당했습니다. 도무지 영문을 모르겠더군요."

형사가 다시 물었다.

"체포된 장차오의 사진이 뉴스에 나왔고, 텔레비전 인터뷰도 했잖아요. 그걸 봤을 텐데 어떻게 몇 개월 동안이나 뉴스에서 떠들어대는 용의자가 선생님들이 만난 변호사란 사실을 몰랐습니까?"

"그걸 어떻게 압니까? 뉴스에 나온 사람은 거지처럼 꾀죄죄했는데요. 인터뷰도 보긴 했지만, 그때는 삭발하고 죄수복까지 입고 있는데다 표정도 제가 만난 변호사와 완전히 달랐습니다. 절 찾아온 그 남자는 옷차림이 얼마나 세련됐는데요. 붉은색 머플러를 두르고 고급 은테 안경을 끼고, 머리도 단정하게 빗어 넘긴 헤어스타일이었습니다. 손목에는 명품 시계를 차고 있었는데, 지갑까지 명품이었어요. 말솜씨도 훌륭했고요."

"그 안경이 유명 브랜드 거라 아주 똑똑히 기억납니다."

다른 남자가 덧붙였다.

"체포된 후 사진에서는 안경을 안 끼고 있었고, 인터뷰할 때도 안경이 없었습니다. 머리 모양도 바뀌었고, 전체적인 표정이나 분위기가 완전히 달랐다고요. 경찰에서 찾아오지 않았더라면 아직까지도 뉴스의 그 사람이 저와 식사했던 변호사란 사실을 몰랐을 겁니다."

"맞습니다. 우리 아내도 아침에 일어났을 때하고 화장했을 때가 완전히 딴판인걸요. 저뿐만 아니라 장모님조차도 한눈에 못 알아볼 정도라니까요. 저도 경찰이 찾아와서 묻기에 사진을 한참 동안 들여다보다가 기억을 더듬어보고 나서야 외모가 약간 비슷하다고 생각했어요. 그전까지는 전국의 톱뉴스를 장식한 살인자가 살인 당시 저와 커피를 마시고 있었다는 건 생각도 못했죠. 와, 진짜 소름끼치네."

"저는 제가 리 변호사라고 말한 적이 한 번도 없습니다. 그 두 고객과 대질해도 좋습니다."

장차오가 구치소에 신청해서 반입한 플라스틱 안경을 끼고 당당하게 취조관을 바라봤다.

"하지만 그들이 당신을 계속 리 변호사라고 불러도 그걸 정정하지 않았잖아요."

"굳이 정정할 필요가 있습니까? 그 사람들은 착각한 것뿐입니다. 하루 전에 직접 전화를 걸어 우리 변호사 사무실의 리 변호사가 베이징으로 가서 고객과 만날 수 있도록 미팅을 잡겠다고 말하긴 했습니다. 그런데 그가 닝보寧波에 있는 소송 당사자와 이튿날 만나기로 약속이 돼 있다는 사실이 뒤늦게 떠올랐습니다. 어차피 그 사건은 원래 리 변호사가 담당하고 있던 터라, 그냥 리 변호사를 닝보로 보내고 제가 베이징으로 간 겁니다."

취조관이 다시 물었다.

"장시에서 당신은 꽤 유명한 형사변호사잖아요. 베이징의 고객들 사건은 사소한 계약 분쟁일 뿐인데, 그 정도 일에 당신 같은 유명 변호사가 시간과 비행기 값을 투자하기엔 수지타산이 안 맞는 거 아닙니까?"

"물론 그렇긴 합니다. 하지만 제가 베이징으로 간 이유는 그 고객들을 만나기 위해서만이 아닙니다. 사실 이전부터 아내가 정통 베이징 취안쥐더全聚德의 카오야烤鴨*를 먹고 싶어 했는데, 마침 일요일이 결혼기념일이라 베이징에 다녀올 생각을 하게 된 겁니다. 아내에게 깜짝 선물을 해주고 싶었거든요. 출장에서 돌아와 바로 집으로 가서 냉장고에 카오야를 넣어두고 장양의 집으로 갔습니다. 이건 아내에게 확인해보십시오. 고객들은 베이징에 간 김에 만난 것뿐입니다. 물론 그쪽 사건들이 크진 않아서 한 건당 수임료가 기껏해야 2만 위안밖에 안 되지만, 푼돈도 돈 아닙니까? 우리 변호사 사무소는 규모가 크지 않아서 저를 포함해 변호사 셋에 인턴이 두 명밖에 없지만, 어쨌든 이들을 먹여 살려야 하니까요. 그래서 베이징으로 카오야를 사러 간 김에 몇 만 위안이라도 더 벌어보려고 짬을 내어 고객들을 만난 겁니다. 아시겠지만 대형 변호사 사무소도 작은 사건의 의뢰를 거절하진 않아요. 그러니 저희 같은 소규모 사무소는 당연히 의뢰가 많으면 많을수록 좋죠."

취조관은 장차오가 빙그레 웃으며 대답하는 표정에 절로 화가 치밀어 탁자를 내리치며 소리쳤다.

"얼렁뚱땅 넘어갈 생각 마시오! 지금 여기가 어딘 줄 아는 겁니까!"

---

* 베이징에 있는 유명한 카오야(오리구이) 전문점.

장차오가 놀란 표정을 짓더니 가슴을 쓸어내리며 말했다.

"어휴, 깜짝이야."

그러나 실은 장차오가 조금도 놀라지 않았다는 걸 안 취조관은 이를 악물고 그를 노려보며 서슬 퍼렇게 다그쳤다.

"카오야를 사려고 굳이 비행기를 타고 베이징까지 갔다는 게 말이 됩니까? 인터넷으로 사면 될 일 아닙니까? 우리가 납득할 수 있는 이유를 대란 말입니다!"

취조관을 한참 동안 바라보던 장차오가 갑자기 웃음을 터뜨리기 시작했다.

"당신들을 설득할 수 있을지는 모르겠군요. 원래 가치라는 게 사람마다 서로 다르니까요. 해외에 있는 어떤 백만장자는 항공 우주국을 후원하고 달에 있는 돌멩이를 가져다가 여자친구에게 선물합니다. 그 사람한테는 몇 백 위안이면 감정증명서가 들어 있는 운석을 살 수 있는데 왜 그러지 않았느냐고 물어보지 않습니까? 내 수입에서 보면 왕복 비행기 값은 별 것도 아닙니다. 직접 비행기를 타고 가서 사 온 카오야에는 정성이 담겨 있어요. 인터넷으로 구입한다? 쿡쿡, 그거와는 전혀 다르죠."

장차오는 미소를 띠며 궁지에 몰린 얼굴의 취조관을 바라봤다. 그는 마치 자신은 몇 위안이라도 아껴보려 타오바오淘寶*에서 저녁 내내 가격 비교로 고민하며 옷을 고르는데, 시내의 고층 빌딩에 사는 부자는 별 생각 없이 카드만 쓱 긁어 같은 옷을 몇 만 위안에 구입하는 장면이라도 떠올리는 모양이었다. 그런 부자에게 "왜 타오

* 중국 최대의 온라인 쇼핑몰.

바오에서 안 샀지? 똑같은 옷을 백 위안이면 살 수 있는데."라고 물으면, 아마도 부자는 크게 웃으며 "당신은 아마도 이 세계를 이해할 수 없겠지."라고 대답하리라.

취조관이 헛기침을 내뱉고 가까스로 다시 기선 제압을 하며 물었다.

"의뢰가 많을수록 좋다면서 베이징 고객들의 사건은 왜 거절했습니까?"

"다른 변호사 사무소에 가서 돈을 줄 테니 이 사건을 맡을 거냐고 물어보십시오. 이 두 사건은 모두 계약 분쟁으로, 수익도 크지 않고 오히려 번거로운 일만 많습니다. 게다가 의뢰인이 서명한 계약서는 본인에게 불리하게 되어 있고, 승소에 대한 고객의 요구가 제가 파악한 바와 달랐습니다. 1, 2만 위안의 사건에 소요되는 각종 비용 또한 적지 않고, 고객이 원하는 승소 결과를 장담할 수 없기에 자연히 사양하게 된 겁니다."

취조관은 치미는 분노를 참으며 장차오를 노려봤지만, 도무지 그의 해명에 반박할 말을 찾을 수 없었다.

"그러고 보니 냉장고에 카오야가 있었어요."

경찰의 물음에 장차오의 아내가 태연한 표정으로 대답했다.

"그게 베이징 취안쥐더 카오야라는 걸 몰랐습니까?"

경찰이 다시 물었다.

"포장지에 그렇게 쓰여 있긴 했지만, 취안쥐더 카오야가 뭐 어때서요?"

"남편이 직접 비행기까지 타고 베이징으로 가서 사 온 거잖아요.

진짜 몰랐어요?"

"전 당연히 인터넷에서 주문한 줄 알았지, 그이가 베이징까지 가서 사 왔을 거라고는 생각도 못 했죠. 그날 오후에 남편이 살인죄로 체포됐다는 전화를 받고 바로 공안국으로 갔고, 이후 며칠 동안 여러 가지 일로 정신이 하나도 없었어요. 남편이 어떻게 될지 모르는 판국에 카오야가 어디서 난 건지 궁금해 할 겨를이 있겠어요?"

그녀의 얼굴에는 짜증스러운 기색이 역력했다.

경찰이 입을 비죽였다. 하긴 온종일 SNS에 음식 사진을 올리는 게 취미인 사람이라도 그런 상황에서는 냉장고 속 카오야를 신경 쓸 정신이 없었으리라.

"남편이 베이징에 간다고 하지 않았습니까?"

"그런 말은 못 들었어요. 사건이 발생했을 때 그이가 베이징에 갔다는 말은 저도 법정에서 처음 들었고요."

"전날 밤 집에 안 들어왔는데도 이상하지 않았습니까?"

"전혀요. 남편은 원래 일도 바쁘고 출장도 자주 가요. 저도 제 일이 있어서, 우리는 직장 일로 생기는 문제들은 서로 존중해주죠. 그래도 그이가 휴일에는 집안일도 곧잘 하고, 저한테도 잘해요. 자신감이 없는 여자나 모든 일을 남편에게 의지하며 꼬치꼬치 캐묻는 거죠. 전 그런 사람이 아니에요. 설마 형사님 아내는 야근할 때마다 뭐 하는지 하나하나 캐묻나 보죠?"

경찰은 가슴이 뜨끔했다. 이 여자도 장차오처럼 보통내기가 아니었다.

"맞아요. 그날 닝보로 가서 고객을 만났습니다. 며칠 전부터 잡혀 있던 일이고, 아주 중요한 사건이어서 처음부터 제가 담당했습니다."

리 변호사가 경찰의 질문에 대답했다.

"장차오가 베이징 쪽 의뢰에 대해 말하지 않았습니까?"

"네, 저는 베이징의 고객들에 대해서는 몰랐습니다. 대부분의 의뢰는 사장님이 직접 받으세요. 상황에 따라 저희에게 일감을 나눠주시기도 하고, 아니면 사장님이 직접 고객과 연락하실 때도 있습니다."

"그러니까 댁의 사장은 베이징 고객들에 대해서는 당신한테 말도 안 하고, 혼자 베이징으로 가서 직접 고객을 만났다는 거네요. 이게 정상적이라고 보십니까?"

"형사님이 말하는 정상적인 게 뭔지 모르겠지만, 단지 의뢰 의사만 있고 정식 계약을 체결하지 않은 작은 사건들 때문에 사장님이 직접 베이징까지 출장을 가신 건 물론 일반적이라고 보기는 힘들죠."

"제 말은 업무 절차에 대한 겁니다. 이 의뢰들을 받기로 했다면 사장인 장차오가 담당하진 않을 거잖아요. 다른 변호사나 인턴에게 나눠주겠죠. 당신네 사장은 직원들과 먼저 상황을 논의하지 않고 본인이 다 알아서 결정하나 보죠?"

"당연하죠. 사장님이잖아요. 또 저희보다 사장님께서 더 능력이 뛰어나시니 사건의 수임 여부에 대해선 그분이 더 잘 판단하십니다. 대부분의 의뢰는 사장님께서 수임 여부를 결정하고 업무를 배분해주세요. 복잡하고 큰 사건만 다 같이 수임 여부를 상의하고요."

제6장

"어서 앉게."

성 공안청 부청장인 가오둥高棟이 자오톄민에게 앉으라고 손짓했다. 그러곤 담배 한 개비를 꺼내 건네면서 불까지 붙여주고 뜻 모를 표정으로 말했다.

"곧 회의가 있으니 단도직입적으로 말하겠네. 장차오에 대해 물어보려고 오늘 자네를 불렀어. 그가 장양을 죽인 건가?"

자오톄민은 가오둥을 응시하며 그의 의중을 헤아려봤다.

공안청의 주요 지도부 인사 중 유일한 형사 출신인 가오둥은 과거 성 공안계에서 명탐정으로 이름을 날렸다. 몇 년 전 자오톄민이 형정총대刑偵總隊*에서 근무할 때 가오둥은 총대장으로 그의 상관이었다. 그 후, 가오둥은 부청장으로 승진했다. 보통 이 직급의 지도부는 기껏해야 형식적인 지침을 내려주거나 인사 배정만 할 뿐, 구체적인 사건 수사에는 참여하지 않는다. 사건이 무사히 해결되면 '공안청 지도부의 높은 관심 아래'에 해결된 것이고, 사건 종결을 못해도 그들을 탓하는 사람은 아무도 없었다.

---

* '형사정사총대(刑事偵查總隊)'의 약칭으로, 성급 공안청에서 형사사건 수사를 담당하는 상설기구다.

장차오 사건이 뉴스에 대대적으로 보도되긴 했지만, 가오둥 정도의 직급에서 보면 이는 사소한 사건에 불과했다. 훗날 어떤 결론이 나오든 지도부 훈계 회의에서는 '뼈저린 경험과 교훈으로 받아들이자'라는 말 한 마디로 끝날 일이었다. 그래서 자오톄민은 가오둥이 특별히 자신을 불러 이 사건을 언급하는 이유에 대해 은근히 궁금증이 생겼다.

자오톄민이 신중하게 대답했다.

"법의관에게 재확인했는데 부검 보고서에는 문제가 없었습니다. 피해자 장양은 3월 1일 밤에 교살된 것이 맞아요. 장차오 역시 3월 1일 정오에 비행기를 타고 베이징으로 갔다가 2일 오전에 돌아왔고요. 이 과정을 증명할 증거도 충분합니다. 결론적으로…… 장차오가 장양을 살해하지 않은 것은 확실합니다."

가오둥은 이런 결과를 예상이라도 한 듯 조금도 놀라지 않았다.

"검찰 쪽 1차 결론에는 형사의 유도신문에 의한 자백이라는 말이 있던데?"

자오톄민이 난처한 듯 머리를 긁적였다.

"검찰원이야 뭐……, 법에는 정통할지 몰라도 사무실에 앉아 서류나 들여다보는 사람들이니 어디 실무를 이해하겠습니까. 제가 보기에 담당 형사의 취조 과정에는 문제가 없었습니다. 지금껏 항상 그래왔던 방식이었어요. 구두 자백이 없더라도 당초부터 물증은 완벽했습니다. 장양은 밧줄로 교살되었고, 밧줄에서 장차오의 지문과 DNA가 발견됐어요. 또한 장양의 손톱에서 장차오의 피부조직이 대량으로 발견되었고, 장차오의 목 부근에는 이에 상응하는 긁힌 상처도 있었습니다. 격렬한 몸싸움으로 인해 생긴 전형적인 저항은 말입니다. 단지 그날 장차오가 베이징까지 가서 고객을 둘이나 만났다는 사실을 경찰이 전혀 예상하지 못한 것뿐입니다. 돌이켜보면 처음에 장차오가 진술서 작성에 순순히 협조한 것 역시 자신의 진술을 경찰 측의 유도신문에 의한 자백으로 만들기 위해 일부러 파놓은 함정으로 판단됩니다."

"재미있군."

가오둥이 미소를 지으며 담뱃재를 털었다.

"범행 증거와 그 범행을 뒤집는 증거가 모두 완벽하다니 아주 특별한 사건이야. 현재 정부가 사법체제 개혁을 추진하는 중이라 성에서도 몇몇 오판 사건을 시정했지만, 그 사건들은 모두 물증에 허점이 많았을 뿐 아니라 구두 자백만 가지고 판결한 사건이었지. 이 사건처럼 범행 증거와 범행을 뒤집는 증거가 완벽한 경우는 나도 처음 보네. 잘 연구해볼 필요가 있겠어. 으음……, 근데 장차오는 살인도 하지 않았으면서 왜 죄를 인정한 건가? 법정에서는 무슨 압력에 의해 자백서를 작성했다고 말했다지?"

"장차오도 담당 형사의 고문이 없었다는 사실은 인정했습니다. 다만 공안국의 환경적 요인으로 인한 무형의 압박을 받았다고 하더군요."

"어설픈 변명이군."

가오둥이 웃으며 고개를 내저었다.

"그렇죠."

자오톄민이 어깨를 으쓱하며 어쩔 수 없다는 듯이 말했다.

"하지만 장차오가 두려워서 자백을 했다고 우기면 저희는 반박할 수 없습니다. 형사변호사여서 그런지 말솜씨도 대단하고요. 저희 취조관보다 말을 더 잘하는 거 같아요. 지금 취조관이 교대 근무하면서 며칠 연속으로 장차오를 심문하고 있는데, 그 정신력과 체력이 놀라울 정도입니다. 온종일 저희에게 사건 이야기를 들려주거나 인생에 대해서 논하는데, 무슨 질문을 하든지 합리적으로 들리지만 전혀 믿을 수 없는 이유를 대고 있습니다. 게다가…… 각계에서 경찰의 고문을 의심하고 있는 상황이라 감찰사가 구치소에 머물면서 수시로 장차오를 불러내 상황을 파악하고 있습니다. 감찰사는 장차오의 말이 하도 합리적이어서 그가 살인과 무관하다고 판단하고 있고요. 그래서 저희로서는 장차오를 취조할 때, 더 조심스럽고 소극적으로 움직일 수밖에 없는 상황입니다."

가오둥이 눈을 가늘게 뜨며 물었다.

"그럼 자네는 왜 장차오의 말을 못 믿는 건가?"

"그건 부청장님이 취조관의 물음에 대답하는 장차오의 모습을 못 보셔서 그렇습니다. 보통 배짱이 아니에요. 그런 사람이 무형의 압박 때문에 죽이지도 않은 사람을 죽였다고 자백했다? 본인이 무려 형사변호사인데 거짓 자백을 하면 어떤 결과가 벌어질지 모르겠습니까? 담당 형사는 처음부터 장차오에게 속은 겁니다. 첫 취조 시에 장차오는 온순해 보였습니다. 겁을 잔뜩 먹은 것처럼 말도 더듬었고요. 취조할 때마다 일장연설을 늘어놓는 지금과는 전혀 다릅니다. 진술을 번복한 후부터 마치 딴사람이 된 것 같습니다. 제가 보기에 이건 계략입니다."

"그렇다면 장차오는 왜 이런 계략을 꾸민 거지?"

자오톄민이 확신하며 대답했다.

"장차오는 분명히 죄를 대신 뒤집어쓴 겁니다. 진범을 위해 진실을 덮으려는 거죠."

"아니, 틀렸어." 가오둥이 고개를 휘휘 내저었다. "난 장차오가 진범을 감추려고 사실을 숨기는 것 같지는 않군. 오히려……."

가오둥이 갑자기 말을 멈췄다.

"오히려 뭡니까?"

"아니네. 진실 규명은 아무래도 자네들한테 맡기는 게 좋겠군. 내 쓸데없는 추측이 자네들의 수사를 방해할 수도 있으니까."

가오둥이 얼버무리듯 웃고 나서 이어 말했다.

"근데 자네에게 한 가지 일러주지. 만일 자백부터 진술 번복까지 모든 것이 장차오의 계략이라면, 진술을 번복해도 경찰이 자신을 석방해주지 않으리라는 건 이미 예상했을 걸세. 장차오가 지하철역에서 폭탄을 갖고 있다고 거짓말한 일 자체는 명백한 공무 방해에 공공안전을 위협한 것이니 말이야. 계속 구치소에 갇혀 있는 한, 진실을 알아낼 때까지 경찰이 자신을 취조할 것도 알고 있을 테지. 이렇게나 치밀하게 준비했으니 틀림없이 경찰의 후속 취조에 대해서도 대비했을 거야. 그러니 장차오를 취조해봤자 알아낼 수 있는 건 아무것도 없어. 차라리 방향을 바꿔서 장양을 조사해보게. 장차오가 장양의 대학 스승이었다지? 장양이 졸업한 뒤에도 10년이 넘도록 둘이 연락하고 지냈다면서. 장양 같은 전과자가 집을 산다고 30만 위안을 빌려달라는데 장차오는 군말 없이 바로 빌려줬어. 뿐만 아니라 기분전환하러 장시로 온 장양에게 머물 집까지 빌려주고 말이야. 두 사람은 분명히 보통 사이가 아니야."

자오톄민이 천천히 고개를 끄덕이며 생각하다가 문득 뭔가를 깨달은 듯 눈을 크게 떴다.

"혹시…… 둘 사이에 일반적이지 않은, 그러니까 예를 들면 동성애 관계 같은 게 있다고 의심하는 겁니까?"

"컥컥."

담배를 피우던 가오둥이 자오톄민의 말을 듣고 사레라도 들린 듯 기침을 토하며 손을 내저었다.

"내가 TV를 거의 안 봐서 그런지, 자네의 상상력은 도저히 못 따라가겠군. 자네가 말한 그런 상황이 존재하는지는 나도 모르네. 관심도 없고. 내 말은 그저 장차오의 입에선 건질 만한 게 없을 테니 차라리 피해자 장양에 대해서 조사해보라는 걸세. '장양은 장차오가 죽이지 않았다'라는 가정에서 시작해보라는 거야. 장차오라는 사람이 아예 존재하지 않는 상황 속에서 장양 피살사건이 일어났다면, 어떻게 조사할지 고민해보게."

자오톄민이 난처해하며 대답했다.

"하지만 몇 개월 전에 일어난 사건입니다. 이미 시간이 많이 지나서 일반 살인사건과 같은 수사 절차에 따라 주변인 탐문조사를 시작한다고 해도 단서 확보가 현실적으로 어려울 겁니다."

가오둥이 고개를 젓히며 한숨을 내쉬더니 미소를 지었다.

"자오趙 지대장, 이건 용의자가 무심코 살인을 저지르고 도주를 한 바람에 몇 달이 지나도록 증거를 찾을 수 없는 사건이 아닐세. 어디로 보나 철저하게 사전에 계획된 모살 사건이야. 모살 사건을 조사할 때 가장 먼저 하는 일이 뭔가? 주변인 중에 누가 가장 수상한지 확인하는 일 아닌가?"

자오톄민이 큰 깨달음을 얻은 것처럼 연신 고개를 끄덕이자, 가오둥이 자세를 바로잡고 머리를 절레절레 저었다.

"자네, 지대장이 되고 책상 앞에만 너무 오래 앉아 있었나 보군. 요 몇 년 동안 사건을 직접 처리할 일이 없으니 실무 처리 실력이 퇴화했나 보구먼."

자오톄민이 얼굴을 살짝 붉혔다. 상관이 자신의 업무 능력이 안 좋다고 하는데, 어떻게 반박할 수 있단 말인가?

가오둥이 미소를 지으며 말했다.

"한 가지 더 조언하자면, 옌량嚴良을 한번 찾아가 보게."

"옌량 말입니까? 하지만 옌량이 맡아줄지 잘 모르겠습니다."

자오톄민은 가오둥의 말에 살짝 놀랐다. 옌량은 성 공안청의 수사 전문가였는데, 딱 한 번 규율을 심각하게 위반해서 경찰계를 떠나게 되었다. 그 후에는 장화江華대학교에서 수학과 교수로 재직하며 경찰 일에는 거의 관심을 보이지 않았다. 최근 몇 년간 자오톄민은 옌량을 찾아가 사건 연구에 대해 도움을 요청했지만, 그때마다 마치 변덕이라도 부리는 듯 어떤 사건 수사에는 참여하고 또 어떤 수사에는 참여를 거절했다. 그래서 자오톄민은 옌량이 사건에 관여하는 기준이 무엇인지 종잡을 수가 없었다.

"분명 관심을 보일 걸세. 우선 사망자가 장화대학교를 졸업했고 용의자도 장화대학교 교수였다고 전하게. 모두 옌량의 동문이라고 말이야. 그러고 나서 이 사건 조사에 있어 옌량이 자네보다 더 적합하다고 내가 말했다고 전하게. 업무 능력뿐만 아니라 다른 방면에 있어서도 옌량이 더 낫다고 말이야."

가오둥이 확신하며 말했다.

"왜요? 옌량은 이제 경찰도 아니지 않습니까."

가오둥이 잠시 뜸을 들이다가 대답했다.

"현재 자네 직급에서 내가 해줄 말은 여기까지네. 진실은 자네가 직접 찾아보게."

자오톄민이 눈을 휘둥그레 뜨며 가오둥을 쳐다봤다. 부청장은 특별조사팀 팀장인 자신보다 훨씬 더 많은 정보를 손에 쥐고 있는 게 틀림없었다.

가오둥이 손목시계를 흘끗 보고 일어나서 배웅하는 자세를 취했다.

"한 가지 더 당부하자면, 다른 사람한테는 내가 이 사건에 관심을 보인다고 알리지 말게."

자오톄민은 어쩐지 사건이 점점 더 미궁으로 빠지는 듯한 기분이 들었다.

제7장

"형사변호사인 걸 알았으면 처음부터 장차오의 자백을 경계했어야지. 형사변호사가 하는 일이 자네들이 제시한 증거의 허점을 찾는 일이잖아."

옌량이 재미있어 하며 자오톄민을 바라봤다.

일반 대중과 마찬가지로 뉴스를 통해 장차오 사건을 알게 된 옌량은 용의자가 경찰의 고문을 이기지 못하고 자백했다가 나중에 법정에서 갑자기 진술을 번복했다고 생각했다. 하지만 그런 일은 절대 없었다고 자오톄민이 재차 강조하자, 이 사건에 곧바로 흥미가 생겼다. 또한 가오둥의 말을 전해 듣더니 수사에 참여하겠다는 의사를 밝혔다.

자오톄민이 머리를 긁적였다.

"공안분국에 찾아갔더니, 분국의 부국장이 당시 장차오의 자백이 사실인지 확실히 확인해보라고 형사들에게 특별 지시를 내렸었대. 확인 결과 아무 문제점도 발견하지 못했고. 장양이 피살되던 날, 저녁 7시에 아파트 입구 CCTV에 장차오의 차가 들어가는 모습이 찍혔거든. CCTV 화질도 안 좋고, 밤이라 어두워서 얼굴까지 확인할 수는 없었지만 말이야. 그런데 장차오는 진술 번복을 하면서 자신이 그 차를 장양에게 빌려줬다고 말했어. 그러니까 차 안에 있었던 건 장차오가 아니라 장양이었던 거지. 이와 동시에 장차오가 살인을 인정했고, 7시 넘어서 장양에게 갔다는 그의 진술과 CCTV에 차가 찍힌 시간이 일치했어. 그런데도 그 차 안에 있는 사람이 장차오가 아니라니. 이런 상황에 장차오가 그 시각 다른 지역에 있었다는 사실을 형사들이 어찌 알며, 또 외지 숙박 기록을 조사할 생각을 어떻게 하겠나?"

"헌데 장차오는 왜 시체를 유기하러 지하철을 탄 거지? 지하철을 타려면 보안검색대를 통과해야 하고, 그러면 당연히 시체도 검문을 거쳐야 하잖아."

옌량이 웃으며 묻자, 자오톄민도 어이가 없다는 듯 대꾸했다.

"초반에 장차오가 댄 핑계는 충분히 설득력이 있었어. 살인을 한 뒤 엄청난 공포에 휩싸여 하룻밤을 꼬박 지새우고, 다음날 증거를 은폐하려고 시체 유기를 결심했다더군. 시체를 유기하러 가기 전에 용기를 내려 술을 마셨고. 근데 예상보다 훨씬 빨리 취해버린 거야. 만약 그 상태에서 운전하다가 도로에서 사소한 접촉 사고라도 나서 음주운전으로 적발되면 차는 견인돼. 그러면 트렁크에 있는 시체가 발각될 거라고 생각한 거지. 그래서 시체가 든 가방을 끌고 택시를 탔는데, 지하철역 근처에서 택시가 다른 차와 추돌한 거야. 기사들 사이에서 언쟁이 벌어졌고, 그는 두려운 마음에 무작정 가방을 끌고 지하철역으로 도망쳤대. 밤을 새우고 만취하여 흐리멍덩한 정신으로 그냥 보안검색대로 갔고 말이야. 형사가 그때 장차오가 이용했던 택시를 찾았고, 운전기사가 장차오의 자백 내용을 증명했어. 게다가 체포할 당시 장차오는 분명 술에 취해 있었지. 그런 상태였으니 지하철역에서 살상무기다 뭐다 헛소리를 지껄인 거고."
엔량이 고개를 끄덕였다.
"확실히 합리적인 이유야. 경찰이 더 깊이 생각하지 못할 수밖에 없군."
자오톄민이 한숨을 내쉬었다.
"깊이 생각했어도 시체를 유기하려다 수많은 사람 앞에서 체포당하고 범행 사실을 전부 실토한 사람이 범인이 아니라고는 전혀 예상하지 못했을걸. 게다가 증인과 물증까지 완벽히 일치했고. 그런 상황에서 장차오가 사건 당일 장시에 없었을 줄 누가 상상이나 할 수 있겠나?"
엔량이 웃으며 말했다.
"확실히 이런 사건은 나도 처음 보는군. 형사들이 장차오한테 속은 것도 이해가 가네. 그런데 구두 자백에서 장차오가 사건 당일 밤 7시에 장양을 찾아갔다고 했잖아. 또 CCTV에 장차오의 차가 7시에 아파트 단지로 들어가는 모습이 정확히 찍혀 있고 말이야. 자백 내용이 실제 정황과 일치한 점에 대해서는 진술을 번복한 후에 뭐라고 변명하던가?"
"우연의 일치라고 말하더군."
자오톄민이 어처구니가 없다는 듯이 답했다.
"당시 공안국에서 어떤 압박을 받았기 때문에 살인을 인정할 수밖에 없었대. 그래서 범행 사실을 마음대로 꾸며냈고, 그러다 일치하는 부분은 우연이라는 거지."
조서와 진술 내용을 비교하던 엔량이 살며시 미간을 찌푸렸다.
"장차오는 확실히 그날 장시에서 1000킬로미터나 떨어진 베이징에 있었어. 헌데 진술 내용은 1000킬로미터 밖에서 벌어진 이 살인 사건 정황과 상당 부분 일치하는군. 이건 확률적으로 봐도 불가능에 가까운데 말이야. 장차오가 범인이 아니라고 백 퍼센트 확신하나?"

"그건 확실해. 부검 결과를 보면 장양은 확실히 그날 밤 강한 힘에 의해 교살됐으니까. 분명히 누군가가 현장에 있어야 가능한 일이지. 하지만 장차오에겐 완벽한 알리바이가 있어."

"여기서 확실한 건, 설령 장차오가 장양을 살해하지 않았더라도 사건의 전말만큼은 훤히 꿰뚫고 있다는 거야. 그렇지 않고선 진술 내용이 이처럼 증거와 완벽히 일치할 수 없어. 마치 장양을 죽이는 장면을 옆에서 지켜본 사람 같단 말이지."

자오톄민이 어깨를 으쓱했다.

"우리 팀도 같은 생각이야. 하지만 진술을 번복한 뒤에 장차오가 줄곧 우연의 일치라고 주장하고 있으니 우리도 어쩔 도리가 없다고."

옌량이 슬쩍 놀렸다.

"취조관이 철창에 갇혀 있는 사람 하나 어쩌지 못한다니, 이거 뜻밖인걸? 벌써 실력이 바닥이라도 난 건가?"

"그럼 어떡해? 목이라도 졸라서 사실을 털어놓으라고 할까? 장차오가 진술을 번복한 뒤로는 인대 대표가 하루가 멀다 하고 찾아와 경찰이 불법적인 방법으로 강압 취조를 하지는 않는지 확인한다니까. 게다가 검찰원 수사 감독과에서도 진술 번복으로 인한 경찰의 보복을 방지하기 위해 며칠 간격으로 구치소로 찾아오고 말이야. 사회 전체가 경찰의 고문을 의심하고 있는데 우리가 장차오를 어떻게 할 수 있겠어? 공익 변호사와 기자들은 장차오가 경찰의 고문을 받았다고 고발하지 않은 걸 오히려 아쉬워하고 있다고. 이런 상황에서 장차오의 몸에 무슨 작은 상처라도 나 봐, 여론이 벌떼처럼 들고 일어날걸. 해외 언론은 더 말할 것도 없고. 우리가 장차오의 털끝이라도 건드리는 날엔 대번에 인권 문제로 국제뉴스에 기사가 날 거야. 지금 장차오는 아주 잘 먹고 잘 자. 취조할 때마다 몇 시간 동안 쓸데없는 말만 줄줄이 늘어놓고 있는데도, 우린 그저 탁자 몇 번 치면서 겁주는 거 말고는 손가락 하나 못 대. 이건 뭐, 상전이 따로 없어."

자오톄민이 불만을 쏟아내자, 웃음을 터뜨리던 옌량이 곧이어 탄식을 내뱉었다.

"아주 좋은데. 상당히 문명적인 방식으로 사건을 해결하고 말이야. 무고한 사람에게 억울한 누명을 씌우는 것보단 나쁜 사람을 놔주는 게 나아. 반년 전, 성 고급 인민법원에서 피의자의 누명을 벗겨준 살인사건도 첫 수사는 자네 지대에서 처리한 거지, 아마? 괜한 사람을 10년이나 교도소에 가둬놓은 꼴이 되었잖아."

자오톄민이 진지하게 대꾸했다.

"다시 한 번 말하지만 그 사건은 나와 무관해. 난 10년 전에는 총대에서 근무하다가 몇 년 전에 지대로 발령을 받은 거라고. 또 지금껏 고문으로 자백을 받아낸 적도 없어. 현재 우리 지대는 증거를 가지고 합리적으로 사건을 처리하고 있어."

"그 부분은 자네를 믿지. 그러니까 우리가 친구 아닌가."

옌량이 미소를 짓고 나서 이어서 물음을 던졌다.

"다시 사건으로 돌아와서, 장차오는 장양을 살해하지도 않았으면서 직접 살인죄를 자백하고 구치소로 들어왔어. 도대체 그 동기가 뭘까?"

자오톈민이 대답했다.

"난 장차오가 진범 대신 죄를 뒤집어썼다고 의심하고 있어. 사건 직후, 바로 장차오가 죄를 자백하고 수감되면서 진범은 자연스럽게 경찰의 용의선상에서 벗어났지. 장차오는 몇 개월 뒤엔 확실한 알리바이로 사건을 뒤집을 수 있으니까 이렇게 하면 자신과 진범 모두 안전하다는 걸 알았던 거지."

옌량이 고개를 가로저었다.

"그럴 가능성은 희박해."

"왜지?"

"아무리 자기가 원해서 구치소로 들어왔다 해도, 경찰의 강도 높은 취조 앞에서 말실수 한 번 없이 사실을 털어놓지 않는다고 어떻게 자신할 수 있지? 게다가 장차오는 변호사야. 처음에야 경찰을 속여서 몇 달 뒤에 진술을 번복하면 된다지만, 지하철역에서 폭탄이 있다고 거짓말한 건 엄연히 형사 범죄이니 징역을 선고받게 되리라는 건 잘 알 텐데 말이야. 자네들이 매일같이 와서 취조로 닦달할 것도 그렇고. 장차오가 단 한 번이라도 실수를 해서 의심이라도 사면 본인과 진범은 그대로 끝장이야. 조사 자료를 보면 장차오는 부유한 가정에 사업적으로도 성공했고 아내와 금슬도 좋아. 그런데 몇 년씩이나 교도소에 들어가 있으면 가정과 사업이 어떻게 되겠나? 대가가 너무 커."

자오톈민이 진지하게 말했다.

"그래서 난 범인으로 장차오의 아내를 의심하고 있어. 아내를 보호하려 이처럼 멍청한 계획을 세운 거지."

"그것도 불가능해."

옌량이 자오톄민의 의견을 단칼에 부정했다.

"장차오는 사건 당일 베이징으로 갔다가 이튿날 오전에 돌아와서 시체를 유기하려 했어. 이건 그날 밤 장양이 피살될 걸 알고 있었다는 뜻이지. 그래서 사전에 알리바이를 준비한 거고. 바꿔 말하자면, 사건이 발생한 다음에 다른 사람을 대신해 죄를 뒤집어쓸 방법을 생각한 게 아니야. 또 여성인 장차오의 아내가 장양을 교살하는 것도 체력적으로 어렵고 말이지. 게다가 장차오가 진심으로 아내를 사랑했다면, 왜 그녀가 장양을 교살하러 간다는 걸 알고도 막지 않았겠나?"

자오톄민이 골치가 아프다는 듯 응수했다.

"그렇다면 동기가 될 만한 게 뭔지 나로서는 도저히 모르겠군."

옌량이 잠시 골똘히 생각하고 나서 말했다.

"장차오를 만나보고 싶네. 직접 얼굴을 보면서 얘기해야겠어."

"우리가 매일같이 취조해도 여태껏 진실을 털어놓지 않았는데 뭐."

옌량의 말에도 자오톄민은 별 기대를 하지 않는 것 같았다.

옌량이 미소를 지었다.

"장차오가 죄를 대신 뒤집어쓴 게 아니라 어떤 목적이 있어서 일을 이렇게까지 벌인 거라면, 아마도 그 목적 달성을 위해 어떤 정보를 흘리고 있을 거야. 다만 장차오가 내비친 정보를 자네들이 정확히 해독을 못하고 있는 것뿐이지."

제8장

창살을 사이에 두고 옌량이 처음으로 장차오를 만났다.

옌량은 사진과 CCTV 화면을 통해 본 장차오의 얼굴에서 온순하다는 인상을 받았다. 하지만 직접 마주하고 보니 생각했던 이미지와 달리 눈앞에 있는 남자는 영리하고 유능해 보였다.

옌량은 조서에 있는 사진을 들춰보며 눈앞의 인물이 가진 외모가 사진과 영상에서는 왜 이렇게 큰 차이를 보이는지 곰곰이 따져봤다.

철창 안에 있는 장차오는 안경을 끼고 있었다. 양쪽 귀밑에 흰머리가 드문드문 나 있었지만, 정신은 맑은지 침착하고 여유로운 표정이었다. 전체적으로 자신감 있고 차분한 태도는 취조 영상 속, 마치 운명의 수레바퀴에라도 짓눌린 듯한 모습과는 영 딴판이었다.

"옌嚴 교수님께서 어떻게 여기까지 오셨습니까?"

옌량이 말을 건네기도 전에 장차오가 먼저 입을 뗐다.

"절 압니까?"

옌량이 의외라는 듯 물었다.

"물론입니다." 장차오가 미소를 지었다. "우리 대학에서 유명한 스타 아닙니까? 저야 일찍이 교직을 떠났지만 법률 회의에 참석하기 위해 학교에 자주 갑니다. 그때 교수님을 뵌 적이 있습니다. 성 공안청에서 근무하셨을 때는 유명한 수사 전문가셨지요. 일찍이 공안계를 떠나셨다고 들었는데 여긴 어쩐 일이십니까?"

옌량은 외부인이기 때문에 보통은 취조실에 들어올 수 없다. 자오톄민이 대신 설명했다.

"옌 교수는 우리 특별조사팀에서 특별히 초빙한 전문가입니다. 옌 교수를 알고 있다면 이 사람이 해결하지 못한 사건이 없다는 것도 들어봤겠군요. 당신이 감추고 있는 게 뭐든 옌 교수가 반드시 허점을 찾아낼 겁니다. 즉, 진실을 감추려 해봤자 결국 최종 판결에서 형량만 늘어날 뿐이지 전부 헛수고란 말입니다."

"그렇습니까?" 장차오가 눈을 가늘게 떴다. "이거 아주 기대되는군요. 옌 교수님이 개입하면 사건이 반드시 해결된다니 하루라도 빨리 진범을 잡아 제 결백이 증명되길 고대하겠습니다."

옌량이 미소를 띤 채 장차오를 훑어보더니 고개를 돌려 자오톄민에게 물었다.

"장 변호사는 어떻게 구치소에서 안경을 쓰고 있는 거지?"

"근시여서 법정 심문 전에 구치소에 안경 반입을 신청했어. 서류를 봐야 하니까. 렌즈는 합성수지로 만든 거고, 안경테는 티타늄 합금이라 위험하지 않아."

옌량이 고개를 끄덕이고 장차오를 돌아봤다.

"안경이 좋아 보이는군요. 얼마나 줬습니까?"

장차오는 미심쩍은 눈빛으로 옌량을 응시했지만, 질문을 던진 상대방의 의도를 알 수 없어서 사실대로 대답했다.

"아내가 준비한 거라 저도 모릅니다."

옌량이 계속해서 질문했다.

"시력이 몇입니까?"

"그건……."

장차오가 이해할 수 없다는 듯 옌량을 쳐다봤다.

옌량이 다시 물었다.

"시력이 몇입니까?"

장차오가 마지못해 대답했다.

"왼쪽은 250디옵터고 오른쪽은 300디옵터입니다."

"중간 도수군요. 하긴 안경을 안 끼면 많이 불편하겠습니다. 전에 했던 취조 영상을 봤는데, 그땐 안경을 안 꼈지요?"

자오톄민이 이상하다는 듯 옌량을 힐끗 쳐다봤다. 쓸데없이 장차오의 안경에 관한 얘기를 왜 이리 많이 하는지 이해할 수가 없었다. 원래 용의자 앞에서는 서론 없이 바로 본론으로 들어가 심문만 하면 된다. 옌량도 이제 나이를 먹을 만큼 먹었다고 인정 넘치는 성격으로 변하기라도 한 걸까?

그러나 옌량에게는 이 문제가 중요한 것 같았다.

장차오의 눈에 경계심 어린 빛이 스쳐 지나갔다. 그는 마치 옌량을 피하려는 듯 고개를 살짝 기울이며 자오톄민에게 눈길을 던졌다. 하지만 옌량은 여전히 이 문제를 붙잡고 늘어졌다.

"제 말이 맞습니까?"

"네."

장차오가 하는 수 없이 고개를 끄덕였다.

"법정 심문 전에 서류를 확인해야 해서 직접 신청했습니다. 안경을 반입하려면 구치소의 승인이 필요하니까요."

옌량이 슬쩍 웃었다.

"지하철역에서 체포될 당시의 사진도 봤는데 그땐 안경을 안 쓰고 있었죠, 아마?"

"그건…… 그날 도망치다가 안경을 떨어뜨리고 말았습니다."

"그렇습니까? 안경을 떨어뜨리다니 참 공교롭군요."

옌량이 의미심장하게 웃었다.

상대의 표정을 본 장차오가 가만히 있지 못하고 다시 한 번 강조했다.

"지하철역에서 도망칠 때 떨어진 겁니다. 사람이 많았으니까 누군가와 부딪히는 바람에 떨어뜨린 거라고요."

옌량은 고개를 끄덕이며 더는 추궁하지 않았다.

옆에 있던 취조대 소속 기록원이 의아한 눈으로 옌량을 힐끗 쳐다봤다. 그는 옌량이 왜 안경에 관한 일을 묻는지 이해할 수 없었다. 안경을 끼고 안 끼고의 문제가 사건과 무슨 관련이 있단 말인가. 하지만 장차오의 얼굴에서는 더 이상 전과 같은 여유와 당당함을 찾아볼 수 없었다. 오히려 취조를 거듭한 이래 처음으로 당혹스러운 기색을 드러냈다. 그러고 보니 취조 전에 자오 지대장이 옌 교수가 과거에 성 공안청의 유명한 수사 전문가였다고 소개했던 말이 떠올랐다. 아마도 이러한 취조 방식이 그의 비법인 듯했다. 의도를 파악할 수 없는 돌발 질문을 던져 용의자를 불안하게 만들다가, 마지막에 허를 찔러 핵심 단서에 대한 질문을 던지는 것이다. 최고의 경지에 이른 취조 방식이 틀림없었다.

남몰래 고개를 끄덕이며 감탄하던 젊은 기록원은 딴 생각에 정신이 팔려 순간 기록지에 엄지손가락을 그려 넣을 뻔했다.

옌량이 이어서 말했다.

"사건 자료를 좀 살펴봤는데, 이해가 안 되는 부분이 있어서 장 변호사님에게 몇 가지 확인해보고 싶습니다. 이전 취조에서 받았던 질문과 중복되더라도 양해해 주시겠습니까?"

"매일 똑같은 대답을 수없이 반복하다 보니 이젠 익숙합니다."

"대본을 달달 외웠나 봅니다. 한 번도 틀리지 않은 걸 보면."

옌량이 웃으며 장차오를 쳐다봤다.

"제가 한 말은 전부 사실인데 믿지 않으시니 별 수 없군요. 차라리 취조관에게 저의 진술을 잰말놀이*로 만들라고 하십시오. 제가 잘못 외우면 거짓말했다는 증거가 될 테니까요."

자오톄민이 여봐란듯 옌량을 힐끗 쳐다봤다. 매일같이 여기서 우리와 농담 따먹기를 하고 있는 이 사람이 어딜 봐서 체포된 용의자란 말인가.

옌량은 전혀 개의치 않는다는 식의 미소를 지었다. 그는 오히려 이런 상대가 마음에 들었다. 그저 힘만 센 용의자가 얽힌 사건은 너무 무료했다. 옌량이 아무 영양가 없는 질문을 던졌다.

"본인이 살해하지도 않았으면서 왜 죄를 인정한 겁니까?"

이제껏 장차오는 이 질문에 수없이 대답했고, 앞으로도 수없이 대답하게 될 것이다. 그가 입을 비죽이며 매일 빠지지 않고 기록되는 답을 말했다.

"당시 공안국에서 알 수 없는 압박감을 느꼈고, 정신이 흐릿한 상태에서 모든 죄를 인정했습니다."

"몇 달 동안 줄곧 정신이 흐릿했다가 재판을 시작하자 갑자기

* 발음이 헷갈리는 글자를 하나의 문장으로 만들어 빠르고 정확하게 외우는 게임.

머리가 맑아진 겁니까?"

장차오가 고개를 저었다.

"물론 나중에 후회했습니다. 하지만 이미 일은 커졌고, 경찰이 언론에 결과를 발표한 상황이라 갑자기 진술을 번복할 경우 구치소에서 받게 될 대우가 두려웠습니다. 반년 전, 억울한 누명을 쓴 사건 기사를 봐서 더 겁이 났던 것 같습니다. 법정에서 불시에 진술을 번복하면 사람들의 이목을 끌 수 있을 테고, 그러면 구치소에서 저의 신변을 보호할 수 있을 거라고 생각했습니다."

옌량이 재미있다는 듯 자오톄민을 쳐다봤다. 그 눈길은 마치 자오톄민의 지대가 10년 전 처리한 사건이 장차오에게 합당한 이유를 제공한 셈이라고 말하는 것 같았다.

옌량이 살짝 미소를 지으며 계속 질문했다.

"장양을 살해하지도 않았는데 어째서 그의 손톱에서 장 변호사님의 피부 조직이 대량으로 발견된 겁니까? 이 부분도 설명해줄 수 있겠습니까?"

"장양이 죽기 하루 전, 그와 몸싸움을 벌였습니다. 이웃이 경찰에 신고할 정도로 심하게 싸웠죠. 제 목에 장양이 할퀸 상처가 여러 군데 있는데, 분명 그때 남았던 거겠죠."

장차오가 목에 생긴 상처를 손으로 가리켰다.

"그렇습니까?" 옌량이 미소 지었다. "파출소 기록을 살펴봤는데 장 변호사님 말씀대로 출동일시가 장양 사망 전날이더군요. 그럼 혹시 몸싸움 이후, 장양이 죽기 전까지 다시 그와 싸운 적이 있습니까?"

옌량이 던지는 물음의 속내를 파악하려는 듯 장차오의 눈이 살짝 가늘어졌다. 잠시 후, 그가 고개를 저었다.

"없습니다."

옌량이 고개를 갸웃거렸다.

"이제 보니 장양은 그리 깔끔한 성격이 아니었나 봅니다."

나머지 사람들이 어리둥절한 표정으로 옌량을 쳐다봤다.

옌량이 설명했다.

"주먹다짐 이후, 하루 내내 손을 안 씻었다는 말이니까요. 그러지 않았다면 장 변호사님의 피부 조직을 채취할 수 없었을 겁니다. 설령 손을 대충 씻었다고 하더라도 지금처럼 손톱 앞부분에서 피부 조직이 대량 발견되는 게 아니라, 손톱 안쪽 끝에서 겨우 미량의 DNA만 채취됐을 겁니다."

자오톄민이 순간 눈을 빛내며 웃음 지었다.

장차오의 입가가 실룩거렸다. 곧이어 그가 강경한 어조로 대꾸했다.

"제 말은 모두 사실입니다."

자오톄민이 냉랭하게 쏘아붙였다.

"이래도 자백 안 할 겁니까? 장양은 하루 전날 당신을 할퀴었고, 그 후로 몸싸움은 없었습니다. 근데 어떻게 손톱에서 당신 피부 조직이 무더기로 발견되는 겁니까?"

장차오가 건성으로 대답했다.

"장양이 그날 손을 씻었는지, 한 번도 안 씻었는지 누가 압니까? 어쩌면 우리가 싸운 지 얼마 되지 않아 누군가에게 바로 붙잡혀서 살해될 때까지 손을 씻지 못했는지도 모르죠."

자오톄민이 버럭 고함을 쳤다.

"말도 안 되는 억지 부리지 말아요!"

그러나 뜻밖에도 옌량이 장차오의 의견에 고개를 끄덕이며 동의했다.

"그 말도 일리는 있군요. 확률적으로 보면 그 가능성도 배제할 순 없겠어요. 그 하루 동안 장양이 손을 씻었는지 안 씻었는지 그 누구도 증명할 수 없지요. 또한 장양이 장 변호사님과 싸우고 얼마 안 돼서 누군가에게 살해될 때까지 붙잡혀 있지 않았다는 사실 역시 그 누구도 증명할 수 없고요. 어쩌면 집안의 수도관이 고장 나서 물이 안 나왔을 수도 있겠군요."

장차오는 옌량을 의심스러운 눈길로 쳐다봤다. 그가 어째서 자신을 위해 변명거리를 찾아주는지 생각하는 모양이었다.

자오톄민은 옌량의 추가 설명에 불만스레 입을 쭉 내밀었다. 당장이라도 취조를 중단하고 옌량에게 헛소리 좀 그만하라며 욕이라도 퍼붓고 싶었다. 누가 하루 종일 손도 안 씻으면서 화장실을 다녀오고 밥을 먹는단 말인가? 그게 보통 있을 수 있는 일인가?

옌량이 말을 이었다.

"지금 대답하지 않아도 상관없습니다. 난 반드시 이 사건의 진실을 밝혀낼 거니까요. 하지만 일의 진척이 빨라질 수 있게 장 변호사님이 약간의 힌트를 주면 좋겠군요. 지금 내게 해주고 싶은 말은 없습니까?"

자오톄민은 그렇게 묻는다고 지금까지 유용한 단서 한 마디 털어놓지 않은 장차오가 무슨 말을 하겠냐고 속으로 투덜거렸다. 분명히 "법이 저의 결백을 밝혀줄 거라고 믿습니다."라든가 "하루빨리 진범이 잡히길 바랍니다." 같은 헛소리를 늘어놓을 것이 뻔했다.

장차오의 눈이 가늘어졌다. 잠시 후, 그가 진지하게 물었다.

"왜 이 사건 수사에 참여하기로 한 겁니까?"

"그게 중요합니까?"

옌량이 흥미롭다는 듯 빙긋 웃으며 장차오를 빤히 쳐다보다가 말했다.

"날 믿어봐요. 내가 진실을 밝혀내겠습니다."

장차오는 아무 말 없이 한참을 옌량과 마주봤다.

길고 긴 침묵 끝에 그가 불쑥 입을 열었다.

"장양은 절대로 제가 죽인 게 아닙니다. 장양의 신변부터 조사해 보십시오. 제가 집에 들어갔을 때 문의 잠금 장치는 멀쩡했으니 면식범일 겁니다. 어쩌면 장양의 유품이나 통화내역 같은 것에서 단서를 찾게 될지도 모르겠군요."

제9장

구치소를 나오는 동안 줄곧 미간을 찡그리며 상념에 잠겨 있던 자오톄민이 물었다.

"장차오가 마지막에 한 말, 믿어도 될까?"

옌량이 가볍게 웃음을 터뜨렸다.

"누가 알겠나? 그 말대로 조사해봐야지."

"장차오의 말대로 해본다고?" 자오톄민이 발걸음을 멈추고 눈을 크게 떴다. "장차오는 가장 유력한 용의자야. 수사에 혼선을 주려는 게 틀림없어!"

"그건 아닐 거야." 옌량이 고개를 가로저었다. "정말로 장차오가 장양을 죽이지 않았다면 범인을 찾기 위해선 당연히 죽은 장양의 신변부터 조사하는 게 맞아. 장차오의 언급이 없었어도 거기부터 조사해야 돼."

자오톄민이 중얼거렸다.

"이제 보니 자넨 가오高 부청장님과 생각이 같군."

옌량이 살짝 미간을 찌푸리며 호기심을 보였다.

"부청장님도 그렇게 말씀하셨나 보지?"

"그래. 어차피 장차오는 대충 둘러대기만 할 테니 물어봐도 소용없을 거라고 하셨어. 그럴 바에는 차라리 장차오를 한쪽에 치워두고, 이 사건을 몇 개월 전에 벌어진 살인사건으로 생각하고 조사해보라고 하시더군. 그렇다면 가장 먼저 조사할 건 사망자의 대인관계지."

옌량이 잠깐 멈칫하더니 곧 크게 웃었다.

"역시 영웅들의 생각은 똑같군. 그럼 일을 더 지체해서는 안 되지. 장차오가 장양의 유품과 통화내역을 언급했으니 우선 사건 현장으로 가봐야겠어."

"현장에?" 자오톄민이 미간을 찡그렸다. "사건을 인계받자마자 부하들을 파견했지만 쓸모 있는 단서는 아무것도 찾지 못했어. 세를 내놓지 않아서 집은 아직 비어 있겠지만, 그 사이에 장차오의 부인이 집 안을 청소했을 테니 현장에 단서가 남아 있었다고 해도 진즉에 훼손됐을 거야."

"그렇단 말이지……." 옌량도 미간을 좁혔다. "혹시 장양의 유품도 다 버렸을까?"

"그건 모르지만, 가보고 싶다면 당장 자네에게 안내할 사람을 붙여주지."

옌량이 고개를 끄덕였다.

"그럼 린치林奇와 함께 가고 싶군. 자네 부하 중 린치 말고 다른 사람은 잘 모르니까."

린치는 자오톄민의 유능한 부하로, 일전에 다른 사건 관련으로 옌량과 몇 번 만난 적이 있었다.

"그러지. 그리고 과학수사관도 한 명 붙여줄게."

"필요 없어. 린치면 충분해."

"과학수사관을 안 데려간다고? 자네 둘은 미세 증거물에 대한 수사 기법도 모르잖아. 시간이 오래 지나서 현장은 이미 깨끗이 치워졌을 텐데 어떻게 단서를 찾으려고?"

자오톈민이 이해할 수 없다는 듯 되물었다.

"내가 찾으려는 건 물증 단서가 아니야."

옌량이 자신만만하게 말했다.

린치가 차에 옌량을 태우고 최초 사건 발생 현장에 도착했을 즈음, 이미 날은 어두워져 있었다. 집은 1990년대 초에 지어진 약 60제곱미터 크기의 작은 아파트였다. 현관에 들어서니 작은 거실이 나타났고, 두 개의 침실은 작은 베란다로 이어져 있었다. 현관문 앞에 서자 집 전체의 모습이 한눈에 들어왔다.

린치가 거실에 불을 켰다.

흰색 페인트로 칠해진 벽은 칠이 군데군데 벗겨져 있었다. 바닥에는 1990년대에 한창 유행했던 회흑색 인조 대리석이 깔려 있어 내부가 더욱 어두워 보였다. 깜깜한 밤에 여기가 살인사건 현장이라는 사실을 떠올리니 음산한 느낌마저 들었다. 물건은 거의 없었다. 낡아빠진 천 소파와 갈색 침대, 누르스름한 책장, 그리고 가전제품이 전부였다.

린치는 거실 한쪽을 가리키며 말했다.

"장차오가 진술을 번복한 후에, 저 위치에서 여행가방을 발견했고 열어보니 장양의 시체가 들어 있었다고 말했습니다."

그곳을 힐끗 쳐다본 옌량은 특별히 살펴볼 만한 점이 없자 되물었다.

"처음 자백했을 때는 어디서 장양을 교살했다고 했나?"

"베란다라고 했습니다."

"가보지."

베란다로 들어가 벽에 있는 전등 스위치로 손을 뻗으려는 찰나였다. 둘은 1미터도 안 되는 가까운 거리에 서 있던, 긴 머리에 검은 옷을 걸친 여자와 갑자기 눈이 마주쳤다.

옌량과 린치가 소스라치게 놀라며 소리쳤다.

"누구냐!"

"형사님이신가요?"

여자가 불을 켜며 평온한 어조로 말했다. 밝은 조명 아래에서 살펴보니 여자는 조금도 괴기스럽지 않았다. 오히려 예쁘장한 외모의 소유자였다.

그들은 깊은 밤, 이 낡은 집에 나타난 여자가 장차오의 부인임을 곧바로 추측할 수 있었다.

옌량이 본 자료에 의하면 부인의 나이는 장차오보다 몇 살 어린 서른대여섯 즈음이었다. 그런데 어지간히 자기 관리를 잘했는지 얼굴만 봐서는 서른도 채 안 되어 보였다. 아름다운 피부와 몸매에 넘치지도 부족하지도 않게 딱 적당히 풍기는 성숙미에 둘의 눈길은 절로 그녀에게 쏟아졌다. 장차오가 매우 애처가라 평소에도 아내에게 지극정성으로 잘한다는 조사 결과가 괜히 나온 것이 아니었다.

여자가 우아한 몸짓으로 자기소개를 했다.

"장차오의 아내예요. 아까 경찰에서 전화를 받았어요. 재조사하러 사람이 갈 테니 시간이 있으면 여기로 오라고 하시더군요. 귀중품 분실 같은 귀찮은 일이 발생하지 않도록 말이죠."

엔량이 주위를 둘러보며 물었다.

"여기에도 귀중품이 있습니까?"

주변에는 뒤쪽 바닥에 놓인 접이식 건조대 같은 부품과 잡동사니 말고는 아무것도 없었다.

여자가 시원스럽게 집 내부를 가리켰다.

"귀중품은 없으니 편하게 둘러보세요. 저는 그저 남편 사건이 어떻게 진행되고 있는지 궁금해서 온 것뿐이니까."

린치가 헛기침을 하더니 모범적이고 형식적인 경찰의 대답을 읊었다.

"아직 조사 중입니다. 아시다시피 부군께서는 가방과 함께 지하철역에서 현행범으로 체포됐습니다. 아직 제대로 해명되지 않은 부분이 많아 철저히 확인해야 할 것들도 많습니다. 부인께서 단서를 제공해주신다면 수사에 큰 도움이 될 겁니다."

"그렇군요. 하지만 제가 아는 건 모두 말씀드렸어요."

여자는 마치 남편이 당한 일은 크게 개의치 않는다는 듯 께느른하게 대답하고서는 뒤돌아 거실로 걸어갔다.

엔량은 그 뒷모습을 바라보다가 하는 수 없이 뒤를 따랐다.

여자가 둘에게 자리를 권했다. 엔량이 몇 초간 그 얼굴을 뚫어져라 쳐다봤지만, 평온해 보이는 모습에서 동요의 기색은 찾아볼 수 없었다. 어쩐지 사건에 관심조차 없는 것 같았다.

약간 의심스러워진 엔량이 안경을 만지작거리며 탐색하듯이 물었다.

"부인은 부군이 결백하다고 믿습니까?"

"모르겠어요. 저는 아는 게 하나도 없으니까요."

"부인께 뭔가 언질을 준 건 없습니까?"

"없어요."

여자가 즉시 대답하자, 옌량이 그녀의 태도를 살피며 화제를 바꿨다.

"장양에 대해선 얼마나 알고 있습니까?"

"형사님도 장양의 품행이 최악이라는 건 알고 계시죠? 장양은 남편의 학생이자 친구였어요. 그런데 우린 그 사람 때문에 30만 위안이나 사기를 당했다고요. 장양의 말만 믿고 돈을 빌려줘선 안 된다고 남편에게 여러 번 말했지만, 그이는 겁도 없이 큰돈을 빌려줬어요."

그녀는 마치 장차오와 장양 둘 다를 못마땅하게 여기는 모양새였다.

옌량이 인상을 쓰며 여자를 바라봤다.

"장양에게 원한을 가진 사람이 있습니까?"

"저는 잘 몰라요. 듣기론 인간관계가 복잡하다고 하던데, 아마 남편이 더 잘 알겠죠."

그녀의 말에는 경멸이 담겨 있었다.

옌량이 이마를 매만졌다. 더 이상 얻어낼 정보가 없어 보이자, 그는 오늘 이곳에 오면서 가장 궁금했던 점에 대해 물어봤다.

"이 집에 장양의 유품이 남아 있습니까?"

"대부분은 버렸어요. 처음에는 장양의 가족이 챙겨갈 것 같아 아무것도 건드리지 않았는데, 나중에 그 사람 전처가 경찰과 함께 왔다 갔는데도 유품을 챙겨가지 않았더라고요. 그런데 혼자 여기 와서 집에 그대로 남은 물건을 보니까 어쩐지…… 그 사람이 썼던 물건들이 좀 소름끼치더라고요. 그래서 경찰의 동의를 받고 나서 수건, 칫솔, 컵, 옷 등의 물건은 다 버렸어요. 음……, 지금은 책장에 책만 좀 있네요. 예전에 남편이 꽂아 둔 것도 있고 장양이 넣어 둔 것도 있어서 잘 구분이 안 돼서 말이죠."

"책 말입니까?"

옌량은 일어나서 작은 방에 있는 책장 앞으로 갔다. 3단 책장에는 법률 관련 서적과 자료가 가지런히 꽂혀 있었다. 옌량이 책장을 위에서 아래로 쭉 훑어보니 위의 두 칸에는 대형 법률 기본서가, 맨 아래에는 잡다한 법률 자료가 자리를 차지하고 있었다.

옌량이 아래 칸 가장 오른쪽에 있는 녹색 소책자를 꺼냈다. 표지에는 『중화인민공화국 검찰관법』이라고 적혀 있었다. 장양은 예전에 검찰관이었으니 이 책자는 그의 것이 틀림없었다.

하지만 옌량은 책자가 새것이라는 점에 주목했다. 발행일자가 올해 1월이었다. 장양은 몇 년 전에 검찰관직에서 해임됐는데, 무슨 이유로 검찰 관련 책자를 구입한 걸까?

옌량이 곰곰이 생각했다. 첫 페이지를 넘기는데 안에서 반으로 접힌 A4 용지 한 장이 툭 떨어졌다. 펼쳐보니 '허우구이핑侯貴平'이라는 이름이 적힌 신분증 복사본이었다. 그런데 소책자 속표지에도 '허우구이핑'이라는 글자가 펜으로 적혀 있고, 그 뒤로 느낌표 세 개가 연이어 찍혀 있었다.

옌량이 소책자를 여자에게 보여주며 확인을 부탁했다.

"이 글씨가 남편의 필체인지, 아니면 장양의 것인지 확인 좀 해주시겠습니까?"

그녀는 소책자를 받아들더니 그걸 전등에 비춰보며 옌랑과 린치의 시선을 피했다. 그 가슴이 살짝 올라갔다가 내려갔다. 깊게 숨을 들이마신 여자가 다시 뒤를 돌아 옌랑에게 책을 건네며 말했다.

"장양이 쓴 게 틀림없어요. 남편의 필체는 아니에요."

옌랑이 고개를 끄덕이고 곧바로 물었다.

"허우구이핑이 누군지 아십니까?"

여자는 별 특별한 표정 변화도 없이 대답했다.

"장양의 대학 동기이자 남편의 제자였어요. 꽤…… 고집스러운 사람이었던 거 같던데."

제10장

2001년 8월 30일, 허우구이핑은 먀오가오향苗高鄉에 도착했다.

본 성省* 칭시 핑캉현平康縣 관할에 있는 먀오가오향은 본 성의 서부 산간 지역에 위치해 있다. 이곳은 현성縣城**에서 30킬로미터 정도 떨어져 있고, 주변이 산으로 둘러싸인 지형이라 교통이 불편하고 경제도 낙후되어 젊은이들 대부분은 일하러 외지로 나간다. 이 시골 마을에 유일하게 있는 허름한 초등학교에는 백여 명의 학생과 나이 많은 시골 교사 여섯 명이 근무 중인데, 교사 한 명당 학년을 몇 개씩이나 관리해야 하는 상황이라 교육 환경이 매우 열악했다.

허우구이핑은 장화대학교 법학과 3학년 학생으로, 2년간 교육지원을 다녀오면 대학원 시험을 면제받을 수 있는 학교 프로그램에 자원해서 먀오가오 초등학교로 부임했다. 그는 이 초등학교에서 가장 젊고 교육수준이 높으며, 도시 문명과 현대 과학을 이해하는 유일한 교사였다.

학교는 허우구이핑에게 운동장 옆에 있는 낡은 단층건물을 숙

---

* 중국의 행정구역 단위로, 크게 4개의 직할시(베이징北京시, 상하이上海시, 충칭重慶시, 톈진天津시)와 22개의 성(쓰촨四川성, 산둥山東성, 광둥廣東성, 저장浙江성 등), 5개의 자치구(광시廣西, 네이멍구內蒙古, 닝샤寧夏, 신장新疆, 티베트 자치구), 2개의 특별행정구(홍콩, 마카오)로 구분된다.

** 현급 정부 소재지로, 한국의 읍내에 해당한다.

소로 제공했다. 숙소 근처에는 집이 먼 학생들이 살고 있는 기숙사가 있었다.

이 시기는 재력의 상징이자, 심지어 무기로 사용해도 될 만큼 큰 벽돌 같은 핸드폰이 역사의 뒤안길로 사라지기 직전이었다. 그래서 버스를 타면 그런 대형 핸드폰을 들고 수백, 수천만 위안의 거금이 오가는 사업 얘기를 하는 경영인들의 모습을 심심찮게 볼 수 있었다. 허나 핸드폰은 이제 막 유행하기 시작한 사치품으로, 허우구이핑 같은 학생이 감당할 만한 물건이 아니었다. 그래서 허우구이핑은 주로 편지로 소식을 주고받았다.

그날 밤, 허우구이핑은 같은 학과 여자친구인 리징李静에게 편지를 썼다. 그는 먀오가오향의 열악한 환경에 대해 소개했다. 그리고 순박하고 착한 마을 사람들을 위해 교사로 있는 2년 동안 한정된 교육 자원 속에서도 최선을 다해 학생들에게 많은 지식을 전달하여 그들 인생의 궤도를 바꾸고 싶다고도 적었다.

180센티미터 키의 태양처럼 밝은 청년은 교육에 대한 열정이 넘쳤고, 학생들도 금세 큰형 같은 이 교사를 좋아하게 되었다.

부임한 지 어느덧 한 달이 지났다. 국경절*이 지난 다음 날, 6학년 수업을 하러 들어간 허우구이핑은 교실 맨 뒤의 거리葛麗라는 뚱뚱한 여학생의 자리가 비어 있는 것을 보고 물었다.

"거리는 안 왔니?"

반장인 왕쉐메이王雪梅가 작은 소리로 대답했다.

"아파서 학교를 쉰대요."

---

* 중국의 건국기념일로, 매년 10월 1일이다. 보통 3~7일간의 연휴가 있다.

허우구이핑은 대수롭지 않게 생각했다. 농촌에서는 농번기에 아이들을 학교에 보내지 않고 집에서 일을 돕도록 하는 경우가 많기 때문이다. 하지만 뜻밖에도 한 개구쟁이 남학생이 장난을 치며 "거리는 배가 불룩해서 애기 낳으러 집에 간 거래요."라고 말하자 몇몇 소년들은 교실이 떠나가라 웃어댔다.

허우구이핑은 그 남학생에게 눈을 부라리며 친구에 대해 나쁘게 말하면 안 된다고 꾸중했지만, 여러 여학생의 얼굴에 어려 있는 음울한 기색에 은근 불편한 느낌을 지울 수 없었다. 그러나 그는 칠판을 향해 몸을 돌려 삼각형의 기본에 대해 열심히 설명하며 수업을 이어갔다.

수업이 끝난 후, 허우구이핑이 반장인 왕쉐메이를 불러 자세한 상황을 물었다.

"거리는 어디가 아픈 거야?"

"저어……, 거리는…… 아픈 게 아니에요."

왕쉐메이가 우물쭈물하며 대답했다.

"아픈 게 아니라고? 그럼 왜 학교를 쉬었는데? 집에 무슨 일이라도 있는 거니?"

"그게……."

왕쉐메이가 손가락으로 옷자락에 원을 그리며 힘들게 말을 꺼냈다.

"곧…… 애기가 나온대요."

뒤통수를 세게 한 대 얻어맞은 기분이었다.

아기를 낳으러 집에 갔다는 게 사실이었단 말인가!

허우구이핑이 입을 떡 벌렸다. 이 심정을 뭐라고 표현해야 할지

도무지 알 수 없었다.

그는 거리의 모습을 떠올려봤다. 거리는 말이 없고 내성적인 아이로, 키가 크고 뚱뚱했다. 매일 고개를 숙이고 다녔는데, 질문에 대답할 때도 선생님의 얼굴을 똑바로 쳐다보지 못했다. 당시에는 그저 뚱뚱한 체형이라고만 생각했는데, 사실은 임신을 해서 그랬던 것이었다. 돌이켜보니 그 아이의 배가 확실히 비정상적으로 불룩 나오긴 했다.

"진짜…… 진짜로 임신한 거야?"

허우구이핑은 인정하고 싶지 않았지만 재차 확인했다.

왕쉐메이가 말없이 고개를 끄덕였다.

이건 범죄다! 법학과 학생인 허우구이핑이 제일 먼저 떠올린 것은 이 일이 범죄라는 사실이었다.

거리는 만 14세도 채 되지 않았다. 만 14세 미만 소녀와의 성관계는 법적으로 모두 성폭행에 해당한다.

물론 농촌에서는 일찍 결혼하고 곧바로 아이를 낳는 일이 드물지는 않았다. 많은 사람이 법적인 결혼 연령이 되기 전에 결혼부터 하고 아이를 낳은 후, 해당 연령이 되면 혼인 증명서를 받으러 갔다. 이는 사실 불법이었지만 많은 지방에서 암묵적으로 굳어진 관례였기에, 각 지자체에서는 장려는 안 하지만 반대도 하지 않는다는 미적지근한 태도를 취했다.

하지만 국내에서는 법적으로 만 14세 미만의 여자아이와 성관계를 맺는 일은 불법이다. 범죄임이 형법에 명시되어 있으니 예외는 있을 수 없는 일이었다.

그런데 바로 여기서 이런 사건이 발생하고 말았다!

허우구이핑은 들끓는 마음을 간신히 억누르며 침을 삼켰다.

"언제 그런 일이 생긴 거야?"

"국경절 연휴 중에 알았어요. 이번 달 말에 애기가 나올 거래요. 거리의 할아버지랑 할머니가 걔보고 학교를 그만두게 하고 집으로 데리고 갔어요."

왕쉐메이가 고개를 숙이며 작게 대답했다.

허우구이핑이 숨을 깊이 들이마셨다. 겨우 6학년짜리 초등학생이 아이를 낳기 위해 퇴학하고 집으로 돌아가는 일이 생길 줄은 꿈에도 생각지 못했다.

"거리의 부모님은 이 일을 알고 계시니?"

왕쉐메이가 고개를 가로저었다.

"거리네 아빠는 일찍 돌아가셨고 엄마는 재혼했대요. 그래서 가족은 할아버지랑 할머니밖에 없는데, 두 분 다 나이가 많으세요."

"어떻게 임신하게 된 거니? 누구 아이를 임신한 거야?"

"그게……, 그게……."

왕쉐메이의 얼굴에는 두려워하는 기색이 역력했다.

허우구이핑이 참을성 있게 아이를 바라봤다.

"선생님한테 말해주면 안 될까?"

"저는……."

왕쉐메이가 이를 악물며 우물거리다가 결국 울음을 터뜨렸다.

허우구이핑도 차마 더는 왕쉐메이를 다그치지 못하고 잘 달래서 돌려보냈다.

나중에 다른 학생들도 불러 상황을 알아봤지만, 배 속 아이의 아버지가 누구냐는 말만 꺼내면 다들 겁에 질려 제대로 대답하지 못했다. 아이들의 겁먹은 모습에 허우구이핑은 결국 진상 파악을 포기할 수밖에 없었다.

허나 여러 사람의 입에서 나온 말을 통해 대략 전체적인 구도는 그려낼 수 있었다.

거리의 아버지는 그녀가 세 살 때 외지로 일하러 나갔다가 사고로 사망했고 어머니는 그 후에 다른 남자와 도망갔다. 거리는 어렸을 때부터 유일한 혈육인 조부모와 함께 지냈는데, 조부모는 고령인데다 형편도 매우 어려웠다. 이런 가정환경에서 자란 거리는 내성적이었고 다른 친구들에게 먼저 말을 거는 일도 드물었다.

이번 겨울방학 때쯤 이 지역 토박이들마저도 두려워하는 누군가가 거리를 성폭행했다. 소심하고 내성적인 거리는 할아버지와 할머니를 포함한 그 누구에게도 이 일을 말하지 않았을 것이고, 나중에 점점 배가 점점 불러와서야 임신한 사실을 알게 되었으리라. 그러나 겨우 6학년밖에 되지 않은 여학생은 어떻게 대처해야 할지 전혀 몰랐다. 거기다 부끄러운 일이라는 생각에 아무에게도 사실을 알리지 않았고, 주변 사람들도 그저 거리가 살이 찐 것뿐이라고 생각했다. 하지만 배가 더욱 크게 불러오자 더 이상 숨길 수 없게 된 것이다.

허우구이핑은 이 일에 어떻게 대처해야 좋을지 앞으로가 막막했다. 그는 사회 경험도 많지 않은 일개 대학생이었다. 그는 이 일이 범죄라는 사실을 알지만, 다른 마을 사람들은 과연 어떻게 생각할까?

아마도 시골의 흔한 관습이라고 여길 것이 분명했다. 교육지원을 온 외지인 교사가 거리를 대신해 경찰에 신고한다고 해도, 소녀의 가족과 마을 사람들은 오히려 그가 쓸데없는 일에 참견한다고 여길지도 몰랐다.

그저 망설이고만 있던 허우구이핑은 이번 주가 지나면 거리의 집을 찾아가 어찌된 일인지 파악하고, 아이 본인의 의사를 물어본 뒤 방침을 결정해야겠다고 마음먹었다.

제11장

금요일은 이번 주 마지막 등교일로, 오후 수업도 일찍 끝나서 학교 안은 텅 비어 있었다.

홀로 교실 입구에 앉아 책을 들고 있던 허우구이핑의 마음속은 먹구름으로 가득했다.

거리가 임신해서 아이를 낳기 위해 퇴학한 사실을 알게 된 이후, 그는 여러 사람들에게 이 상황을 알렸다. 하지만 시골 학교에 있는 늙은 교사들은 이 일을 대수롭지 않게 여기며, 촌에서는 미성년자가 결혼하고 아이를 낳는 것은 흔하다고 말했다. 그들의 눈에 살인과 방화는 교도소에 갈 범죄지만, 십 대 소녀의 원치 않은 임신은 그저 스스로 성폭행당했다고 말하지만 않으면 그리 대단한 문제도 아니었다. 남자 쪽에서 그 여자아이와 결혼하거나 가족 쪽에 돈을 쥐어주면 끝날 일이었다. 이런 환경이니 만 14세 미만이라는 형법의 잣대를 받아들이도록 그들을 설득하는 건 매우 어려웠다.

아무래도 이 일을 어떻게 처리할지에 대해 거리 본인의 의견을 들어볼 필요가 있었다.

해질 무렵 책을 덮고 교실로 돌아간 허우구이핑은 교실 맨 뒷줄에 앉아 있는 웡메이샹翁美香을 발견했다.

웡메이샹은 반에서 키가 제일 큰 여학생으로, 갸름하고 예쁘장한 얼굴 덕분에 아마도 몇 년이 지나면 미인이 될법한 아이였다. 발육도 빨라서 벌써 가슴이 도톰하게 곡선을 이루었지만, 대개 이 나이 대의 소녀들은 신체의 변화를 부끄러워하는 경우가 많았다. 그래서 웡메이샹도 가슴이 나온 것을 가리기 위해 항상 구부정하게 걸었다.

몇 달간 교편을 잡으면서 허우구이핑은 학생들의 가정 형편을 어느 정도 알게 되었다.

웡메이샹은 거리처럼 부모가 어떤 이유로 집을 나가 혼자 남은 아이로 조부모와 함께 살고 있었다. 사실 농촌에는 이런 아이들이 많았는데, 대부분이 내성적이며 말수가 적고 그나마 말을 할 때도 항상 기어 들어가는 목소리로 중얼거렸다.

몽당연필을 손에 쥐고 진지한 표정으로 종이에 일기 같은 것을 쓰던 웡메이샹은 교실로 들어오는 선생님을 한 번 흘끔 보고는 무표정한 얼굴로 다시 고개를 숙여 무언가를 적었다.

허우구이핑이 창문을 닫으며 학생을 재촉했다.

"웡메이샹, 왜 아직 집에 안 갔니?"

"아……, 교실에서 숙제하려고요."

허우구이핑은 다른 창문도 닫으며 말했다.

"선생님은 문단속을 해야 하니까 집에 가서 숙제하렴. 시간도 늦었으니 좀 있으면 어두워질 거야. 주말에는 집에서 할아버지 할머니랑 지내야지."

"네."

웡메이샹은 허우구이핑의 말을 듣더니 느릿하게 가방을 챙기고 자리에서 일어났다. 마치 일부러 천천히 움직이는 것 같았다.

허우구이핑이 마지막으로 남은 창문을 닫았다. 그는 웡메이샹이 아직도 그 자리에 있는 모습을 보고 입구를 가리키며 말했다.

"가자."

"네."

오늘따라 웡메이샹의 반응이 유난히 느렸다. 등에 작은 천 가방을 맨 그녀는 고개를 숙이고 등을 구부린 채 교실 입구로 머뭇머뭇 걸어갔다.

허우구이핑이 문을 다 잠그고 웡메이샹의 옆으로 다가가 물었다.

"주말인데 왜 일찍 집에 안 갔어? 할아버지, 할머니가 보고 싶어 하실 텐데."

웡메이샹이 고개를 푹 숙인 채 대답했다.

"저는…… 이번 주에 집에 안 가요."

"왜?"

"그냥…… 학교에 있고 싶어요."

"그랬구나."

허우구이핑이 웡메이샹과 눈높이를 맞추고 친오빠 같이 다정한 미소를 지었다. 그러나 어린 소녀에게 얼굴을 들이미는 것이 부적절하다는 생각에 얼른 몸을 곧게 펴고 헛기침을 하며 물었다.

"할아버지, 할머니와 싸웠어?"

"아니에요." 웡메이샹이 허우구이핑의 시선을 피했다. "할아버지랑 할머니가 이번 주말에 바쁘셔서 귀찮게 하고 싶지 않아요."

허우구이핑이 미소를 지었다.

"좋아. 그럼 다음 주말엔 꼭 집에 가는 거다. 넌 속이 깊은 아이니까 어른들을 걱정시키지 않을 거라고 믿어."

웡메이샹이 고개를 주억거리며 허우구이핑과 함께 학교 밖으로 나갔다. 교문 가까이에 이르렀을 때, 웡메이샹이 갑자기 발걸음을 멈추더니 말을 할까 말까 한참 주저하다가 간신히 용기를 짜내서 물었다.

"선생님, 저녁에 뭐 드실 거예요?"

"그냥 마을에 가서 먹을 생각인데, 너는?"

"저는…… 잘 모르겠어요. 선생님, 혹시 저도……."

"당연히 괜찮지. 선생님이랑 같이 가서 먹자."

허우구이핑은 아이의 마음과 넉넉지 않은 주머니 사정을 짐작하고 흔쾌히 승낙했다.

"선생님, 고맙습니다!"

웡메이샹이 이제야 활짝 웃었다.

두 사람은 웃음꽃을 피우며 학교 밖을 나섰다. 석양이 뒷모습을 비추자 두 사람의 그림자가 길게 늘어났다.

학교 밖 시멘트로 포장된 길가에 농촌에서 흔히 볼 수 없는 검은색 소형 승용차가 세워져 있었다. 노랗게 물들인 상고머리를 한, 작은 체격의 남자가 차에 몸을 기댄 채 짜증스러운 얼굴로 담배를 피우다가 그들이 학교 밖으로 나오는 모습을 보고 버럭 소리를 질렀다.

"웡메이샹! 웡메이샹!"

웡메이샹이 남자를 쳐다보더니 얼른 고개를 돌려 못 들은 척 계속해서 앞으로 걸어갔다. 하지만 허우구이핑은 발걸음을 멈춰 노랑머리 남자를 살펴봤다. 그가 뛰어와 화를 내며 다시 소리쳤다.

"웡메이샹!"

웡메이샹도 이번에는 못 들은 척할 수 없었는지 마지못해 발걸음을 멈추고 뒤를 돌아 노랑머리 앞에서 고개를 숙였다.

허우구이핑이 그에게 물었다.

"누구시죠?"

노랑머리가 노기 띤 얼굴을 황급히 수습하며 웃음 지어 보였다.

"아하, 선생님이시구나? 웡메이샹의 사촌 오빠입니다. 오늘 현성으로 놀러 가기로 했는데, 얘가 이렇게 늦었네요. 참 이렇게 생각이 없어서야."

"저…… 저는 선생님이랑 밥 먹으러 갈 거예요."

웡메이샹은 현성에 가기 싫은 모양이었다.

남자의 얼굴이 미묘하게 일그러지며 순간 성난 표정이 스쳐 지나갔다. 하지만 그는 애써 미소를 지으며 말했다.

"선생님을 귀찮게 하면 안 되지. 얼른 가자. 오빠가 맛있는 거 사줄게. 너 현성으로 놀러간 지도 오래됐잖아."

허우구이핑은 오늘따라 유난히 울적해하는 웡메이샹이 주말에 현성으로 가서 노는 것도 좋을 듯해 함께 설득했다.

"오빠가 현성에 데리고 가준다잖아. 다녀오렴."

"저는…… 저는 현성에 가기 싫어요."

"웡메이샹! 너, 자꾸 이럴 거야?"

노랑머리가 슬쩍 언성을 낮추며 웡메이샹을 노려봤다.

웡메이샹이 겁에 질려 한 발짝 뒷걸음질을 쳤다가 작게 "네."라고 대답하고 남자 곁으로 걸어갔다.

허우구이핑은 어렴풋이 뭔가 이상하다는 느낌을 받았지만, 오늘 웡메이샹이 기분이 안 좋아서 고집이라도 부리는 줄 알고 웃으며 손을 흔들었다.

"가서 재미있게 놀아!"

웡메이샹이 아무 말 없이 고개만 숙였다.

"가자!"

노랑머리가 웡메이샹을 재촉하며 몸을 돌려 차로 걸어갔다.

웡메이샹은 도중에 멈춰 서서 허우구이핑을 가만히 쳐다봤지만 그는 그저 웃는 얼굴로 그녀를 보기만 했다. 몇 초가 흐르고, 웡메이샹이 서서히 몸을 돌려 남자의 뒤를 쫓아갔다.

허우구이핑은 그 자리에 서서 웡메이샹이 떠나가는 모습을 의아하게 바라봤다. 일순간 웡메이샹의 눈에 실망 어린 빛이 떠오른 것처럼 보였다.

노랑머리가 차 문을 열자 웡메이샹이 경직된 발걸음을 멈추며 손으로 문을 꽉 잡았다. 갑자기 그녀가 뒤돌아 큰 소리로 외쳤다.

"허우 선생님."

"왜 그러니?"

허우구이핑이 웡메이샹을 향해 웃었다.

"아이고, 아무것도 아닙니다. 빨리 차에 타. 선생님, 그럼 가보겠습니다."

남자가 웃으며 인사했다.

허우구이핑은 멀거니 서서 웡메이샹이 차에 타는 모습을 눈으로 쫓았다. 차는 시동이 걸리더니 곧 현성 방향으로 움직이기 시작했다. 조수석에 앉은 웡메이샹이 기이한 눈빛으로 허우구이핑을 물끄러미 바라봤다. 그 시선은 마치 한 오라기 실처럼 보이지 않을 때까지 오랫동안 진득이 늘어져 달라붙어 있었다.

차는 점점 멀어지면서 어느새 시야에서 사라졌다.

그날 허우구이핑은 계속 형언할 수 없는 묘한 기분에 휩싸여 있었다.

나중에 그는 우두커니 서 있기만 했던 그날을 두고두고 후회했다.

만일 다시 한 번 선택할 수 있는 기회가 주어진다면, 그는 기필코 온 힘을 다해 그 차를 막아설 것이다.

웡메이샹이 자신을 바라보던 눈빛, 차가 저 멀리 떠날 때까지 한 오라기 실처럼 간신히 붙어 있던 그 눈빛을 허우구이핑은 영원히 잊지 못했다.

제12장

일요일 새벽 2시, 허우구이핑은 누군가 다급하게 문을 두드리는 소리에 잠이 깼다. 문 밖에 기숙사생들이 당황해서 어쩔 줄 몰라 하며 한데 모여 있었다. 한바탕 혼란 속에서 오고 간 대화를 통해 허우구이핑은 무슨 일이 일어났는지 파악할 수 있었다.

몇 분 전, 한 여학생이 한밤중 화장실에 가려고 일어났다. 화장실은 기숙사에서 약 20~30미터 떨어져 있어 손전등을 들고 갔는데, 뜻밖에도 입구에 사람이 쓰러져 있었다. 그녀는 놀라서 황급히 기숙사로 돌아가 룸메이트를 깨웠고, 몇몇 여학생이 옆 기숙사에 있는 남학생들까지 깨워 함께 화장실로 갔다. 확인해보니 쓰러져 있던 사람은 웡메이샹이었다. 그래서 학생들은 웡메이샹을 부축해 제일 가까운 허우구이핑의 숙소로 온 것이었다.

허우구이핑이 급히 옷을 걸치고 나갔다. 웡메이샹은 몇몇 학생들의 부축을 받았지만 제대로 서 있지도 못했다. 의식이 흐릿한지 말도 하지 못했고, 온 몸에는 구토물이 잔뜩 묻어 있었다. 같은 반 여학생들은 불안한 마음에 울음을 터뜨렸다. 그는 깊이 생각할 겨를도 없이 바로 웡메이샹을 들쳐 메고 학생들과 함께 마을 진료소를 찾아갔다. 의사는 농약 중독으로 의심된다는 진단을 내렸다.

상태가 몹시 위독해 작은 진료소에서는 치료할 수 없으니, 이웃에서 농업용 삼륜차를 빌려 현성에 있는 핑캉 인민병원으로 데려가길 권했다.

병원으로 가며 허우구이핑은 조급한 마음에 눈물이 났다. 그는 이불에 꼭 싸인 웡메이샹의 손을 잡은 채 귀에 대고 잠들면 안 된다, 버텨야 한다고 끊임없이 말했다. 하지만 이불 속 세상의 따스함에 취해 자꾸만 꿈속으로 빠져드는지 그녀의 몸은 갈수록 축 늘어졌다.

한 시간 동안 비포장도로를 달려 병원에 도착했을 때 웡메이샹의 숨은 가느다란 거미줄처럼 끊어지기 일보직전이었고, 몇 시간이나 응급처치를 하던 의사는 결국 사망을 선고했다.

사망 원인은 살충제 음용이었다.

허우구이핑은 응급실 밖의 긴 의자에 털썩 주저앉았다. 머릿속이 웅웅 울렸고, 눈앞은 빙빙 돌았다.

이게 대체 어떻게 된 일인가? 어떻게 이리도 갑작스럽게 죽은 걸까? 왜 농약을 마신 걸까?

이틀 전 오후에 본 웡메이샹의 눈빛을 떠올린 허우구이핑은 그녀의 죽음이 그렇게 단순한 이유 때문은 아닐 거라고 어렴풋이 짐작했다.

날이 밝자, 교장과 진鎭* 정부 관계자가 병원에 도착해 뒷일을 처리했다. 현성 파출소의 경찰도 신고를 받고 병원으로 와서 사건을 기록했다. 허우구이핑은 경찰의 물음에 이틀 전 오후 하교 시간에

* 현의 하위 행정 구역.

웡메이샹이 어떤 노랑머리 청년을 따라 검은색 승용차를 타고 현성으로 가는 모습을 마지막으로 목격했다고 진술했다. 그 남자에 대해서는 아는 바가 없으며, 당시 웡메이샹의 기분이 좋지 않아 보였던 일과 죽음이 관련 있는지는 확신할 수 없다고 덧붙였다.

허우구이핑은 외지에서 교육지원을 나온 대학생으로, 이곳 물정에 대해 잘 몰랐기 때문에 사후 처리에 도움을 줄 수 있는 부분이 아무것도 없었다. 교장과 진 정부 관계자는 허우구이핑에게 학생들을 데리고 먼저 학교로 돌아가라고 일렀다.

농업용 삼륜차의 짐칸에 탄 학생들이 허우구이핑의 주위에 모여 앉았다. 울퉁불퉁한 산길을 따라 덜컹거리는 짐칸에서 모두는 묵묵히 있기만 했다. 그러다 한 소녀가 울음을 참지 못하고 훌쩍거렸다. 허우구이핑은 하늘을 올려다보며 턱을 짐칸 난간에 괴었다. 이틀 전 오후, 차에 올라탄 웡메이샹의 눈빛이 자꾸만 머릿속에 맴돌았다. 마치 모든 일이 방금 전에 일어난 듯했다.

그 눈빛…….

그건 분명 선생님에 대한 실망의 눈빛이었다…….

허우구이핑이 갑자기 몸을 똑바로 일으켜 옆에 있는 학생에게 물었다.

"웡메이샹이 언제 학교에 돌아왔는지 아니?"

"어제 오후에 왔어요."

웡메이샹과 같은 방을 쓰는 여학생이 흐느끼며 조그마한 소리로 대답했다.

웡메이샹은 이틀 전 오후 그 남자의 차를 타고 갔다가 어제 오후에야 돌아와 그날 밤 바로 농약을 마셨다. 도대체 그 하루 동안 무슨 일이 있었던 걸까?

불안감이 더 커졌다.

허우구이핑이 다급히 물었다.

"웡메이샹한테 사촌 오빠가 있는 거 알아? 작은 키에 머리는 노랗게 염색했고, 검은색 승용차를 몰고 다니는 사람인데."

"그…… 그 사람은 웡메이샹의 사촌 오빠가 아니에요."

그 여학생이 코를 훌쩍거리며 대답했다.

"그럼 누군데?"

허우구이핑이 눈을 휘둥그렇게 떴다. 학생들의 눈빛에 더 큰 불안이 감돌았다.

"그게……."

여학생은 입을 열긴 했으나 끝내 말을 내뱉지 못했다.

"도대체 누군데 그래?"

허우구이핑은 마음이 급했다. 만일 눈앞에 있는 사람이 어린 학생만 아니었다면 상대의 팔을 꽉 붙잡고 다그쳤을 것이다.

"그게……, 그게……."

그녀가 우물거리자 한 남학생이 불쑥 끼어들었다.

"그 사람은 난쟁이에요. 우리 마을에서 제일 나쁜 깡패라고요."

소년은 말을 마치고 바로 입을 닫았다. 두려운지 숨을 헐떡거렸다.

"난쟁이? 마을의 깡패?"

허우구이핑이 그의 말을 반복하자 다른 학생들이 고개를 숙이며 침묵했다.

다시 여학생에게 눈길을 던진 허우구이핑이 그녀의 눈을 응시했다.

"웡메이샹은 이틀 전 오후에 그 난쟁이를 따라 현성에 갔어. 거기서 뭘 했는지 알고 있니?"

"그게……, 그러니까……."

"선생님한테 말해줘. 선생님이 비밀 지켜줄게. 다른 친구들도 말하지 않을 거야."

그녀는 울먹이면서 살짝 몸을 떨었다. 입을 달싹거렸지만 좀처럼 말을 내뱉지 못했다.

아까 참견했던 남학생이 다시 말을 툭 내뱉었다.

"난쟁이가 웡메이샹을 괴롭혔어요. 선생님, 절대로 제가 말했다고 하면 안 돼요."

그는 말을 마치더니 바로 고개를 무릎 사이로 깊이 묻었다.

여학생도 묵묵히 고개를 끄덕이며 기어 들어가는 목소리로 말했다.

"어제 웡메이샹이 저한테도 그렇게 얘기했어요."

"괴롭혔다고?"

허우구이핑이 잠시 말을 멈췄다가 다시 천천히 입을 열었다.

"너희가 말하는 괴롭힌다는 게…… 무슨 뜻이지?"

여학생은 고개만 숙인 채 계속 훌쩍거리기만 할 뿐 묵묵부답이었다. 다른 학생들도 굳게 입을 닫았다.

허우구이핑이 학생들을 둘러봤지만 아무도 대답하지 않았다.

침묵이 내려앉은 짐칸에서는 삼륜차의 모터 소리만 들렸다.

허우구이핑은 무슨 말을 해야 할지 몰라 입만 벙긋거렸다. 그가 공부해왔던 전공에 비춰보면 지금 큰 사건이 터진 것만은 확실했다.

나중에 차에서 내린 허우구이핑이 삼륜차를 운전한 농부를 한쪽으로 불러 난쟁이에 대해 묻자 그가 난처한 웃음을 지어 보였다.

"난쟁이는 웨쥔岳軍이라는 놈으로, 이 지역 깡패예요. 허우 선생님, 그놈만큼은 절대로 건드리면 안 돼요. 아주 지독한 놈이거든요."

농부는 웨쥔에 대해 더 이상 언급하려 하지 않았다.

허우구이핑은 두 다리가 마비될 때까지 그 자리에 한참을 서 있다가 겨우 숙소로 발걸음을 돌렸다.

이제 어떻게 해야 할까? 학생들뿐만 아니라 어른들조차도 악마 같다고 말하는 마을의 무법자, 난쟁이 웨쥔이 살짝 두려워졌다.

허우구이핑은 외지인이었다. 또한 이곳은 오지에 있는 농촌으로, 문명적인 법규가 적용되지 않을 때가 많았다. 여러 가지 일들이 종종 몇몇 사람의 입김에 의해 유야무야 묻혀버렸다.

침대에 누워 눈을 감으니 그날 웡메이샹의 눈빛이 계속 떠올랐다. 애절하게 도움을 갈구하는 눈빛이 차에 올라탄 후에는 실망한 눈빛으로 변해 저 멀리 사라졌다.

허우구이핑이 고통스러워하며 주먹을 세게 쥐었다. 이틀 전 오후에 일어난 모든 일들이 마치 한 편의 영화처럼 끊임없이 반복해서 재생되었다.

그러다 문득 교실에서 웡메이샹이 일기 같은 것을 쓰고 있던 모습이 떠올랐다. 혹시…… 어쩌면 그녀가 일기에 뭔가를 남겼을지도 몰랐다.

허우구이핑은 곧바로 교실로 달려가 웡메이샹의 책상에서 일기 한 권을 찾아냈다. 가장 최근에 쓴 페이지를 펼쳐보니 연필로 쓴 일기가 나타났다. 초등학생이어서 어휘 선택이 서투르긴 했지만 그래도 몇 가지 단서를 발견할 수 있었다.

일기에는 며칠 전 난쟁이가 웡메이샹을 찾아와 금요일 저녁에 현성으로 데려가겠다고 말했고, 너무 무서웠지만 가지 않을 수 없었다고 정확히 적혀 있었다. 난쟁이가 그녀를 현성으로 데려가 무엇을 했는지는 적혀 있지 않았지만, 학생들이 알려준 정보와 거리가 겪은 일을 연관시켜보면 몹쓸 짓을 당한 것이 틀림없었다.

더 따져볼 것도 없이 허우구이핑은 노트를 들고 현성으로 가는 트럭을 잡아탔다. 그리고 최대한 빨리 핑캉현 공안국으로 가서 사건을 신고하고 웡메이샹의 부검을 요구했다.

제13장

일주일이 지났다.

바깥 날씨는 화창하고 맑았으나 숙소 안은 커튼이 쳐져 칠흑처럼 어두웠다.

몇 개월간 헤어져 있었던 두 마음이 서로 강렬한 정열을 뿜어내다가, 유성이 가장 찬란한 빛을 발하는 순간 상대의 몸속으로 격정을 쏟아냈다.

몸속 도파민 수치가 최고조에 올랐다가 빠르게 바닥으로 떨어지자 마침내 두 사람의 마음도 현실로 돌아왔다.

리징이 허우구이핑의 팔을 베고 누운 채 그의 반짝이는 눈빛을 올려다봤다.

"편지에서 나한테 말했던 그 일은 어떻게 됐어?"

허우구이핑이 표정을 굳히며 미간을 찌푸렸다.

"공안국에서 웡메이샹의 시체를 부검했는데, 처녀막이 파열됐고 질에서 정액이 검출됐어. 다음 날 난쟁이도 잡혀갔지. 그래도 웡메이샹은 다시 돌아오지 못해. 너무나 후회가 돼서 미치겠어."

"뭘 후회하는데?"

허우구이핑은 아랫입술을 꽉 깨물며 저 먼 곳으로 시선을 던졌다.

“일주일 내내 눈만 감았다 하면 웡메이샹이 차에 올라타면서 나를 바라보던 모습이 떠올라. 난 그 애가 가는 모습을 가만히 보고만 있고. 분명 나 같은 선생한테 실망했을 거야. 아주 심하게 실망했겠지…….”

눈시울이 차츰 붉어지더니 허우구이핑이 결국 참지 못하고 오열하기 시작했다.

“그때 분명히 뭔가 이상한 느낌이 들었어. 아이가 차에 타기 싫어하는 것도 알았고. 그런데도 난…… 재미있게 놀다 오라고 권하기까지 했어. 내가…… 내가…….”

허우구이핑이 고개를 젖혔다. 감정이 와르르 무너지면서 눈물이 제멋대로 넘쳐흘렀다.

리징은 허우구이핑의 머리를 가슴에 품고 꼭 끌어안았다. 그의 눈물이 또르르 흘러내리는 게 느껴졌다.

그렇게 한참 동안 모든 것을 다 쏟아 내고 마음의 평정을 되찾은 허우구이핑은 리징에게 고맙다는 듯 웃어 보였다.

리징이 한숨을 내쉬었다.

“교육지원을 나간 지 겨우 몇 개월 만에 이런 일이 생길 줄이야. 진즉에 알았다면 너보고 대학원 때문에 교육지원을 나가지 말고, 차라리 내년에 졸업해서 바로 취업하라고 했을 거야.”

허우구이핑이 씁쓸히 웃으며 고개를 가로저었다.

“난 여기로 교육지원 나온 건 후회 안 해. 만일 순조롭게 졸업했다면 변호사나 법관, 아니면 검찰관이 돼서 매일같이 서류만 보느라 그 이면에 있는 이야기는 몰랐겠지. 이번 교육지원에서 경험한 일이 세상의 진짜 모습인 거야.”

리징이 미소를 지었다.

"마음에 그늘로 남진 않겠어?"

허우구이핑이 몸을 곧게 펴며 말했다.

"그럴 리가! 법조인이라면 언젠가는 사회의 어두운 그림자와 마주해야 하잖아. 그런 용기도 없이 어떻게 법조계에 몸을 담을 수 있겠어?"

그녀가 입을 비죽이며 투덜거렸다.

"아직 졸업도 안 했으면서 벌써 자신을 법조인이라고 말하는 거야? 정확히 따지자면 난 4학년이고, 넌 아직 3학년이야. 지금은 내가 선배라고."

"선배? 그렇다면 난 선배가 제일 좋지!"

허우구이핑이 리징의 몸을 누르며 키스하자, 그녀가 앙탈을 부리며 재잘거렸다.

"사실 너같이 훤칠한 대학생은 농촌에서 인기 있잖아. 욕구도 이렇게 왕성하고 말이야. 2년이나 떨어져 있는 동안 젊은 과부한테라도 넘어갈까 봐 걱정돼."

"마을에 진짜로 젊은 과부가 있긴 해. 그 여자, 피부도 뽀얗다? 내가 바람피울까 봐 걱정되면 자주 와야 할 거야. 안 그러면 나도 장담 못 해."

"과부 이름이 뭔데?"

리징이 물었다.

"딩춘메이丁春妹."

"이것 봐. 바로 튀어나오네. 이름을 똑똑히 기억하고 있다는 건 너도 마음이 없지는 않다는 뜻이잖아!"

그녀가 짐짓 토라진 척했다.

“그럼 네가 확인해봐.”

허우구이핑이 리징의 손을 붙잡았다. 두 사람이 다시 서로를 꽉 껴안았다.

몸속 도파민이 다시 한 번 치솟으려는데, 갑자기 요란스럽게 문을 두들기는 소리가 들렸다. 그는 몸을 일으키며 “누구세요?”라고 물었지만, 대답은 들리지 않고 그저 우악스럽게 두드리는 소리만 났다.

허우구이핑은 하는 수 없이 일어나서 옷을 걸쳐 입고 이불로 리징을 감쌌다. 문으로 다가가 잠금 장치를 풀고 문을 여는 찰나, 바깥의 방문자가 문을 벌컥 열어젖혔다. 그 바람에 문에 부딪혀 비틀거리며 방심한 순간, 누군가가 그를 발로 차서 바닥으로 넘어뜨렸다.

“제기랄, 대학생 따위가 공안국에 감히 날 고발해! 이 몸이 오늘 작살을 내주지!”

난쟁이 웨쥔이 문 밖에서 뛰어 들어와, 바닥에 쓰러진 채 머리를 감싸고 몸을 둥글게 만 허우구이핑을 마구 걷어차며 욕지거리를 퍼부었다.

순식간에 벌어진 상황에 놀란 리징이 어쩔 줄 몰라 하며 침대에 몸을 숨기면서 그만두라고 소리를 질렀다.

고개를 돌린 웨쥔은 사악한 웃음을 흘리며 침대로 다가가 이불을 젖혔다. 리징의 알몸이 드러나자 그가 음흉한 미소를 지었다.

“몸매 좋은데. 오빠랑 놀려고 왔어?”

말을 마친 웨쥔은 다시 고개를 돌려 허우구이핑을 향해 손가락질하며 비아냥거렸다.

"제기랄, 이 몸은 공안국에 갇혀서 고생하고 있는데 넌 대낮에 여자를 학교로 끌어들여 놀고 있어? 이게 말이 된다고 생각해?"

난쟁이 웨쥔이 대략 165센티미터의 작은 덩치인 데 반해, 허우구이핑은 키가 족히 180센티미터로 체격이 그보다 훨씬 컸다. 방금 전은 방심했기에 발길질을 그대로 얻어맞고 쓰러진 것뿐이었다. 다시 몸을 일으킨 허우구이핑은 여자친구가 모욕을 당하는 것을 보고 대번에 분노가 머리끝까지 치솟아 난쟁이를 붙잡아 문 밖으로 끌어냈다.

아무리 싸움 경험이 많은 웨쥔이라도 자기보다 머리 하나가 더 큰 상대 앞에서는 속수무책이었다. 그는 순식간에 허우구이핑이 휘두른 주먹에 마구 두드려 맞았다.

이 소란을 듣고 모여든 인근 마을 주민들이 둘을 에워싸며 싸움을 말렸다. 그러나 입으로만 말릴 뿐, 누구 하나 감히 직접 나서서 주먹다짐을 하고 있는 두 남자를 떼어놓지는 못했다.

웨쥔도 허우구이핑에게 주먹을 날리긴 했지만 헛손질만 할 뿐 일방적으로 맞기만 했다. 그러나 허우구이핑이 잠시 한눈을 판 사이, 웨쥔이 부뚜막으로 달려가 그 위에 놓인 식칼을 집어 들고 휘둘렀다.

"또 해봐. 다시 아까처럼 해보란 말이야!"

지척에서 들이대는 식칼 앞에서 허우구이핑은 마침내 이성을 되찾았다. 극도의 흥분 상태에 빠진 이 작자가 자신을 찌르지 않을 거라고 장담할 수는 없었다.

이를 악물며 천천히 뒤로 뒷걸음치던 허우구이핑이 방 안 침대 가장자리에 이르렀다. 허우구이핑이 물러난 만큼 웨쥔이 가까이 다가와 그를 침대 위에 주저앉혔다. 식칼을 목에 바짝 갖다 대는 바람에 허우구이핑은 아무런 저항도 할 수 없었다. 곧이어 웨췬이 비열한 웃음과 함께 뺨을 한 대 갈기며 비아냥거렸다.

"또 대들어보시지?"

허우구이핑의 뺨은 맞아서 빨갛게 부풀어 올랐지만, 이 상황을 보고도 아무도 말리지 못했다. 이불로 몸을 감싼 리징은 구석에 웅크리고 앉아 벌벌 떨며 흐느꼈다.

"이 꼴 좀 봐. 자기는 대낮에 여자를 학교로 불러들여 노는 주제에 감히 날 공안국에 신고해? 그래봤자 이 몸은 이렇게 멀쩡히 풀려난단 말씀이야. 설령 내가 웡메이샹을 좀 건드렸다고 해도 네가 날 어쩔 건데? 네까짓 게 날 어떻게 할 수 있을 거 같아?"

이 말에 허우구이핑이 고개를 들어 눈을 부릅뜨고 웨췬을 쏘아봤다. 그는 가슴 속에서 활활 타오르는 분노에 못 이겨 울부짖었다.

"죽여보지 그래? 죽이라고! 네가 날 죽일 수 있을 거 같아? 이 개자식아!"

리징이 눈을 꼭 감고 고개를 저으며 소리 질렀다.

"안 돼!"

"그래, 이 몸이 죽여주지!"

웨췬이 식칼을 높이 치켜들었다. 하지만 칼을 휘두르기는커녕 뒤로 슬슬 물러나며 삿대질만 해댔다.

"네 가상한 용기를 봐서 오늘은 봐주지. 다시는 내 눈에 띄지 말고 네놈 학교로 꺼져버려! 명심해. 난 쑨훙윈孫紅運 밑에서 일하는 몸이야. 조심하라고!"

웨췬이 식칼을 바닥에 던지고는 당당하게 방 밖으로 나갔다.

제자리에 서서 멍하니 바닥에 떨어진 식칼을 몇 초간 바라보던 허우구이핑이 곧 식칼을 주워 들고 그를 쫓아갔다.

달려오는 소리에 뒤를 돌아본 웨쥔은 덩치 큰 청년이 살기등등하게 식칼을 들고 쫓아오는 모습에 새파랗게 질려 재빨리 줄행랑을 놓으려 했다. 그러나 몸집도, 키도 큰 허우구이핑은 두세 걸음 만에 웨쥔을 따라잡아 옷깃을 붙잡았다. 살려달라고 고함치는 웨쥔을 향해 식칼을 치켜들자 뒤에서 리징이 소리쳤다.

"안 돼!"

허우구이핑이 순간 칼을 허공에서 우뚝 멈췄다가 한쪽으로 내던졌다. 그는 웨쥔의 머리채를 잡고 주먹으로 얼굴을 마구 후려갈겼고, 결국 사람들이 뜯어말릴 때가 되어서야 겨우 손을 떼었다.

웨쥔이 비틀비틀 몸을 일으켜 허우구이핑과 거리를 두더니 위협적으로 고함쳤다.

"너 가만두지 않겠어!"

하지만 허우구이핑이 다시 달려들 것 같은 동작을 취하자 황급히 달아났다.

허우구이핑은 사람들의 부축과 위로 속에서 숙소로 돌아와 문을 닫았다. 빨갛게 부어오른 그의 얼굴을 보고 리징이 펑펑 울기 시작했다.

허우구이핑이 그녀의 머리를 쓰다듬으며 나직한 목소리로 달랬다.

"괜찮아. 난 괜찮아."

제14장

다시 몇 주가 흘렀다.

깊은 밤, 허우구이핑은 마을에 유일한 공중전화 앞에서 피곤한 얼굴로 수화기에 대고 말했다.

"다시 핑캉 공안국에 다녀왔어."

"공안국에서 뭐래?"

수화기 반대편에서 리징이 묻자, 허우구이핑이 낙담하며 대답했다.

"그냥 넘어갈 생각인가 봐. 조사를 했지만, 웨취안한테는 범죄 혐의가 없대. 내가 말도 안 된다고 하니까 없는 건 없는 거라잖아. 웡메이샹이 성폭행당한 게 맞긴 하냐고 물으니까 애매한 태도를 보이더라. 질에서 정액이 검출되긴 했지만 성폭행인지, 아니면 다른 이유가 있었는지 더 조사해봐야 한다나. 법에 대해서 아무것도 모르는 거야. 만 14세 미만 미성년자와 성관계를 갖는 것 자체가 성폭행인데, 다른 이유가 있는 게 말이나 되냐고! 웨취안이 웡메이샹을 현성으로 데리고 가서 하룻밤을 보내고 왔어. 그런데 공안국에서는 웡메이샹의 몸에서 검출된 정액이 웨취안의 것과 불일치하니 무혐의로 풀어준대. 정액이 일치하지 않더라도 웨취안은 그날 무슨 일이 있었는지 제일 잘 아는 놈이야. 당연히 그 자식을 더 조사해야 하잖아!"

한동안 침묵 끝에 수화기 한쪽에서 리징의 한숨 소리가 들려왔다.

"그곳에 남아 있지 말고 학교로 어서 돌아와."

"어떻게 그럴 수 있겠어? 웡메이샹이 이렇게 억울하게 죽게 놔둬? 걔는 내 학생이었어. 내가 막지 못해서 이런 결과가 생긴 거라고!"

"내가 장차오 교수님께 너에 대해 말했어."

장차오는 그들의 담임 교수였다.

"장 교수님도 네가 일단 학교로 돌아오는 게 좋겠다고 하셔. 교수님이 상황을 교무처에 보고하면, 거기서 널 다른 지역으로 배정해줄 거라고 했어. 교육지원을 나가기 싫으면 돌아와서 마저 4학년 수업을 들으면 되고 말이야. 장 교수님 말이 넌 아직 사회의 문턱을 넘지 않은 대학생이어서 사회에서 벌어지는 일들을 너무 단순하게 바라보고 있대. 도시에서야 법을 논할 수 있지만, 아직도 여러 작은 지방에서는 법의식이 부족해. 네가 공안국에 고발한 일을 웨쥔이 알고 있다는 건, 경찰이 고발자가 누군지 그에게 알려줬기 때문이라고 장 교수님이 말씀하셨어. 이건 엄연히 불법이고 분명 비리가 있을 거라고 하셨지. 네 신변을 위해서라도 네가 하루빨리 돌아오길 바라셔."

허우구이핑은 깊은 밤의 차가운 공기를 들이마시면서 고개를 내저었다.

"그럴 순 없어. 이대로는 못 돌아가. 매일 밤, 눈을 감으면 웡메이샹이 보여. 넌 직접 겪은 일이 아니니까 그게 어떤 느낌인지 절대로 몰라. 조금만 손을 더 뻗으면 그 아이를 붙잡을 수 있을 것 같은데 결국 놓쳐버려. 만일 이런 일조차 법으로 해결하지 못하고 이렇게 억울한 죽음을 맞게 내버려둔다면 우리는 무엇을 위해 법을 공부하는 거지? 난 정말로 모르겠어."

리징이 잠시 묵묵히 있다가 한숨을 내쉬며 물었다.

"요새는 웨쥔이 복수한다고 찾아오진 않아?"

"안 왔어. 그리고 난 무섭지 않아."

허우구이핑이 이를 갈며 대답했다.

"오늘 네가 또 공안국에 갔다는 걸 웨쥔이 알게 될 수도 있어. 난 무서워……. 웨쥔이 또 널 찾아와서 괴롭히면 어떡해!"

"그러라고 해!"

허우구이핑의 얼굴은 경멸로 가득찼다. 또 다시 그때 조수석에 앉은 웡메이샹의 모습이 떠오르자, 그는 손톱이 살 안으로 파고들 정도로 주먹을 세게 쥐었다.

"내 걱정은 마. 그런 놈 하나도 안 무서워. 날 이기지도 못할걸? 차라리 찾아왔으면 좋겠다! 그럼 죽을 만큼 패줄 텐데!"

리징이 울먹거렸다.

"괜히 건드리지 마. 어차피 넌 외지인이고, 웨쥔은 그 지역 깡패야. 만일 그가 패거리라도 데리고 오거나 또 칼이라도 들고 나타나면, 난…… 무섭단 말이야……."

리징이 흐느꼈다.

허우구이핑이 냉담한 미소를 지으며 대꾸했다.

"네 말대로 그럴 가능성이 있을지도 모른다고 나도 생각은 해봤어. 그래서 이런 저런 준비를 다 해뒀고. 난 하나도 두렵지 않아. 그 놈은 절대로 날 어쩌지 못해. 만에 하나라도 놈이 살인을 저지른다면, 현지 경찰도 더 이상 보호해주지 못할걸."

리징이 울음을 터뜨리며 소리쳤다.

"그런 말 하지 말라니까!"

허우구이핑이 숨을 깊이 들이마시며 진지하게 말했다.

"직접 겪지 않았다면 나한테도 이 사건은 그냥 평범한 뉴스거리였을 거야. 몇 분 정도 범인에게 실컷 욕을 퍼붓겠지만, 조금만 시간이 지나면 신문에 보도된 기사 중 하나가 되어 내 삶에 아무런 영향도 끼치지 못했겠지. 나 역시 이 사건에 이렇게 많은 에너지를 쏟지 않았을 테고. 하지만 이건 내가 직접 겪은 일이라 도저히 방관할 수 없어. 만일 이대로 내버려두고 학교로 돌아가면, 웡메이샹의 죽음은 누가 책임져야 하지? 난 아마도 평생 두고두고 후회할 거야."

"하지만 네가 아무리 경찰을 찾아가 호소를 해도 웨췬은 아무런 법적 제재를 받지 않잖아. 여기서 뭘 더 어떻게 하려고?"

"현 공안국이 관여하지 않으면 시 공안국이 있고, 시 공안국에서 안 되면 검찰원으로 가면 돼. 며칠 동안 조사하면서 심상치 않은 정황을 찾아냈어. 아무래도 사건 전체가 예상보다 훨씬 복잡한 거 같아. 거리가 임신해서 아이를 낳은 사건까지 포함해서 말이야. 시간을 조금만 더 주면 반드시 진실을 밝혀낼 수 있어."

허우구이핑이 수화기를 꽉 움켜쥐었다. 그는 진실이 멀지 않은 곳에 있으리라 확신했다.

제15장

2001년 11월 16일 금요일.

약 보름 전, 허우구이핑은 핵심 증거를 확보해 웡메이샹의 죽음 뒤에 숨은 진실을 찾아냈다. 그러나 충격적인 진실과 핑캉 공안국에 대한 불신 때문에 증거 자료를 핑캉 공안국이 아닌 검찰원에 제출했다. 검찰원의 판공실辦公室* 주임이 허우구이핑을 맞이해 진상에 대한 설명을 들으며 제출한 자료를 확인했다. 주임의 얼굴은 한눈에도 확연히 알아볼 수 있을 만큼 경악으로 물들었다.

일주일이 지나고, 허우구이핑은 다시 핑캉 검찰원을 찾아가 수사 결과를 독촉했다. 그러자 그 주임이 다시 허우구이핑을 맞이하며 이번에는 작은 회의실로 그를 데려갔다. 문을 꼭 닫은 주임은 자기들은 이 사건을 조사할 수 없으니, 더는 관여하지 말고 그냥 대학교로 돌아가라고 거듭 권유했다.

실망한 허우구이핑은 며칠 동안 수업에만 몰두하다가 오늘 특별히 하루 휴가를 냈다. 아침 일찍 차를 타고 칭시로 향한 그는 칭시 공안국을 찾아가 똑같은 자료를 제출하며 상황을 설명했다. 공

---

* 행정 사무 업무 전반을 담당하는 부서.

안국 관계자는 상부에 보고하고 처리해야 한다며 나중에 다시 연락을 주겠다고 말했다.

허우구이핑이 먀오가오향으로 돌아오자 어느덧 해질녘이 되었다. 산간 지역은 초겨울에 해가 일찍 저문다. 마을에 있는 집들 위로 밥 짓는 연기가 모락모락 피어올랐고, 붉게 노을 진 하늘에 뜬 해도 산 너머로 떨어지려 하고 있었다.

허우구이핑은 몸을 곧게 펴고 서늘한 공기를 깊이 들이마시며 학교로 발걸음을 내디뎠다.

숙소에 거의 도착했을 때, 저 멀리 문 앞에서 서성이는 사람이 보였다. 작달막한 키에 노란색 머리를 보니 누군지 단번에 알 수 있었다. 허우구이핑이 경계하며 발걸음을 멈췄다. 이때 난쟁이 웨쥔도 그를 발견했다.

허우구이핑이 눈을 가늘게 뜨며 주위를 둘러보니 옆에 벽돌이 놓여 있었다. 만일 저 자식이 덤벼들면 곧장 저 벽돌을 쥐고 상대의 머리를 치리라.

그렇지만 굳이 손을 쓸 일은 없어 보였다. 웨쥔의 한 손에는 식칼이 아닌 술 두 병이, 다른 한 손에는 음식이 들려 있었다. 그가 빙글빙글 웃으며 허우구이핑에게 달려와 비위를 맞췄다.

"허우 선생님, 이제야 오셨군요. 일전에는 제가 정말 실례가 많았습니다. 사과드리려 이렇게 찾아왔어요. 선생님이 원하시는 대로 다 할 테니 우리 안으로 들어가서 얘기합시다."

허우구이핑은 상대가 무슨 수작을 부리는 건지 이해할 수 없었다. 보통 깡패라면 아무리 싸우다가 미운 정이 들어도 태도가 돌변하지는 않을 텐데, 이 자는 도리어 친구를 하자며 찾아왔다. 하지만 그에게 웨쥔은 자신의 학생을 죽음에 이르게 한 절대로 용서할 수 없는 자였다. 허우구이핑이 가만히 서서 웨쥔을 냉담하게 노려봤다.

"뭐 하자는 수작이지?"

"이곳에서는 말이죠, 크게 싸우고 나면 사과하는 의미로 함께 둘러앉아 화해의 술을 나눠 마시며 맺힌 감정을 풉니다."

"난 당신과 그럴 생각 없어."

허우구이핑이 딱 잘라 거절했다.

"이게……."

웨쥔은 얼굴을 약간 꼴사납게 구겼다가 다시 표정을 갈무리하며 말했다.

"허우 선생님, 웡메이샹의 일은 정말 저와 아무 상관이 없어요. 제가 차근차근 다 설명할 테니 안으로 들어가서 제 말 좀 들어보시죠."

허우구이핑이 주저하며 웨쥔을 바라봤다. 도대체 무슨 수작인지 알 수 없었다. 한참을 망설이던 그는 반쯤 웨쥔의 손에 이끌려 숙소로 들어갔다.

웨쥔은 직접 고기와 야채 요리 몇 개를 늘어놓고 술 한 병을 열었다. 두 개의 잔에 술을 따른 뒤, 먼저 술잔을 들고 사죄하는 의미로 단숨에 들이켰다.

"허우 선생님, 지난번 일은 전부 제가 잘못했습니다. 전 일자무식한 놈이고 선생님은 무려 대학생인데, 저 같은 게 뭘 알겠습니까. 아직도 분이 안 풀리시면 그냥 절 칼로 찔러도 좋아요. 절대로 저항하지 않겠습니다. 그럼 좀 분이 풀리시겠지요?"

눈살을 찌푸린 허우구이핑이 웨쥔을 노려보며 말했다.

"도대체 무슨 속셈이야?"

"우선 한 잔 합시다. 그러고 나서 자세히 설명할게요."

웨쥔이 잔을 들어 올린 채 기다렸다. 허우구이핑은 웨쥔을 한참 노려보다가 그가 무슨 수작을 부리든 무서울 것 없다는 생각에 술잔을 들고 단숨에 들이켰다. 마치 온 힘을 다해 마음속에서 치밀어 오르는 분노를 억누르려는 것 같았다.

"허우 선생님, 오늘 시 공안국에 가셨죠?"

허우구이핑은 깜짝 놀랐다. 순간 등줄기를 타고 내려가는 한기가 느껴졌다.

"내가 시 공안국에 간 건 어떻게 알았지? 시 공안국에 아는 사람이라도 있는 건가?"

순식간에 올라온 술기운에 허우구이핑의 얼굴이 붉어졌다.

웨쥔이 손사래를 치며 말했다.

"저 같은 놈이 공안국에 있는 높으신 경찰 나리들을 어찌 알겠습니까? 현 공안국에도 아는 사람이 없는데. 그냥 속 시원하게 말씀드릴게요. 선생님이 어디 가서 고발하든 그들한테 금방 들켜요."

"그들이 누군데?"

"그건 말 못 하죠. 하지만 제가 지난번에 쑨훙윈을 위해 일하고 있다고 말했잖아요. 전 쑨훙윈의 공장에서 운전기사로 일하고 있습니다. 선생님은 외지인이어서 우리 회장님을 모르겠지만, 핑캉현 사람들 중에 우리 회장님을 모르는 사람은 아무도 없어요. 전 그냥 회장님을 위해 일하고 있는 거지, 웡메이샹하고는 아무 관련이 없습니다. 저도 웡메이샹이 자살할 줄은 상상도 못 했어요. 지금처럼 일이 커질지 전혀 몰랐다고요. 다음부터는 이런 일이 절대로 없을 거라고 그들이 약속했습니다. 그러니 이번만 눈 좀 딱 감아주십시오. 여기 3000위안입니다. 선생님께서 요 며칠 고생한 것에 대한 보상이에요. 부족하시다면……."

허우구이핑이 난쟁이가 내민 봉투를 탁 쳐서 떨어뜨렸다. 그러고는 그를 밀어 넘어뜨리고 살벌하게 소리쳤다.

"감히 돈으로 날 매수하려 해? 사람이 죽었어. 사람이 죽었다고!"

얼굴빛이 변한 웨쥔은 벌컥 화를 내려다가 눈앞에 건장한 덩치로 기세등등하게 서 있는 허우구이핑을 보고 본능적으로 몸을 사렸다. 그는 바닥에서 일어나 치미는 분을 삭이며 조곤조곤히 타일렀다.

"허우 선생님, 다들 먹고살자고 하는 일인데 혼자 고고한 척할 필요는 없잖아요. 그들은 선생님이 오늘 시 공안국에 제출한 자료의 복사본이 또 있는지 궁금해해요. 저야 선생님이 제출한 자료가 뭔지 모르지만, 그들한테는 아주 중요한 자료인 모양이에요. 선생님이 원본 자료를 넘기기만 하면 돈은 원하는 대로 준다고 했거든요. 살짝 귀띔해 드리자면, 돈이라면 아주 많은 나리들이니 최대한 높게 불러요. 저야 심부름꾼에 불과하지만 이 일이 잘 처리되면 약간의 수고비를 받을 수 있거든요. 그렇게만 되면 허우 선생님의 은혜를 절대로 잊지 않을게요. 선생님이 여기서 계속 아이들을 가르치실 거라면, 앞으로 먀오가오향에서 감히 선생님을 건드리는 사람은 절대 없을 거라 보장하죠."

허우구이핑이 이를 악물고 고개를 가로저었다.

"더 말할 것도 없어. 내가 오늘 시 공안국에 간 사실까지 벌써 다 들킨 것만으로도 너희의 능력을 충분히 깨달았으니까. 하지만 내 손에 있는 자료는 절대 돈으로 살 수 없을 거야. 얼마를 주든 넘기지 않을 생각이니까!"

웨췬이 이를 갈며 싸늘하게 말했다.

"이봐, 허우 선생. 난 개인적으로 당신한테 아무런 유감 없거든. 그러니 서로 선은 넘지 맙시다. 선생이 우리 마을에 교사로 온 것도 인연이니 진심으로 충고 하나 하지. 이 일에 깊이 관여하지 마. 선생은 애초에 이 일에 참견도 할 수 없을뿐더러 계속 그렇게 끼어들면 아주 곤란한 일이 생길 거야."

허우구이핑이 주먹을 꽉 움켜쥐었다가 손을 뻗어 매섭게 상대를 가리켰다.

"지금 협박하는 건가?"

웨췬은 또 맞을까 봐 두려워 한 걸음 뒤로 물러났다.

"난 그들의 말을 전했을 뿐이야. 할 말은 끝났으니 앞으로 어떻게 할지는 알아서 잘 생각해보라고."

"꺼져!"

웨췬이 콧방귀를 뀌며 바닥에 떨어진 봉투를 주워들고 몸을 돌려 숙소를 나갔다.

허우구이핑은 탁자 위에 있는 술을 따라 연거푸 세 잔을 들이켰다. 고량주 반병 가량이 배 속으로 들어가자 얼굴이 벌겋게 달아오르면서 숨이 거칠어졌지만 머리는 더욱 맑아졌다.

허우구이핑이 펜을 꺼내 편지를 썼다.

리징에게

증거 일부를 입수했어. 웡메이샹의 일은 내가 상상했던 것보다 훨씬 복잡해. 대단한 세력이 연루되어 있어서 여기 오래 머물지 못할 것 같

아. 그들의 보복이 두렵다기보다, 이 일은 핑캉현 수준에서는 처리할 수 없을 것 같거든. 그래서 최대한 빨리 학교로 돌아가려고 해. 학교에는 더 많은 법률 자료가 있으니까, 때가 되면 이곳의 실태를 성 공안청과 성 검찰원에 신고해서 피해 학생을 대신해 반드시 이 일을 폭로할 거야. 내일 오전에 남은 수업 준비를 다 마치고 오후에 장시로 돌아갈게.

허우구이핑

2001년 11월 16일

편지를 다 쓰자 술기운이 올라와 온몸에서 열이 났다. 허우구이핑은 편지를 봉투에 넣고 우표를 붙인 다음, 숙소에서 나와 교문 입구에 있는 우체통에 넣었다.

그가 서 있는 곳으로 차가운 바람이 불어오자 온몸이 부르르 떨렸다. 주변이 산으로 겹겹이 둘러싸인 검은 밤하늘을 올려다봤지만, 가슴 속에 가득 찬 분노를 표출할 곳이 없었다.

예전에는 이 하늘이 검은 보석처럼 평온하고 아름답다고 생각했다. 하지만 한없이 어두컴컴해서 한 줄기 빛조차 보이지 않는다는 사실을 지금에야 깨달았다.

허우구이핑은 크게 소리라도 지르고 싶었으나 기숙사에 있는 학생들을 놀라게 할까 봐 자제하기로 했다. 그래서 거친 숨을 몰아쉬며 흙이 깔린 학교 운동장을 돌기 시작했다. 몸속에 있는 알코올과 땀을 흩뿌리며 있는 힘껏 내달렸다. 옷이 땀으로 흠뻑 젖고, 더 이상 달릴 수 없을 정도로 지치고 나서야 허우구이핑은 천천히 숙소로 돌아왔다.

석탄 난로를 피우고 물을 끓여 목욕 준비를 했다. 여기서 마지막 밤을 보내고 일어나면 날이 밝을 것이다.

이때 문밖에서 가벼운 발소리가 점점 가까워지더니 누군가 문을 두드리는 소리가 들렸다.

허우구이핑이 경계하며 문 쪽을 돌아봤다.

"누구시죠?"

"허우 선생님, 저예요. 집에 온수가 다 떨어졌는데, 혹시 뜨거운 물 남은 거 있으세요?"

여자 목소리였다.

문을 열자 바깥에 학교 밖에 사는 젊은 과부 딩춘메이가 서 있었다. 그녀는 얼기설기 짠 흰색 브이넥 스웨터를 입고 있었다. 야심한 시간 여자의 방문에 허우구이핑이 겸연쩍어하며 인사했다.

젊은 과부는 활활 타고 있는 난로를 보고 눈처럼 하얀 이를 드러내며 웃었다.

"마침 물을 끓이고 계셨네요. 물을 데워서 목욕하려는데 집에 땔감이 다 떨어져서요. 뜨거운 물 좀 얻어갈게요."

"네……, 가져가세요."

"그럼 선생님, 보온병 좀 빌릴게요."

딩춘메이가 매혹적인 자태로 탁자 아래에 있는 보온병을 가져가려 걸어오다가, 갑자기 비틀거리며 공교롭게도 허우구이핑의 품 안으로 안기듯 쓰러졌다. 깜짝 놀란 허우구이핑은 그대로 굳어 딩춘메이의 얼굴에 짙은 술 냄새가 섞인 거친 숨을 내뱉었다. 그 순간, 딩춘메이는 허우구이핑의 속옷 안으로 손을 집어넣어 가슴의 민감한 부위를 건드렸다.

제16장

"허우구이핑이 부모 없는 어린 소녀와 부녀자를 성폭행하고 처벌이 두려워 투신자살했다?"

옌량이 당시 기록된 조서 사본을 덮으며 책상 앞에 앉은 자오톄민과 눈을 마주쳤다.

자오톄민이 고개를 끄덕이며 답했다.

"핑캉 공안국에 사람을 보내 이 조서에 대해 조사하고, 또 당시 대학에 있던 교수한테도 상황을 확인해봤어. 당시 핑캉 공안국에서 사람이 나와 대학 측에 이 같은 사실을 통보했다더군. 하지만 장화대학교 학생이 교육지원을 나간 기간에 이런 불미스러운 일이 발생했다는 점과 관련 기관 및 인물들의 명예를 보호하기 위해 학교는 대외적으론 교육지원 기간에 학생이 사고로 저수지에 빠져 사망했다고 발표했지."

"음……, 난 이 사실을 믿기 어렵군."

옌량이 미간을 찌푸리며 말했다.

"어째서?"

"허우구이핑은 고등교육까지 받은 명문대 학생이야. 또 법도 전공했고."

이 말을 들은 자오톄민이 참지 못하고 크게 웃음을 터뜨렸다.

"라오옌老嚴*, 모르는 척하지 마. 자네 같은 지식인들은 내가 가장 잘 알아. 성범죄에 연루되는 경우가 상당히 많다는 건 이상한 일도 아니지."

옌량이 달갑지 않은 눈빛으로 자오톄민을 째려보며 말했다.

"다시 사람을 보내서 더 자세히 조사해봐. 이 사건은 분명히 문제가 있어."

"무슨 문제가 있다는 거야? 명확한 사실 정황에 증거도 충분해."

조서에 따르면 2001년 11월 16일 밤 11시, 먀오가오향에 사는 딩춘메이라는 과부가 교육지원을 나온 교사 허우구이핑이 자신을 숙소로 유인해 성폭행했다고 파출소에 신고했다. 경찰이 숙소에 도착했을 때 방에는 아무도 없었지만, 침대에서 마르지 않은 정액이 발견되었다.

이튿날, 현에 있는 법의관이 먀오가오향으로 내려와 딩춘메이의 질에서 정액을 채취했다. 경찰은 허우구이핑의 숙소를 수색하다가 여아용 속옷을 찾았는데, 거기에도 허우구이핑의 정액이 묻어 있었다. 조사 결과, 그 속옷은 허우구이핑이 맡은 학급에 있는 웡메이샹이라는 소녀의 것으로 드러났다. 해당 여학생은 몇 주 전 농약을 먹고 자살했는데, 당시 경찰은 시체 부검을 통해 그녀가 자살 전 성폭행당했다는 사실을 밝혀냈다. 현지 주민들은 허우구이핑이 교육지원을 나온 기간 동안 품행이 불량했다고 증언했다. 그가 대낮에 학교 숙소에서 낯선 여인과 성관계를 맺었다고 증언하는 증인

---

* 자기보다 연장자이거나 나이가 엇비슷한 사람을 친근하게 부를 때, 성 앞에 라오(老)를 붙인다.

도 여럿 있었다.

셋째 날, 마을 주민들은 저수지에서 한 남자의 시체를 발견했다. 조사 결과 시체는 허우구이핑으로 밝혀졌다. 또한 딩춘메이의 질과 여자아이의 속옷에서 채취한 정액 역시 비교 검사 결과 허우구이핑의 것으로 드러났다.

경찰은 허우구이핑이 부모 없는 여아와 부녀자를 성폭행했으며, 피해자가 신고하자 황급히 도망치다가 결국 처벌이 두려워 투신자살한 것으로 판단했다. 물증과 증인은 충분했고, 일련의 증거도 확실했다.

옌량이 살짝 고개를 저었다.

"표면적으로 봤을 때는 아무 문제가 없지. 하지만 잘 생각해봐. 이 사건은 발생한 지 10년이나 지났어. 원래라면 진즉에 잊힐 사건이지. 그런데 장양은 왜 그 검찰관법 소책자에 허우구이핑의 이름과 신분증 복사본을 남긴 걸까? 소책자는 올해 1월에 발행됐고, 장양은 3월에 죽었어. 즉, 장양은 죽기 얼마 전에 그 이름과 신분증 복사본을 남겼다는 거지. 미궁에 빠진 살인사건의 피해자가 죽기 얼마 전에 12년 전 사건의 용의자에 대한 정보를 남겼어. 우린 바로 이 점에 주목할 필요가 있지."

옌량이 다시 서류를 집어 각 항목과 관련된 자료들을 탁자 위에 늘어놓고 한 페이지씩 자세히 살폈다. 한참을 들여다보던 그가 불현듯 아주 명확한 문제에 주목했다.

"왜 허우구이핑의 부검 보고서가 빠졌지?"

"부검 보고서가 없다고?"

자오톄민이 눈을 크게 뜨고 자료를 한 페이지씩 들춰보더니 어깨를 으쓱하며 말했다.

"정말로 허우구이핑이 익사했다는 결과만 적혀 있고 부검 보고서는 없군. 뭔가 이상해."

옌량이 고개를 들어 자오톄민을 진지하게 응시했다.

"종결된 사건의 보관용 파일에 가장 중요한 부검 보고서가 누락되는 일은 거의 없지 않나?"

자오톄민은 눈을 가늘게 뜰 뿐 대답하지 않았다.

"자네의 특별조사팀 팀원 중 성 검찰원에서 파견된 검찰관에게 핑캉현 검찰원에 연락해서 이 사건에 관한 서류가 있는지 확인해보라고 해."

자오톄민이 고개를 저으며 말했다.

"검찰원에는 분명히 없을 거야. 형사사건 용의자가 사망하면 수사가 자동 종료되니까 굳이 검찰원에 보고할 필요가 없잖아. 허우구이핑에 관한 조서는 공안국에서 보관하고 검찰원에는 제출하지 않았을 거야."

하지만 옌량은 생각이 다르다는 듯 자오톄민을 쳐다봤다.

"핑캉현 검찰원에 이 조서가 없었다면, 과거에 검찰관이었던 장양이 왜 허우구이핑에 관한 정보를 남겼을까?"

이틀이 지난 뒤, 자오톄민이 다급히 옌량을 찾아가 서류봉투 하나를 건넸다.

"정말로 핑캉현 검찰원에 허우구이핑에 관한 조서가 있더군."

옌량이 예상했다는 듯 서류를 건네받고 웃으며 물었다.

"여기엔 부검 보고서가 있나?"

자오톄민이 유난히 심각한 표정으로 고개를 끄덕였다.

"있어."

옌랑이 의아하게 그를 쳐다봤다.

"무슨 문제라도 있어?"

"보면 알아."

옌랑은 봉투를 뜯어 부검 보고서를 찾아 서둘러 결과부터 살펴봤다. 사인은 여전히 익사였다. 하지만 시신에 대한 기술 내용을 훑어보고 나서 곧 문제를 알아차렸다. 거기에는 시신 여러 곳에서 원인 불명의 외상이 발견되었으며, 사망자의 위장에서 150밀리리터의 물이 발견되었다고 적혀 있었다.

옌랑이 깜짝 놀라 소리쳤다.

"익사한 사망자의 위 속에서 겨우 150밀리리터의 물이 나왔다?"

자오톄민이 몸을 돌리며 콧방귀를 뀌었다.

"허우구이핑은 저수지에서 물 한 모금만 삼키고 익사한 거지. 죽는 게 이렇게 쉽다니."

옌랑이 살짝 미간을 찌푸리며 말했다.

"역시 이 사건엔 문제가 있었어! 용의자가 이미 사망했으면 규정에 따라 사건은 종료되고 공안국은 검찰원에 보고할 필요가 없는데, 왜 핑캉현 검찰원에 허우구이핑의 조서가 있는 거지?"

자오톄민이 고개를 절레절레 흔들었다.

"핑캉 검찰원의 주요 지도부는 모두 최근에 발령받았어. 그래서 그들도 수사가 종결된 조서가 왜 검찰원에 있는지 모른다고 하더군."

옌랑이 서류 전체를 자세히 살펴보고 말했다.

"검찰원과 공안국에 있는 두 개의 조서 내용은 완벽히 일치해.

다만 공안국의 조서에는 부검 보고서가 없지. 부검 보고서는 공안국에서 작성했을 텐데, 공안국 서류에는 부검 보고서가 없고 오히려 검찰원 자료 속에는 있다는 게 굉장히 수상하군."

자오톄민이 동의했다.

옌량의 눈빛이 유유히 먼 곳을 바라봤다.

"이제 장차오가 우릴 속인 게 아니라는 걸 믿겠나? 장양의 유품을 뒤져보니 아주 수상한 오래된 사건 하나가 발견됐잖아."

"자네 말은 장차오가 일부러 우리에게 알린 거다? 동기는? 판결을 뒤집기 위해서? 하지만 10년이나 지난 옛 사건이고, 또 용의자도 이미 죽었는데 이제 와서 판결을 뒤집은들 무슨 소용이 있지? 자진해서 교도소에 들어갈 만한 가치가 있을까?"

옌량이 어깨를 으쓱했다.

"나도 그건 모르니 그 질문에 명확한 답을 줄 수 없지만, 다시 장차오를 찾아가서 물어봐도 쓸 만한 단서는 아무것도 얻지 못할 거야. 아마도 장차오는 이 사건에 대해 모른다고 하겠지. 현재 자네가 할 수 있는 일은 계속해서 허우구이핑의 사건을 철저히 조사하는 것뿐이야."

자오톄민이 고개를 끄덕이다가 곧 인상을 쓰며 곤란하다는 표정을 지었다.

"이 서류를 확보한 후, 특별조사팀의 팀원들에게도 보여줬어. 다들 한 치의 의심 없이 이 사건에 문제가 있다고 판단했지. 하지만 의견이 갈리더군. 대부분은 장양 피살사건을 빨리 해결하고 싶어 해. 그러니 10여 년 전 시골에서 발생한 평범한 살인사건에 인력이 분산되는 걸 원하지 않아. 사건에 명백한 문제가 있다 하더라도 현지 공안국이 이미 종결시킨 사건이라 재수사가 여간 번거로운 게 아니거든. 과거의 관계자와 접촉하는 것만 해도 여러 가지 저항이 있을 테고."

옌량이 단호하게 말했다.

"허우구이핑 사건은 자네들이 반드시 밝혀야 해."

자오톄민이 난감해하며 말했다.

"자네도 우리의 사건 수사 절차가 어떤지 잘 알잖아. 사건 조사에는 투입과 산출을 따져봐야 된다고. 만일 모든 미제 사건을 철저히 조사해야 한다면, 전국에 있는 경찰 인력을 세 배로 늘려도 부족할 거야. 특별조사팀은 10여 년 전의 단순 살인사건을 위해서가 아니라 장양 피살사건을 위해 설립됐어. 게다가 그 피의자까지 이미 죽은 마당에 누가 고인을 대신해 판결을 뒤집으려 이런 지지부진한 일을 자청하고 나서겠나? 자네 같은 교수는 지방의 사건을 처리하는 데 따르는 어려움을 안 겪어봐서 몰라."

"아니."

옌량이 진지한 표정으로 자오톄민을 응시했다.

"자네들이 허우구이핑 사건의 진실을 밝혀내지 못하면, 장양 피살사건은 어쩌면 영원히 해결할 수 없을 거야. 장차오는 우리에게 장양의 유품을 조사해보라고 했고, 조사 결과 의문투성이인 옛 사건이 끌려 나왔어. 이건 결코 우연이 아니야. 허우구이핑의 죽음, 장양의 피살 그리고 장차오의 자백 후 진술 번복. 이 사건들은 관련이 있어. 비록 지금은 정답을 알 수 없지만, 틀림없이 제각각의 단서들이 점차 하나로 연결될 거야."

자오톄민이 손가락을 까닥이며 한참을 생각하다가 수긍했다.

"근데 허우구이핑 사건은 10여 년 전에 발생한 일인데 이제 와서 어떻게 조사하지?"

"간단해. 먼저 허우구이핑 사건의 조서가 왜 검찰원에만 보관돼 있는지 조사해봐. 분명히 장양과 관련이 있을 거야. 그 다음에는……."

옌량이 부검 보고서를 꺼내 끄트머리에 있는 서명을 가리키며 말을 이었다.

"부검을 담당한 법의관, 천밍장陳明章을 찾아가서 당시 상황을 파악해봐. 그리고 마지막으로 당시 이 사건 담당자를 찾아가 왜 타살이 분명한 부검 보고서의 결론이 저수지 투신자살로 인한 익사로 바뀌었는지 꼭 물어보도록 해."

자오톄민이 잠시 상념에 잠겼다가 고개를 끄덕였다.

"이 몇 가지 사항을 조사하려면 사람이 더 필요하겠군. 특별조사팀은 아직까지 장양 피살사건을 중심으로 조사 중이고, 나보다 직급이 높은 성 공안청 소속 부처의 상관들도 많아서 옛 사건을 함께 조사하자고 해봤자 꿈쩍도 안 할 거야. 다행히도 우리 지대에 수백 명의 인력이 있으니 내 밑의 형사들에게 조사하라고 하지."

자오톄민의 말을 듣더니 옌량의 눈이 휘둥그레졌다.

"이번 사건은 사회적인 영향력이 커서 성과 시 양급의 기관 셋이 모여 파격적으로 특별조사팀을 만들었잖아. 원래 절차대로라면 팀장은 성 공안청의 인사가 맡아야 해. 자네 같은 형정지대 지대장 직급으론 어림도 없는 일이지. 하지만 가오 부청장님은 자네를 강력하게 추천했어. 내가 보기에 가장 큰 이유는 지대장보다 직급이 높은 사람도 자네처럼 부하 인력이 많지 않아서인 것 같군."

자오톄민이 화들짝 놀라며 물었다.

"그럼 부청장님이 일부러 날 특별조사팀 팀장으로 앉힌 거란 말인가?"

옌량이 고개를 끄덕였다. 그러곤 창밖으로 눈길을 던지며 중얼거렸다.

"가오 부청장님은 도대체 뭘 알고 있는 걸까? 이 사건에서 무슨 역할을 맡은 거지?"

제17장

2003년, 장양은 핑캉현에 도착했다.

그는 행운아였다. 어릴 때부터 학교에서 최우수 학생으로 꼽혔고, 장화대학교 법학과에 합격해 2002년에는 순조롭게 졸업까지 했다.

이 시기 취업 시장에서는 외국계 회사가 가장 인기가 많았다. P&G와 4대 글로벌 회계법인은 모든 학생들이 동경하는 직장이었고, 그 다음이 금융업계였다. 공무원은 지금처럼 인기 있는 직종이 아니어서, 장양은 졸업 후에 가뿐히 칭시 인민 검찰원에 합격했다.

칭시 토박이도 아닌 장양이 칭시 검찰원에 지원한 것은 그 나름대로 생각이 있어서였다.

당시 장양에게는 진로에 여러 가지 선택지가 있었다. 최고검最高檢* 에 지원할 수도, 성 검찰원 또는 성 정부 소재지인 장시 검찰원에 지원할 수도 있었다. 하지만 그는 꼼꼼하게 따져봤다. 이 기관들은 모두 내로라하는 엘리트들이 몰리는 곳으로 학교, 학력, 능력 면에서 장양이 그들을 따라잡기는 어려웠다. 더욱이 장양에게는 연줄과

---

* '최고인민검찰원(最高人民檢察院)'의 약칭으로, 하급 인민 검찰원을 지휘 및 감찰하는 중국의 최고 검찰기관.

배경이라고 할 만한 것도 없었다. 그러나 칭시는 성의 서부에 위치한 도시로, 경제 자립도가 성에서 최하위였으니 최고의 법률전문가를 목표로 하는 엘리트들이 칭시 검찰원에 지원할 리 없었다. 장양은 장화대학교라는 간판이 낙후된 도시의 기관에서 더 휘황찬란하게 빛날 거라고 믿었다. 군계일학으로 나서서 경력 관리만 잘하면 손쉽게 기관에서 중점 육성 대상자로 선발될 테고, 차근차근 앞으로 나아가기만 하면 출세는 따 놓은 당상이었다.

역시 결과는 그의 예상대로였다. 장양은 단번에 기관에서 유일한 명문대 졸업생이자 잘생기고 성격이 쾌활하며 말솜씨까지 뛰어난 우수한 인재로 급부상했다. 기관에는 중매쟁이들이 자주 드나들었는데, 그들은 끊임없이 다양한 스타일의 여자 사진을 가지고 장양을 찾아왔다. 하지만 눈이 높은 장양은 모두 거절했다. 이는 그가 독신이라고 아무 여자나 고르는 사람이 아니며, 인생 계획이 명확한 사람이라는 뜻과도 같았다.

그리고 얼마 지나지 않아 드디어 사랑할 만한 아가씨가 나타났다.

아마 제복 마니아 취향이 있는 것 같은 칭시 검찰원 우吳 부검찰장의 아름다운 딸, 우아이커吳愛可는 제복 차림의 장양을 보고 곧바로 호감을 느꼈다. 갸름한 얼굴에 긴 머리칼을 지닌 우아이커 역시 법학을 전공했다. 이제 막 졸업한 그녀는 현재 한 법률 사무소에서 비서로 일하고 있었다.

두 사람은 같은 법조인이라는 이유 덕분에 금세 이상적인 인생에 대해 이야기를 나누는 사이가 되었고, 서로에 대한 호감도 나날이 커졌다. 우 부검찰장 역시 옆에서 몇 달 동안 장양을 지켜보다가 직접 찾아가 마음을 터놓고 이야기하며 그에 대한 만족감을 드러냈다.

기관 부처에서 생존하는 데 있어, 고위급 지도자가 미래의 장인이라면 모든 일이 무척 쉬워진다. 거기다 평소 경영 분야의 책을 봐두었다가 회의할 때마다 아는 척하며 어려운 말을 꺼내는 장양은 자연스레 기관의 중점 육성 대상자가 되었다.

모든 것이 아주 순조로웠다. 2003년, 우 부검찰장이 핑캉현 검찰원의 검찰장으로 발령받자 장양도 그를 따라 핑캉현으로 가서 수사 감독과 과장이 되었다. 수사 감독과 과장은 수하에 네 명의 직원을 둔 부과급副科級*으로, 졸업한 지 겨우 1년밖에 안 된 사회 초년생이 달기는 상당히 어려운 직급이었다. 그래서 모두가 장양의 앞날은 탄탄대로라고 여겼다.

당시는 핸드폰이 막 유행하기 시작한 시기로, 아직 스마트폰이 나오지 않아서 젊은이들의 주요 채팅 수단은 인터넷이었다. 졸업 후 장양의 대학 동기들은 QQ 메신저에 그룹 채팅방을 만들었다. 장양이 핑캉현 검찰원에서 근무하고 있다는 소식에 여자 동기인 리징이 바로 그에게 비공개 채팅을 신청했다. 리징은 장양이 수사 감독과 과장을 맡았다는 말을 듣고, 며칠 후에 핑캉현으로 찾아가겠다고 말했다.

리징은 동기 여학생들 중에서 몸매와 얼굴이 제일 예쁜 미인이었으나, 허우구이핑과 연인 관계라는 사실을 모두가 알고 있었기에 장양도 자연스럽게 리징에게 딴 생각을 품지 않았다. 그런 그녀가

---

* 중국의 간부 행정 직급에서 가장 낮은 직급.

갑자기 자신을 보러 핑캉현까지 오겠다고 하자, 장양은 설마 그녀가 자신에게 마음이라도 있나 싶어 내심 걱정했다. 그는 스스로도 잘생겼다고 생각했지만, 상관의 딸과 연애 중인 상황에서 감히 한눈을 팔 수는 없는 노릇이었다. 그래서 진지하게 무슨 일이냐고 물었지만, 리징은 만나서 얘기하겠다며 대답하지 않았다.

이번 만남을 숨길 수가 없었던 장양은 우아이커에게 사실대로 말했다. 이곳에서 무슨 스캔들이라도 터지면 소문은 삽시간에 퍼질 테고, 그 소문이 우 검찰장의 귀에 들어가는 날에는 하루아침에 과장에서 문지기로 전락할 수도 있기 때문이다.

약속 장소는 현성에서 유일한 레스토랑으로 정했다. 우아이커는 장양과 리징이 앉은 곳에서 멀지 않은 구석진 자리에 홀로 앉아 그들을 '감시'했다.

리징과 서로 의례적인 인사말을 나눈 장양은 마치 도둑이 제 발 저리듯 멀찌감치 떨어져 앉아 있는 우아이커를 힐끗 쳐다본 다음 목소리를 낮추며 단도직입적으로 물었다.

"무슨 일로 핑캉현까지 날 찾아온 거야?"

리징이 잠시 있다가 천천히 입을 열었다.

"허우구이핑, 기억해?"

"네 남자친구? 당연히 알지. 허우구이핑에게 생긴 일은 나도 정말 유감이야. 아마 핑캉현에서였지?"

장양이 미간을 좁히며 말하자, 리징이 말없이 고개를 끄덕였다.

장양이 이상하다는 듯 리징을 쳐다봤다.

"왜? 벌써 몇 년이나 지난 일이잖아. 갑자기 허우구이핑 얘기는 왜 꺼내는 거야?"

리징이 한참을 망설이다가 말했다.

"꼭 확인하고 싶은 일이 있어. 그런데 널 귀찮게 할 것 같아서."

장양은 자신을 좋아한다는 고백이 아닌 것에 안도의 한숨을 내쉬며 시원스럽게 물었다.

"무슨 일이든 말만 해. 옛 친구 일인데 업무 원칙에 위배되는 일만 아니면 내가 도와줄게."

"난……, 난 허우구이핑이 익사한 게 아니라고 생각해."

장양의 눈이 커졌다.

"그럼 뭔데?"

리징이 한참을 입술만 깨물다가 나직이 말했다.

"타살."

"뭐라고!"

깜짝 놀란 장양의 고함이 멀지 않은 곳에 자리한 우아이커의 주의를 끌었다. 잠시 후, 장양은 자신의 실수를 알아차리고 급히 낮은 목소리로 물었다.

"그렇게 말하는 이유가 뭐야?"

"허우구이핑이 죽고 나서 핑캉 공안국이 대학으로 사건 종결 서류를 가져와 이 사실을 통보했어. 그런데 서류에 허우구이핑이 어떻게 죽었다고 기록돼 있는 줄 알아?"

"저수지에서 수영하다가 잘못해서 익사한 거 아니었어?"

리징이 가볍게 고개를 저었다.

"허우구이핑이 아동과 부녀자를 성폭행하고, 수배 중에 도망치다가 처벌이 두려워 저수지에 투신자살을 했다고 하잖아."

장양이 눈을 휘둥그렇게 뜨며 속사포처럼 말을 쏟아냈다.

"말도 안 돼! 허우구이핑은 절대로 그런 녀석이 아니잖아. 친한 사이는 아니었지만 그럴 애가 아니란 것쯤은 나도 알아!"

장양은 머릿속으로 허우구이핑의 모습을 떠올렸다. 그는 태양처럼 밝은 남자였다. 큰 키에 운동을 좋아해서 체격이 건장했고, 열정이 넘쳐서 온몸에서 환한 기운이 뿜어져 나왔다. 절대로 어두침침한 구석에 숨어서 이상한 영상이나 보는 그런 변태가 아니었다. 한번은 같은 과 남학생들이 차량 절도범을 붙잡은 적이 있었는데, 다들 절도범을 폭행하려 했지만 허우구이핑은 건장한 체격으로 앞을 가로막으며 그러지 말고 파출소로 데려가자고 말했다. 이처럼 정의롭고 선량한 남자가 어떻게 성폭행 사건에 연루될 수 있단 말인가?

리징의 눈시울이 살짝 붉어졌다.

"나도 허우구이핑이 그런 짓을 했다고는 절대로 안 믿어. 너는 모르겠지만, 허우구이핑이 교육지원을 나갔을 때 나도 먀오가오향에 간 적이 있어. 내가 가기 얼마 전, 그가 담당하는 반에 있는 한 여학생이 농약을 마시고 자살했대. 경찰은 그 학생이 자살 전에 성폭행을 당했다고 하더라. 허우구이핑은 이 일을 자세히 조사해달라고 계속해서 상급기관에 고발했지. 그런 사람이 범죄를 저질렀다는 게 말이 돼?"

"그러니까 네 말은 허우구이핑이 성폭행당한 학생의 일을 고발한 것 때문에 살해당했을 뿐만 아니라, 경찰이 그 녀석을 여학생 성폭행범으로 결론 내렸다는 거야?"

리징이 천천히 고개를 끄덕였다.

여기까지 듣고 난 장양의 안색이 먹구름이 드리우듯 급격히 어두워졌다.

리징이 계속해서 말을 이었다.

"핑캉 공안국이 학교로 와서 이 사실을 통보했을 때, 장차오 교수님은 그들이 가져온 사건 종결 보고서를 보고 서류에 문제가 있다고 지적하셨어. 허우구이핑의 부검 보고서 결론은 익사로 인한 사망인데, 부검 설명에는 위 속에 150밀리리터의 물만 들어 있다고 적혀 있었거든."

장양은 그 분야의 전문가가 아니라 바로 이해하지 못했다.

"그게 무슨 뜻인데?"

"장차오 교수님이 그러는데, 사람이 익사할 경우 배 속에 상당량의 물이 차 있어야 한대. 하지만 150밀리리터는 한 모금밖에 안 되는 양이니까 허우구이핑은 익사로 죽은 것일 수가 없는 거야."

장양의 얼굴색이 확 변했다.

"그럼 장 교수님이 핑캉 공안국에 이 의문점을 제기했어?"

리징이 고개를 저었다.

"아니, 교수님께 여쭤봤더니 아마 지방에서 사건을 처리할 때 비리가 있었을 거래. 교수님이 파악한 의문점에 대해선 해당 법의관이 더 잘 알았을 텐데도 결국 이런 결론을 보내왔으니 말이야. 허우구이핑이 고발을 했을 때도 핑캉 공안국 내부자가 피고발인에게 고발한 사람이 누군지 알려줬어. 아마도 이 사건은 연루된 사람들이 많은 거 같아. 장 교수님 말씀이 지방에서 일어난 사건의 결과를 뒤집는 일은 굉장히 어렵대. 특히 지금처럼 의문투성이인 사건은 관련자들이 많아서 아직 학교 문턱도 벗어나지 못한 학생은 실제 업무의 어려움을 이해하지 못할 거라고 하셨어. 게다가 허우구이핑은 이미 죽었잖아. 판결을 뒤집든 그렇지 않든 허우구이핑이 죽었다는 사실은 변하지 않아."

장양이 입을 다물고 곰곰이 생각에 잠겼다.

1년 넘게 검찰관으로 근무하면서 그는 세상물정 모르는 순진한 대학생의 때를 벗게 되었다. 실제 사건 처리의 어려움도 잘 알고 있었고, 일부 사건은 명백한 의문점이 있어도 결국 이런저런 이유로 타협하곤 했다. 타협하는 법을 배운다는 것은 곧 사람의 성숙을 가늠하는 지표였다.

한참 동안 장양을 빤히 쳐다보던 리징이 넌지시 물었다.

"혹시 네가 조서를 확인해줄 수 있을까? 부검 보고서 기록이 정말로 장 교수님이 본 것과 똑같은지 말이야."

"만일 똑같다면?"

"넌…… 넌 수사 감독과 과장이잖아. 그러니까 네가……."

리징은 장양을 수고스럽게 만들 일임을 알고 있었기에 쉽게 부탁할 수 없었다.

"허우구이핑을 위해 재수사를 해서 결백을 밝혀달라는 거지?"

장양이 그다지 내키지 않는다는 표정을 지었다.

천천히 고개를 끄덕이던 리징이 결국 참지 못하고 눈물을 쏟았다.

"그 일로 허우구이핑의 어머니는 정신이 이상해져서 실종됐고, 아버지는 얼마 뒤에 강에 투신자살을 했대……."

이때 잠재적 연적이 자신의 남자친구 앞에서 흐느끼는 모습을 보고 참다못해 그쪽으로 다가간 우아이커는 곧 자신의 예상과 다른 분위기를 감지했다.

침묵이 흐르는 가운데 리징은 소리 없이 울고 있었고, 장양은 지금껏 보지 못한 진지한 표정으로 미간만 찌푸리고 있었다.

눈에 눈물이 그렁그렁 맺힌 채 무심코 고개를 든 리징은 의아해하는 우아이커를 발견하고 순간 당황했다.

장양이 얼른 감정을 갈무리하고 서로를 소개시켜준 다음, 우아이커에게 허우구이핑의 일에 대해 설명했다. 우아이커는 점점 표정이 험악해지더니 돌연 주먹으로 탁자를 내려치며 싸늘하게 말했다.

"진짜로 이게 사실이라면 장양, 당신이 조사해야 해. 꼭 조사해! 반드시 결백을 밝히고 진범을 잡아버려!"

장양은 유관기관인 공안국의 사건을 조사할 경우, 저항에 부딪칠 뿐 아니라 조직 내부의 미움을 사게 될 것이 뻔하다는 생각에 선뜻 대답하지 못하고 머뭇댔다.

장양의 망설임을 눈치 챈 리징이 애써 미소를 지었다.

"곤란한 일이라는 거 알아. 너도 힘들 거야. 하지만 나는…… 나는 허우구이핑이 도대체 어떻게 죽었는지 그것만이라도 확인하고 싶어. 다른 건 아무것도 원하지 않아."

우아이커가 강한 어조로 주장했다.

"왜 확인만 하고 끝내요? 이 사건은 끝까지 조사해야 한다고요! 장양, 뭘 망설여? 검찰관이잖아. 당신이 안 하면 내가 아빠한테 찾아갈 거야."

리징은 그 말이 이상했는지 그녀에게 물었다.

"아빠요?"

"저희 아빠가 검찰장이거든요. 이 사람의 상관이라고 할 수 있죠."

우아이커의 얼굴에 의기양양한 표정이 떠올랐다.

장양은 어쩔 수 없다는 듯 입을 삐죽거리며 그 말이 사실임을 밝혔다.

리징이 바로 눈물을 닦으며 기대감을 드러냈다.

“만약…… 정말로 가능하다면, 네가…….”

장양이 말했다.

“알았어. 일단 최선을 다해볼게.”

제18장

리징을 장시 버스 정류장까지 데려다준 장양과 우아이커는 걸어서 집으로 돌아가는 중이었다. 장양은 묵묵히 미간만 잔뜩 찌푸렸다.

우아이커가 불만을 터뜨리며 잔소리했다.

"도대체 왜 그래! 친구 사건인데 그렇게 도와주기가 싫어?"

장양에게는 그만이 가진 고충이 있었다.

"리징의 말이 사실이라면 이 사건은 처리하기가 쉽지 않아. 난 일한 지 겨우 1년밖에 안 됐어. 허우구이핑의 사건을 다시 살펴보겠다고 하면 분명 여러 사람한테 미움만 사게 될 거야."

우아이커가 못마땅한 표정으로 장양을 쳐다봤다.

"그러고도 검찰관이야? 그러고도 수사 감독과 과장이야? 당신이 하는 일은 잘못된 사건을 바로잡는 거 아냐?"

장양이 어쩔 수 없다는 듯 한숨을 쉬며 말했다.

"실제 업무는 그렇게 간단하지 않아. 그리고 난…… 사건 시정은 해본 적이 없어."

"진짜로 이해가 안 돼. 무슨 일이든 처음은 있어. 그럼 이 사건을 당신이 시정한 첫 번째 사건으로 삼으면 되잖아. 도대체 뭘 망설이는 거야? 억울한 누명을 쓴 게 확실하다면 수사 감독과 과장인 당신이 당연히 정의를 위해 사건을 올바르게 시정해야지. 법대로 처리하면 되는 거잖아. 설령 무슨 일이 생기더라도 우리 아빠가 널 도와줄 텐데 뭐가 무서워? 내가 이 일에 대해 말하면 아빠도 분명히 널 지지할 거야."

"하지만……."

"그만 좀 해!"

우아이커가 흥분해서 발걸음을 멈추고 날카롭게 장양을 쏘아봤다.

"당신 동창이 한 말 못 들었어? 허우구이핑은 학생이 성폭행당한 사실을 고발하다가 살해당했어. 죽고 나서는 아동과 부녀자를 성폭행했다는 낙인이 찍혔고. 그 일로 인해 그의 어머니는 정신이상으로 실종, 아버지는 수치심에 못 이겨 자살까지 했다잖아. 억울한 사건 하나 때문에 한 가정이 완전히 파탄이 났어. 이런 일도 막지 못하면서 검찰관이라고 할 수 있어? 진짜로 당신한테 실망이야."

입술을 깨물던 장양이 곧 미소를 지으며 우아이커를 달랬다.

"알았어, 알았다고. 높으신 명 받들어서 최선을 다해 조사할게. 이제 됐지?"

"이건 날 위해 조사하는 게 아니라 검찰관으로서의 의무야. 난 당신이 무슨 일이든 이해득실만 따지는 관료가 되는 게 싫어. 지금까지 그런 위선자를 수없이 봐왔다고!"

우아이커의 표정은 사뭇 진지했다.

장양이 숨을 깊이 들이마시고 가슴을 활짝 펴면서 말했다.

"맞아. 검찰관으로서의 의무지. 그래, 내가 잘못했어. 난 절대로 썩은 관료주의에 물들지 않을게. 이번 사건은 즉시 조사할 테니까

중기위中紀委*의 큰아가씨, 이번만 좀 봐주십시오."

한참을 화난 표정으로 장양을 쏘아보던 우아이커가 결국 웃음을 터뜨렸다.

"그래야지. 명심해. 공안국에 갈 때는 단정하게 제복을 입고. 내 체면 구기면 안 돼!"

"당연하지. 난 핑캉현에서 가장 멋있는 검찰관…… 이 아니라, 두 번째로 멋있지. 제일 멋있는 검찰관은 장인어른이시고."

이튿날, 장양은 허우구이핑 사건의 조서를 확인하러 부하 직원을 이끌고 직접 핑캉현 공안국으로 갔다. 장양을 맞이한 사람은 형정대대장인 리젠궈李建國였다. 리젠궈는 마흔 살 정도로 키가 작은 편이었고 약간 살집도 있었지만 체격은 건장했다. 또 행정직급상으로는 장양과 동일한 지위였지만, 더 많은 부하를 거느리고 있었다. 형정대대 아래에 중대가 있어서 거느린 인력을 모두 합치면 60~70명 정도 되었다. 이처럼 많은 사람을 관리하다 보면 자연히 지휘관으로서의 카리스마가 생기기 마련이라, 고작 네 명의 부하를 두고 있는 과장인 장양이 상대하기에는 버거운 인물이었다.

리젠궈는 햇병아리 같은 장양의 모습과 찾아온 이유를 듣고 무시하는 투로 말했다.

"허우구이핑 사건은 범인이 사망해서 종결됐소. 조서는 기록실에 보관되었고 말이오. 규정에 따르자면 검찰원에 제출할 필요가 없는데 그 서류를 찾아서 뭐 하시려고?"

* '중앙기율검사위원회(中央紀律檢查委員會)'의 약칭으로, 지방 각급의 기율검사위원회를 통솔하는 중앙 정부기관.

"어떤 제보를 받아서 이 사건을 다시 조사할 생각입니다."

리젠궈가 미간을 살짝 찌푸렸다.

"제보 내용이 뭐지? 제보자는 누구고?"

"그건 규정에 따라 말씀드릴 수 없습니다."

리젠궈가 비웃으며 오만한 표정을 지었다.

"그럼 나도 규정을 따를 수밖에. 이 사건은 이미 종결되어 자료도 봉인했으니 검찰원에서 상관할 바가 아니오. 이만 돌아가시게."

장양이 가까스로 화를 참으며 사건 열람 명령서를 내보였다. 리젠궈는 서류를 받아들고 힐끗 살펴보더니 바로 장양에게 돌려주며 웃음만 지었다.

"내게 보여줘도 소용없소. 난 문서 관리자가 아니니까."

리젠궈는 제 할 말만 하고 뒤돌아 자리를 떴다.

부하들 앞에서 망신을 당한 장양은 속에서 분노가 치솟았지만, 공안국에서 버럭버럭 성질을 낼 수도 없기에 하는 수 없이 문서 보관실을 찾아갔다. 하지만 문서 보관실에서는 형사사건 기록을 열람하려면 리젠궈의 동의 서명이 필요하다고 말했다. 다시 리젠궈를 찾아갔지만 형정대대 소속 형사는 그가 부재중이라는 말만 전했다.

제19장

뜻밖에도 조서 열람 단계에서부터 조사가 벽에 부딪히자 이리저리 방법을 궁리하던 장양은 타살 증거가 부검 보고서에 있다는 리징의 말을 떠올렸다. 그는 핑캉 공안국의 모든 부검 보고서가 법의관 천밍장의 손에서 나온다는 정보를 입수하고, 이튿날 아침 천밍장을 찾아갔다.

기술수사센터 입구. 장양은 이곳에서 천밍장과 처음으로 만났다.

천밍장은 대략 서른대여섯으로 보였으며, 안경을 끼고 있었다. 점잖은 외모에는 독특한 교활함이 엿보였는데, 그 '교활함'이 무엇인지는 나중에야 알게 되었다.

2년 전 사건의 피의자 사망 원인에 대해 알고 싶다는 장양의 말을 듣고, 천밍장은 더 이상 얘기하고 싶지 않다는 듯 싸늘한 표정을 지었다.

"그걸 왜 나한테 찾지? 모든 서류는 문서 보관실에 있으니까 검찰관은 절차만 밟으면 볼 수 있잖아."

장양이 미간을 찌푸리며 솔직하게 털어놓았다.

"문서 보관실이 협조적이지 않아서요."

"그럼 윗분한테 부탁해봐. 공안국이 제일 무서워하는 게 검찰원인데. 설마 검찰관인 자네가 원하는 걸 안 주겠어?"

장양은 공안국 사람들끼리 서로 책임을 미루는 상황이라 그저 성질을 죽이며 부탁하는 수밖에 없었다.

"천 법의관님, 저 좀 도와주시면 안 되겠습니까? 사망 원인 좀 확인해주세요. 그 결과는 저한테 아주 중요하다고요."

천밍장은 잠시 장양을 훑어보더니 인상을 쓰며 대꾸했다.

"공문 절차를 따르면 될 텐데 왜 안 따르고 이러나? 고인과 무슨 관계지?"

"죽은 피의자가 제 친구입니다. 특수한 사건이라 천 법의관님도 분명히 기억하실 거 같은데, 제 생각엔……."

"잠깐, 죽은 피의자가 친구라고?"

"제 대학 동기예요."

천밍장이 잠시 생각하더니 슬쩍 미소를 지으며 물었다.

"그러니까 대학 동기의 죽음에 미심쩍은 부분이 있다, 이거지?"

"네, 맞아요. 근데 법의관님의 업무 처리 능력을 의심하는 게 아니라 저는 단지……."

천밍장이 장양의 말을 끊으며 시원스럽게 말했다.

"괜찮아. 사람이 일하다 보면 실수할 수도 있으니까 내 실력을 의심해도 상관없어."

그러면서 천밍장이 갑자기 장양에게 가까이 다가와 목소리를 낮추며 물었다.

"그럼 이 일은 사적인 일인가, 공적인 일인가?"

장양은 상대의 태도가 돌변한 이유를 이해하지 못했지만, 일단 대답할 수밖에 없었다.

"지금은 사적인 일이지만 증거를 찾게 되면 공적인 일로 처리할 겁니다."

"그렇단 말이지……."

천밍장이 머리를 긁적이며 무슨 말을 하려다 멈췄다.

장양이 서둘러 얼른 말을 덧붙였다.

"안심하십시오. 결과가 어떻든 법의관님께 문제가 생기는 일은 절대로 없을 겁니다. 나중에도 귀찮은 일은 없도록 할게요."

"오해는 말게. 귀찮은 일이 생기는 것쯤이야 괜찮으니까. 내가 그런 걸 걱정하는 사람 같아? 그게 아니라……."

천밍장이 곤란한지 머뭇거렸다.

"이 일은 자네의 사적인 일이잖아. 그 사적인 일을 도우려면 난 당연히 업무 시간 외의 내 개인적인 시간을 써야 할 텐데, 내 사생활은 소중하거든. '시간이 금이다'라는 속담도 있듯이……."

천밍장의 말뜻을 마침내 이해한 장양은 지방에서 다양한 방식으로 돈을 갈취하는 공무원들의 비열함에 속으로 욕을 퍼부었다. 그러나 이쪽이 부탁하는 입장이다 보니 어쩔 수 없이 울분을 참으며 물었다.

"대체 얼맙니까?"

"에이, 그런 걸 어떻게 말로 하나." 천밍장이 한 손을 쫙 펴서 휘휘 흔들어 보였다. "적당하다고 생각하면, 내가 기록을 찾아보지."

"오십?"

"크흠, 요새 물가가 참 빨리 오르는 편이니."

"오백이요?"

장양의 눈이 휘둥그레졌다.

얼굴을 붉힌 천밍장이 껄껄거리며 멋쩍게 머리를 주억거렸다.

장양은 이를 악물고 내심 치열하게 갈등했다. 그러다가 기필코 진실을 밝혀내야 한다고 강력히 주장하던 여자친구의 모습을 떠올리고 피를 토하는 심정으로 승낙했다.

"알겠습니다."

천밍장이 유쾌하게 웃었다.

"누구에 대해 조사하고 싶은데? 내가 확인해서 퇴근 후 찾아갈게."

"2년 전, 먀오가오향에서 익사한 교육지원 교사 허우구이핑입니다."

"허우구이핑이라고?"

천밍장의 안색이 변했다. 잠시 후, 그가 급히 고개를 저었다.

"이건 안 되겠어."

순간 이상함을 눈치 챈 장양이 천밍장을 쏘아보며 물었다.

"왜 안 된다는 거죠? 이 사건에 뭔가 특별한 점이라도 있는 겁니까? 허우구이핑의 죽음에 무슨 문제라도 있는 거예요?"

천밍장이 심각하게 말했다.

"이 사건은 확실히 특별하지. 그러니 오백으로는 안 되고 천은 받아야겠어."

"1000위안은 거의 제 한 달치 월급이라고요!"

장양이 참지 못하고 벌컥 소리쳤다.

천밍장이 쉿 하며 주위를 둘러봤다. 그들의 대화를 듣는 사람이 없다는 걸 확인하더니 즉각 낮은 목소리로 말했다.

"난 경찰이 아닌 기술직이어서 사적으로 기술을 사용해 돈을 벌어도 규율 위반은 아니지만, 그래도 소문나서 좋을 건 없으니 좀 조용히 해. 핑캉현에서 법의관은 나하고 내 제자밖에 없어. 한 해에 무려 서른에서 마흔 구의 시체를 보니까 그 많은 이름을 다 기억 못 하지. 그런데 내가 허우구이핑이란 이름을 기억하고 있다는 건 이 사건에 아주 특별한 점이 있다는 얘기야. 게다가 내가 또 인정에 약하거든. 허우구이핑의 시신은 내가 부검했고, 자네는 그 친구라고 했으니까 고인의 체면을 봐서 특별 할인가로 팔백에 해줄게. 어때? 수락하면 허우구이핑의 부검 보고서뿐 아니라 절대로 돈이 아깝지 않을 만한 고급 정보도 끼워주지."

장양은 속으로 악담을 퍼부었다. 어느 모로 보나 이 사람은 법의관이 아니라 완벽한 장사꾼이었다. 이리저리 흥정을 하더니 결국 곤란하다는 듯 고인의 체면을 생각해서 '특별 할인가'로 해준다니.

장양은 한참을 고민했다. 그러다가 부검 정보 이외에 중요한 정보도 알려준다는 제안에 천밍장이 어쩌면 이 사건의 내막을 알고 있을지도 모른다는 생각이 들었다.

진실 규명을 위해 최선을 다하겠다고 우아이커와 약속한 뒤여서 시작도 안 하고 포기한다면 그녀가 자신에게 실망할지도 모른다. 한나절 만에 보름 치 월급이 날아갈 걸 생각하면 속이 쓰리긴 했지만, 다행히 다른 지출이 없는 공직에 몸을 담고 있는 터라 속으로 이를 갈며 승낙하고 그와 저녁 식사 약속을 잡았다.

제20장

장양과 우아이커는 식당 개별실에 앉아서 문을 반쯤 열어놓고 초조하게 밖을 흘낏거렸다.

"세상에, 진짜 악질이다. 어떻게 그런 사람이 다 있담! 당신한테 무려 800위안이나 갈취하다니! 당신 한 달 월급이 얼만데!"

우아이커는 800위안을 벌려면 장양이 며칠을 출근해야 하는지, 그 돈으로 옷을 몇 벌을 사고, 외식을 몇 번이나 할 수 있는지 끊임없이 계산해댔다. 그러면서 별것도 아닌 수고를 해주는 대가로 무려 팔백이나 요구한 천밍장에 대해 30분 내내 원망을 쏟아냈다.

그러다 종국에는 화살을 장양에게 돌렸다. 남자들은 흥정을 할 줄 모른다며 만일 자기라면 300위안에서 더는 안 된다고 못 박았을 거라고 호언장담했다. 천밍장이 주저할 때 아쉬울 것 없다는 듯 휙 등을 돌려버리면 분명히 100위안만 더 올리자고 잡겠지만, 한 푼도 더 낼 수 없다며 언제든 떠날 수 있다는 태세를 취하면 상대는 분명 300위안으로 거래를 접었을 거라는 게 그녀의 논리였다. 천밍장의 제안을 장양이 간단히 수락하는 모습을 상상만 해도 우아이커는 속에서 열불이 나는 것 같았다. 하지만 이제 와 한탄한들 때는 늦었다.

장양은 800위안이 아깝긴 했지만 내심 만족스러웠다. 우아이커는 이번 일로 그가 그녀를 깊이 사랑하며, 오직 그녀를 위해 큰돈을 과감히 내놓았다는 사실을 알게 되었을 것이다. 사실 허우구이핑과는 대학 동창이어도 그리 친한 사이도 아니었고, 그들의 우정은 800위안만도 못했다.

장양이 웃으며 말했다.

"이미 수락한 일이니까 다음 달에 좀 아껴 쓰면 돼. 오전에 그 사람 태도 보니까 허우구이핑 사건에 무슨 내막이 있는 게 틀림없어. 오히려 난 그가 후회하고 안 올까 봐 걱정돼."

"그렇게 못 할걸! 아직 그 남자한테 돈 안 줬지? 그런 인간은 돈이라면 목숨이라도 내놓을 거야. 800위안이 아쉬워서라도 올걸. 어떻게 경찰이 감히 검찰관에게 뇌물을 요구해? 진짜로 목숨이 아깝지도 않나 봐. 그 인간한테 영수증 꼭 받아놔. 사건 조사가 끝나면 뇌물 요구 혐의로 검찰원으로 연행해서 원금에 이자까지 다 받아내."

우아이커가 분노를 토해내자 장양이 입을 비죽이며 어쩔 수 없다는 듯 대꾸했다.

"그 사람은 경찰이 아니야. 권한직도 아닌 기술직이고. 우린 사적으로 거래한 거라 뇌물수수라고 칭할 수도 없어."

그런 대화가 오가는 사이에 천밍장이 문을 밀고 들어왔다. 그는 의자를 끌어당겨 앉으며 미소 띤 얼굴로 그들을 쳐다봤다.

"이쪽은 여자친구? 예쁘네. 그런데 돈은 준비했어?"

천밍장은 거두절미하고 단도직입적으로 돈 얘기를 꺼내며 손부터 내밀었다. 무슨 마약 거래 현장 같았다.

우아이커가 결국 울분을 참지 못하고 따졌다.

"아저씨한테 이건 간단한 일이잖아요. 800위안은 너무 비싸요. 300위안으로 해요!"

천밍장이 웃으며 장양을 쳐다봤다.

"이 금액은 나와 아가씨 남자친구가 협상한 거야. 장양도 동의했고. 그렇지?"

장양이 긍정하듯 아무 말도 하지 않았다.

"하지만 너무 비싸다고요!"

천밍장이 어깨를 으쓱하며 어쩔 수 없다는 듯 말했다.

"아가씨, 사람은 신용이 있어야 해. 더구나 자고로 약속이란 천금과 같다는데, 남자친구가 이 금액을 수락했으면 여자친구가 흔쾌히 지지해줘야지. 그러지 않으면 사람들은 남자의 말을 들어야 할지, 여자의 말을 들어야 할지 헷갈리게 된다고."

우아이커는 기가 막히는지 더욱 성난 눈빛으로 천밍장을 째려봤다.

천밍장은 아무렇지도 않게 장양에게서 건네받은 현금을 주머니에 넣고 두드리며 만족감을 드러냈다. 그는 미소 지으며 거래가 성사되었으니 오늘 저녁은 자신이 쏘겠다고 말했다. 하지만 천밍장이 달랑 국수 세 그릇만 주문하자, 우아이커는 그의 인색함에 속으로 욕설을 퍼부었다.

장양은 식사 메뉴보다 결과를 빨리 알고 싶은 마음에 서둘러 물었다.

"천 법의관님, 부탁드린 일은……."

"마음 푹 놔. 내 원칙이 '신용을 지키자'니까!"

천밍장이 빙그레 웃으며 가방에서 서류 하나를 꺼냈다. 장양이 건네받으려 손을 내밀자 천밍장은 서류를 뒤로 쓱 빼더니 식탁 위에 올려놓고 진지하게 말했다.

"한 가지 알려줄 게 있어. 자네와 만나고 나서 내가 허우구이핑 사건 이후의 상황에 대해 좀 알아봤거든. 허우구이핑이 자네 친구이긴 하지만, 사실 이 사건은 자네하고 큰 상관이 없잖아. 그래도 이 부검 보고서를 본다면 자네한테 좀 귀찮은 일이 생길지도 몰라. 여기서 포기하겠다고 하면 돈은 돌려주지. 물론 그렇게 되면 이 국수 값은 자네들이 내야겠지만."

우아이커는 속으로 '이렇게 심각하게 굴면서 대체 국수 얘기가 왜 나오는 거야!'라고 외쳤다.

장양이 머뭇거리며 뒤돌아 우아이커를 힐끔 쳐다봤다. 우아이커는 반드시 사건을 끝까지 조사해야 한다는 결연한 표정을 짓고 있었다. 협상의 여지는 조금도 없어 보였다. 장양이 마지못해 말을 꺼냈다.

"귀찮은 일이 생기는 건 두렵지 않습니다. 그러니 이리 주세요."

"뭐…… 그렇다면야. 근데 괜찮다면 내가 몇 가지 물어봐도 될까?"

"말씀하세요."

"허우구이핑 사건에 대해 얼마나 알고 있지?"

"사건 종결 보고서를 못 봐서 당시 핑캉 공안국이 대학 측에 통보한 내용만 알고 있습니다."

"공안국이 대학에 뭐라고 통보했는데?"

장양이 숨을 깊이 들이마시고 천천히 답했다.

"허우구이핑이 핑캉현에 교육지원을 나가 있는 동안, 부모가 없는 어린 소녀와 부녀자를 성폭행했고 경찰의 수사 때문에 궁지에 몰리자 결국 저수지에서 투신자살했다고요."

천밍장의 눈꼬리가 미세하게 꿈틀거렸다.

"공안국이 그렇게 통보했다고?"

장양이 고개를 끄덕였다.

천밍장이 입매를 굳히며 다시 물었다.

"공안국 문서 보관실로 가서 사건 종결 자료를 요청해봤어?"

"네."

"근데 왜 못 봤지?"

"문서 보관실에서는 리젠궈 형정대대장의 서명이 필요하다고 하더군요."

천밍장이 미간을 찌푸렸다.

"리젠궈가 서명을 안 해줘?"

"그건 문서 보관실 소관이라고 말하던데요."

천밍장이 고개를 끄덕였다. 한참 생각에 잠겨 있던 그가 슬며시 웃으며 물었다.

"만약 허우구이핑이 익사하지 않았다면 어떻게 할 건가?"

"허우구이핑이 진짜로 익사한 게 아니에요?"

장양과 우아이커가 동시에 똑바로 자세를 고쳐 앉았다.

천밍장이 그들의 눈빛을 피하지 않고 마주보며 천천히 수긍했다.

"그래. 난 허우구이핑이 익사했다고 말한 적 없어."

"그렇지만 당시 부검 보고서에는 익사로 적혀 있다는데."

천밍장이 경멸 어린 어조로 받아쳤다.

"그 부검 보고서의 결론은 내가 작성한 게 아니거든."

"핑캉현에서 발생한 형사 살인사건의 부검 보고서는 모두 천 법의관님이 작성하신다면서요."

"간단해. 누가 내 결과 보고를 고친 거지."

이 말을 들은 장양과 우아이커는 상황이 예상보다 훨씬 심각한 것을 깨닫고 침묵에 잠겼다.

천밍장이 미소를 지으며 둘을 바라봤다.

"아직도 허우구이핑의 진짜 부검 보고서를 사고 싶어?"

장양은 이 사건에 생각보다 많은 사람들이 연루되었다는 걸 알고 내심 동요했다. 부검 보고서를 위조하는 일은 심각한 직무 범죄다. 이렇게 더 깊이 진상을 파헤쳐도 되는 걸까? 자신은 젊은 검찰관에 불과했다. 경험도 별로 없고, 인맥은 더 말할 것도 없었다. 현재 우 검찰장의 발탁으로 과장이 되었으니 만일 이대로 평탄하게 지낸다면 분명히 순조로운 미래가 기다리고 있을 것이다. 반면 지방에서 발생한 복잡한 일에 연루된다면 그 결과가 어떻든 좋은 꼴은 보지 못할 게 뻔했다.

천밍장은 참을성 있게 침묵만 지키며 차분히 장양을 관찰했다.

이때 우아이커가 결단력 있게 입을 열었다.

"살게요. 이 일은 우리가 조사할 거예요!"

"그건 남자친구의 의견을 들어봐야 할 것 같은데."

장양이 입술을 깨물며 침묵했다.

우아이커가 눈을 크게 뜨고 소리쳤다.

"장양!"

장양이 곧바로 고개를 들고 말했다.

"사겠습니다. 사건에 내막이 있다면, 수사 감독과의 검찰관으로

서 제가 조사해야죠."

그러자 우아이커가 그윽한 눈빛으로 장양을 바라봤다.

"좋아. 그럼 부검 보고서를 자네에게 넘기지."

천밍장이 웃으며 서류를 장양에게 넘기면서 천천히 덧붙였다.

"여기서 내 결론은 명확해. 허우구이핑은 익사가 아니라 타살이야. 물에 빠지기 전에 이미 사망했거나 빈사 상태였어. 위에서 발견된 액체의 양이 150밀리리터도 안 됐으니까. 사람이 익사하려면 이것보다 훨씬 더 많은 물의 양이 필요해. 또한 치명상은 아니지만 몸 여러 군데에서 외상도 발견됐지. 직접적 사인은 질식사야. 목에 교살 흔적이 없고 입술에 상처가 난 걸로 보아, 아마도 천 같은 걸로 질식시킨 것 같아. 체격이 큰 허우구이핑을 질식사시키려면 한 명으로는 어림도 없을 테니, 범인은 최소한 두 명은 되겠지. 이게 바로 내 결론이야."

하루가 멀다 하고 시체와 대면하는 천밍장은 마치 가축이라도 대하듯 사망자에 대해 태연하게 묘사했다. 순간 머릿속에 죽은 허우구이핑의 모습이 절로 그려지자 우아이커는 등골이 오싹해졌다.

천밍장이 웃으며 말했다.

"이 부검 보고서의 결론은 충분히 검토를 거친 거야. 허풍이 아니고 내가 이 분야에서 실력이 꽤 뛰어나거든. 이래봬도 난 법의학 박사야. 고향이 여기고 부모님도 보살펴야 하니까 핑캉현 같은 지방에서 일하는 거지, 대도시 공안국의 법의관보다 실력은 뒤지지 않는다고. 그러니까 보고서의 정확성에 대해서는 안심해도 돼."

잠시 후, 천밍장이 놀리듯 장양을 쳐다보며 다시 물었다.

"이제 이 보고서를 손에 넣었고, 또 공안국에 보관된 조서에 문제가 있다는 것도 알게 됐지. 자네가 이미 죽은 사람을 위해 정말로 재수사할 생각인지 궁금한데?"

우아이커를 흘끔 쳐다본 장양이 주저하는 마음을 억누르며, 정의롭고 믿음직한 검찰관의 이미지를 공고히 했다.

"허우구이핑을 위해 재수사할 겁니다!"

"이런 걸 물어서 미안하지만, 그와 아주 친한 사이였나?"

"그냥 평범한 대학 친구였는데요."

"그렇다면 여기서 그만둬. 이건 보통 일이 아니야. 재수사는 원래 쉽지 않은데다가 괜히 사람들한테 미운털만 박힐걸. 자네는 아직 젊잖아. 괜히 창창한 미래를 걸고 모험하지 마. 이 사건은 자네가 상상하는 것보다 복잡하니까. 재수사는 으음……, 자네 직급으론 힘들지도."

우아이커가 반발했다.

"장양은 수사 감독과 과장이거든요."

천밍장이 비웃었다.

"과장? 현급 기관의 과장이면 부과급 아닌가? 게다가 새파랗게 젊은 과장이잖아. 자네가 리젠궈를 감독하는 부처에 있고, 동일 직급이라고 해도 리젠궈 하나 어쩌지 못하면서 재수사는 어떻게 할 건데?"

장양을 무시하는 말에 화가 난 우아이커가 물었다.

"그럼 직급이 얼마나 높아야 재수사할 수 있는데요?"

천밍장이 장양을 가리켰다.

"남자친구가 검찰장이 되면 가능하겠네."

우아이커가 자신만만한 미소를 지으며 대답했다.

"우리 아빠가 펑캉현 검찰장이거든요. 최고 책임자라고요."

"아……, 그래?"

천밍장이 새삼스럽게 그들을 훑어봤다.

"어쩐지. 아무리 사건이 간단치 않다는 걸 안다고 해도 지방 촌구석에서 일어난 일은 처리하기가 굉장히 복잡해. 게다가 새내기 검찰관이 사건 재수사를 한다는 건 더더욱 힘든 일이고. 역시 믿는 구석이 바로…… 크음."

천밍장이 '여자친구'라는 말을 삼키고 덧붙였다.

"든든한 버팀목이 있었군."

부검 보고서를 훑어본 장양이 서류를 한쪽에 내려놓으며 이해가 안 된다는 듯 물었다.

"왜 최초 부검 보고서를 천 법의관님이 보관하고 있는 거죠? 원래 부검 보고서는 사건 종결 보고서와 함께 문서 보관실에 있어야 하는 거 아닙니까?"

"아주 좋은 질문이야."

천밍장이 슬며시 웃음을 내보이며 만족스러운 눈빛으로 장양을 바라보다가 우아이커에게 시선을 던졌다.

"아가씨, 감정만 가지고 일해봤자 아무 소용없어. 남자친구가 아가씨보다 더 똑똑한 것 같은데."

우아이커가 입으로는 "흥." 하고 코웃음을 쳤지만, 장양을 칭찬하는 말에 은근 흡족해했다.

천밍장이 이어서 말했다.

"그건 말이야, 당시 대대장이었던 리젠궈가 허우구이핑의 시체를 내게 보냈거든. 근데 내가 결론을 내리기도 전에 그는 다른 경찰들한테 허우구이핑이 처벌이 두려워 자살해 익사한 거라고 떠들고 다녔지. 나중에 리젠궈를 찾아가서 내가 내린 결론은 익사가 아니라 타살이라고 따졌어. 그랬더니 내 말을 툭 끊으면서 반드시 자살로 인한 익사여야 한다며 다른 가능성이 있어서는 안 된다고 우기더군. 게다가 나보고 그렇게 결론을 작성하라는 거야. 난 동의하지 않았지. 그건 명백히 내 직업윤리에 위배되는 행동이니까. 만일 재수사가 시작돼서 부검 보고서에 문제가 있다는 게 밝혀지면 전부 내 책임이잖아? 리젠궈는 형사들이 사건 해결에 대한 압박이 크다며, 허우구이핑의 사망 원인이 자살이 아닌 것으로 밝혀지면 자기들이 곤란해진다고 했어. 근데 난 그 말이 다소 의심스러웠지. 아직 조사 시작도 안 했는데 사건이 해결될지 안 될지 어떻게 알아? 그래서 끝까지 거부했더니 리젠궈가 그럼 부검 과정만 기술해달라고 했어. 마지막 결론은 자기가 쓰고, 모든 책임도 자기가 지겠다고 말이야. 어쨌든 리젠궈는 형정대대장이니까 결국 그 말을 따를 수밖에 없었어. 내 본분을 지키려면 그 수밖에 없었으니까. 따라서 문서 보관실에 있는 부검 보고서의 결론이 허우구이핑이 익사한 걸로 적혀 있으면 그건 리젠궈가 쓴 거야."

장양이 납득이 되지 않는지 다시 물었다.

"그렇다면 지금 갖고 있는 이 부검 보고서가 원본인 거예요?"

천밍장이 빙그레 미소 지으며 대답했다.

"결론을 리젠궈가 대필하긴 했지만 혹시라도 재수사가 시작돼서 내가 리젠궈와 함께 부검 보고서를 위조한 게 돼버리면 진짜 재수 옴 붙은 일이잖나. 그래서 새로 부검 보고서를 작성해 서명하고 도장까지 찍어서 보관하고 있었지. 난 완전히 결백하다는 증거로 말이야."

장양은 천밍장이 대비책을 남겨둔 행동을 이해했다. 법의관의 권한에는 한계가 있기 때문에 그저 자기 일만 위험으로부터 지킬 수 있을 뿐, 수사대장이 마지막에 사건을 어떻게 처리하든 관여할 수 없었다.

잠시 후, 장양이 다시 물었다.

"허우구이핑이 어린 소녀와 부녀자를 성폭행한 부분에 대해 얼마나 알고 계세요?"

천밍장이 미간을 찌푸리며 답했다.

"허우구이핑이 정말로 성폭행을 했는지 안 했는지 단정 짓기는 어려워. 그랬을 수도, 안 그랬을 수도 있으니까."

장양의 무슨 뜻인지 모르겠다는 시선에 천밍장이 기억을 더듬으며 말했다.

"허우구이핑의 시체가 발견되기 전날, 형사가 정액이 묻어 있는 여아 속옷을 보내왔어. 시체를 찾은 후, 그의 몸에서 정액을 채취한 뒤 비교했더니 둘이 정확히 일치했지."

장양과 우아이커가 믿기지 않는다는 듯 눈을 크게 떴다. 그들은 속으로 '말도 안 돼, 설마 허우구이핑이 정말로 어린애를 성폭행한 거야?'라고 외쳤다.

천밍장이 설명을 이어나갔다.

"속옷에서 발견된 정액만 가지고 허우구이핑의 성폭행 사실을 결론 내릴 순 없어. 사망한 여자아이의 시체 역시 내가 부검했지만, 질에서 채취한 정액을 허우구이핑의 것과 비교하지는 못했거든."

"어째서요?"

천밍장이 복잡한 표정을 지었다.

"허우구이핑이 사망하기 며칠 전 누군가가 법의실험실에 들어왔는데, 나중에 보니 물건이 몇 개 사라졌어. 여아의 체내에서 채취한 정액도 그때 사라졌고."

장양이 깜짝 놀라며 물었다.

"어떻게 공안국 법의실험실에 도둑이 들 수 있죠?"

천밍장이 웃었다.

"진짜로 도둑의 소행인지는 증거가 없으니 단정하지 말자고."

천밍장이 한숨을 토해내고 나서 계속해서 말했다.

"여아용 속옷에 묻은 정액은 허우구이핑의 것이 맞지만, 체내에서 채취한 정액과는 비교하지 못했으니 허우구이핑이 정말로 아이를 성폭행했는가에 대한 결론은 '알 수 없음'이야. 그렇지만 부녀자 성폭행은 사실일 가능성이 커."

장양과 우아이커의 입이 떡 벌어졌다.

"그 여자가 성폭행당한 다음 날 아침, 내가 먀오가오향으로 가 질을 검사했는데 거기에서 정액이 검출됐어. 허우구이핑의 시체가 발견되고 나서 비교해보니 피의자의 것과 일치했고. 허우구이핑과 그녀 사이에 체내 사정 행위가 있었다는 건 조작이 불가능해."

장양은 이 말을 듣고 한동안 입을 열 수가 없었다. 자신의 마음속에 있는 허우구이핑에 대한 이미지를 산산이 깨부수는 결론이었다. 리징이야 여자친구의 입장이기 때문에 자연스럽게 허우구이핑이 절대로 그런 짓을 하지 않았을 거라 굳게 믿을 테지만, 모든 증거가 허우구이핑의 범행임을 가리키고 있었다.

성폭행범 한 명을 위해 사건을 재수사까지 해야 할 필요가 있을까?

마치 장양의 속내를 들여다본 듯 천밍장이 웃으며 물었다.

"성폭행범을 위한 재수사가 타당한지 생각하고 있지?"

장양은 대답하지 않았다.

"사실 허우구이핑이 반드시 성폭행을 했다고 볼 수는 없어. 내 결론은 단지 허우구이핑과 그 부녀자 사이에 성관계가 발생했다는 것뿐이니까. 서로 합의하에 이루어진 건지 누가 알아?"

합의하에 벌어진 일이라고 뭐가 달라질까? 여자친구를 배신하고 교육지원 기간에 다른 여자와 성관계를 맺었다는 것은 장양이 보기에 똑같이 비열한 행위였다. 하지만 허우구이핑의 올곧은 인품을 생각하면 머릿속에 큰 물음표가 찍혔다.

천밍장이 일어나며 말했다.

"앞으로 어떻게 할지는 알아서 결정해."

장양이 무거운 표정으로 고개를 끄덕였다.

"어쨌든 고맙습니다."

천 법의관은 돈이 들어 있는 가슴을 툭툭 쳤다.

"남을 돕는 게 내 즐거움이야."

장양이 천밍장을 바라보며 물었다.

"저한테 이렇게 많은 사건 내막을 말씀해주셨는데, 혹시라도…… 나중에 무슨 불똥이라도 튀지 않을까 걱정되지 않으세요?"

천밍장이 상관없다는 듯 대답했다.

"걱정할 게 뭐 있어? 법의관은 기관의 기술직으로, 다른 곳에 비해 독립된 부처잖아. 윗분들도 내가 아무리 맘에 안 들어도 어쩌지 못해. 설령 쓸데없는 일에 참견했다고 날 쫓아내도 상관없고. 법의관 월급이 쥐꼬리만큼 적지만 않았어도 나도 개인적으로 이런 일은 안 했을걸. 이번 자네 일도 그렇고 말이야. 사실 돈 벌 방법은 널리고 널렸어. 내가 의학, 과학수사학, 미량분석학에 다 능통하거든. 법의관 안 해도 날 모셔가기 위해 줄서는 기관들이 얼마나 많은데. 지금은 직업적 포부 때문에 이러고 있지만."

천밍장의 호탕한 웃음소리가 두 사람에게까지 전염되었다. 방금 나눴던 대화가 몰고 온 보이지 않는 먹구름에서 벗어나, 그들도 천밍장을 따라 크게 웃었다.

그때 장양이 불현듯 한 가지 일을 떠올리고 급히 물었다.

"맞다, 허우구이핑의 사건 말고도 따로……."

"돈이 아깝지 않을 만큼 고급 정보를 알려준다고 했지."

천밍장도 잊지 않았는지 두 번 헛기침을 하더니 마치 모나리자 같은 신비한 미소를 지으며 그들을 바라봤다.

"아까 내가 돈벌이 방법은 많다고 했잖아. 그 중 하나가 바로 주식이야. 중국의 주식시장이 2001년에 최고치를 찍고 나서 2년 넘게 하락세만 보이고 있거든. 근데 자네들도 돈이 있으면 '구이저우貴州 마오타이茅台*'의 주식을 많이 사둬. 5년이나 10년쯤 갖고 있으면 큰돈을 벌 테니까."

한껏 기대에 부푼 두 사람의 얼굴이 대번에 김빠진 풍선 같은 표정으로 변했다.

"이게 법의관님이 말한 고급 정보였어요?"

"당연하지. 못 믿겠어? 나중에 내 말 안 들은 걸 반드시 후회할

---

* 중국 구이저우(貴州)성 특산 고량주 브랜드로, 중국에서 대표적인 고급 술.

걸. 여기, 계산서 좀 줘요. 뭐요? 식기도 한 사람당 1위안씩 내야 된다고요? 뭐 이렇게까지 해서 돈을 벌어요?"

제21장

장시 형정지대 안으로 고급 벤츠가 천천히 들어와 멈췄다. 캐주얼 차림에 안경을 쓴 마흔은 넘어 뵈는 중년 남자가 차에서 내리더니 청사를 향해 가볍게 발걸음을 내디뎠다.

자오톄민이 유리벽 너머로 보이는 남자를 가리켰다.

"우리 손님이 왔군."

"저 사람이 법의관 천밍장이라고?"

옌량이 의외라는 듯 묻자 자오톄민이 놀리면서 말했다.

"법의관의 쥐꼬리만 한 월급으로 어떻게 벤츠를 몰 수 있나 궁금해하고 있지? 자네 같은 정교수도 끌고 다니기 힘든데 말이지. 천밍장은 아마도 재벌 2세나 재개발 보상금 덕을 본 졸부쯤 되든가, 아니면 얼굴로 먹고사나 봐?"

"마지막 추측은 좀 아닌 것 같은데. 우리 자오 지대장님이라면 충분히 가능할 것 같지만."

자오톄민이 자기도 모르게 얼굴을 매만지며 크게 웃었다.

"법의관이 돈 많은 것도 이상한 일은 아니지. 자네의 그 뤄원駱聞이란 친구도 부자 아니었나?"

뤄원의 이름이 언급되자 옌량이 씁쓸히 웃으며 고개를 내저었다.

얼굴에 쓸쓸함이 감돌았다.

"천밍장은 그보다 돈이 더 많아. 자네 친구의 사장이었거든."

쟈오톄민의 설명에 옌량이 깜짝 놀라 물었다.

"뤄원의 사장이었다고?"

"그래. 듣자하니 당시 암암리에 여러 방법으로 돈을 벌었다고 하더군. 특히 주식투자에 천부적 소질이 있었나 봐. 일찌감치 구이저우 마오타이 주식을 사뒀다가 2007년에 주가가 최고로 치솟았을 때 팔아서 단숨에 백배나 되는 수익을 얻었대. 그 후에 퇴직하고 장시로 와서 미량분석기기 업체를 차렸고, 그 몇 년 후에는 뤄원을 초빙해서 기술투자를 받아 현재 우리 공안에 독점적으로 물건을 납품하는 과학수사기기 업체를 세운 거야. 이따가 장양과 장차오에 관해 궁금한 거 있으면 뭐든 다 물어봐. 어쨌든 우리가 갑이니까."

잠시 후, 천밍장이 사무실에 도착했다.

어느덧 10년이라는 세월이 흘러, 현재 천밍장은 마흔대여섯의 중년이 되었다. 과거보다 얼굴에 윤기가 많이 사라지긴 했지만, 양미간에는 여전히 그 나이에 어울리지 않는 장난기가 남아 있었다.

그러나 그는 과거에 장양에게 800위안을 '강탈'했던 것처럼 자오톄민과 옌량에게 돈을 요구하지는 않았다. 현재 그가 운영하는 회사 업무의 절반 이상이 공안 부처와 밀접한 관계가 있으니 말이다. 을의 입장인 그는 문에 들어서자마자 명함을 건네며 고개 숙여 인사했다.

의례적인 인삿말이 끝나자, 자오톄민은 특별조사팀 팀원 몇 명과 기록원을 불러 서로 인사시키고 회의에 참석시켰다. 그러고는 이번 회의가 성 공안청의 요구로 이루어졌으며, 아는 것이 있으면 솔직히 말해 사건 해결을 위해 함께 노력하자고 말했다. 마지막으로 천밍장을 향해 빙그레 미소를 지으며, 만일 뭔가를 숨기려 한다면 절대 가만두지 않겠다는 뜻도 은근히 드러냈다.

이렇게 입장을 분명히 전달한 뒤, 옌량이 먼저 질문을 던졌다.

"천 선생님, 2003년에 허우구이핑이라는 피의자가 사망한 사건을 기억하십니까?"

"기억합니다. 제가 부검했었죠."

천밍장이 주저하지 않고 즉각 대답했다.

옌량이 핑캉 검찰원에서 가져온 부검 보고서를 꺼내 그에게 보여줬다.

"이 부검 보고서는 선생님이 작성한 겁니까?"

천밍장이 흘끔 살펴보더니 이내 수긍했다.

"제가 작성한 게 맞습니다만……."

그가 살짝 미간을 찌푸리며 말을 흐렸다가 질문을 던졌다.

"어떻게 이 보고서를 갖고 있습니까?"

자오톄민이 눈을 가늘게 뜨며 의아하게 천밍장을 훑어봤다.

"공안기관이 이 서류를 갖고 있는 게 이상한 일입니까?"

"당연히 이상하죠. 이 보고서는 핑캉 검찰원에만 있으니까요. 공안이 보고서를 가지러 검찰원에 가는 일은 흔하진 않잖아요."

자오톄민이 옌량과 눈을 마주치고 나서 재빨리 물었다.

"이 부검 보고서가 핑캉 검찰원에만 있다고요?"

"그렇습니다."

"핑캉 공안국에는요?"

천밍장이 그들을 쭉 둘러보고 아무렇지 않게 대답했다.

"공안국에는 예전에 조작된 부검 보고서가 있었는데 지금은 없을 겁니다."

"조작된 부검 보고서라고요?"

특별조사팀 팀원들의 눈이 휘둥그레졌다.

천밍장이 당시를 회상하며 말했다.

"사건 담당자는 당시 형정대대장이었던 리젠궈였는데, 그는 부검 보고서의 결론을 익사로 적으라고 제게 강요했습니다. 하지만 전 직업윤리가 투철한 사람이라 동의하지 않았고, 결국 리젠궈가 부검 보고서를 가져다 결론에 익사라고 적었습니다. 그래서 핑캉 공안국에 있는 부검 보고서에는 직인만 찍혀 있을 뿐 제 서명은 없어요. 저는 리젠궈가 그렇게 할 걸 미리 예상하고, 추후 재수사가 시작되면 모든 책임을 제가 지게 될까 봐 진짜 부검 보고서를 따로 작성해서 남겨뒀습니다."

옌량이 물었다.

"그게 바로 검찰원에 있던 이 보고서입니까?"

"네."

옌량이 미간을 살짝 찌푸렸다.

"선생님이 작성한 진짜 부검 보고서가 왜 검찰원에 있는 겁니까? 원래 종결돼야 할 사건이 왜 검찰원에 보고된 거죠?"

천밍장의 얼굴에 난처한 기색이 드러났다.

"제가…… 제가 부검 보고서를 장양에게 팔았거든요."

"장양에게 팔았다고요?"

모두가 잘못 들었나 싶어 다시 확인했으나 천밍장은 장양에게 팔았다고 단언했다.

옌량이 침을 삼켰다.

"좋습니다. 그럼 어떻게 장양한테 팔았는지 경위를 말씀해주시겠습니까?"

천밍장이 어쩔 수 없이 당시 거래에 대해 빠짐없이 그들에게 설명했다. 알고 보니 장양은 이 보고서를 손에 넣고 나서 온갖 노력 끝에 마침내 검찰원에서 허우구이핑 사건을 재입안*하는데 성공했고, 그래서 이 보고서가 검찰원에 남아 있었던 것이다.

옌량이 곰곰이 생각하며 다시 물었다.

"리젠궈가 부검 보고서를 조작했다고 했는데, 우리가 공안국으로부터 받은 사건 종결 보고서에는 부검 보고서가 아예 포함되어 있지 않았습니다. 조작된 부검 보고서는 어디로 갔을까요?"

"간단합니다. 장양이 저의 부검 보고서를 확보하고 나서 바로 이 사건의 재수사를 시작했고, 공안국 보고서에 명확한 오류가 있다는 것이 밝혀지자 누군가가 없애버린 거예요."

"누가 없앴을까요? 리젠궈입니까?"

옌량이 캐물었다.

"리젠궈일 수도 있고, 다른 사람일 수도 있죠. 법의관은 그런 일엔 관여 안 합니다."

천밍장이 애매모호하게 대답했다.

옌량은 천밍장의 표정을 관찰했다. 그의 표정은 자연스러웠지만 원래 사업가들은 연기력이 훌륭한 경우가 많아서 천밍장이 과연 얼

---

* 입안(立案)은 공안기관이나 인민 검찰원이 범죄 사실 또는 용의자를 발견했거나 신고, 고발, 자수 등에 대해 공안기관, 인민 검찰원, 인민 법원이 각자의 관할 범위 내에서 심사한 후에 형사사건으로 분류해 수사 또는 심판을 진행하기로 결정하는 형사소송의 시작 단계를 가리킨다. 중국의 형사소송 절차는 일반적으로 입안 → 수사 → 기소 → 심판 → 집행 다섯 단계이다.

마나 제대로 된 정보를 털어놓고 있는지 판단하기가 쉽지 않았다. 잠시 후, 옌량이 다시 물었다.

"장양에 대해 얼마나 알고 있습니까?"

천밍장이 어깨를 으쓱했다.

"장양하고는 그 거래 이후 몇 번 만났지만, 2007년에 제가 핑캉현을 떠나 장시로 온 뒤로는 꽤 소원해졌죠."

"장양이 어떤 사람이라고 생각하나요?"

천밍장이 크게 웃었다.

"그러니까 장양이 뇌물수수로 교도소에 수감되고, 도박에 성매매를 저지를 만한 인물인지 묻는 거죠?"

옌량이 고개를 끄덕였다.

그러나 반대로 천밍장은 머리를 절레절레 흔들었다.

"장양이 왜 그렇게 변했는지는 저도 모르겠지만, 최소한 제가 알고 있는 장양은 절대로 그런 사람이 아닙니다."

옌량은 유리벽 앞에 서서 천밍장이 벤츠를 타고 서서히 지대 건물을 떠나는 모습을 바라봤다.

옆에서 자오톄민이 입을 비죽였다.

"저자는 진실을 말하지 않는군."

"최소한 우리 질문에 대해선 사실대로 말했어. 대신 묻지 않는 건 군이 말하지 않고 남겨둔 것 같지만."

"왜 천밍장한테 남겨둔 말이 있다고 생각하는 거지?"

"괜히 연루되기 싫어서일 수도 있고, 어쩌면…… 나도 잘 모르겠어. 하지만 장양의 인품에 대해서만큼은 긍정적인 것 같더군."

자오톄민도 동의했다.

"장양의 뇌물수수, 도박, 성매매 혐의에 대해서는 말도 안 된다는 어조였지."

"장양에 대해 더 많은 사람들의 얘기를 들어볼 필요가 있겠어. 하지만 그보다 먼저 리젠궈에 대해 조사해야 해. 천밍장의 말대로라면 리젠궈가 부검 보고서를 조작한 거니까."

이때 자오톄민이 전화 한 통을 받더니 미간을 좁히며 난감하다는 듯 말했다.

"리젠궈를 조사하는 일은 좀 어렵겠는데? 그 사람, 지금 직급이 결코 낮지 않거든."

"직급이 뭔데?"

"칭시 공안국 정치위원."

"자네보다 높군."

옌량이 한 방 먹었다는 식으로 탄식했다. 이렇게 되면 일이 복잡해진다. 장시 형정지대 지대장인 자오톄민은 그보다 직급이 더 높은 타 도시의 경찰공무원을 조사할 권한이 없었다.

자오톄민이 하는 수 없다는 듯이 말했다.

"특별조사팀 팀원 중에 성 검찰원에 있는 동료를 설득해봐야지. 허우구이핑 사건이 장양 피살사건과 반드시 연관돼 있으니, 사람을 파견해 리젠궈에 대해 알아봐달라고 말이야."

옌량이 눈을 가늘게 떴다.

"허우구이핑 사건에서 당시 리젠궈가 어떤 불법행위를 저질렀다면 어떻게 할 건가?"

"그때 리젠궈가 뭘 했든 다 내 권한 밖이야. 난 단지 장양 피살

사건만 책임지고 있으니까. 리젠궈가 사건과 관련이 있다고 해도 그건 성급 기관에서 처리할 일이지."

이 말을 들은 옌량은 순간 눈을 살짝 가늘게 뜨더니 가만히 상념에 잠겼다.

자오톄민은 옌량의 심각한 얼굴을 보고 물었다.

"무슨 생각을 그리 해?"

"동기."

"무슨 동기?"

옌량이 시선을 창밖으로 던지며 중얼거렸다.

"장차오가 스스로 교도소에 들어간 이유는 특별조사팀을 압박해 리젠궈에 대해 조사시키고, 당시 사건을 시정하기 위해서일까? 아니지, 리젠궈 때문이라면 일을 이렇게 크게 벌일 필요가 없어. 재수사를 위해 이런 대가를 치를 필요도 없고. 도대체 동기가 뭘까……."

제22장

2004년 3월.

초봄이라 아직 날씨는 쌀쌀했다.

비가 부슬부슬 내리는 날, 훠궈 요리점에서 세 사람이 하얀 김이 모락모락 피어오르는 인덕션 주위에 둘러앉아 몇 개월간의 진척 상황을 설명하는 장양의 말에 귀를 기울였다.

부검 보고서를 입수한 장양은 수차례나 공안국을 찾아가 허우구이핑 사건의 조서 제출을 요구했다. 하지만 리젠궈가 계속해서 책임을 회피하는 바람에, 장양은 결국 공안국 지도부를 찾아갔다. 절차상 아무 문제가 없었고 규정에도 합당했기에 공안국은 조서 사본을 장양에게 건넸다.

장양은 곧바로 재입안 및 재수사 작업에 돌입했다. 하지만 그 전에 고소인이 필요했다.

물론 형사사건에서 검찰원이 의문점을 발견하면 고소인 없이 바로 재입안 절차를 밟을 수 있다. 그러나 공공기관은 항상 화합을 중요하게 여기는 경향이 있는지라, 장양이 고소인도 없이 함부로 2년 전 사건을 들먹이며 공안국에 재수사를 요청할 경우 일부러 트집을 잡으려 한다는 의심을 피하기 어려웠다.

그래서 장양과 우아이커는 허우구이핑의 고향으로 찾아가 그의 가족에게 핑캉현 검찰원에 고소장을 제출하게 할 계획이었다. 그러나 이마저도 곧 문제에 봉착하고 말았다.

허우구이핑의 집은 농촌에 있었다. 그가 사망하자 파출소는 허우구이핑이 부녀자와 어린 여자아이를 성폭행하고 그 처벌이 두려워 자살했다는 사실을 집에 통보했다. 얼마 지나지 않아 허우구이핑의 어머니는 충격으로 정신이 나가서 온종일 마을을 쏘다니며 쓰레기를 주워 먹다가 온데간데없이 사라졌다. 결국 그녀가 어디로 갔는지, 심지어 죽었는지 살았는지 아는 사람은 아무도 없었다. 중학교 교사로 줄곧 마을 사람들의 존경을 받았던 허우구이핑의 아버지는 아들의 일로 수치심을 견디지 못하고 얼마 후에 자살했다.

다른 형제가 없는 허우구이핑에게 남은 직계가족은 없었다. 다른 친척들은 고소장에 서명할 경우 생길 귀찮은 일을 염려해 허우구이핑 가족을 대표해 고소하기를 꺼려했다. 그래서 장양과 우아이커가 대신 많은 것을 준비했다. 둘은 허우구이핑의 친척들에게 서류는 이미 다 준비했으니 서명만 하면 되고, 나중에 다시 나설 필요가 없도록 모든 일을 자신들이 책임지겠다고 설득했다. 그러자 마침내 허우구이핑의 외종숙뻘 되는 사람이 서류에 서명을 했는데, 그는 이 일로 집안사람들과 한바탕 언쟁을 벌여야만 했다.

고소장을 확보한 장양은 곧바로 수사 감독과의 명의로 사건을 재입안해 공안국에 재수사를 요구했다.

하지만 대대장 리젠궈는 공안국으로 송달한 입안 결정서를 직접 돌려보내며 재수사 철회를 요구했다. 2년 전에 종결된 사건을 부검 보고서 한 장을 근거로 다시 수사하면 앞으로 일을 어떻게 처리하겠느냐는 것이었다. 장양은 부검 보고서의 내용과 결론이 일치하지 않고, 허우구이핑은 타살이 확실하니 반드시 철저히 조사해서 진범을 찾아야 한다고 항변했다. 그러자 리젠궈는 자신은 2년 전 살인사건의 진상을 밝혀낼 능력이 없으니, 해볼 수 있으면 검찰원에서 직접 진범을 잡아보라고 빈정거렸다.

리젠궈의 이 같은 태도에 장양은 결국 우 검찰장을 찾아갔다. 사건의 경위를 들은 우 검찰장은 향후 유관기관과의 업무에 영향을 줄 것이 염려돼 처음에는 살짝 망설였다. 하지만 우아이커가 이 사건으로 인해 허우구이핑 집안에 벌어진 참혹한 불행에 대해 설명하며 적극적으로 설득하자, 우 검찰장도 마음을 움직였다. 그는 직접 사람을 시켜 입안 결정서를 다시 공안국에 보냈다.

이번에는 상대도 우 검찰장의 체면을 고려해 서류를 바로 돌려보내지는 않았다. 며칠 후, 공안국 부국장이 장양에게 함께 저녁 식사를 하자며 전화를 걸었다. 장양은 상대측 지도부 인사의 초대에 응하지 않을 수 없었다.

그러나 그 자리에 나가고 보니 부국장은 따라만 왔을 뿐, 실제로 식사에 초대한 사람은 리젠궈였다. 리젠궈는 지난번에 자신이 무례했다며 먼저 예의를 갖춰 사과하고 2년 전 사건에 실수가 있었음을 인정했다. 하지만 허우구이핑이 저수지에서 사망한 데다가 증인과 물증이 없어서 사건 수사가 쉽지 않았다고 변명했다. 당시 연말을 앞두고 있어 사건 수사에 대한 압박도 있었고, 허우구이핑이 딩춘메이를 성폭행한 것은 확실해서 경찰 조사에 겁을 먹은 피의자의 자살로 사인을 결론지었다고 설명했다.

리젠궈는 벌써 2년이나 지난 사건이라 사실상 진실 규명이 불가능하며, 재입안을 해봤자 담당 형사의 체면만 구겨질 뿐 별 소득도 없을 거라고 설득했다. 부국장 역시 리젠궈와 함께 장양을 타이르며 형사들의 업무 스트레스가 심하다는 말을 덧붙였다.

자리가 파할 때쯤 리젠궈가 담배와 술을 꺼내 장양에게 선물로 건넸다. 장양은 그 물건을 받지는 않았지만, 공안국 지도부 인사 앞에서 단칼에 거절해 상대방을 난처하게 만들지는 않았다.

장양은 그들과 헤어진 후, 우아이커에게 상황을 설명하며 다시 한 번 깊은 갈등에 빠졌다.

허우구이핑은 이미 죽었다. 현재 아는 거라곤 그의 사인이 타살이라는 것뿐, 재입안해서 수사한다고 해도 당시 허우구이핑을 살해한 범인을 찾아내는 것 말고는 할 일이 없었다. 뿐만 아니라 벌써 2년이나 지난 사건이고 증인과 물증도 없는 상황이라 재수사를 하더라도 진범을 찾아내기가 어려웠다. 법의관인 천밍장조차도 정액이라는 확실한 증거가 있는 성폭행 사건이라는 점을 부인하지 않았다. 그러니까 굳이 고생하면서 재수사해야 할 정도로 허우구이핑의 품행이 훌륭하지는 않았다는 뜻이었다. 또한 공안국 부국장이 간곡하게 부탁하고 대대장도 사과한 마당에, 그가 계속 고집을 부리며 기어이 재입안을 해서 재수사를 강행한다면 이는 공안국 전체를 적으로 돌리겠다는 뜻과 마찬가지였다. 그렇게 되기라도 하면 자신은 앞으로 핑캉현에서 어떻게 발을 붙이고 살아간단 말인가?

천밍장은 장양이 몇 개월간 겪은 일을 다 듣고 나서 충분히 이해한다는 듯 고개를 끄덕이고 우아이커를 바라봤다.

"아무래도 샤오장小江*이 입안을 포기할 것 같은데 어떻게 생각해?"

끝까지 철저한 규명을 외치던 우아이커도 몇 개월간 온갖 풍파를 함께 겪고 나니 무력한 현실 앞에서 고개를 숙이게 되고 말았다. 그녀가 장양의 손을 꽉 붙잡고 천밍장에게 말했다.

"장양은 최선을 다했어요. 저도 이렇게까지 힘들 줄은 몰랐어요."

천밍장이 한숨을 내쉬었다.

"그래. 여러 사람이 연루돼 있으니 재수사하는 게 쉽지 않지."

장양이 미안해했다.

"법의관님이 조직에서 미움 살 것도 각오하고 부검 보고서를 주셨는데, 이제 와서 포기해서⋯⋯ 정말 죄송합니다."

"그래서 오늘 갑자기 전화해서 밥을 산다고 한 거야?"

천밍장이 슬쩍 웃으며 말했지만, 장양은 아무 말도 하지 못했다.

"자책할 필요 없어. 나야 돈을 받았으니 자료를 넘긴 거고, 그게 잘 안 됐으니 돈은 당연히 돌려줘야지."

천밍장이 어깨를 으쓱하며 주머니에서 봉투를 꺼내 장양에게 건넸다.

"자네가 밥을 산다고 하기에 입안을 포기하려나 보다 하고 짐작했어. 여기 돈 준비했으니까 도로 가져가."

"이러려고 만나자고 한 게 아닙니다."

장양이 허둥대며 사양했다.

"넣어둬. 그때 자네가 준 800위안이 고스란히 들어 있으니까. 한 푼도 안 건드렸어. 그때는 그냥 장난 좀 친 거야."

* 아랫사람을 친근하게 부를 때 성이나 이름 앞에 '샤오(小)'를 붙인다.

천밍장이 미소를 지으며 말을 이었다.

"자네가 처음에 허우구이핑 사건으로 찾아왔다고 했을 때부터 돈 받을 생각 따윈 없었어. 사건을 재수사하겠다는 결심이 진심인지 알아보려고 장난을 좀 쳐본 거지. 이 사건이 자네 마음속에서 차지하는 비중이 800위안보다 적었다면, 난 아예 관여하지 말라고 충고했을 거야. 하지만 자네의 결연한 태도를 보고 부검 보고서를 넘기기로 결심했지."

장양이 얼굴을 붉혔다.

"처음엔 결연했지만 자꾸만 벽에 부딪치다 보니 저도……."

천밍장이 손을 내저었다.

"이해하네. 난 그 고충을 충분히 알아. 내가 자네 같은 자리에 있었으면 아마 진즉에 포기했을 거야. 자네는 이미 할 만큼 했어. 사람이란 항상 끝까지 하고 싶어도 결국 포기하게 되는 일을 만나기 마련이지. 포기해도 좋고 붙잡고 늘어져도 좋아. 뭐가 옳고 뭐가 틀렸다고 말할 수도 없고, 포기하지 않는다고 반드시 좋은 결과를 얻는 것도 아니니까. 대학 시절에 내가 어떤 여학생을 열심히 쫓아다녔거든. 그 애는 일찌감치 거절했지만 난 포기하지 않았어. 조만간 내게 넘어올 거라고 생각했지. 하지만 걔는 결국 졸업하고 외국으로 떠났어. 그놈의 사랑이 뭔지."

천밍장의 우스갯소리에 모두가 크게 웃음을 터뜨렸다. 장양과 우아이커는 맞잡은 두 손을 더 단단히 잡았다.

그때 천밍장의 핸드폰이 울렸다. 그는 핸드폰을 슬쩍 보더니 양해를 구하고 개별실을 나가 전화를 받았다. 몇 분 뒤, 천밍장이 돌아와 말했다.

"훠궈에 젓가락 하나 더 얹어도 될까? 내 친구가 오고 싶다는데. 계산은 내가 하지."

우아이커가 놀랐다.

"천 법의관님이 언제 이렇게 통이 크셨대요?"

"이봐, 난 원래 통이 큰 사람이야!"

장양이 웃으며 물었다.

"어떤 친군데요?"

천밍장이 문밖을 향해 소리쳤다.

"팔계, 들어와. 여기 이 친구 이름은 주웨이朱偉고, 경찰이야. 그냥 팔계라고 부르면 돼. 저팔계라고 불러도 좋고."

제23장

동그스름한 얼굴에 경찰 제복을 입은 사십 대 초반 남자가 들어왔다. 키가 크고 체격도 건장했다.

주웨이가 개별실로 들어오자마자 난처한 표정을 지었다.

"라오천老陳, 다른 사람들 앞에선 말조심 좀 하면 안 되겠나?"

"괜찮아. 다 친구인데 뭐라고 부르든 그게 뭐 중요해? 어차피 사람들은 자네가 저팔계라는 것도 모르잖아."

"다른 사람들이 모르긴 뭘 몰라?"

주웨이가 장양과 우아이커에게 하소연했다.

"라오천이 우리 기관으로 오기 전까지만 해도 나한테 이런 별명은 없었어. 그런데 어느 해 여름에 공안국에서 내가 수박을 먹는 모습을 보고 나를 저팔계라고 부르기 시작하더니, 결국 공안국 사람들이 죄다 그걸 알게 됐어. 심지어 우리 마누라까지 나랑 싸울 때 저팔계라고 욕한다니까. 수박 좀 먹은 게 자네한테 그렇게 잘못한 일이야?"

우아이커가 손으로 입을 가리며 웃었다.

"주웨이 씨는 성격이 참 좋은가 봐요. 저팔계라고 부르는데 화도 안 내고."

"이 친구가 성격이 좋다고?"

천밍장이 크게 웃자 주웨이도 따라서 웃음을 터뜨렸다.

천밍장이 의기양양한 표정으로 말했다.

"공안국에서 다른 사람은 이 친구를 감히 저팔계라고 못 불러. 이건 나만의 특권이지. 자, 여러분께 우리 핑캉현에서 제일 유명한 저팔계 경관을 정식으로 소개하지."

천밍장이 주웨이를 가리켰다.

"주웨이의 진짜 별명은 '핑캉 바이쉐白雪'야."

"핑캉 바이쉐요?"

두 사람이 의아해하며 묻자 천밍장이 얼굴에 생기를 띠며 답했다.

"그래. 핑캉현의 흰 눈이라는 뜻의 핑캉 바이쉐. 1980년대에 핑캉현 출신 중에 대단한 고위급 간부가 나왔거든. 그 간부가 퇴직하고 친척들을 만나러 고향에 왔을 때가 80~90년대쯤이었을 거야. 그땐 경찰의 힘도 약하고 장비도 형편없었어. 보안 수준도 엉망이었고. 그 간부도 경호원 한 명만 달랑 데리고 왔는데, 당시 그 간부의 친척 어르신 한 분이 현성의 신용합작사에서 일하는 사람한테 돈을 사기당한 거야. 그래서 그 간부가 어르신을 모시고 협상하러 갔는데, 하필이면 그날 신용합작사에 강도가 들었지 뭐야. 그 바람에 이 간부를 포함해 많은 사람이 그 안에 갇히고 말았어. 다행히 경찰이 재빨리 도착해 신용합작사를 포위했지만, 강도들이 사제총으로 인질을 위협하고 있어서 경찰도 선불리 행동에 나설 수 없었지. 이때 우리의 용감무쌍한 아쉐阿雪* 동지가 강도와 협상을 하러 맨몸으로 적진에 뛰어들었단 말씀이야. 그래서 어떻게 됐냐고? 기회

* '라오(老)'와 '샤오(小)'처럼 상대를 친근하게 부를 때 성이나 이름 앞에 '아(阿)'를 붙이기도 한다.

를 엿보던 아쉐가 오래전에 명맥이 끊겼던 금나擒拿* 기술로 단번에 퍼버버벅…….”

“어이, 그만해. 나 대신 허풍 좀 그만 떨라고.”

주웨이가 천밍장의 말을 자르고 대신 설명했다.

“사실 강도도 인질 중에 고위급 간부가 있을 줄은 상상도 못했을 거야. 사건이 터지자마자 현에 있는 경찰이 모두 달려와 안팎으로 건물을 포위하니까 본인도 도망치긴 틀렸다고 생각했을 테지. 그때 내가 약간의 기술을 써서 항복을 받아낸 것뿐이야.”

천밍장이 웃었다.

“난 좀 과장시킨 거고, 아쉐는 지나치게 겸손하게 말한 거야. 실제로 아쉐가 총을 든 강도 하나를 제압하니까 다른 범인들도 따라서 항복한 거거든. 그 일로 아쉐는 배에 영광의 총상을 입었어. 외부에 보도되진 않았지만 핑캉 사람들은 다 아는 사실이지. 사건이 마무리된 후에 그 간부가 아쉐를 핑캉 바이쉐라며 높이 칭찬했어. 핑캉현에서 바이쉐는 최고로 청렴하다는 뜻이거든. 그 이후로도 아쉐는 사람들의 기대를 저버리지 않고 수많은 악당들을 잡았고 많은 사건을 해결했지. 여기서 가장 중요한 건 아쉐가 정직하고 청렴하다는 거야. 지역 주민의 평판대로 핑캉의 일인자라는 칭호가 아깝지 않은 친구지.”

천밍장이 엄지를 척 치켜들자 주웨이가 그를 툭 쳤다.

“제발 그만 좀 해. 부끄러워서 더는 못 들어주겠군.”

“다들 봤지? 이 친구는 다른 건 다 좋은데 성질이 더러워서 기관

* 상대의 전신을 제압하는 무술 중 하나.

사람들이 전부 무서워하지. 샤오장, 자네와 사사건건 대립하는 리젠궈도 그래. 이 친구를 꼭 자기 아버지 보듯 한다니까."

주웨이가 콧방귀를 뀌었다.

"그것도 다 옛날 일이야. 지금은 그렇지도 않던데 뭐."

장양이 호기심을 내보이며 물었다.

"왜 무서워하는데요?"

천밍장이 주웨이 대신 대답했다.

"원래는 아쉐가 형정대대장이고 리젠궈가 부대장이었어. 그런데 한번은 아쉐가 어떤 범죄자를 잡았는데, 아주 극악무도한 놈이라 그놈을 취조할 때 인도적인 방법을 쓰지 않았거든. 그랬더니 리젠궈가 그놈 가족들이랑 작당을 해서 아쉐가 취조 중에 용의자를 구타했다고 고발한 거야. 결국 아쉐는 직급이 강등되고, 리젠궈가 대대장이 됐어. 이러니 경찰 모두가 아쉐의 뒤통수를 친 리젠궈를 무시했고, 그 리젠궈가 아쉐를 무서워하는 건 어찌 보면 당연한 일이지. 근데 리젠궈가 몇 년간 대대장을 하면서 제 입지를 단단히 다졌고, 또 든든한 뒷배까지 생기면서 제법 입김이 세졌어."

"그럼 국장들은요?"

천밍장이 쓴웃음을 지으며 말했다.

"공안국 지도부는 아쉐를 무서워하기보다는 골치 아프게 생각해. 아쉐는 범인을 잘 잡고 한번 잡으면 절대로 안 놔줘. 그래서 많은 사람한테 미움을 샀지. 예를 들어, 폭행은 행정처벌도 가능하고 형사구류도 가능한데 아쉐는 항상 제일 엄한 형벌로 처리하거든. 여기처럼 작은 지방은 인정과 이해관계가 복잡하게 얽혀 있어서 공안 지도부에게 사정 좀 봐달라고 부탁하는 경우가 많아. 근데 아쉐는 들은 척도 안 하니까 지도부가 이 친구를 못마땅하게 여기는 거고. 솔직히 두 사람의 직급을 바꾸는 일이 리젠궈의 고발장 하나만으로 가능할 리 없잖아. 그런데도 아쉐는 여전히 대나무처럼 꼿꼿해. 성격이 하나도 안 변했어. 이 점은 내가 제일 높게 평가하는 부분이기도 하지. 사실 지도부는 아쉐가 눈엣가시라도 어쩌지 못해."

우아이커가 의아하다는 듯 물었다.

"왜 어쩌지 못하는데요?"

"그 이유 중 하나는 아쉐의 명성이 바깥까지 자자하기 때문이야. 정의를 대표하는 핑캉 바이쉐를 함부로 내쫓기라도 하면 사람들은 그 명령을 내린 간부한테 무슨 문제가 있다고 의심할 테니까. 또 다른 이유는 공공기관의 특성과 연관이 있는데, 원래 직장생활을 잘하려면 상사에게 잘 보여야 하잖아. 그런데 출셋길이 어떻게 되든 신경 쓰지 않는 사람이 있다면 그를 다룰 방법은 없어. 회사에서야 사장이 직원이 미우면 바로 해고하면 그만이지만, 공공기관에서는 직원 해고가 쉽지 않아. 아쉐가 죄를 저지르지도 않았는데 무슨 근거로 자르겠어? 기껏해야 전근시키는 수밖에 없지. 게다가 아쉐의 성질머리 때문에 지도부도 함부로 못 건드려. 아쉐는 머리끝까지 화가 나면 사람을 두들겨 팰지도 모르거든. 그래서 내가 아쉐를 실제로는 경찰복을 입은 깡패라고 평가하는 거야."

모두가 깔깔거리며 웃었다. 주웨이는 화를 내기는커녕 오히려 즐기는 표정을 지었다.

"그럼 천 법의관님은 왜 안 무서워하는데요?"

우아이커가 물었다.

"난 말이지……."

천밍장이 있지도 않은 수염을 쓰다듬으며 고개를 흔들었다.

"법의관의 부상 등급 감정이 없으면 이 친구가 뭘 근거로 범인을 잡겠어?"

웃고 떠드는 사이 식재료가 끓어오르자 하나둘씩 젓가락을 들고 먹기 시작했다. 거기다 맥주 몇 병을 시켜 서로 술잔을 주고받다 보니 네 사람은 금세 친해졌다.

알코올이 들어가자 주웨이의 얼굴이 점점 벌게졌다. 하지만 그는 다시 술잔에 술을 가득 따르더니, 갑자기 두 손으로 잔을 받쳐 들고 장양을 향해 말했다.

"샤오장, 내가 한 잔 올릴게. 자네가 몇 개월간 동분서주하며 고생한 얘길 들었는데 정말 수고가 많았어. 내가 먼저 잔을 비우지."

장양은 갑작스러운 주웨이의 정중한 모습에 마음이 약간 불편해졌다.

"라오천한테 자네가 입안을 포기한다는 얘길 들었어. 휴우……."

주웨이가 깊은 탄식을 내뱉으며 뭐라고 더 말하려 하자, 천밍장이 재빨리 그의 말을 끊고 끼어들었다.

"샤오장, 이 친구가 자넬 곤란하게 하더라도 이해해줘. 그리고 아쉐, 모두가 다 자네처럼 미래가 어떻게 되든 상관없는 건 아니잖아. 도대체 나이가 몇이야? 샤오장도 적은 나이가 아니라고."

장양이 약간 이해가 안 된다는 듯 두 사람을 바라보다가 머뭇거리며 물었다.

"주 형님은 무슨 말을 하고 싶으신 건데요?"

"난……."

"그만해. 다 먹었으면 이제 가지."

천밍장이 재촉하자, 주웨이가 숨을 깊이 들이마시더니 맥주를 잔에 따라 단숨에 비우고 침묵했다.

마음속으로 어렴풋이 주웨이가 하려는 말을 짐작한 장양이 결국 참지 못하고 재차 물었다.

"주 형님, 하시려는 말이 뭔데요? 말씀해보세요."

주웨이는 담배에 불을 붙이고 연기를 깊이 들이마셨다. 그런 다음 곧 탁자를 세게 내리치며 분통을 터뜨렸다.

"허우구이핑은 성폭력 사건을 고발했다가 살해당했어. 리젠궈는 그 사건을 왜곡했고. 진실은 이대로 영원히 묻히는 건가?"

장양은 입을 벌렸지만 무슨 말을 해야 할지 알 수가 없었다.

천밍장은 한쪽에서 침묵만 지키며 꼭 배고픈 사람처럼 다시 훠궈를 먹기 시작했다.

말을 마친 주웨이가 무거운 한숨을 내뱉고 다시 술잔을 들이켰다.

네 사람은 한참 동안 침묵했다. 그러다 마침내 천밍장이 냅킨으로 입가를 닦으며 말했다.

"아쉐, 여기까지만 하고 계산하러 가지."

주웨이가 장양을 힐끗 쳐다보더니 한숨을 내쉬었다. 그러곤 고개를 돌리고 자리에서 일어났다.

두 사람이 식당 출입구에 이르렀을 때, 장양은 마치 귀신에라도 홀린 듯 불쑥 자리에서 일어나 진지하게 물었다.

"주 형님, 방금 허우구이핑이 여학생 성폭력 사건을 고발한 바람에 살해당했다고 하셨는데 증거가 있습니까?"

주웨이가 천천히 몸을 돌렸다. 잠시 후, 그가 고개를 가로저었다.

"난 증거가 없어."

"그럼 왜 그렇게 말씀하신 거죠?"

"누가 알려줬으니까."

제24장

식사를 마친 후, 넷은 카페로 자리를 옮겼다. 담배에 불을 붙인 주웨이는 우아이커를 배려해 창가 자리에 앉았다. 연기가 피어오르는 가운데 주웨이가 허우구이핑 사건에 대해 이야기했다.

허우구이핑 사건이 발생했을 당시, 주웨이는 외지에서 사건을 처리하는 중이어서 한 달이 지나서야 핑캉현으로 돌아올 수 있었다. 천밍장은 돌아온 주웨이에게 이 사건에 대해 말해줬고, 주웨이는 리젠궈를 찾아갔지만 그는 시종일관 사건 기록을 보여주지 않았다. 그래서 주웨이가 몰래 사건을 조사해봤지만 도무지 단서를 찾을 수 없었다.

며칠 뒤, 주웨이는 의문의 남자로부터 전화를 받았다. 그 남자는 허우구이핑이 죽기 전까지 그의 반 학생이 성폭력을 당해 자살한 사건을 꾸준히 고발했으며, 아마 그가 아주 중요한 증거를 손에 쥐고 있어서 입막음을 당한 거라고 말했다. 주웨이는 이 알 수 없는 제보자의 정체를 조사하려 했지만, 공중전화를 이용한지라 꼬리를 잡을 수가 없었다.

리젠궈가 미성년자 성폭행 용의를 허우구이핑에게 뒤집어씌우고 사건을 서둘러 종결시킨 점, 이전 법의실험실에 도둑이 들었을 때도난품 중에 피해 여학생에게서 채취한 정액이 포함되어 있다는 점 등을 떠올린 주웨이는 이 사건과 형정대대장 리젠궈의 관련을 의심하지 않을 수 없었다. 하지만 사건은 이미 종결되었고 주웨이의 손에는 증거가 없었으므로, 그는 그저 수사의 골든타임이 흘러가는 모습만 속절없이 지켜볼 수밖에 없었다. 그러던 중 장양이 검찰원 명의로 사건을 재입안한다는 말을 듣고 마침내 진실이 수면 위로 떠오를 거라는 희망을 품었던 것이다.

장양이 곰곰이 생각한 뒤 물었다.

"주 형님께 전화를 걸었던 남자가 허우구이핑이 아주 중요한 증거를 입수했다고 했는데, 그게 사실일까요?"

주웨이가 고개를 끄덕였다.

"난 사실이라고 생각해. 허우구이핑은 사망 전까지 고발을 계속했어. 경찰은 조사 후에 허우구이핑이 고발한 증거가 사실과 다르다고 판단을 내렸지. 근데 고발 내용이 사실이 아니라면 허우구이핑이 맘대로 고발하도록 내버려두면 될 텐데, 배후에 있는 진범은 왜 사형이라는 최고 판결을 받을 위험을 감수하면서까지 사람을 시켜서 허우구이핑을 죽였을까? 유일한 해답은 허우구이핑이 어떤 확실한 증거를 확보했고, 그게 진범에게 실질적인 위협이 되었다는 거야."

장양이 속으로 깊이 납득했다.

주웨이가 말을 이었다.

"허우구이핑 피살사건을 전체적으로 살펴보면, 그가 여학생 성폭행 사건을 고발하자마자 피해 학생의 체내에서 채취한 정액이 공안국에서 사라졌어. 그 뒤 허우구이핑은 살해당했고, 거기에 아동 성폭행범이라는 낙인까지 찍혔지. 이런 일들이 벌어지려면 반드시 경찰 내부의 협조가 필요해. 거기다 이 사건을 처리하는 리젠궈의 태도도 미심쩍고. 난 리젠궈가 사건에 연루돼 있다고 의심하고 있어."

장양이 조심스럽게 물었다.

"혹시…… 여학생 성폭행 사건의 진범이 리젠궈일까요?"

"그건 불가능해."

주웨이가 즉시 부인했고, 천밍장도 따라서 고개를 저었다.

"왜 불가능해요? 그게 아니면 리젠궈가 왜 허우구이핑에게 죄를 뒤집어씌워요?"

주웨이가 매우 간단하고 현실적인 이유를 댔다.

"리젠궈는 마누라를 무서워하거든."

천밍장이 웃으며 맞장구를 쳤다.

"리젠궈가 공처가라는 얘기는 아주 유명해. 다른 건 잘 몰라도 남녀 문제에 있어서만큼은 리젠궈는 언제나 깨끗했어."

장양이 미간을 찌푸리며 반박했다.

"그럼 경찰로서 큰 위험을 감수하면서까지 사건에 참여할 이유가 없잖아요. 증거를 위조해 누명을 씌우는 일은 중죄라고요."

주웨이가 담배를 깊이 빨아들였다가 연기를 토해내며 말했다.

"그러니까 그게 바로 문제라는 거야."

천밍장이 미간을 찌푸리며 동의했다.

장양이 어리둥절한 표정으로 그들을 바라봤다.

"무슨 문제요?"

주웨이가 설명하며 말했다.

"리젠궈는 자신이 여학생을 성폭행한 것도 아닌데 이렇게 큰 위험을 무릅쓰고 사건에 개입했어. 즉, 리젠궈가 위험을 감수하며 이런 일을 저지르도록 사주한 진범의 권력이 결코 평범한 수준은 아니라는 거야."

천밍장이 장양을 물끄러미 쳐다봤다.

"현재 상황은 이게 전부야. 솔직히 말해서 이 사건은 너무 복잡한데다 경찰 내부까지 연루돼 있어. 입안할지 말지는 자네한테 달렸어."

주웨이가 격분했다.

"초등학생이 성폭행당했고, 고발자는 살해당한 뒤 오명까지 뒤집어썼어. 그 부모는 수치심에 자살했고. 그야말로 한 가정이 풍비박산 났어! 샤오장, 이런 불미스러운 사건을 바로잡지 못한다면 난 정말이지……, 정말이지……."

어느새 눈시울이 붉어진 우아이커가 장양을 설득했다.

"입안시키자. 어떤 어려움이 있더라도 나랑 우리 아빠가 도와줄게."

장양이 머뭇거리며 물었다.

"벌써 2년이나 지난 사건인데 이제 와서 재입안을 해도, 그러니까…… 조사가 가능할까요?"

천밍장이 대답했다.

"처음에 허우구이핑은 먀오가오향의 웨쥔이라는 깡패가 자기 학생을 성폭행했다고 고발했어. 하지만 웨쥔의 정액을 피해자 몸에 남은 정액과 대조해본 결과 그의 짓이 아니란 걸 알 수 있었지. 즉 다른 사람이 또 있다는 얘기고, 웨쥔은 틀림없이 그 내막을 알고 있어. 게다가 허우구이핑이 딩춘메이를 성폭행한 날과 피살당한 날이 동일하다는 점도 의심스러워. 너무 딱딱 들어맞지 않아? 여학생 성폭행범이라는 것이 억울한 누명이라면, 부녀자 성폭행도 역시 그럴 가능성이 높지 않을까? 재입안해서 이 두 관계자를 찾아 조사하면 틀림없이 사건의 진실을 찾아낼 수 있을 거야."

망설이는 장양의 태도에서 희망을 본 주웨이가 가슴을 두드리며 장담했다.

"자네가 입안만 하면 내가 있는 힘껏 지원할게!"

장양이 고개를 숙이며 생각에 잠겼다. 사건의 복잡성이 점차 수면 위로 드러나고 있는 판국에 표면적으로 연루된 사람만 해도 리젠궈 같은 직급이니, 배후에서 그를 조종하는 사람의 권력이 얼마나 대단할지 미루어 짐작할 수 있었다. 자신은 아직 신출내기 검찰관으로 입안하는 데만도 몇 개월을 허비했다. 재수사로 진범을 찾아내고 연루자들까지 다 잡아내는 일이 얼마나 힘들지 굳이 따져볼 필요도 없었다.

하지만 이처럼 억울한 사건 하나도 바로잡지 못한다면, 도대체 자신은 왜 검찰관이 되려는 걸까? 나중에 간부가 되고 싶어서? 만일 그런 거라면 자신은 점점 혐오스러운 인간으로 변해갈 것이다.

나머지 세 사람이 마지막 결정을 내리려는 장양을 응시했다.

한참이 지나고, 장양이 고개를 들어 자신을 향한 기대에 찬 눈빛들을 바라보며 천천히 고개를 끄덕였다.

"좋아요. 그럼 진실을 끝까지 밝혀봅시다!"

제25장

2004년 7월.

리징이 다시 한 번 핑캉현에 왔다.

졸업한 지 2년이 지나, 리징은 어느덧 외국계 기업의 부팀장이 되었다. 늘씬한 몸매를 타이트하게 감싼 흰색 반팔 블라우스를 입은 커리어우먼의 모습은 학생 때와는 색다른 매력으로 다가왔다.

"이분은 누구셔?"

장양과 우아이커의 뒤를 따라 카페 안으로 들어온 중년 남자를 보고 리징이 묻자, 장양이 그를 소개했다.

"이쪽은 허우구이핑 사건의 재수사를 맡은 형사야. 우린 샤오쉐小雪*라고 불러."

"샤오쉐?"

리징은 우락부락한 중년 남성을 깜찍하게 샤오쉐라고 부르는 것이 전혀 안 어울린다고 느꼈지만, 어쩔 수 없이 겸연쩍게 머리를 숙이며 인사했다.

장양이 놀리면서 마저 소개를 했다.

---

* 샤오(小)에는 '귀엽다', '사랑스럽다'라는 뜻이 있는데, 여기에서는 상대를 놀리는 뉘앙스가 들어 있다.

"원래 이름은 주웨이인데, 다들 주 형님이라고는 거의 안 부르지 아마? 핑캉현 형사들의 대장이자 정의의 화신이야. 별명이 핑캉 바이쉐라서, 우린 샤오쉐라고 불러."

주웨이가 입가에 가볍게 미소를 지었다. 몇 개월 만나는 동안 서로 친해져서 그도 이제 장양의 놀림에 전혀 신경 쓰지 않았다.

장양이 다시 말했다.

"네가 우릴 만나러 핑캉현에 온다는 소식을 듣고, 샤오쉐도 당시 허우구이핑이 네게 마지막으로 쓴 편지를 직접 보고 싶다고 해서 같이 왔어."

"여기 편지 가져왔어."

네 사람이 착석하자 리징이 편지를 꺼냈다. 투명한 비닐에 조심스럽게 싸여 있는 편지에서 그녀의 세심한 마음을 느낄 수 있었다.

주웨이가 편지를 건네받고 자세히 훑어본 다음, 고개를 끄덕이며 말했다.

"이 편지는 남자친구가……."

리징이 난처한 표정을 지으며 그의 말을 끊었다.

"지금은 새 남자친구가 있어서 가능하면……."

주웨이가 황급히 자기 머리를 툭 치며 말했다.

"미안합니다. 내가 말실수를 했군. 벌써 몇 년이 지난 일인데, 지금 이렇게 와준 것만으로도 얼마나 고마운지 몰라요."

"아니에요. 저도 허우구이핑의 사건에 관심이 있어서 장양의 말을 듣고 바로 온 거예요. 다만…… 남자친구라는 호칭은 좀 그래서요. 양해 부탁드려요."

리징이 예의를 갖춰 설명했다.

"당연히 이해하고말고요."

주웨이가 즉시 호칭을 정정했다.

"허우구이핑이 쓴 편지를 보면 중요한 증거를 발견했다는 말이 있는데, 이건 우리의 추측과도 일치해요. 혹시 허우구이핑이 증거가 뭔지 말한 적 있어요?"

리징이 잠시 기억을 더듬다가 머리를 내저었다.

"없어요."

"서로 통화는 자주 했어요?"

"아니요. 그때는 우리 둘 다 핸드폰이 없었어요. 허우구이핑은 전화하려면 학교에서 멀리 떨어진 공중전화 박스까지 가야 해서 무척 불편했고, 저 역시 방에서만 전화를 받을 수 있었죠. 밤에는 대부분 자습을 하거나, 방과 후에는 각종 활동에 참여하느라 방으로 돌아오는 시간이 일정하지 않았어요. 그래서 대부분 편지로 연락했어요."

"그럼 이 마지막 편지 말고 다른 편지에도 뭔가 언급한 게 있습니까?"

"없어요. 허우구이핑은 저한테 걱정을 끼치고 싶어 하지 않았어요. 그래서 안심시켜주기만 할 뿐, 사건 고발에 관한 일은 거의 말하지 않았어요. 난쟁이가 찾아와서 귀찮게 굴지는 않는다는 말은 했지만요. 장양 말로는 여학생을 성폭행한 범인은 그 난쟁이가 아니라고 하던데, 그럼 누군지 전혀 모르겠어요."

리징이 몇 초간 입술을 잘근거리다가 갑자기 뭔가 생각난 듯한 얼굴을 했다.

"맞아요. 그때 허우구이핑이 저한테 카메라를 빌릴 수 있겠냐고 물었어요. 그래서 새로 산 지 반년도 안 된 카메라를 보내줬는데, 그가 죽고 나서 그 카메라를 본 적이 없어요."

주웨이가 미간을 좁혔다.

장양이 골똘히 생각하며 말했다.

"답은 분명히 카메라에 있겠네요. 제 기억으론 조서에 있는 현장 유류품 리스트에도 카메라는 없었어요."

주웨이가 말했다.

"허우구이핑이 카메라로 뭔가를 찍은 모양이군."

장양이 이해가 안 된다는 듯 고개를 저으며 반박했다.

"여아 성폭행 사건은 이미 일어난 일이고, 그 학생은 자살까지 했잖아요. 그런데 상대가 두려워할 만큼 실질적 증거가 될 사진을 어떻게 찍어요? 불가능할 텐데요."

주웨이가 콧방귀를 뀌었다.

"뭘 찍었든 지금은 소용없어. 카메라가 사라진 걸 보면 누군가가 이미 처분했을 거야."

주웨이와 장양이 나누는 대화를 따라가지 못하던 리징이 물었다.

"사건 조사는 어떻게 되고 있어요?"

순간 두 사람의 얼굴에서 표정이 사라졌다.

우아이커가 입을 뾰로통하게 내밀며 대꾸했다.

"사건은 지난달 간신히 재입안됐어요. 이제 막 수사에 착수했죠."

"왜 그렇게 오래 걸린 거죠?"

리징이 저도 모르게 실망한 기색을 내비치자, 장양이 미안해하며 말했다.

"지난번에 너랑 만나고 1년이나 지났으니 하긴…… 너무 오래 걸렸지. 정말 미안해."

주웨이가 장양을 대신해 변명했다.

"샤오장을 탓하지 말아요. 샤오장이 다른 공무원들처럼 늦장 부려서 그런 게 아니니까. 오히려 이 일을 위해 얼마나 고군분투하며 뛰어다녔는데요. 원래 재입안이라는 게 쉽지 않아요. 그런데도 샤오장은 수많은 일을 처리하고 온갖 방해도 물리쳤지요."

리징이 고개를 끄덕였다.

"그럼 이제 정식 수사가 가능한 건가요? 얼마나 있어야 판결을 뒤집을 수 있죠?"

주웨이가 답답한지 이를 갈았다.

"현재 입안은 했지만 이 사건은 여러 사람이 연루돼 있어요. 기관 내부에서도 방해하려는 세력이 있어서 대규모로 재수사를 진행하기도 어렵고요. 솔직히 말하면 내 부하들로는 한계가 있어서 언제쯤 완전히 진실을 밝힐 수 있을지 나도 장담할 수 없군요."

리징이 고개를 떨구었다.

"장 교수님 말씀이 맞네요. 입안도 소용없고, 조사도 어려울 거라고 하셨거든요."

"또 그 교수님입니까!"

장양에게 이미 얘기를 들었던 주웨이는 절로 분노가 일었다.

"그 잘나신 장 교수님은 처음부터 부검 보고서에 문제가 있다는 걸 알았으면서 왜 바로 고발을 안 했답니까? 그래 가지고 어떻게 진실이 밝혀져요?"

"장 교수님은 신고해도 소용없을 거라고 하셨어요."

주웨이가 갑자기 흥분하며 고함쳤다.

“개소리하네! 그 따위로 따지자면 사건은 어떻게 해결하나? 모두가 싸우지 않고 마음 편히 지내려고만 하면 누가 고인을 대신해 진실을 밝히고, 누가 자기가 저지른 범죄에 대한 대가를 치르느냐고!”

리징이 침묵했다.

장양이 주웨이를 진정시키며 말했다.

“장 교수님도 악의는 없었을 거예요. 어쨌든 장 교수님이 허우구이핑 사건의 의문점을 먼저 발견했잖아요. 대학교수로서 할 수 있는 일에도 한계가 있었을 테고요.”

“의문점을 발견하고도 행동으로 나서지를 않았는데 그게 뭔 소용이야? 만일 그 교수가 즉시 고발했다면 더 빨리 재입안해서 수사가 가능했을지도 몰라. 그러면 이렇게 몇 년이나 묵혀놨다가 수사할 필요도 없이 진즉에 진실이 밝혀졌을지도 모르고. 죽은 사람이 자기 학생인데도 괜히 귀찮은 일에 엮이기 싫어서 그런 게 뻔해. 그런 작자가 대학교수라니! 상황을 보니 답이 딱 나오는구먼!”

주웨이가 불같은 분노를 쏟아내어도 리징은 복잡해 보이는 얼굴로 침묵만 지켰다.

잠시 후, 우아이커가 화제를 돌렸다.

“아니, 이제 와서 그런 걸 따져봤자 무슨 소용이에요? 어떻게 해야 몇 년 전 사건을 재수사할 수 있는지 방법을 생각해봐야죠. 확실한 증거만 손에 넣으면 판결을 뒤집고 진범을 잡는 건 시간문제예요!”

주웨이가 동의하며 엄지를 척하고 올렸다.

“과연 검찰장님의 딸이야. 공명정대한 태도가 어디 대학교수와 비교도 할 수 없이 훌륭해.”

우아이커가 얼른 겸손을 떨었다.

"과찬이십니다. 핑캉 바이쉐에 비하면 전 이제 겨우 걸음마나 떼는 수준이죠."

네 사람이 웃음을 터뜨리자 방금 전의 음울한 분위기가 싹 사라졌다.

주웨이가 허우구이핑의 편지를 가리켰다.

"새 남자친구도 있다면서 아직도 허우구이핑의 물건을 보관하고 있는 건 좋아 보이지 않네요. 이 편지를 내가 보관해도 되겠어요?"

"물론이죠. 허우구이핑의 사건은 전부 여러분께 맡기겠습니다. 잘 부탁드려요."

리징이 고개를 끄덕이며 감사를 표하자 주웨이가 눈을 동그랗게 뜨며 말했다.

"무슨 소립니까! 사건의 진실을 밝히는 것이 원래 우리가 할 일이에요."

제26장

자오톄민이 옌량을 취조실로 들여보낸 후 문을 닫고 나갔다. 장차오가 의아한 눈빛으로 그들을 흘끔 쳐다보더니 미소를 지었다.

"옌 교수님, 오늘은 우리 둘뿐입니까?"

옌량이 고개를 끄덕이고 마찬가지로 미소를 지으며 장차오를 바라봤다.

"맞습니다. 우리 둘뿐입니다."

"이건 취조 규정에 어긋나는 일 같은데요."

"그러니 오늘은 취조가 아닙니다. 기록도 하지 않을 거고요. 우리 둘 사이에서 오간 사적인 대화 중 일부는 외부에 비밀로 할 수도 있습니다. 방금 나간 자오 대장한테도 말이죠."

옌량이 머리 위에 있는 CCTV를 가리키며 계속해서 말했다.

"카메라는 껐습니다. 카메라 렌즈가 빈 공간을 향하고 있어서 현재는 장 변호사를 찍지 못합니다. 녹음기도 없고요. 그래도 의심스럽다면 경찰에게 잠시 수갑을 풀어달라고 할 테니 내 몸을 뒤져봐도 좋습니다."

장차오가 슬며시 몸을 뒤로 기대며 무표정한 얼굴로 상대를 잠깐 관찰했다. 그러더니 돌연 여유로운 미소를 지었다.

"그럴 필요 없습니다. 그 말을 믿을 테니까요."

"좋습니다."

옌량이 천천히 고개를 끄덕이며 진지하게 장차오를 바라보다가 질문을 던졌다.

"도대체 동기가 뭡니까?"

"무슨 말씀을 하시는지 모르겠습니다. 전 억울합니다. 사람을 죽이지 않았습니다."

"장 변호사님이 장양을 죽였을 거라 의심한 적은 없습니다. 다만……."

옌량이 말을 멈추고 잠깐 생각하더니 문득 웃음을 지었다.

"좋습니다. 이건 마지막 질문으로 남겨두죠. 우선 장양이 어떤 사람인지 얘기해볼까요?"

"타락한 검찰관이었습니다. 뇌물수수에 도박, 성매매까지 한 전직 공무원이었죠."

"인품이 그토록 엉망인데, 왜 그런 사람과 친구로 지내면서 돈까지 빌려준 겁니까? 당신은 사업도 성공하고, 행복한 가정도 이룬 변호사입니다. 사람이라는 게 대개 끼리끼리 모이는 법이라 그런 자와는 말이 통하지 않았을 텐데요."

"박애 정신을 몸소 실천해서 중생을 구제하고 싶었나 보죠."

두 사람은 동시에 웃음을 터뜨렸다.

옌량이 흥미롭다는 듯 장차오를 바라보며 물었다.

"허우구이핑도 당신 학생이었죠. 그는 어떤 사람이었습니까?"

"교수님은 어떻게 생각하십니까?"

옌량은 장차오를 빤히 응시했다.

"조사가 어디까지 진행됐는지 떠보는 겁니까?"

장차오는 아무 대꾸도 하지 않았다.

"천밍장까지 만났고 허우구이핑의 사망 원인이 자살이 아닌 타살이라는 것까지 알고 있습니다. 하지만 지금 있는 사건 자료에는 사망 전후에 어떤 일이 벌어졌는지 기록돼 있지 않아요. 그래서 장 변호사님한테 물어보는 게 가장 빠르다는 생각이 들었습니다."

장차오는 여전히 옌량을 바라보기만 할 뿐 대답하지 않았다.

"내 의도를 의심할 필요는 없습니다. 난 대학교수지 경찰이 아닙니다. 물론 간부도 아니고요. 내가 할 일은 진실을 찾는 것뿐입니다."

장차오가 서서히 몸을 곧추세우며 입을 열었다.

"허우구이핑은 좋은 사람이었습니다. 정직하고 선량한 성격에, 마치 태양처럼 밝은 학생이었죠. 그가 먀오가오향에서 교육지원 교사를 할 때, 그의 반 여학생 하나가 자살했습니다. 그 소녀가 자살하기 전 성폭행당했다는 사실을 알게 된 허우구이핑은 죽기 직전까지 계속해서 고발을 했습니다."

"누굴 고발한 거죠?"

"그 지역의 이름난 깡패입니다."

"경찰은 조사에 나섰습니까?"

"조사했습니다. 하지만 정액 비교를 하고 나서는 그가 범인이 아니라고 했죠."

옌량이 곰곰이 생각하다가 양미간을 살짝 찡그렸다.

"고발 내용이 사실과 다르다면, 허우구이핑이 고발하든 말든 내버려두면 될 텐데 왜 위험을 감수하면서까지 그를 죽인 걸까요?"

장차오는 웃으며 고개를 가로젓기만 할 뿐 대답하지 않았다.

“답을 알고 있습니까?”

“압니다.”

“지금은 말해줄 수 없겠죠?”

“조만간 아시게 될 테니, 지금은 말하지 않겠습니다.”

옌랑은 더 이상 강요하지 않고 빙긋 웃었다.

“그럼 재촉하지 않겠습니다. 이제 다른 사람에 대해 얘기해보죠. 장 변호사님도 리젠궈를 알고 있죠. 그는 어떤 사람입니까?”

장차오가 경멸 어린 미소를 지었다.

“허우구이핑의 시체가 발견되자 리젠궈는 즉각 그가 처벌이 두려워 자살한 거라고 빠르게 결론지었습니다. 장양이 부검 보고서를 확보해 입안 및 재수사를 요구했으나 리젠궈는 갖가지 방법으로 훼방을 놓았지요. 하지만 장양은 결국 온갖 노력 끝에 재입안에 성공했습니다. 리젠궈가 성급하게 사건을 종료한 이유가 사건 해결 실적과 체면 때문이었는지, 아니면 어떤 다른 목적이 있었는지에 대해서는 증거가 없으니 추측하지 않겠습니다.”

“장 변호사님의 설명에 따르면 당시 장양은 꽤 강직한 검찰관이었던 것 같은데, 나중에 왜 그렇게 변한 걸까요?”

장차오가 씩 웃었다.

“서류 몇 장만 가지고 누군가를 파악하려 한다면, 그 사람에 대한 정의는 그 종이만큼이나 얄팍할 겁니다.”

옌랑이 머리를 끄덕였다.

“알겠습니다.”

“그것 역시 조만간 아시게 될 겁니다.”

옌랑이 숨을 들이마시고 물었다.

"그럼 다시 처음 질문으로 돌아가죠. 단순히 사건 시정만을 위해서라면 일을 이처럼 크게 벌일 필요가 없습니다. 또 당시의 범인과 책임자를 법 앞에 굴복시키기 위해서라고 해도 이렇게 빙빙 돌아갈 이유가 없어요. 아무리 따져봐도 선뜻 이해가 되지 않습니다. 도대체 당신의 동기는 뭡니까? 바꿔 말하면, 최종적으로 우리가 어떻게 하길 바라는 겁니까?"

장차오가 웃었다.

"계속 조사하다 보면 제가 원하는 게 뭔지 금방 알게 될 겁니다."

"물론 그럴 테죠. 하지만 약간의 힌트라도 있다면 더 빠르지 않을까요?"

옌량이 농담조로 말하자, 장차오가 잠시 뜸을 들이다 대답했다.

"장양을 가장 잘 아는 사람은 주웨이입니다. 그를 찾아가 얘기해보세요."

"주웨이는 어떤 사람입니까?"

"핑캉 바이쉐라고 불릴 만큼 청렴한 사람입니다!"

제27장

2004년 여름, 장양이 처음으로 먀오가오향을 찾아갔다.

일행은 셋이었다. 주웨이가 들어온 지 얼마 안 된 젊은 형사를 기록 담당으로 데리고 왔다. 최소 두 명 이상의 경찰이 동행해 수사하지 않으면 수사 결과에 효력이 없기 때문이다.

뜨겁게 내리쬐는 태양 아래, 장양이 버스 승강장 입구에 서서 허름한 집들이 즐비한 먀오가오향을 바라보며 절로 탄식했다.

"역시 가난한 산간 지역이네요."

원시생태에 가까운 주변 환경은 그들이 가져온 핸드폰이나 노트북 등 현대 기기와 부조화를 이루었다.

주웨이가 웃으며 말했다.

"몇 년 전보다는 훨씬 발전했는데 뭘. 봐봐, 저쪽에 시멘트 집이 몇 채 있잖아. 예전엔 전부 흙집이었어."

장양이 이마에 솟은 땀방울을 훔쳤다. 숨을 들이마실 때마다 목을 태우는 갈증이 느껴졌다. 그가 투덜거렸다.

"샤오쉐가 진짜로 흰 눈이라면 얼마나 좋을까요. 진짜로 타 죽을 것 같은 날씨네요."

주웨이가 장양의 머리를 툭 쳤다.

"사무실에나 앉아 있는 자네 같은 검찰관들이 우리처럼 현장에서 수사하는 사람들의 고충을 어떻게 알아? 그래도 오늘은 운이 좋은 거야. 살아 있는 사람과 얘기하러 가는 거니까. 오늘 같이 푹푹 찌는 날씨에 살인사건이라도 일어나서 시체와 대면해야 한다면 그거야말로 끔찍한 일이지. 어서 가서 물어보자고. 너무 늦어서 돌아가는 버스가 끊기면 농가에서 하룻밤 묵어야 할지도 몰라. 시골에는 벼룩이 많아서 자네같이 고운 피부는 못 견뎌. 일단 성폭행당했다고 신고한 과부, 딩춘메이부터 찾아가지."

그들은 이 사건의 수사 방법에 대해 상의하면서 그 어려움이 한도 끝도 없음을 깨달았다.

물증은 허우구이핑이 자살로 사망하지 않았다는 부검 보고서 말고는 아무것도 없었다. 도대체 누가 죽인 건지도 알 수 없었고, 설령 웨쥔이 죽였다고 해도 그들에게는 증거가 없었다.

현재 유일하게 남은 것은 증인뿐이었다.

그들은 이 사건에 많은 사람이 연루되어 있는 게 분명하니 반드시 관련된 증인이 있을 거라고 믿었다. 그 증인을 찾아내어 추가 수사를 하면 자연히 물증도 드러날 테고, 그때 모든 증거를 확보하면 그만이었다.

일행은 간단한 탐문을 거쳐 딩춘메이의 집을 금세 알아냈다. 그녀는 학교에서 멀지 않은 곳에서 식료품과 음료, 장난감 등을 파는 작은 잡화점을 운영하고 있었다.

카운터에는 두세 살 정도로 보이는 남자아이 말고는 아무도 없었다. 남자아이는 손에 빛이 나오는 요요를 들고 뭔가 골똘히 고민하고 있었다.

장양이 안에다 대고 소리쳤다.

"계십니까?"

남자아이가 고개를 들고 그들을 보더니 바로 뒤돌아 방으로 뛰어 들어가며 큰 소리로 외쳤다.

"엄마, 엄마! 누가 뭐 사러 왔어."

아이가 딩춘메이를 엄마라고 부르는 소리에 장양과 주웨이의 마음에 의혹이 일었다.

어느새 아이가 한 여자와 함께 밖으로 나왔다. 대략 서른 살이 좀 넘어 보이는 여자는 흰색 셔츠 차림이었다. 약간 통통했지만 몸매가 좋았고, 얼굴도 보통 농촌 여자들보다 훨씬 예뻤다. 그녀가 일행을 바라보며 현지 사투리를 섞어 물었다.

"뭐 사시게요?"

장양이 표준어로 대답했다.

"사이다 세 개하고 아이스크림 세 개 가져갈게요."

장양이 직접 냉장고를 열어 물건을 꺼낸 뒤 돈을 지불했다.

여자는 장양이 외지 말투를 쓰는 것을 듣고 호기심을 드러내며 물었다.

"행상인들이죠? 이번에는 뭘 사러 오셨어요?"

주웨이가 경찰 신분증을 꺼내 그녀 앞에 흔들었다.

"우린 행상인이 아니라 경찰입니다."

여자가 살짝 당황하더니 웃음만 짓고 대꾸하지 않았다.

주웨이가 장양의 손에서 막대 아이스크림을 건네받아 먹으면서 물었다.

"당신이 딩춘메이죠?"

"네, 절 아세요?"

누구라도 경찰이 방문하면 불안하기 마련이다. 그녀도 은근 불안한 기색을 내비쳤다.

주웨이가 그녀 옆에 있는 남자아이를 가리켰다.

"당신 아이예요?"

"네."

"언제 태어났습니까?"

"그건……."

"지난 몇 년간 결혼한 적 없죠?"

"네……."

"당신이 낳았어요?"

"그게……."

딩춘메이가 우물거렸다.

"이 아이가 혹시……."

주웨이가 말을 절반쯤 내뱉었을 때 장양이 얼른 끼어들었다.

"일단 아이를 안으로 들여보내죠. 물어볼 말이 있습니다."

장양의 제안을 두말하지 않고 받아들인 딩춘메이는 아이에게 막대 아이스크림을 쥐여주며 안으로 들어가서 먹자고 달랬다.

잠시 후 그녀가 돌아오자 장양이 물었다.

"농촌에서는 아이를 돈 주고 사는 일이 많다고 하던데, 설마 이 아이도 행상인한테 산 건 아니죠?"

딩춘메이가 황급히 손을 내저으며 부인했다.

"아니에요. 절대로 아니에요."

장양이 차갑게 웃었다.

"어린이 인신매매를 엄격히 금한다고 마을 곳곳에 수차례 선전했습니다. 만일……"

딩춘메이가 재빨리 대답했다.

"제 아이가 아니라 친구 아이예요. 친구 대신 아이를 데리고 있는 거라고요."

장양은 뭔가를 직감했다. 친구를 대신해 아이를 데리고 있는 거라면 아이가 그녀를 엄마라고 부를 리가 없다. 그러니 필시 사연이 있으리라. 원래는 딩춘메이를 찾아 그날 밤 성폭행을 신고한 일에 대해 물으려 했는데, 뜻밖에도 유괴당한 것으로 의심되는 아이를 발견했다. 이를 빌미로 그녀가 사실을 실토하도록 해야겠다고 생각하며 장양이 질문했다.

"친구 아이가 왜 당신한테 엄마라고 부르는 거죠? 자세히 조사해볼 필요가 있겠군요. 만일 아이가 유괴된 거라면 당신은 교도소에 가야 할 겁니다."

"정말…… 정말로 친구 아이예요."

딩춘메이가 눈에 띄게 허둥대며 어쩔 줄 몰라 했다.

"어떤 친구요? 당장 여기로 오라고 하세요."

당황하는 그녀의 태도에 장양은 아이에게 뭔가가 있다고 더욱 확신했다.

딩춘메이가 구식 핸드폰을 꺼내 어딘가로 전화를 걸었다. 몇 번이나 연락을 넣어도 상대가 전화를 받지 않자 더욱 초조해했다. 몇 분이 지나 결국 포기한 그녀가 뒤돌아 말했다.

"지금 전화를 안 받는데 이따가 연락이 올 거예요. 진짜로 친구 아이가 맞아요. 거짓말 아니에요."

"알겠습니다. 어차피 조사하면 밝혀질 테니 일단 이 일은 잠시 미뤄두죠. 사실 물어볼 일이 있어서 찾아왔습니다."

장양의 말에 주웨이가 함께 온 형사에게 기록하라고 눈짓했다.

"무슨 일이요?"

"3년 전, 당신이 파출소에 신고한 허우구이핑과 관련된 일입니다. 당연히 기억하시죠?"

'허우구이핑'이라는 이름을 듣는 순간, 딩춘메이의 안색이 급격히 변했다.

제28장

딩춘메이의 표정이 전달하는 정보를 그들은 놓치지 않았다.

주웨이가 엄정한 태도로 물었다.

"3년 전 밤에 파출소로 달려가 허우구이핑이 당신을 성폭행했다고 신고한 일 똑똑히 기억하죠?"

딩춘메이는 그의 말을 인정한다는 듯 고개만 푹 숙이고 대답하지 않았다.

"허우구이핑이 직접 당신을 밖으로 불러내 숙소로 데려간 겁니까?"

"아니요. 제가…… 뜨거운 물을 좀 얻으러 숙소로 찾아갔는데, 선생님이…… 그때 절 성폭행했어요."

"그때가 몇 시였는데요?"

"그게…… 저녁 7시 좀 넘어서."

"그래요?"

주웨이의 말투가 냉랭했다.

"왜 하필 학교까지 갔습니까? 이 주변에도 인가가 이렇게나 많은데. 저녁 7시 즈음이면 아직 잘 시간도 아니잖아요. 여기서 허우구이핑의 숙소까지 가려면 최소 5~6분은 걸릴 텐데, 왜 근처 이웃집으로 안 가고 그렇게 멀리까지 갔어요?"

주웨이가 주위를 가리켰다. 몇 십 미터 떨어진 곳에 돌로 지은 집이 몇 채 있었다.

딩춘메이의 얼굴이 순식간에 창백해졌다. 당시에는 경찰이 그녀에게 이런 질문을 하지 않았다. 그녀는 머뭇대며 대답하지 않았다.

장양이 매섭게 다그쳤다.

"똑바로 대답 못 합니까! 경찰 앞에서 거짓말할 생각은 꿈도 꾸지 말아요. 거짓 증언이라도 했다가는 쓴맛을 보게 될 겁니다."

"그…… 그게, 원래 옆집으로 갔어요. 근데 다른 집들은 뜨거운 물이 없다고 해서…… 그래서 학교에는 있나 싶어 간 거예요."

주웨이가 비웃었다.

"아, 그래요? 뜨거운 물을 빌리러 갔는데 다른 집은 다 없다고 했다, 이 말이죠?"

"네……, 맞아요."

"그럼 이 집에도 빌리러 갔습니까?"

주웨이가 옆에 있는 가장 가까운 민가를 가리켰다.

"네……, 갔었어요."

"저기는요?"

조금 더 멀리 떨어져 있는 집을 가리켰다.

"갔었어요."

"그럼 저기는?"

이번에는 대각선에 있는 집을 가리켰다.

"그게…… 잘 기억나지 않아요. 너무…… 너무 오래전 일이라 잊어버렸어요. 몇몇 집에 물을 얻으러 갔었는데 없다고 해서 학교로 간 것만 기억나요."

주웨이가 기록 담당 형사를 쳐다봤다.

"이 집들 다 기록했지?"

긍정의 대답을 듣고 주웨이가 만족스럽게 고개를 끄덕였다.

장양이 헛기침을 하며 딩춘메이를 응시했다.

"방금 말한 집들은 우리가 다 조사할 겁니다. 만일 거짓말로 드러나면……."

장양은 코웃음만 치며 더는 말하지 않았다.

딩춘메이는 더욱 창백해져서 머리만 조아린 채 그들을 쳐다보지도 못했다.

주웨이가 다시 그녀를 추궁했다.

"숙소에 도착한 뒤, 허우구이핑이 당신을 강제로 끌고 들어가는 소리를 들은 사람은 없습니까? 숙소 앞 20~30미터 지점에 바로 학생 기숙사가 있던데."

"제가…… 너무 겁이 나서 아무 소리도 내지 못했어요."

"허우구이핑이 당신을 풀어준 다음에 바로 경찰에 신고한 겁니까?"

"네."

"신고하러 가는 도중에 누구 마주친 사람은요? 다른 사람한테 허우구이핑이 당신을 성폭행했다고 말하지 않았냐 이 말입니다."

"어……, 없어요."

딩춘메이의 눈빛에는 당황한 기색이 역력했다.

"저녁 7시 좀 넘어서 허우구이핑의 숙소로 갔다면서, 기록에는 11시가 넘어서 신고하러 파출소로 왔다고 적혀 있군요. 파출소로 가는 데 걸린 시간을 빼면, 허우구이핑은 3시간 동안이나 당신을 숙소에 가둬둔 거네요?"

"네."

"그 사이에 한 번도 도와달라고 소리친 적이 없다?"

"어……, 없어요."

"그 시간 동안 허우구이핑을 찾아온 사람도 없었고요?"

"네."

"나중에 허우구이핑이 사망했습니다. 당신도 그가 처벌이 두려워 자살했다고 생각합니까?"

"전…… 선생님이 그 일로 자살까지 할 줄은 몰랐어요."

주웨이가 콧방귀를 뀌며 마저 질문을 하려는데, 뒤에서 사투리를 쓰는 남자의 목소리가 들려왔다.

"춘메이, 무슨 일로 전화한 거야?"

주웨이와 장양이 동시에 뒤를 돌아봤다. 다가오는 남자가 누군지 알아본 주웨이의 눈이 일순간 번뜩였다. 바로 난쟁이 웨쥔이었다.

제29장

장양 일행은 모두 평범한 차림새였고, 주웨이는 웨쥔을 알고 있었으나 그는 주웨이가 누군지 몰랐다. 웨쥔은 처음에 가게 입구에 서 있는 두 사람이 손님이라고 생각했다. 하지만 또 다른 사람은 앉아서 뭔가를 기록 중이고, 딩춘메이의 얼굴이 새파랗게 질린 걸 보고 뭔가 이상함을 감지했다.

"여어, 난쟁이."

주웨이의 입가에 비웃음이 걸렸다.

웨쥔은 은연중에 상대가 만만치 않다는 것을 느꼈지만, 기세에 눌리지 않으려고 짐짓 퉁명스럽게 반문했다.

"누구쇼?"

주웨이가 가까이 다가가 한 손으로 웨쥔의 어깨를 덥석 붙잡으며 살벌하게 물었다.

"방에 있는 저 아이, 네 자식이냐?"

웨쥔이 주웨이의 손을 뿌리쳤다.

"젠장, 당신 누구냐니까!"

주웨이가 경찰 신분증을 꺼내 그의 면전에 대고 흔들었다.

웨쥔의 기세는 한풀 꺾였지만 입은 여전히 거칠었다.

"뭣 때문에 찾아왔어요? 난 잘못한 거 없는데."

"딩춘메이 말로는 방에 있는 저 아이가 네 자식이라는데, 맞아?"

웨쥔의 표정이 미묘하게 변했다. 그는 여전히 제멋대로 지껄였다.

"내 자식이면, 뭐 어때서?"

"결혼은 했어? 어디서 생긴 아이지?"

"내…… 내가 주웠어!"

주웨이가 크게 웃었다.

"어디서 그렇게 쉽게 아이를 주울 수 있는지 나한테도 좀 알려 주지그래."

"그…… 그냥 내가 주워왔다니까. 누가 우리 집 앞에 놓고 갔는데 아이를 그냥 굶겨 죽일 순 없잖아. 그래서 내가 거뒀소! 민정국民政局* 에도 등록했다고!"

"등록했다고 다 합법은 아니지."

주웨이가 웨쥔을 훑어보다가 갑자기 목소리를 낮추고 엄하게 추궁했다.

"네가 아이를 유괴했다는 제보를 받았으니 같이 가줘야겠어. 파출소로 가서 도대체 아이를 어디서 데려온 건지 사실대로 털어놔!"

주웨이가 웨쥔의 반팔 소매를 위로 걷어 올리고 그의 팔을 휘어잡았다. 웨쥔이 본능적으로 손을 치우려 하자 주웨이가 손바닥으로 그의 머리를 탁 하고 쳤다. 애초에 웨쥔은 체격이 건장한 주웨이의 상대가 될 수 없었다. 더욱이 최근 몇 년간 범인을 잡으면서 몸에 밴 카리스마까지 더해지자 웨쥔은 즉각 반항할 생각을 버리고

* 중국의 사회행정사무 전반을 주관하는 기관으로 결혼, 장례, 입양, 사회복지 등의 업무를 담당한다.

애걸했다.

"이것 좀 놔요. 따라간다니까. 아이고, 나 죽네."

주웨이가 주머니에서 수갑을 꺼내 웨쥔의 손목에 채우더니 장양의 귓가에 얼굴을 대고 의미심장한 미소를 지으며 속삭였다.

"내가 좋은 소식 듣고 올 테니까 자네가 일단 딩춘메이와 얘기하고 있어."

그들이 떠나자, 장양은 가게에 있는 의자를 끌어다 앉으면서 상대에게도 앉으라고 눈짓했다. 그러더니 곧바로 취조 태세를 갖췄다.

"지금부터 제가 하는 질문에 대해 사실대로 대답해야 합니다. 기록원의 녹음기와 기록지에 빠짐없이 기재될 거예요. 알겠습니까?"

장양은 경력이 길지 않아 실제로 사건을 처리한 경험이 많지는 않았다. 하지만 기율검사위원회와 검찰원이 함께 근무하다 보니 규율을 위반한 관리가 검찰원에 끌려와 취조받는 장면을 종종 지켜봤다. 또한 주웨이도 장양에게 취조를 할 때는 엄격해야 하지만, 그렇다고 너무 겁을 줘서도 안 된다며 노하우를 가르쳐줬다. 능구렁이 같은 놈들은 취조관이 손에 쥔 패가 하나도 없을 때 더 무섭게 군다는 사실을 알고 있기 때문이다. 카드 게임을 할 때도 상대를 속이기 위해 지나치게 허풍을 떨면 안 되듯이, 취조할 때도 자연스럽게 진실과 거짓을 섞는 기술이 중요했다.

역시나 딩춘메이는 순순히 대답했다.

"네."

"웨쥔과 무슨 관계죠?"

"우린……, 우린……."

"사실대로 말하세요!"

"그게…… 가끔 웨쥔이 저희 집에 와서 하룻밤 자고 가요."

장양이 고개를 끄덕였다. 아까 두 사람의 표정을 보니 대략 어떤 관계인지 짐작이 갔다. 이런 관계를 도시에서는 밀회를 한다고 말하고, 농촌에서는 정분이 났다고 말한다.

"웨쥔은 자주 찾아옵니까?"

"음……, 가끔요."

"한 달에 몇 번이요?"

"서너 번일 때도 있고, 대여섯 번일 때도 있어서 정확히 말하기 어려워요."

"웨쥔과는 언제부터 이런 사이였죠?"

"몇 년 전부터요."

"구체적으로 언제입니까!"

"그게…… 아마도 2001년일 거예요."

"허우구이핑이 죽기 전에도 웨쥔과 이런 관계였습니까?"

"네."

장양이 눈을 가늘게 뜨며 말을 멈췄다. 딩춘메이가 고개를 들자 그가 그녀의 눈을 뚫어지게 쳐다보고 있었다.

장양은 차분한 목소리로 이야기했다.

"조사를 통해 허우구이핑이 자살한 게 아니라 누군가에게 살해당했다는 사실을 밝혀냈습니다."

그 순간, 딩춘메이의 눈꼬리가 파르르 떨렸다. 그녀는 손톱이 살을 파고들 정도로 꽉 주먹을 쥐었다.

"누가 허우구이핑을 죽였죠?"

"저…… 전 몰라요."

딩춘메이가 눈에 띌 정도로 당황했다.

"허우구이핑은 사망 전, 웨쥔과 여러 차례 충돌이 있었습니다. 웨쥔은 허우구이핑을 죽이겠다고 큰소리치며 다녔고요. 허우구이핑이 당신을 성폭행했다면, 당신과 웨쥔의 관계로 볼 때 그에게 사실을 털어놓았을 테고 이에 원한을 품은 웨쥔이 허우구이핑을 살해한 겁니다. 그렇죠?"

"아니에요. 웨쥔은 죽이지 않았어요."

"진상에 대해 알고 있었다면 당신에게도 책임은 있습니다."

"아니에요. 우리랑은 상관없는 일이에요. 웨쥔은 선생님을 죽이지 않았다고요!"

딩춘메이가 잔뜩 긴장해 소리쳤지만, 장양은 눈 하나 깜짝하지 않고 그녀를 응시했다.

"그럼 누가 죽였습니까?"

딩춘메이가 허둥지둥 고개를 숙였다.

"전 몰라요."

그 이후로도 딩춘메이는 그녀와 웨쥔이 허우구이핑을 살해한 것 아니냐는 장양의 질문을 끝끝내 부인했고, 그럼 누가 살해했냐는 질문에는 모르쇠로 일관했다.

그렇게 한 시간이 넘게 흘렀을 즈음, 주웨이가 땀범벅이 된 얼굴로 돌아왔다. 그는 장양을 한쪽으로 끌고 가더니 낮은 소리로 말했다.

"웨쥔이 주워왔다고 한 아이 말이야. 알아보니 웨쥔의 아버지 명의로 민정국에 입양수속까지 마쳤더라고. 근데 이상한 게 있어. 호적등본을 살펴보니 아이의 성이 웨岳씨가 아니라 여름이라는 뜻의

샤夏씨야."

"왜요?"

"그걸 모르겠단 말이야. 여름에 주웠다는 의미로 그렇게 지은 것도 아닐 테고. 웨쥔은 샤씨 성을 가진 친구가 아이의 의부가 돼줘서 친구 성을 따랐다고 주장하고 있어. 아무튼 이 일은 접어두자고. 내가 방금 근처의 인가 몇 곳에 가서 물어봤는데 당시 딩춘메이가 뜨거운 물을 빌리러 온 적은 없었대. 농촌에서 남아도는 게 땔감인데 뜨거운 물이 왜 없겠냐고 하던데?"

장양은 그 말의 의미를 곧 알아차렸다.

주웨이가 뒤돌아 불안으로 바들바들 떨고 있는 딩춘메이를 바라보고 근엄하게 소리쳤다.

"근처에 있는 인가에 확인했더니 당신이 뜨거운 물을 빌리러 온 적이 없다고 했습니다. 거짓말을 한 겁니까!"

"그게…… 아마 몇 년이 지난 일이라 사람들도 잊었을 거예요."

딩춘메이가 황급히 아무 말이나 둘러대자 주웨이가 차갑게 웃었다.

"그래요? 하지만 웨쥔은 파출소에서 당신에게 아주 불리한 말을 했어요."

그들은 더욱 동요하는 딩춘메이의 표정을 주시했다.

장양이 가볍게 주먹을 쥐고 떠보듯이 물었다.

"사실대로 말하세요! 허우구이핑이 당신을 성폭행했습니까, 안 했습니까!"

딩춘메이의 안색이 삽시간에 창백해지면서 입가를 미세하게 떨었다.

그녀의 표정을 보고 두 사람은 내심 환호했다. 장양은 딩춘메이가 뜨거운 물을 얻으러 갔다고 거짓말한 사실을 근거로 성폭행 사건에 내막이 있다고 의심했고, 일부러 떠보는 질문을 던졌다. 그리고 그녀의 표정은 의심할 바 없이 장양의 추측이 맞았음을 증명했다.

장양이 더욱 자신 있게 압박을 가했다.

"당신이 허위신고를 했다고 웨쥔이 이미 말했습니다. 다른 것도 다 털어놓았으니 확인차 묻는 거니까 계속해서 숨길 생각 말아요. 웨쥔은 이미 자백했고, 당신이 솔직히 진술만 한다면 정상참작으로 처리해줄 수도 있습니다. 하지만 그러지 않는다면……."

"사실……."

딩춘메이의 눈이 순식간에 붉어지더니 결국 울음을 터뜨렸다.

"전 일이 이렇게 될 줄 몰랐어요. 선생님이 죽을 줄은 정말로 몰랐단 말이에요."

제30장

경찰의 취조를 받아본 경험이 별로 없는 농촌 여인은 주웨이와 장양의 연이은 공세로 심리적 방어선이 와르르 무너져 그때의 상황을 전부 털어놓았다.

당시 웨췬은 딩춘메이에게 1만 위안을 건넸다.

2001년에만 해도 1만 위안은 매우 큰돈이었다. 현성에서 근무하는 평범한 사람들의 월급이 400에서 500위안 정도였으니 1만 위안은 평범한 직장인의 거의 2년 치 수입에 해당하는 금액이었고, 더욱이 가난한 농민에게는 그 가치가 어마어마했다. 웨췬이 딩춘메이에게 지시한 일은 간단했다. 허우구이핑을 유혹해 잠자리를 갖고, 파출소로 가서 성폭행당했다고 신고하는 것이었다.

허우구이핑을 유혹해 잠자리를 갖는 일은 딩춘메이에게 어렵지 않았다. 그녀는 정절 따위엔 관심도 없었으며, 젊은 과부에다 외모가 뛰어나서 항상 젊은이들의 호감을 받아왔다. 하지만 경찰에게 성폭행을 당했다고 신고하는 일은 망설여졌다. 이건 모함이 분명한데, 왜 굳이 파출소로 가서 성가신 일을 만들고 싶겠는가?

그러나 웨췬은 단 몇 마디로 그녀의 걱정을 불식시켰다. 허우구이핑이 딩춘메이와 잠자리를 갖기만 하면, 그 누구도 그녀가 그를 모함했다는 사실을 증명할 수 없다고 설득했다. 딩춘메이가 허우구이핑에게 성폭행당했다고 강하게 주장하면, 파출소도 토박이 주민을 감싸지 외지인을 도울 리 만무하기 때문이다. 게다가 이렇게 간단한 일로 1만 위안을 수중에 넣을 수 있다는 유혹의 위력은 실로 대단했다.

이제 딩춘메이의 유일한 걱정은 허우구이핑이 그녀를 거절할지도 모른다는 것이었으나, 웨쥔은 그가 마실 술에 약을 탈 거라고 했다. 혈기왕성한 나이에 홀로 두메산골에 머물고 있으니 약간의 불만 지피면 활활 타오를 것이 틀림없었다.

그날 밤, 웨쥔이 딩춘메이를 찾아와 허우구이핑이 술을 마셨으니 지금 가보라고 말했다. 그녀는 뜨거운 물을 얻는다는 핑계로 허우구이핑의 숙소로 들어가 그를 유혹해 관계를 맺었다. 그러고 나서 웨쥔의 지시대로 수건으로 허우구이핑의 정액을 닦아 집으로 돌아왔다.

주웨이와 장양은 그녀의 진술을 듣고 나서 경악을 금치 못했다. 허우구이핑의 방 안에서 발견된 여아 속옷에 묻었던 정액은 바로 그 수건에서 얻어낸 것이었다!

우선 정액부터 확보하고 허우구이핑을 살해한 뒤 모함했다. 그야말로 완벽한 계략이었다.

장양은 마음속에서 치미는 분노를 억눌렀다. 너무 끔찍했다! 경찰이 허우구이핑 수색을 시작하기도 전에 그는 이미 누군가에게 끌려가 살해당했다. 뿐만 아니라 살인범은 정액이 묻은 아이 속옷을 허우구이핑의 방에 숨겨서 어린 여자아이를 성폭행하고 자살에 이르게 한 죄까지 뒤집어씌웠다. 게다가 용의주도하게도 그 전에 사망한 아이의 체내에서 채취한 정액을 공안국에서 훔쳐내 허우구이핑의 정액과 비교할 수 없게 만들었다. 이 사건은 다시 한 번 장양의 예상을 뛰어넘었다.

그야말로 간덩이가 배 밖으로 튀어나온 놈들이었다!

주웨이가 주먹을 꽉 쥐고 입술을 부들부들 떨며 물었다.

"이 모든 일을 웨쥔이 지시했습니까?"

딩춘메이가 순순히 고개를 끄덕였다.

"허우구이핑은 웨쥔이 죽인 거고?"

"그건 아니에요."

이 질문에 딩춘메이가 연신 고개를 흔들었다.

"선생님의 시신이 저수지에서 발견되자 웨쥔도 겁을 먹었어요. 선생님이 죽을 줄은 몰랐다면서, 살인이 벌어진 걸 알고 깜짝 놀랐다고요."

주웨이가 천천히 그녀를 주시하며 말했다.

"1만 위안은 웨쥔이 준 겁니까?"

"네."

"그 돈은 웨쥔의 돈입니까, 아니면 어디서 가져온 겁니까?"

딩춘메이가 당황해하며 대답했다.

"저도 몰라요."

"둘이 몇 년을 함께 지냈는데, 이 일을 웨쥔에게 묻지 않았다는 게 말이 됩니까? 당신이 모른다는 게 말이 되냐고."

"정말로 몰라요. 저 말고 웨쥔에게 물어보세요."

주웨이가 분노에 차 고함쳤다.

"당연히 웨쥔에게도 물어볼 거니까 지금 솔직히 털어놔요. 그 돈,

대체 어디서 난 겁니까!"

딩춘메이는 아무 대꾸도 하지 않았다. 잠시 후, 그녀가 갑자기 두 손으로 얼굴을 가리더니 가장 원초적이고 전형적인 수법인 눈물 공세를 펼치기 시작했다.

주웨이가 단호하게 소리쳤다.

"젠장, 이런 식으로 시간만 낭비하게 하면 구치소로 끌고 가서 가둬놓고 취조할 줄 아시오!"

딩춘메이가 곧바로 울음을 뚝 멈췄다.

"말해요. 누구한테서 나온 돈입니까?"

딩춘메이가 훌쩍거리며 눈에 띄게 머뭇거렸다.

"제가…… 물어보긴 했는데, 웨쥔이 이 일은 절대로 새어나가면 안 된다고 신신당부했어요. 우린 감당도 못할 거래요. 자칫하면 그들이 우리도 허우 선생님과 같은 꼴로 만들 거라고요."

"그들이 누구입니까!"

"그건…… 웨쥔이 딱 한 번 말해서 저도 확실히는 모르지만, 아마…… 아마도 쑨훙윈의 수하인 것 같다고 그랬어요."

"쑨훙윈!"

주웨이가 이를 악물었다. 그의 손가락 관절에서 우두둑하는 소리가 났다. 장양은 처음 듣는 이름이었으나, 주웨이를 보니 누군지 알고 있는 눈치였다.

주웨이가 숨을 깊이 들이마시고 다시 물었다.

"그 수건은 어떻게 했습니까?"

"우선 집으로 가지고 돌아갔는데, 웨쥔이 그걸 보더니 어딘가로 전화를 걸었어요. 그 사람들이 웨쥔에게 바로 수건을 가져오라고

했고요."

"그러고 나서 얼마나 더 있다가 경찰에 신고하러 간 겁니까?"

"웨쥔이 돌아오더니 저보고 방에서 기다리라고 했어요. 대충 한 시간쯤 지나서 무슨 전화를 받더니 저한테 곧장 경찰에 신고하라고 했어요."

장양은 이 말을 가만히 곱씹어봤다. 진범은 수건에 있는 정액이 응고되기 전 이를 여아 속옷에 묻혀 허우구이핑의 숙소에 가져다둔 다음, 딩춘메이를 이용해 파출소에 신고하도록 했다. 모든 것이 계획된 일이었던 것이다!

취조를 끝내고 장양은 기록 내용을 딩춘메이에게 베껴 쓰게 해서 자백서를 만들었다.

이때 주웨이가 인상을 쓰며 출입구로 가더니 담배에 불을 붙여 깊이 빨아들였다. 장양이 그 모습을 보고 주웨이에게 다가갔다.

"왜 그래요? 아까…… 쑨훙윈이라는 이름을 들었을 때 표정이 안 좋던데."

주웨이가 저 멀리 허공을 응시하며 담배를 두 모금 더 세게 빨아들인 후, 새 담배에 또 불을 붙이며 짜증스럽게 고개를 끄덕였다.

장양이 미심쩍은 표정으로 재차 물었다.

"쑨훙윈이 누구예요?"

주웨이가 콧방귀를 뀌며 말했다.

"현에서 일하는 장사꾼."

"그렇게 다루기 까다로운 사람이에요?"

주웨이는 긴 한숨을 토해내며 말을 이었다.

"이놈은 젊을 때부터 수완이 좋아서 사회뿐만 아니라 암흑가에서도 강한 영향력을 키워왔지. 1990년대에 현에 있는 오래된 국영 제지 공장이 체제 개혁으로 부도날 지경에 이르렀을 때, 쑨훙원이 그 공장을 인수했어. 자네도 들어봤겠지만, 그 제지 공장은 이름을 카언卡恩 제지업으로 바꿨지. 쑨훙원이 인수한 다음부터 수익이 점차 좋아지더니 현의 재정 전반을 지탱하는 대기업이 됐어. 바로 며칠 전에는 선전 증권거래소에 상장했고. 핑캉현뿐만 아니라 칭시에서 처음으로 주식시장에 상장한 회사가 된 거야."

장양이 침묵했다. 핑캉현에서 가장 높은 건물은 카언 그룹 건물이고, 가장 넓은 땅 역시 이 대기업 소유다. 칭시는 대부분이 산간 지형인 본 성의 서부에 자리하고 있어서, 동부에 위치한 몇몇 도시와는 비교할 수 없을 정도로 경제가 낙후되었다. 그러니 핑캉현의 경제도 자연스레 낙후될 수밖에 없었다. 이런 상황에서 카언 그룹은 핑캉현에서 가장 큰 기업이었고, 현 전체 재정 수입의 3분의 1을 차지하고 있었다. 더욱이 그 안에서 일하는 직원만 해도 수천 명에 달해 현의 사회 기반을 유지하는 주춧돌과 같았다. 카언 제지업이 선전 증권거래소에 상장되자 시 지도부가 단체로 현에 와서 축하를 했고, 현 전체가 이를 열렬하게 홍보했다.

이런 시기에 카언 그룹 회장이 사건에 연루되어 체포된다면 어떻게 될까?

칭시의 유일한 상장사이자, 이제 갓 상장한 카언의 최고경영자가 체포된다면? 카언이 끌어안고 있는 수천 명의 직원까지 고려하면 지도부의 눈에 이 일은 사회 안정에까지 지대한 영향을 미치는 중대 사건이었다.

그렇다면 이런 인물을 어떻게 체포할 수 있단 말인가?

현 공안국이 허가해줄까? 시 공안국은? 지도부가 동의는 할까?

순간 장양은 전대미문의 고난에 직면한 심정이었다. 앞으로 가야 할 길이 까마득하게만 느껴졌다. 설령 쑨훙원이 직접 살인하는 장면을 바로 코앞에서 목격한다 하더라도, 그에게 법의 심판을 내리려면 숱한 난관을 거쳐야만 할 터였다.

그때 주웨이가 전화 한 통을 받았다. 통화를 마친 그가 장양에게 말했다.

"공안국에서 오늘 밤에 절도단을 체포하라고 해서 먼저 가봐야겠어. 자네는 우선 딩춘메이가 서류를 다 작성할 때까지 여기서 기다려. 자네의 검찰관 신분으로는 공안이 해야 할 수속을 처리할 수 없을 테니 일단은 파출소로 데려가지 말고. 어차피 이 여자 혼자서는 도망 못 가니까. 며칠이면 절도단을 잡을 수 있으니 그때 다시 만나자고."

잠시 있다가 주웨이가 분을 삭이지 못하고 씩씩거리며 말했다.

"쑨훙원이 무슨 상장회사 주인이든 상관없어. 이렇게 큰 형사 살인사건은 일단 증거만 확실하면 그 어떤 거물급 인사라도 쑨훙원을 보호해줄 수 없어. 두고 봐!"

제31장

그 후 며칠 동안 장양은 주웨이의 핸드폰으로 여러 번 전화를 걸었지만, 전원이 꺼져 있어 연락이 되지 않았다. 그러다 딱 한 번 주웨이에게 연락이 왔다. 그는 현재 절도단 체포를 위해 밤낮으로 잠복 중이라며, 며칠 후에 찾아가겠다고 말했다.

먀오가오향에서 돌아온 장양은 매일 출퇴근길에 일부러 먼 길로 돌아 카언 그룹 빌딩 앞을 지나다녔다. 거기서 어떤 단서를 발견할 수 있으리라 기대한 것은 아니었다. 단지 쑨훙윈이 사건에 연루되었다는 사실을 알고 난 다음부터 본능적으로 그가 도대체 어떤 인물인지 직접 확인해보고 싶었던 것이다.

하지만 바람과는 달리 장양은 단 한 번도 쑨훙윈의 얼굴을 보지 못했다. 그러던 어느 날, 퇴근길에 카언 그룹 빌딩에서 웨쥔이 지난번 유괴된 것으로 의심했던 아이를 안고 나오는 모습을 목격한 뒤에 장양의 마음속에 왠지 모를 불길한 예감이 엄습했다.

다음 날, 장양은 중형 버스를 타고 다시 먀오가오향으로 가 딩춘메이의 가게를 찾았다. 하지만 가게는 굳게 닫혀 있었고, 문을 아무리 두드려도 대답이 없었다. 인근 주민들은 딩춘메이가 요 며칠 동안 가게 문을 열지 않은 걸로 보아 집에 없는 것 같다고 말했다.

처벌이 두려워서 도주했다!

장양은 황급히 핸드폰을 꺼내 주웨이에게 연락을 넣었고, 다행히 그의 핸드폰 전원은 켜져 있었다.

"딩춘메이 집에 아무도 없어요. 이웃들 말로는 며칠 동안 집에 없었대요. 아무래도 도주했나 봐요!"

주웨이는 딩춘메이가 잠적을 선택할 줄은 꿈에도 생각지 못했다. 물론 그녀가 경찰에 허위신고를 하긴 했지만, 허우구이핑의 살인범은 아니었다. 그래서 지난번에 그들은 딩춘메이가 위증죄를 저지르긴 했지만 죄질이 그다지 심각하지 않고, 주관적으로 허우구이핑의 사망이란 결과를 예측하지 못했으며, 자발적으로 사실을 털어놓은 점을 참작하기로 했다. 그래서 추후 법정에 나와서 증언하면 검찰 측이 법원에 집행유예 처리를 건의해줄 수 있다는 방침을 그녀에게 고지했다.

그런데도 그녀는 잠적하고 말았다. 집행유예가 적용될 수 있는 증인이 선택할 수 있는 가장 어리석은 방법이 바로 도주인데도!

주웨이가 다급히 당부했다.

"다른 데 가지 말고 기다려. 내가 당장 사람 데리고 갈게!"

한 시간쯤 지나 주웨이가 경찰차에 형사 두 명과 천밍장을 태워 딩춘메이의 가게 앞으로 왔다.

장양이 의아해하며 물었다.

"천 법의관님은 왜……."

주웨이가 차가운 말투로 대답했다.

"자네 전화를 끊고 나서 곰곰이 따져보니 뭔가 수상하더라고. 난 딩춘메이가 이 일 때문에 지명수배자가 될 각오까지 하고 도주했을 것 같지 않아. 라오천이 내 말을 듣더니 현장에 와보겠다고 해서 같이 왔지."

주웨이는 전화를 걸어 마을 파출소의 경찰을 불렀다. 파출소 경찰이 지켜보는 가운데 그들은 가게의 나무 문을 강제로 따고 들어갔다. 내부 상태는 한눈에 봐도 수상해 보였다.

가게의 진열대 유리 한쪽이 방사형 모양으로 쫙 금이 가 있었고, 나머지 한쪽 유리는 어디로 갔는지 보이지 않았다.

천천히 안으로 들어가던 천밍장이 가게 안을 보고 멈춰 서서 물었다.

"유리가 원래 이랬나?"

장양과 주웨이가 동시에 대답했다.

"아니요."

"아니."

천밍장이 이마를 매만지며 천천히 가게 안을 한 바퀴 돌아보고 나서 설명했다.

"바닥에 있는 흔적으로 볼 때 최근에 누군가가 빗자루로 바닥을 쓸었군."

그는 걸쇠가 붙어 있는 진열대 한쪽 벽면으로 다가가 그 걸쇠를 자세히 들여다본 뒤 혀를 차며 말했다.

"피가 묻어 있군."

장양과 주웨이가 황급히 가까이 다가가 관찰했다. 걸쇠 앞쪽으로 담홍색 흔적이 남아 있었는데, 자세히 살피지 않으면 발견할 수 없을 정도로 소량이었다.

주웨이가 미간을 찡그리며 물었다.

"피가 확실해?"

천밍장이 웃으며 말했다.

"나 같은 사람이 피와 페인트를 헷갈린다는 건 있을 수 없는 일이야. 피가 확실해. 오래된 것도 아니고 묻은 지 며칠 안 됐어."

이때 장양이 어제저녁 무렵에 있었던 일을 얘기했다. 퇴근길에 웨쥔이 그 남자애를 안고 카언 빌딩에서 나오는 걸 봤는데, 원래라면 딩춘메이가 돌보고 있어야 하는 아이를 웨쥔이 안고 있어서 불길한 예감이 들었다고 털어놓았다.

주웨이가 이를 악물었다. 한참 후에야 그는 주먹으로 벽을 내리치며 분노했다.

"웨쥔을 잡으러 가자고!"

가게 밖으로 나온 주웨이는 함께 온 형사 둘에게 최근 며칠 동안 수상한 일이 없었는지 인근 주민들에게 물어보라고 지시한 뒤, 파출소 경찰을 데리고 곧장 웨쥔의 집으로 향했다.

제32장

"몇 번을 말해? 웨쥔은 내가 잡아 가뒀으니까 변호사한테 직접 와서 데려가라고 해. 그놈한테 변호사가 어디 있겠냐 싶지만. 그럼 대신 신청하든가! 뭐? 증거가 없다고? 젠장, 기다리고 있으면 가져간다니까!"

음식점 안에서 담배를 물고 있는 주웨이가 마치 옛날 증기선처럼 연기를 뿜어댔다.

전화를 끊은 그가 소매를 걷어 올리며 욕을 퍼부었다.

"젠장, 겨우 하루 붙잡아놨더니 리젠궈가 풀어주라고 아주 난리를 치는군. 이렇게까지 내 사건에 신경 쓰는 걸로 봐서 그놈도 백퍼센트 쑨훙윈의 개야!"

"우리한테 딩춘메이의 자백서가 있다고 공안국에 아직 말 안 했죠?"

"당연하지. 그건 일부러 남겨뒀어. 마지막 패까지 알려주면 안 되잖아. 공안국에서 과연 누가 이 사건 때문에 똥줄이 타는지 지켜보려 했는데, 이것 좀 봐. 웨쥔을 잡아들인 지 겨우 하루밖에 안 됐는데, 리젠궈는 아주 안달이 났어."

장양이 걱정스럽게 물었다.

"공안국 지도부는요?"

"국장급에선 아무 말 없어. 만일 국장들까지 쑨훙윈과 한 패라면 공안국은 완전히 쑨훙윈의 손아귀에서 놀아나는 거 아냐? 그날 딩춘메이를 잡아들였으면 웨쥔도 함께 끌고 와 취조할 수 있었을 텐데, 하필이면 리젠궈가 절도단을 잡으라고 지시하는 바람에 일을 그르쳤어. 딩춘메이 쪽에도 탈이 생기고. 어제 웨쥔을 직접 취조하려니까 리젠궈가 또 날 따돌리려 그러는지 임산부 절도단 사건을 맡기더라고! 젠장, 임산부 절도단이나 잡으러 가라니. 핑캉현에 경찰이 나 하나밖에 없나? 임산부 몇 명 잡아들이는데 왜 나보고 형사들을 이끌고 가서 잠복하래? 주변에 말리는 사람만 없었어도 내가 진즉에 그 자식 가만 안 뒀어."

주웨이가 분에 못 이겨 씩씩거리며 담배 한 개비를 또 꺼내 불을 붙였다.

"리젠궈가 아쉐보고 공안국으로 돌아오라고 한 건 역시……."

잠시 기억을 되짚어보던 장양이 이어서 말했다.

"그날 우리가 조사를 마치자마자 리젠궈의 전화를 받았잖아요. 갑자기 아쉐한테 돌아와서 사건을 처리하라고 했고요. 너무 딱딱 들어맞지 않아요? 일부러 불러들인 것 같은데요. 그 일만 아니었다면 그날 딩춘메이와 웨쥔을 데려가서 취조했을 거잖아요."

순간 주웨이가 미간을 찡그리며 곰곰이 생각하고 말했다.

"자네 말을 듣고 보니……. 내가 한동안 그 절도단 추적을 전담하긴 했지만 수사관이 아직 내막을 완전히 파악하지 못한 상태였어. 그날 밤 내가 부하들을 이끌고 갔는데, 잠복하면서도 주범이 아직 드러나지 않았으니 지금 체포하러 들이치면 오히려 상대가 더 경계할 거라고 충고했지. 하지만 리젠궈가 오늘 밤에는 꼭 체포하라는 명령을 내렸다는 거야. 난 아직 시기상조라 봤기 때문에 서두르지 않고 며칠 동안 교대로 잠복했지. 확실히 리젠궈가 체포하라고 명령한 시점 자체부터가 너무 일렀어."

장양이 잠시 고민하더니 주웨이에게 물었다.

"만일 리젠궈가 일부러 핑계거리를 만들어서 아쉐를 그쪽 현장으로 보낸 거라면, 대체 누가 우리 행동을 리젠궈한테 알린 걸까요?"

"분명히 쑨훙윈의 사람이겠지."

"그럼 우리가 먀오가오향에서 웨쥔과 딩춘메이를 조사하는지는 어떻게 알았을까요?"

주웨이의 눈이 번쩍 빛났다.

"웨쥔을 파출소로 데려가서 경찰한테 아이의 신원에 대해 조사하라고 하고 자네한테 갔거든. 분명히 내가 떠난 후에 웨쥔이 핸드폰으로 정보를 흘렸을 거야."

장양이 고개를 끄덕이며 웃었다.

"웨쥔이 누구한테 전화했는지 통화내역을 조회할 수 있죠?"

"당연하지."

장양의 입가에 냉소가 걸렸다.

"예상되는 첫 번째 가능성은 웨쥔이 리젠궈에게 바로 전화를 걸었을 경우예요. 용의자가 구금 기간에 수사대장에게 전화를 걸었다? 저는 검찰관이니까 리젠궈를 검찰원으로 불러 얘기를 나눠볼 이유가 돼요. 두 번째 가능성은 웨쥔이 쑨훙윈의 수하에게 전화를 걸었고, 그 수하가 다시 리젠궈에게 알렸을 경우예요. 이 경우, 삼자간 통화에 대한 진술을 비교해서 허점을 찾아내기만 하면 이 역시 리젠궈를 검찰원으로 부를 수 있어요."

주웨이가 박수를 치며 기뻐했다.

"좋았어! 내가 바로 사람을 보내서 조사할게."

"급할 건 없어요. 근데 딩춘메이 쪽은 뭔가 진전이 있어요?"

"어젯밤 내내 취조했지만, 웨쥔은 딩춘메이가 어디로 갔는지 모른다며 버티고 있어. 그날 우리가 돌아가고 나서 딩춘메이가 아이를 웨쥔의 집으로 보냈는데, 그 이후로는 어디로 갔는지 모른다더군. 이웃 주민의 말로는 그날 밤 11시쯤 유리 깨지는 소리와 여자 울음소리가 들렸는데, 그게 딩춘메이인지는 잘 모르겠다고 하더군. 그리고 농촌에서는 집마다 개를 키우잖아? 그 소란에 그 집 개가 짖어서 일어나 밖을 내다봤는데, 밖은 깜깜하기만 하고 아무런 인기척도 없어서 그냥 어느 집에서 부부싸움을 하겠거니 하고 넘어갔대. 아마도 그때 딩춘메이한테 일이 생긴 것 같아."

"웨쥔의 짓일까요?"

주웨이가 골치 아파하며 고개를 내저었다.

"아닐 거야. 그날 웨쥔은 파출소에서 하룻밤을 보냈어. 이튿날 아침, 경찰이 민정국으로 가서 합법적인 입양 절차를 거쳤다는 걸 확인한 다음에야 놈을 풀어줬고."

"우리가 딩춘메이를 조사하자마자 주요 증인한테 일이 생겼네요."

장양이 분한 마음에 이를 악물었다.

주웨이가 주먹을 꽉 쥐고 울분을 터뜨렸다.

"라오천은 이웃의 증언과 현장검증 결과를 종합해볼 때 당일 밤 11시경에 딩춘메이한테 무슨 일이 생겼고, 그것도 한 사람의 소행이 아니라고 판단하고 있어. 누군가가 현장을 빗자루로 청소한 걸 봐서는 딩춘메이의 상태를 낙관하기도 힘들고 말이지. 그야말로 간이 배 밖으로 튀어나온 놈들이야. 감히 경찰 눈앞에서 증인에게 손을 대? 만일 이 일이 쑨훙원의 사주로 밝혀지면 무슨 대가를 치르더라도 반드시 그 개자식을 내 손으로 족치고 말겠어!"

제33장

이튿날 오전, 주웨이가 장양에게 전화를 걸어 그를 검찰원 밖으로 불러냈다. 두 대의 경찰차가 검찰원 입구에 서 있었다. 앞쪽 차에 탄 주웨이가 밖으로 몸을 내밀며 밝은 얼굴로 장양에게 차에 올라타라고 말했다.

"어디 가는데요?"

"범인 잡으러."

주웨이가 사건의 진척상황에 대해 재빨리 장양에게 설명했다. 역시나 웨쥔은 파출소에 있을 때 핸드폰으로 전화를 걸었는데, 통화상대는 카언 그룹의 부총경리이자 쑨훙윈의 비서인 후이랑胡一浪이었다. 후이랑은 웨쥔의 연락을 받은 후, 바로 형정대대장 사무실로 전화해 리젠궈와 5분가량 통화했다. 그러나 웨쥔은 내통 사실을 끝까지 부인하고 있었다.

"누굴 체포하려고요?"

장양이 물었다.

"당연히 후이랑이지."

장양이 의아해하며 물었다.

"후이랑을 잡을 만한 직접적인 증거가 있어요?"

"증거는 없어. 근데 일단 잡아놓고 취조하면 돼. 그놈이 범행 사실을 털어놓게 할 자신이 있으니까."

"후이랑이 바보도 아니고, 갑자기 양심의 가책이라도 느껴서 술술 사실을 불까요?"

주웨이가 차갑게 웃었다.

"내가 쑨훙윈까지 잡아들이면 후이랑도 당황해서 저절로 다 털어놓겠지!"

"바로 쑨훙윈을 잡으려고요?"

"물론."

"현재까지 쑨훙윈이 이 사건과 관련이 있다는 증거는 하나도 없잖아요. 어떻게 하려고요?"

"그런 증거나 이유 따위는 중요하지 않아."

주웨이가 콧방귀를 뀌더니 말을 이었다.

"몇 주 동안 이 두 놈을 가둬놓고 취조할 거거든. 큭큭, 우리 경찰만의 취조 방식이 있어. 불을 환하게 켜놓고 며칠 동안 잠을 안 재우면 감정 통제가 안 되고 정신도 흐릿해지지. 그때 약간의 취조 기술을 사용하면 대부분의 용의자는 사흘에서 닷새를 못 넘기고 자백해버려. 몇 주를 버틸 만큼 정신력이 강한 범죄자는 여태껏 본 적도 없고. 허우구이핑이 죽은 지 벌써 3년이 다 돼 가는데, 직접적인 증거를 도대체 어디서 찾느냐고? 관련자들의 자백밖에 방법이 없어."

절차의 공정성을 준수하는 검찰관인 장양은 주웨이의 말을 듣고 곧바로 반대했다.

"아무런 증거도 없이 사람을 잡아들이는 건 규정에 어긋나는 일이에요."

"규정? 나도 지키고 싶어. 근데 그놈들은 규정을 지켰어?"

주웨이가 눈을 부릅뜨며 계속해서 주장했다.

"허우구이핑이 어떻게 죽었지? 우리가 딩춘메이를 조사하자마자 그 여자한테도 무슨 일이 벌어졌어. 아주 흉악무도한 놈들이야. 근데 그놈들 앞에서 규정이나 운운하라고? 그런 기대는 하지도 마. 놈들을 상대하려면 정상적인 방법으론 안 돼. 지금 우리한테 남은 패는 딩춘메이가 쓴 빈약한 자백서 달랑 한 장뿐이야. 다른 증거는 아무것도 없다고. 우선 놈들을 강제로 구속해서 진실을 털어놓게 압박한 다음, 관련 증거를 찾는 수밖에 없어."

장양은 여전히 반대 의견으로 일관했다.

"바로 쑨훙윈을 구류할 거면, 구류 영장은 받았어요?"

주웨이가 자신만만하게 웃으면서 서류가방에서 종이 몇 장을 꺼내 흔들어 보였다.

장양은 종이를 건네받아 살피다가 영장에 공안국 부국장의 서명이 있는 것을 보고 깜짝 놀라 물었다.

"부국장님이 쑨훙윈 구류를 허락하셨다고요?"

주웨이가 장양의 귓가에 바짝 다가와 손으로 입을 가리고 속닥거렸다.

"사실 공안국 지도부는 이 일을 몰라. 내가 요 며칠 동안 범죄자들을 떼거리로 잡아들였던 터라 오늘 아침에 구류 영장을 한 무더기 가져가서 부국장 서명과 직인을 받았거든. 거기에 슬쩍 두 장을 더 끼워 넣었지. 이따가 놈들을 잡으면 공안국으로 안 가고 바로 파출소로 데려갈 거야. 거기에 며칠 동안 사용할 수 있는 방을 몰래 두 개 준비해뒀거든. 나랑 내 부하 몇 명은 핸드폰을 꺼놓을 거라 아무도 우리랑 연락이 안 될 테고, 그 누구도 쑨훙윈이 거기에 갇혀 있는 걸 모를 테니 우리의 취조를 방해할 수 없어. 이전부터 철저하게 준비한 거야. 국장이랑 수사 담당 부국장이 오후에 회의를 하러 시에 가서 며칠 동안 머물 예정이거든. 그러니까 오늘이 절호의 기회지. 하지만 조만간 지도부에서도 알게 될 테니까 들키기 전에 최대한 빨리 결과를 내야 해. 증거만 제대로 확보하면 아무도 되돌릴 수 없을 거야."

"설마…… 그들을 몰래 가둘 생각인 거예요? 그건 불법 구류라고요!"

장양은 놀라서 입도 다물지 못했다.

"불법이든 합법이든 상관없어. 그 자식들이 감히 경찰 눈앞에서 증인한테 손을 댄 걸 생각하면 나도 더는 못 참겠으니까!"

주웨이가 그런 건 상관없다는 듯한 표정을 지었다.

"그렇지만…… 아쉐는 부국장님을 속여서 서명을 받아냈잖아요. 게다가 불법 구류까지. 이런 식으로 하면……."

"놈들이 취조에 협조하지 않으면, 고문으로 강제 자백을 받아냈다는 혐의까지 붙겠지."

주웨이가 경멸 어린 미소를 내비쳤다.

"난 원래 공안국에서 승진할 생각 따윈 없어. 하지만 이렇게 간이 배 밖으로 튀어나온 범죄자들이 계속 법망을 미꾸라지처럼 빠져나가는 꼴은 절대로 두고 못 봐. 그래서 나도 한 번 간이 배 밖으로 튀어나온 인간이 돼보려고. 걱정 마. 자네는 증인으로 데려가는 거니까. 나중에 무슨 일이 생기면 그냥 나한테 속았다고 말해. 책임은 나 혼자 질 거니까."

주웨이가 될 대로 되라는 듯 호탕하게 웃었지만, 정작 장양의 마음은 불안으로 요동쳤다.

이런 식으로 해서는 주웨이에게 좋을 것이 하나도 없었다.

사건이 해결되더라도 커다란 소란이 일어날 것이다. 시의 유일한 상장사이자, 그것도 상장한 지 얼마 안 된 대기업 회장이 형사상의 중죄 혐의로 체포된다면 정부의 지도층이 과연 좋아할까? 그것은 차치하더라도 만일 취조로 진실을 밝혀내지도 못한 상황에서 주웨이가 구류 영장을 다른 서류에 끼워 넣어 몰래 서명과 직인을 받아낸 다음 시 지도부와 배석할 정도의 신분인 대기업 회장을 암암리에 불법 구류하고, 심지어 고문으로 자백을 강요했다는 사실을 부국장이 알게 된다면? 주웨이는 분명 교도소로 직행할 게 뻔했다!

결과가 어떻든 엄중한 처벌을 받게 될 것이 뻔한 상황임에도 불구하고 주웨이는 여전히 온몸을 던져 이 일을 해내려 했다.

장양은 도대체 주웨이가 추구하는 것이 무엇인지 이해할 수 없었다.

장양은 이 사건을 조사하는 이유에 대해 자문해봤다. 처음에는 동창 간의 우정으로 시작한 일이었고, 금세 마음이 흔들렸지만 우아이커의 '압박'으로 포기할 수 없었다. 그 이후로도 수많은 어려움에 부딪힐 때마다 마음이 흔들렸다. 하지만 다른 사람들의 격려 속에서 결국 재입안을 결정할 수 있었다. 그 다음부터는 태엽이 맞물려 돌아가는 톱니바퀴처럼 그저 견디며 앞으로 나아갈 뿐이었다. 이미 많은 일을 벌였기에 모든 것을 수포로 돌아가게 하고 싶지 않았다. 그래서 장양은 고속도로에 올라버린 자동차처럼 어쩔 수 없이 전진만 하고 있었던 것이다.

만일 이 사건 수사를 위해 상관을 속여 서명과 기관의 직인을 받아내라고 한다면 장양은 바로 일에서 손을 떼리라.

장양의 모든 행동은 언제나 직업적으로 떳떳하고 양심에 위배되지 않으며, 자신의 미래에도 피해가 가지 않는 틀 안에서만 이루어졌다.

직업과 양심, 그리고 미래가 균형을 이루는 삼각형은 근본적으로 불가능한 일인 걸까?

잘 모르겠다. 하지만 장양은 그래도 완벽하고 안정적인 삼각형 안에서 살고 싶었다.

현재 그들이 직면한 가장 큰 어려움은 증거 부족이고, 유일한 돌파구는 주웨이의 주장대로 용의자의 자백을 먼저 받아내는 것이었다. 주웨이가 어떤 희생도 마다하지 않겠다고 하니, 자신 역시 한 번쯤은 그와 함께 열정으로 부딪치는 것도 나쁘지 않겠다는 생각이 들었다.

제34장

일행은 어느덧 카언 그룹 건물에 도착했다. 주웨이가 부하들을 이끌고 성큼성큼 안으로 들어가자 안내 데스크에 있던 아가씨는 한눈에 그들이 경찰임을 알아보고 감히 저지하지 못했다. 그녀는 회장이 회사에 있다고 순순히 시인하고 곧바로 위층으로 안내했다.

카언 그룹의 고위급 임원 사무실은 최상층에 있었다. 그들이 곧장 회장실로 향하자 서른대여섯 정도의 안경을 낀 남자가 옆 사무실에서 나와 그들을 가로막았다.

"누구십니까?"

주웨이가 경찰 신분증과 구류 영장 두 장을 내보이며 말했다.

"후이랑과 쑨훙윈은 어디 있습니까? 함께 갈 데가 있어서 말이죠."

표정이 미묘하게 변한 남자가 대답했다.

"제가 후이랑입니다만."

주웨이가 후이랑을 훑어봤다. 점잖게 생긴 얼굴이었지만 작은 눈에서는 교활함이 엿보였다.

주웨이가 차갑게 웃었다.

"쑨훙윈은 어딨어요? 두 분 모두 저희와 함께 가주셔야겠습니다."

후이랑이 매우 침착하게 영장을 들고 꼼꼼히 살펴본 다음, 얼굴을 들어 느긋한 미소를 지으며 물었다.

"형사 구류라, 쯧쯧. 무슨 연유로 저와 쑨 회장님을 구류하려는 거죠?"

"여러 건의 형사사건에 연루됐어요. 가면 자연히 알게 될 겁니다."

"그래요? 아무래도 좀 귀찮아지겠군요."

후이랑이 고개를 숙이고 한숨을 내쉬었을 때, 사무실에서 직원들이 우르르 나와 그들을 에워쌌다.

주웨이가 눈 하나 깜짝하지 않고 냉랭하게 소리쳤다.

"쓸데없는 소리 그만하고 함께 갑시다!"

주웨이가 수갑을 꺼내 강제적인 수단을 쓰려 했다.

"잠깐."

주위를 에워싼 직원들 뒤로 평온하고 중후한 남자 목소리가 들려오자, 사람들이 자연스레 양쪽으로 나뉘어 길을 만들었다. 반팔 캐주얼 셔츠를 말끔하게 입은, 마흔 좀 넘어 보이는 중년 남자가 걸어와 그들을 흘끔 보고 차분하게 물었다.

"무슨 일이지?"

"쑨 회장님."

후이랑이 쑨훙원의 곁으로 가서 구류 영장을 건네며 설명하자, 미간을 찌푸린 쑨훙원이 서류를 보더니 그의 귓가에 몇 마디 속삭였다.

후이랑이 뒤돌아 미소를 지으며 말했다.

"형사님, 아무래도 절차에 약간의 문제가 있는 것 같습니다."

주웨이는 마음이 뜨끔했지만 아무렇지 않은 듯 힘주어 물었다.

"무슨 문제 말입니까?"

"쑨 회장님은 성급 인대 대표이십니다. 회장님을 구류하려면 먼저 성급 인민대표대회 상무위원회에 신청해서 동의를 받아야 합니다."

주웨이와 장양은 순간 당황했다.

장양은 쑨훙원이 성급 인대 대표라는 사실을 전혀 몰랐다. 주웨이는 잠시 고뇌에 휩싸였다. 절대로 소홀히 하지 말아야 할 부분을 간과하고 말았다. 쑨훙원 같은 인물에게 사회적 지위가 없을 리 만무한데, 어서 사건을 해결하려는 마음에 너무 성급히 굴고 말았다. 위험을 무릅쓰고 직인과 서명을 속여서 받아냈지만 더 주도면밀하게 행동하지 못했다. 몰래 잡아다가 강제로 취조만 하면 되는 줄 알았는데, 마지막에 물거품이 되어버렸다!

쑨훙원은 팔짱을 끼며 마치 연극이라도 구경하듯 사색이 된 주웨이를 바라봤다.

장양이 불쑥 입을 열었다.

"그럼 쑨훙원 씨는 저희와 함께 가시지 않아도 되지만 후이랑 씨는 인대 대표가 아니잖습니까?"

후이랑의 얼굴에 순간 당황한 기색이 스쳐 지나갔다.

"그럼 함께 가실까요?"

후이랑이 뺨을 실룩거리며 쑨훙원에게 도움을 요청하는 눈길을 던졌다. 하지만 쑨훙원의 얼굴에는 아무런 표정도 드러나지 않았다.

장양이 팔뚝으로 주웨이를 툭 치자 그는 이를 갈며 다시 정신을 차리고 날조한 구류 영장을 떠올렸다. 이미 규정을 위반했다. 두 명 다 잡지 못할 바에는 한 명이라도 잡는 게 낫다. 주웨이가 수갑을 들고 말했다.

"후이랑, 그럼 갑시다."

그러자 쑨훙윈이 다시 입을 열었다.

"샤오후小胡, 방금 이 경찰관 이름이 뭐라고 했지?"

"주웨이입니다."

"아하."

쑨훙윈이 짐짓 놀라는 척하며 연신 고개를 끄덕였다.

"주웨이라면 나도 알지. 우리 핑캉 사람들은 다 알고말고. 핑캉 바이쉐이자 경찰을 대표하는 인물 아닌가! 주 경관, 원래 절차상으론 내가 자네들과 함께 갈 필요가 없네만 자네 명성은 핑캉에서 모르는 사람이 없지. 나와 샤오후가 어떤 혐의가 있는지 모르겠지만, 자네가 직접 조사하겠다고 영장까지 들고 왔잖소. 그런데도 내가 인대 대표라며 수사에 협조하지 않는다면, 나중에 핑캉 사람들이 이 사실을 알고 틀림없이 나를 욕하며 수군거릴 거요. 자네 체면을 세워줄 테니 걱정 마시게. 샤오후와 함께 자네를 따라가겠네. 조사에 적극 협조하지."

쑨훙윈은 말을 마치고 후이랑의 귓가에 몇 마디 뭐라고 속삭였다. 그런 뒤에 회사의 다른 직원들에게도 나직이 몇 가지 당부를 하고 나서 자신만만하게 따라나섰다.

제35장

주웨이는 쑨훙윈을 몰래 데려가 강압 취조를 하긴 틀렸다는 생각에 장양을 끌어들이지 않으려고 우선 그를 검찰원으로 돌려보냈다. 주웨이가 어두운 얼굴로 쑨훙윈과 후이랑을 데리고 공안국으로 돌아오니 공안국에는 이미 정법政法 담당 부현장과 현급 위원회 판공실 주임, 공안국의 다른 지도부 인사 몇 명이 나와 있었다. 그들은 주웨이에게 질책 어린 눈빛을 보냈지만, 그는 못 본 체하며 부하에게 후이랑을 데리고 가서 조서를 작성하라고 한 다음, 다른 이들과 함께 회의실로 들어갔다.

주웨이가 자초지종을 설명하기도 전에 쑨훙윈이 차분하게 입을 열었다.

"여러분은 제가 일찍이 실질적으로 이미 파산한 제지 공장을 현의 국자위國資委*로부터 사들여 수백 명이나 되는 직원들의 밥그릇을 지킨 사실을 대략 아실 겁니다. 처음에는 경영에 어려움을 겪었어요. 자금과 기술, 직원들의 소양 모두가 다 해결해야 할 문제였으니까 말입니다. 또 우리 핑캉현은 낙후된 지역이라 교통도 불편

---

* '국유자산감독관리위원회(國有資產監督管理委員會)'의 약칭으로, 국유자산을 관리하는 국무원 직속 특설기구.

했지요. 그땐 온종일 어떻게 하면 이 많은 사람들을 먹여 살릴 수 있을까만 생각했습니다. 하지만 나중에 기업 경영이 점차 성장세를 거듭하면서 우리 카언 그룹도 빠르게 발전했습니다. 이번 달에는 선전 증권거래소에 상장까지 하면서 시에서 처음으로 주식시장에 상장한 회사가 되었지요. 어쨌든 소기의 성과를 내었다고 봅니다. 예전에 경영이 어려웠을 때는 저를 탓하는 사람이 없었어요. 공장에 있는 수백 명의 직원들도 제 입장이 힘들다는 걸 알았기에, 다들 저를 친근하게 쑨 공장장님이라고 불렀습니다. 현재 우리 카언 그룹은 발전을 거듭하여 핑캉현에 있는 수천 명의 취업 문제를 해결하고 있습니다. 하지만 돈이 생기니 유언비어가 떠돌더군요. 제가 왕년에 범죄조직에 기대서 사업을 키웠다는 말도 있고, 국유자산을 가로챘다는 말도 있고요. 또 어떤 자는 제가 지금도 불법 범죄활동에 가담한다고 말하더군요. 이런 허무맹랑한 소문에 대해서 저는 여태껏 개인적으로 대응하지 않았습니다. 제 행동이 올바르면 남의 말을 두려워할 필요가 없다고 생각했으니까요. 여러 기관에서 이미 우리 카언에 대한 조사를 마쳤습니다. 만일 정말로 문제가 있었다면 카언이 어떻게 상장할 수 있었겠습니까?"

지도부가 쉴 새 없이 고개를 끄덕이며 동의했다.

쑨홍윈이 말을 이었다.

"또 서민들 마음이 어떻습니까? 서민들은 함께 가난한 건 참아도 자기들보다 더 잘사는 꼴은 못 봅니다. 우리 핑캉현은 성 안에서도 낙후된 산간 지역에 있습니다. 주민들 대부분은 아직도 영세 농민의 사고방식을 갖고 있어요. 유언비어라는 것이 한 번 번지면 순식간에 퍼져나가는 법이지요. 저도 처음에는 별거 아니라고 생각했지만, 오늘 주 경관이 직접 찾아온 걸 보고 잘못된 소문이 이대로 계속 퍼졌다가는 우리 그룹의 경영과 안정에 영향을 미치겠다 싶어서 명확히 밝혀야겠다는 생각이 들었습니다."

그 자리에 있던 지도부가 주웨이를 나무라기 시작했다. 특히 부현장이 엄중하게 꾸짖었다.

"주 경관, 자네가 최선을 다해서 사건을 처리하는 건 잘 알아. 하지만 일을 할 때는 정치와 대세를 고려해서 적절한 방법을 찾아야지. 사람이 유명해지면 시시비비가 많은 법이야. 쑨 회장님은 우리 핑캉현의 훌륭한 기업가야. 자세히 조사해서 증거도 확보하지 않고, 바로 구류부터 하려 들면 어떡하나? 인대 대표를 자네 마음대로 구류할 수 있는 줄 알아? 법을 제대로 알고나 있는 건가! 누가 구류 영장을 승인했나? 부국장이야? 이 사실이 퍼져나가면 어떻게 되는 줄 알아? 사회에서 뭐라고 하겠어? 주민들은 또 어떻게 생각하겠느냐고? 카언은 우리 현의 기둥이자 칭시의 얼굴일세. 자네 멋대로 한 그룹의 회장을 구류하면 기업의 경영과 경제 안정에 악영향을 준다는 걸 알고나 있는 건가!"

부국장을 속여 서명을 받아낸 사실을 모르는 지도부는 아직까지는 주웨이에게 약간의 예의를 차려 질책을 했다.

주웨이가 심호흡을 하고 이를 악물며 여전히 굳은 표정과 침묵으로 항의했다.

"허나 심각히 여기실 것은 없습니다."

쑨훙윈이 오히려 웃으며 주웨이를 대신해 입을 열었다.

"주 경관의 정의감은 우리 모두 알고 있지 않습니까. 저도 핑캉에서 주 경관의 무용담을 익히 들었습니다. 정말로 감탄했지요. 이렇게 조사하는 것도 좋습니다. 제 결백이 증명되면 사람들도 더는 이러쿵저러쿵 떠들지 않겠지요."

주웨이가 더는 참지 못하고 싸늘한 어조로 물었다.

"딩춘메이가 어디에 있는지 알죠?"

쑨훙윈이 어리둥절한 표정을 지었다.

"딩춘메이라니? 난 처음 듣는 이름인데, 누군가? 내가 아는 사람인가?"

주웨이가 가슴 안쪽 주머니에서 편지봉투를 꺼냈다. 딩춘메이가 쓴 자백서가 탁자 위에 놓였다.

"직접 보십시오."

쑨훙윈이 먼저 서류를 쭉 훑어봤고, 뒤이어 몇몇 지도부도 자백서를 살펴봤다.

쑨훙윈이 이해가 안 간다는 듯 말했다.

"여기에 등장하는 허우구이핑과 웨쥔은 누군가? 난 전혀 모르는 사람인데."

부현장이 물었다.

"이 서류, 어디서 났어?"

"딩춘메이가 친필로 적은 자백서입니다."

"딩춘메이는 또 누군데?"

"먀오가오향에 사는 여자입니다."

"어떤 형사가 감독하고 기록한 거지?"

"저와 제 밑에 있는 대원 한 명, 그리고 제 친구입니다."

주웨이는 일단 장양의 이름을 숨겼다. 현 정부 지도부 앞에서 젊은 검찰관인 장양을 구렁텅이에 빠뜨리고 싶지는 않았다.

"자네 친구?" 부현장이 미간을 찌푸렸다. "경찰인가?"

주웨이가 부정했다.

"아닙니다."

"경찰도 아닌 친구를 데리고 딩춘메이를 찾아가 수사했고, 그 여자는 자네들 앞에서 이 자백서를 썼다고?"

"그렇습니다."

"그럼 그 딩춘메이는 어디 있지?"

"조사를 마친 당일 밤에 실종됐습니다. 현재로서는 납치가 의심됩니다. 지금 쑨 회장님께 묻겠습니다. 딩춘메이는 어디 있습니까?"

쑨훙윈이 고개를 저으며 쓴웃음을 지었다.

부현장이 말했다.

"딩춘메이가 이 자백서를 썼으면, 내용의 진실성과 쑨 회장님과의 관련 여부를 떠나서 바로 그녀를 공안국으로 데려와서 조사했을 텐데 어떻게 실종됐다는 건가? 공안국에서 납치라도 당한 거야?"

주웨이가 인상을 쓰며 고개를 숙였다.

"그날 갑자기 급한 업무가 생겨서 바로 데려오지 못했습니다."

부현장이 비웃었다.

"먀오가오향에 사는 시골 여자를 쑨 회장님이 어떻게 아시겠나? 고작 자백서 하나로 증거가 된다고 생각해? 지금은 그 사람도 찾을 수 없는 마당에 이 내용이 사실이란 건 어떻게 보장할 건가?"

주웨이가 아무 반박도 하지 못했다.

"여기 나와 있는 허우구이핑은 뭐 하는 사람이지?"

"교육지원 교사입니다."

부현장이 웃음을 터뜨렸다.

"서류에 적힌 대로라면 웨쥔이 딩춘메이에게 돈을 주고 허우구이핑을 유혹한 다음 경찰에 허위신고를 하게 시켰고, 쥐어준 돈이 무려 쑨 회장님한테서 나왔다는 거잖나. 쑨 회장님이 먀오가오향에 있는 교육지원 교사와 무슨 철천지원수라도 졌나? 그리고 쑨 회장님은 먀오가오향 사람도 아닌데 어떻게 불화가 생길 수 있단 말이야?"

쑨훙윈이 거들었다.

"맞네. 나는 핑캉현에 오래 살았지만 먀오가오향에는 가본 적이 없어. 교육지원 교사는 더욱이 알지도 못하고. 웨쥔이라는 사람도 누군지 모르네."

주웨이가 어금니를 꽉 깨물었다. 현재 아무런 증거도 없는 상황에서 쑨훙윈이 여학생 성폭행 사건과 관련이 있다고 말하면 그야말로 헛소리로 취급당할 게 뻔했다. 어쩌면 이 자리에 있는 모든 사람들이 바로 불같이 화내며 근거도 없이 훌륭한 기업가를 모함에 빠트릴 셈이냐며 질책할지도 몰랐다.

잠시 후, 주웨이가 쑨훙윈을 응시하며 말했다.

"웨쥔과 후이랑이 모두 여기에 갇혀 있으니 그들의 진술을 들어보십시오!"

쑨훙윈이 여유롭게 대꾸했다.

"후이랑은 내 비서로, 난 그의 사람 됨됨이를 믿네. 샤오후가 먀오가오향에 있는 교육지원 교사와 무슨 불화가 있다는 말은 들어보지도 못했어. 주 경관의 오늘 조사로 그에게 범죄 사실이 있는지 확실히 밝혀지길 바라네. 만일 샤오후가 범죄에 연루됐다면 나는 절대로 비호하지 않고 공안국과 함께 조사에 적극 협조하겠네. 허나 만일 결백하다면…….”

쑨훙원이 순간 말을 멈추고 헛기침을 한 뒤, 돌연 냉랭한 목소리로 엄포를 놓았다.

“이런 근거 없는 뜬소문이 떠도는 것을 더는 용납하지 않을 것이며, 반드시 상급 부처에 신고하겠네!”

제36장

"끔찍해. 아주 진절머리가 난다고!"

주웨이가 맥주 한 병을 벌컥벌컥 들이키며 장양에게 푸념을 늘어놓았다.

쑨훙윈은 공안국에서 대화를 나눈 지 30분도 채 되지 않아 회사에 일이 있다는 핑계를 대고 먼저 떠났다. 지도부는 주웨이의 경솔함을 질책하며, 당장 후이랑을 풀어주라고 으름장을 놓았다. 그러나 주웨이는 그 명령에 불복하며 고집을 부렸다. 그는 경찰 배지를 떼며 경찰직을 때려치우겠다고 위협했지만, 지도부는 오히려 당장 사직서를 내라며 만류하지도 않았다.

할 수 없이 배지를 도로 집어넣은 주웨이는 지도부의 명령에도 아랑곳하지 않고 취조실로 들어가 문을 닫고 안에서 직접 후이랑을 취조했다.

오후 내내 취조했지만 아무런 소득이 없었다.

후이랑은 웨취과는 단순한 친구 사이로, 그날 통화 내용은 기억나지 않지만 어쨌든 크게 중요한 일은 아니었다고 주장했다. 리젠궈의 사무실로 전화를 건 일에 대해서도 뭐라고 말했는지 딱히 기억나는 바가 없다고 말했다.

웨쥔도 후이랑과 마찬가지로 무슨 통화를 했는지 잘 기억나지 않는다고 했다. 딩춘메이의 행방에 대해서는 웨쥔도 전혀 모르는 눈치였다.

나중에 시에서 회의를 하고 있던 국장과 부국장에게서 전화가 걸려 왔다. 그들은 주웨이가 자신들을 속이고 서명을 받은 일에 대해 노발대발하며, 공안국으로 돌아가서 다시 얘기하자고 했다. 리젠궈와 다른 지도부는 후이랑을 풀어주라고 주웨이를 계속 압박했고, 결국 변호사까지 공안국에 도착하자 주웨이의 부하 형사들도 더는 취조를 이어가지 못했다. 모두가 주웨이의 반대편에 서 있었다. 더 이상은 혼자서 일을 진행할 수가 없어서 주웨이는 결국 둘을 풀어줬다.

후이랑은 카언 그룹과 쑨 회장이 뭇사람들의 비난을 받지 않도록 자신의 결백을 증명하는 무죄 증명서를 발급해줄 것을 공안국에 강력히 요구했고, 지도부는 이 요청을 들어줬다. 결국 주웨이는 무죄 증명서에 서명할 수밖에 없었다.

장양은 어깨를 축 늘어뜨렸다. 눈앞이 캄캄했다.

"모든 길이 다 막혔네요. 증인도, 물증도 없는데 더 이상 뭘 어떻게 하죠?"

주웨이가 단호하게 말했다.

"계속 수사해야 해. 꼭 해야지! 이럴수록 더 열심히 수사해야 돼! 내가 쑨훙윈은 어떻게 할 수 없어도 웨쥔은 상대할 수 있어!"

"하지만 결국 웨쥔도 풀어주지 않았어요?"

주웨이가 매서운 눈빛으로 미간을 찌푸리면서 생각에 잠겼다. 한참 후, 그가 가라앉은 목소리로 말했다.

"웨쥔은 분명히 내막을 알고 있어. 놈을 압박해서 자백을 받아낸 다음 그 내용을 근거로 증거를 찾으면 돼!"

장양이 근심 어린 표정을 지었다.

"어떻게 압박할 건데요? 다행히 불법 구류까지 가진 않았지만, 지도부를 속여서 서명을 받은 것만 해도 이미 엄청난 규율 위반이에요. 설마 웨쥔을……."

"맞아. 그런 개자식을 상대하려면 솔직히 불 때까지 먼지 나게 두들겨 패는 수밖에 없어!"

"그건……." 장양이 강력하게 반대했다. "그건 절차에 어긋나는 일이에요!"

"절차는 개뿔! 난 그런 쓰레기를 수없이 봤어. 그 어떤 법적 절차도 결국 그런 작자들의 방패막이가 될 뿐이야. 그러니까 다른 수를 써야 해!"

장양의 얼굴이 새하얗게 질렸다. 그런 생각을 하고 있는 주웨이가 어쩐지 두려웠다. 장양은 베테랑 형사인 주웨이와 달리 명문대 법학과 출신이고, 학자 기질이 있어서 언제나 절차와 정의를 중요하게 여겼다. 고문으로 자백을 받아내는 짓에는 절대로 발을 들여놓고 싶지 않았다.

주웨이가 장양을 힐끗 쳐다보더니 그를 달랬다.

"무서워하지 마. 모든 책임은 다 내가 질 거니까 걱정할 것 없어. 그래도 나랑 같이 계속 수사할 거지?"

장양이 복잡한 표정을 지었다. 주웨이의 말을 듣고 나니 당장 물러나고 싶은 마음이 들었다.

장양은 햇병아리 검찰관이었고, 앞길도 창창했다. 인생의 첫발을 이제 막 내디뎠는데 이 사건은 이미 그에게 온갖 문제를 안겨주었다. 검찰원에서도 많은 이들이 그에게 주웨이와 함께 다니면서 소란 피우지 말라고 암암리에 조언했다. 설령 쑨훙윈에게 정말로 문제가 있다고 해도, 그는 장양의 직급으로는 어떻게 할 수 있는 인물이 아니라고 했다.

장양은 정의감에 불타오르는 주웨이를 바라봤다. 그는 성격이 충동적이긴 했지만 동시에 세심한 면도 있었다. 오전에도 장양에게 먼저 가라고 한 덕분에 현급 지도부와 대면하는 곤란한 상황과 검찰원에 끼칠 피해를 막을 수 있었다. 장양은 이 점이 무척 고마웠다.

한참을 고민하던 장양이 무거운 마음으로 말했다.

"만일…… 만일 아쉐가 자백을 받아내기 위해 웨췬을 고문하겠다면, 전 이 사건 수사에서 빠지겠습니다."

"겁만 주는 거라면?"

장양이 잠시 생각하다 주웨이를 바라보며 진지하게 답했다.

"지금까지 제 입장은 형님과 같았어요. 하지만 용의자에게 절대로 신체적 상해를 입혀선 안 된다는 것이 제 원칙입니다."

주웨이가 안도의 한숨을 내쉬었다.

"걱정 마. 나도 오랫동안 형사로 일하면서 정도는 지킬 줄 아니까. 웨췬 같은 쓰레기는 내가 많이 봤어. 겁만 한번 주면 전부 자백할 거야. 다치게 하진 않아."

장양이 물었다.

"어떻게 할 생각인데요?"

주웨이가 잠시 머리를 굴렸다.

"오늘 밤에 바로 먀오가오향으로 가는 게 어때? 웨췬이 오늘 풀

려났으니까 분명 쑨훙원 쪽에서 앞으로 내 수사에 어떻게 대응해야 할지 알려줄 거야. 미리 손을 못 쓰도록 당장 웨쥔을 족치자고. 시간이 더 늦어지면 웨쥔도 마음의 준비를 해서 정보를 캐내기 더 어려워."

장양은 곰곰이 생각했다. 이왕 비정상적인 방법을 쓰기로 결정했으니 빨리 행동에 옮기는 게 좋을 성싶었다.

주웨이가 말을 덧붙였다.

"공안국으로 가서 수사용 일반 차량을 빌려올게. 그 자식이 경찰차를 보고 도망가면 안 되잖아. 이따가 운전은 자네가 해. 난……."

주웨이가 테이블에 늘어선 맥주병을 가리키며 음주운전은 할 수 없다는 듯 눈을 끔벅였다.

"그리고 공안국에서 총도 가져올게."

"총은 왜요?"

장양이 놀라서 물었다.

"안심해. 설마 진짜로 총을 쏘겠어? 겁만 주려는 거야. 연극을 하려면 실감나게 해야지."

제37장

밤이 되었다. 장양은 차를 운전해 주웨이와 함께 먀오가오향으로 향했다.

그들은 각자의 집안 사정과 생활, 지금까지 살아오면서 겪은 일들에 대해 이야기를 나눴다.

주웨이의 가정은 행복했다. 초등학교 교사인 현명한 아내가 있었고, 이제 갓 고등학생이 된 아들도 있었다. 아들은 주웨이를 닮아서 키도 크고 덩치도 좋았다. 어렸을 때부터 체육을 좋아해서 무술도 배웠다. 성격도 주웨이처럼 정의감이 넘쳤다. 심지어는 중학교 때 친구가 불량 학생들에게 금품을 갈취당하는 모습을 보고, 혼자 세 명에게 달려들어 모두 때려눕혔다. 결국 선생님이 학부모들을 모두 부르자, 불량 학생들과 그 학부모들은 그에게 명망 높은 '핑캉 바이쉐'라고 불리는 경찰관 아버지가 있다는 걸 알고 다시는 건드리지 않았다. 주웨이의 아들은 성적은 좋지 않았지만 경찰학교에 들어가 경찰관이 되겠다는 포부를 갖고 있었다.

아들에 대해 말하는 주웨이의 얼굴에는 자랑스러워하는 기색이 역력했다. 마치 몇 년 후에 부자가 나란히 현장에서 범인을 검거하는 장면을 상상하고 있는 것 같았다.

장양도 자신의 과거에 대해 이야기했다. 장양은 시골에서 태어났다. 초등학교에 다닐 때 어머니가 병으로 돌아가시자 아버지는 새로운 가정을 꾸려 딸을 낳았다. 장양은 아버지가 자신보다 새어머니와 이복 여동생에게 더 많은 사랑을 쏟는 것이 불만이었다. 그래서 중학교 때부터 학교 기숙사에서 살면서 부득이한 경우가 아니면 거의 집으로 돌아가지 않았다. 장양은 현재의 삶에 만족했다. 순조롭게 대학교를 졸업했고, 첫눈에 반한 여자친구도 생겼다. 이제 인생의 첫발을 내디딘 그는 미래에 대한 기대로 잔뜩 부풀어 있었다.

그런 이야기를 하다 보니 시간은 빠르게 흘러갔다.

그들은 거의 밤 9시에 먀오가오향에 도착했다. 이 지역 주민들의 생활은 단조로웠다. 사람들 대부분이 산아제한 운동에 적극적으로 참여하지 않아서 일찍 불을 끄고 침대로 들어갔다. 가로등마저 없는 마을은 칠흑같이 어두웠다.

웨쥔의 집으로 향하는 길목에 있는 연못을 지나는데 어디선가 "살려……." 하는 소리가 들렸다. 그들은 황급히 차를 멈추고 귀를 기울였지만 제대로 들리지 않았다.

"샤오장, 들었어?"

주웨이가 정신을 집중하며 주변 소리에 귀를 기울였다.

"꼭…… 누가 살려달라고 소리친 거 같죠?"

장양은 그다지 확신하지 못하고 주위만 두리번거렸다. 자동차 헤드라이트가 비추는 앞을 제외한 주변은 그저 어두컴컴하기만 했다.

"내려서 확인하자."

무슨 소리를 분명히 들은 주웨이는 그대로 지나칠 수 없었다.

주웨이는 차에서 내린 다음 손전등을 들고 소리가 난 쪽을 향해 걸었다. 앞에는 공터가 있었고, 몇 발짝 더 앞으로 가보니 정차한 승합차 한 대가 보였다. 차 밖에 한 사람이 서서 그들을 바라보고 있었다.

이때 승합차 뒤쪽에서 "살려줘." 하는 소리가 또렷이 들렸다가 곧 사라졌다. 주웨이는 승합차 뒤쪽에서 사람 그림자를 발견하고 곧바로 달려들었다.

차 근처에 서 있던 사람이 그들을 향해 "비켜!" 하고 고함치며 운전석 문을 열고 차에 올라탔다. 차 뒤에서 세 명이 튀어나왔는데, 그중 두 명이 한 사람을 꽉 붙들고 입을 막고 있었다. 둘이 강제로 그 한 명을 차에 태우려 했지만, 그는 끝까지 차에 타지 않으려고 안간힘을 쓰며 저항했다.

주웨이는 폭력을 행사하는 일당의 모습에 재빨리 허리춤에서 권총을 꺼내 하늘을 향해 한 발 발사했다.

"움직이지 마. 경찰이다!"

총소리를 듣고 두 사람이 즉시 손을 뗐다. 그러더니 끌고 가려던 사람을 차 밖에 내버려둔 채 얼른 차에 올라타 문을 닫았다. 승합차가 장양과 주웨이를 향해 돌진하자, 그들은 어쩔 수 없이 한쪽으로 몸을 피하며 도주하는 승합차를 부릅뜬 눈으로 쫓았다. 번호판이 없는 걸로 봐서 범죄에 전문적으로 사용되는 불법 차량이 분명했다.

주웨이가 고개를 돌려 긴장한 기색으로 장양을 쳐다봤다.

"괜찮아?"

장양이 일어나며 손을 털었다.

"괜찮아요. 일단 저 사람부터 살펴보죠."

그들이 가까이 다가가기도 전에 쓰러져 있던 사람이 몸을 일으키며 황급히 도망치려 했다.

“거기 서, 경찰이다! 도망쳐봤자 소용없어!”

주웨이가 소리치며 뒤쫓았다. 장양도 그 뒤를 바짝 쫓아갔다.

얼마 가지 않아, 주웨이가 도망치던 사람의 옷깃을 단단히 붙잡고 세게 끌어당겨 바닥에 쓰러뜨렸다. 그의 얼굴을 확인한 주웨이가 차갑게 웃었다.

“찾으려 할 때는 그렇게 못 찾겠더니 이렇게 만나네. 난쟁이, 내가 널 구할 줄은 몰랐군!”

제38장

"이게 대체 어떻게 된 일인지 말해!"

주웨이는 웨쥔이 일어날 수 있도록 옷깃을 놓았다.

"아…… 아무것도 아니에요."

웨쥔은 여전히 불쾌한 기색을 드러냈다.

방금 승합차에 치일 뻔한 공포가 남아 있던 장양은 무례하게 구는 웨쥔의 낯을 보니 절로 화가 치밀어 호통을 쳤다.

"우리가 목숨을 구해줬는데, 아직도 솔직히 안 털어놓을 거예요? 방금 도망간 세 사람, 쑨훙윈이 부리는 사람들 맞죠?"

"나…… 난 몰라요. 모른다고. 누굴 말하는 건데요?"

주웨이가 웨쥔의 멱살을 잡더니 그를 잡아먹을 듯 노려봤다.

"우리가 아니었으면 오늘 밤 네가 죽었을지 살았을지는 아무도 몰라! 쑨훙윈은 널 죽여서라도 입을 막을 모양인데, 넌 언제까지 그놈을 숨겨줄 생각이야?"

웨쥔은 주웨이의 매몰찬 시선을 피하면서 장양을 쳐다봤다.

장양이 물었다.

"쑨훙윈이 왜 당신을 납치하려는 겁니까? 붙잡아서 어쩌려는 거죠? 죽여서 입막음이라도 할 속셈입니까?"

"나도 몰라요. 그러니까 그만 좀 물어요."

"이 자식이……."

주웨이가 욕지거리를 내뱉자 장양이 그를 뜯어말리며 말했다.

"솔직하게 말하는 게 좋을 겁니다. 우리한테 사실대로 털어놔요. 쑨훙윈을 잡아야 당신도 발 뻗고 살 수 있을 거 아닙니까. 그러지 않으면 오늘과 같은 일을 또 당할지 몰라요. 다시 물을게요. 딩춘메이도 이런 식으로 잡혀간 겁니까?"

"딩춘메이가 어디로 갔는지 난 진짜 모른다고."

결국 인내심의 한계에 다다른 장양이 한숨을 푹 내쉬고 주웨이를 향해 말했다.

"그래요. 아쉐가 알아서 하세요."

"좋아!"

주웨이가 차갑게 외치더니 한 손으로 웨쥔의 뒷덜미를 잡고, 다른 손으로 그의 머리와 배에 매서운 주먹을 연이어 몇 대 날렸다. 웨쥔이 아프다고 악을 쓰며 잘못했다고 빌었다. 하지만 장양은 일말의 동정심도 들지 않았다. 그가 냉랭한 눈길로 웨쥔을 바라봤다.

"이제 알겠어요?"

"진짜 모르니까 제발 나한테 묻지 좀 마요. 쑨훙윈에 대해서는 진짜로 아는 게 없다니까. 난 사실 쑨훙윈도 잘 모른다고."

"오호라, 끝까지 입을 다물겠다 이거지!"

순간 화가 머리끝까지 치밀어 오른 주웨이가 바로 권총을 꺼내 웨쥔의 고환에 대고, 그의 얼굴에 침을 뱉었다.

"넌 오늘 내 체면을 완전히 구겼어. 오늘 밤에 자백하지 않으면 널 쏠 거다."

웨쥔의 표정이 점점 굳었다. 그가 억지로 입을 벌려 웃음을 지어 보였다.

"당신은…… 경찰이잖아. 다…… 당신이…… 날 죽이면 교도소행인데. 모, 못할걸."

"내가 할 수 있나 없나 내기해볼까?"

주웨이가 겨눈 총에 힘이 가해지자 웨쥔은 하반신이 마비될 지경이었다. 그가 눈을 질끈 감고 도리질을 쳤다.

"당신은 경찰이잖아. 날 죽이면 교도소에 갈 텐데. 못 해, 절대로 못 해!"

주웨이가 비웃었다.

"이대로 그냥 죽이면 당연히 교도소에 가겠지. 하지만 네가 경찰을 습격했다면?"

주웨이가 총을 거두더니 허리춤에서 단도를 꺼내 장양에게 건넸다.

장양이 의아해하며 물었다.

"뭐예요?"

"받아."

장양이 칼을 넘겨받았다.

"뭐 하라고요?"

"네 몸에 상처 좀 내봐."

"제 몸에 상처를 내라고요?"

장양의 눈이 휘둥그레졌지만, 주웨이는 대수롭지도 않게 말했다.

"웨쥔이 경찰 조사를 피하려 칼을 들고 자네를 습격한 거야. 그래서 내가 자넬 보호하려다가 어쩔 수 없이 웨쥔을 총살한 거지."

꽤 합리적으로 들렸지만 장양은 여전히 이해가 잘 되지 않았다.

"잠깐만요. 왜 저예요? 아쉐가 더 강하잖아요. 그러니까 아쉐한테 칼을 휘두르는 바람에 총살했다고 말하는 게 더 낫지 않아요?"

주웨이가 웃으며 대답했다.

"내가 더 힘이 세니까 안 되는 거야. 이깟 깡패가 칼로 날 습격했다고 내가 총을 뽑아 이놈을 상대한다고? 아마 감찰처는 안 믿을 걸. 그래서 오늘은 자네의 희생이 약간 필요해."

"그 희생을 제가 왜……."

장양이 침을 꿀꺽 삼켰다. 그는 달빛 아래에서 서늘한 한기를 내뿜고 있는 단도를 어루만지며 자신의 얇은 옷을 내려다봤다. 이 순간만큼 어머니 품이 그리운 적도 없었다.

"무상 헌혈한다고 생각해."

주웨이가 장양을 향해 눈을 찡긋하자, 그는 곧 주웨이의 의도를 알아차리고 웨쥔을 향해 말했다.

"그러네요. 오늘 당신이 사실대로 털어놓지 않아서 기관에서 우리의 명예가 땅으로 추락했어요. 이 빚은 반드시 갚아야겠습니다! 내가 자해를 한 다음, 핑캉 바이쉐가 당신을 총살하면 일은 끝나는 겁니다. 우리도 체면이 설 테고."

웨쥔이 믿을 수 없다는 듯 장양을 쳐다봤다. 장양은 자신의 팔을 향해 단도를 서서히 갖다 대었다. 매 순간이 슬로비디오처럼 변하면서 이마에서 땀방울이 배어나오는 것까지 느껴졌다.

이때 돌연 탕 하는 소리와 함께 주웨이가 총을 발사하는 바람에 장양은 흠칫했다. 난생 처음으로 이렇게 가까운 거리에서 총성을 들어서 소스라치게 놀랐다. 웨쥔이 눈을 꾹 감고 울부짖으며 외쳤다.

"말할게요. 전부 말한다고!"

총알은 웨쥔의 가랑이 아래를 스쳐 뒤에 있는 땅바닥에 박혔다. 주웨이가 웨쥔을 잡은 손을 풀자 그는 그대로 미끄러지며 바닥에 털푸덕 주저앉았다.

주웨이가 힘껏 손을 털어냈다. 주웨이의 손과 권총은 전부 땀으로 젖어 축축해졌고, 웨쥔의 가랑이 사이는 지린내 나는 액체로 젖어 있었다.

제39장

차에 함께 탄 웨쥔을 향해 장양이 즉각 물었다.

"말해요. 오늘 승합차에 있던 사람들, 누굽니까?"

"그게…… 후이랑이 보낸 놈들이에요."

웨쥔의 눈빛은 공포와 불안으로 가득했다.

"왜 보낸 거죠?"

"나……, 나도 몰라요, 아마도……."

"아마도 뭐요?"

"모르겠어요."

웨쥔이 고개를 푹 숙이자 장양이 차갑게 웃었다.

"보나마나 당신을 죽여서 입막음하려 했겠죠?"

웨쥔이 축 늘어뜨린 머리를 천천히 끄덕였다.

"그……, 그 자식들이 날 불러냈어요. 그때 난…… 뭔가 이상하다는 걸 느끼고 반항했고요. 그러다 차가 지나가는 걸 보고 살려달라고 소리쳤는데, 놈들이 내 입을 막았어요. 다행히…… 다행히 덕분에…… 벗어날 수 있었어요."

"딩춘메이도 그들이 입막음하려고 살해한 겁니까?"

"몰라요."

주웨이가 웨쥔의 머리카락을 확 움켜쥐었다.

"똑바로 대답 안 해?"

"진짜로 몰라요. 후이랑이 아무 말도 안 해줬어요. 감히 물어보지도 못했고요. 하지만 내 생각엔…… 그런 것 같아요."

장양이 다시 물었다.

"공안국에서 당신이 이실직고하지 않았다는 건 그들도 알 텐데, 왜 위험을 감수하면서까지 당신을 죽이려는 거죠?"

웨쥔이 얼굴을 찡그렸다.

"후이랑은 내가 자기를 고자질한 줄 알아요. 그렇지 않고서야 내가 후이랑에게 전화를 건 일을 형사님들이 알 수 없다고 믿는 거죠. 내가 아무리 말해도 통 믿질 않아요."

자초지종을 들은 장양과 주웨이는 그제야 상황파악이 되었다. 후이랑은 주웨이가 웨쥔의 통화내역을 조사했다고는 생각하지 못하고 웨쥔이 자기 이름을 말했다고 오해한 것이다. 한번 자백한 이상 앞으로 더 많은 일을 털어놓지 않을 거라 보장할 수 없다는 생각에 위험을 감수하고서라도 죽여서 입막음하려는 거였다.

장양이 만족스러워하며 말했다.

"좋아요. 이제야 협조하는군요."

장양이 핸드폰을 꺼내 녹음 버튼을 눌렀다.

"이번에 후이랑이 당신을 죽여서 입막음하려 했으니, 오늘 살아 돌아간다 하더라도 틈만 나면 당신을 죽이려 들 겁니다. 그러니까 잘 생각해요. 당신이 무탈하게 지낼 수 있는 유일한 기회가 바로 당신 손에 달려 있으니까. 후이랑과 쑨훙윈 무리를 전부 체포해 재판에 회부할 수 있도록 우리 조사에 협조하는 것만이 당신 살길이에요. 그렇지만 끝까지 수사를 돕지 않겠다면, 그들이 당신 같은 시한폭탄을 남겨놓고 안심할 수 있을까요? 만일 당신이 증인으로 나서준다면 나중에 관대한 처분을 받을 수 있을 겁니다. 어쩌면 형사처분을 면하게 될 수도 있고."

웨쥔이 침묵하며 곰곰이 생각에 잠겼다.

"우리 수사에 협조하겠습니까?"

잠시 후, 웨쥔이 천천히 고개를 끄덕였다.

"그렇게 하겠습니다."

"그럼 딩춘메이와 허우구이핑에 관한 일을 자세히 말해요."

웨쥔은 당시 후이랑이 자신을 찾아와 아무 여자나 매수해 허우구이핑을 유혹하게 한 뒤, 그를 성폭행범으로 허위신고하라고 지시한 일을 인정했다. 그 대가로 2만 위안을 받았고, 그중 1만 위안을 딩춘메이에게 주었다. 그러나 웨쥔은 허우구이핑이 죽을 줄은 결코 몰랐으며, 살인사건으로까지 번질 줄 알았다면 절대로 그 돈을 받지 않았을 거라고 주장했다. 누가 허우구이핑을 죽였는지는 웨쥔도 전혀 아는 바가 없었다.

"후이랑은 허우구이핑한테 왜 그런 거죠? 당시 허우구이핑은 당신이 자기 학생을 성폭행했다고 고발했어요. 하지만 결국 공안국에서는 당신을 무혐의로 풀어줬고요. 그러니 허우구이핑이 계속 당신을 고발해도 소용없는 일이었지 않습니까. 당신 뒤에 후이랑이 있다는 사실도 허우구이핑은 몰랐을 거고요."

"그게…… 그렇긴 하지만……, 그게……."

"그게 뭐요?"

장양이 따져 물었다. 주웨이가 웨쥔을 향해 버럭 고함을 질렀다.

"빨리 말하지 못해!"

깜짝 놀란 웨쥔이 순순히 말문을 열었다.

"사실은 허우구이핑이 성폭행 피해 학생 명단을 갖고 있었어요. 사진도 찍었고요."

"뭐라고요?!"

장양과 주웨이는 서로를 마주봤다. 장양은 격렬하게 뛰는 심장을 가라앉히며 물었다.

"그러니까 성폭행당한 여학생이 하나가 아니라는 말이에요?"

웨쥔이 수긍했다.

"몇 명입니까?"

"저……, 저는 넷으로 알고 있는데……."

장양의 마음이 한층 더 무겁게 가라앉았다. 이 사건은 아무리 파고 들어가도 끝이 보이지 않았다. 그는 심호흡을 하며 마구 뛰는 가슴을 진정시켰다. 이 순간 가장 궁금한 점은 허우구이핑이 도대체 무슨 사진을 찍었기에 그들이 입을 막기 위해 살인까지 저질렀는가 하는 것이었다.

웨쥔이 고백했다.

"저도 허우구이핑이 사진을 찍었다고 하는 후이랑의 말만 들었지, 구체적으로 무슨 사진인지는 몰라요."

"사진은 어디 있죠?"

"그때 허우구이핑이 공안국에 제출했어요."

장양이 주웨이를 바라보자, 그가 깊게 탄식했다.

"난 공안국에서 허우구이핑이 찍었다는 사진을 본 적이 없어."

장양이 주웨이에게 물었다.

“허우구이핑이 공안국에 신고했을 때, 응대한 사람이 리젠궈죠?”

주웨이가 무겁게 고개를 끄덕였다.

장양이 고개를 돌려 웨쥔에게 다시 물었다.

“지금 당신을 공안국으로 데려갈 겁니다. 알고 있는 사실을 하나도 빠짐없이 적을 수 있겠습니까?”

사실만 진술하라는 말에 웨쥔이 다시 머뭇거렸다.

장양이 다시 설득했다.

“후이랑이 당신한테 한 짓을 봤잖아요. 게다가 당신은 중요한 정보도 털어놓았으니 우리는 당연히 그 정보를 근거로 조사를 시작할 겁니다. 잘 생각해봐요. 나중에 정보를 발설한 걸 후이랑이 알면 당신을 가만히 놔두겠어요? 당신이 살 수 있는 방법은 하나밖에 없어요. 후이랑을 포함한 관련자들을 체포해 재판에 회부할 수 있도록 우리 조사에 협조하는 겁니다. 당신이 개인적으로 저지른 범행에 대해서는 검찰관인 내가 판결에서 최대한 관대한 처분을 받을 수 있도록 해주겠습니다. 약속해요.”

웨쥔이 한참을 고뇌하다가 그 제안을 수락했다.

“함께 가겠습니다.”

제40장

공안국으로 돌아가는 길에 웨쥔은 더 많은 사실을 털어놨다.

웨쥔은 몇 년 전부터 카언 그룹에서 운전기사로 일하면서 후이랑을 알게 되었다. 웨쥔이 먀오가오향의 깡패라는 사실을 알게 된 후이랑은 어느 날, 웨쥔에게 현성으로 어린 여학생을 데리고 오면 월급보다 더 많은 돈을 주겠다고 했다. 그래서 웨쥔은 2000년부터 마을의 소녀들을 협박하고 회유해서 카언 호텔로 데려가 후이랑에게 넘겼다. 이 소녀들은 대부분 부모가 타지로 일하러 가서 홀로 남은 아이거나 고아로 유약하고 소심한 성격에 겁이 많았다. 웨쥔은 지금까지 총 네 명의 여자아이들을 넘겨줬다. 소녀를 호텔로 데리고 가면 후이랑이 넘겨받았고, 다음 날에 웨쥔이 그 아이를 다시 마을로 데려다 놓았다. 그러면 후이랑은 웨쥔에게 1000위안씩을 주었다. 웨쥔은 호텔에 들어간 어린 소녀들에게 무슨 일이 벌어지는지 굳이 물은 적은 없지만 짐작은 갔다. 또한 후이랑은 어린 여학생들을 구해줄 깡패를 추가로 더 찾고 있었으니, 피해를 당한 소녀들의 숫자는 아마도 웨쥔이 아는 것보다 훨씬 더 많을 터였다. 웨쥔은 자신이 데려다준 네 명 중에서 웡메이샹을 뺀 나머지 셋은 아명만 알고 실제 이름은 모르지만, 학생 명단이 있으면 찾아낼 수 있다고

했다.

운전대를 잡고 있는 장양의 속이 부글부글 끓었다.

피해 학생이 한 명이 아니었다니! 이 사건에 얽힌 새로운 내막은 그들의 예상을 완전히 뛰어넘었다. 듣기만 해도 끔찍하고 치가 떨리도록 화가 났다.

공안국에 도착한 후, 주웨이는 당직 경찰에게 취조실을 준비하라 지시하고 장양이 옆에서 감독하는 가운데 형사 둘과 함께 웨쥔을 취조하기 시작했다.

취조한 지 얼마 지나지 않아, 취조실 문이 벌컥 열리면서 리젠궈가 부리나케 들어와 고함을 쳤다.

"다들 나가!"

주웨이가 자리에서 일어났다. 그는 밖으로 나가려는 두 형사의 앞을 가로막고 리젠궈를 매섭게 쏘아봤다.

"왜 나가라는 거지?"

"웨쥔을 소환했다가 아무것도 못 밝혀내서 결국 풀어줘놓고 왜 다시 잡아와! 연속 구인*은 심각한 위법 행위야!"

"위법?" 주웨이가 비웃었다. "중요한 단서를 새로 발견해서 재조사하는 중이고, 웨쥔도 조사에 협조하기로 동의했는데 무슨 문제 있나?"

"절차가 잘못되었잖아. 다들 나가라는 말 안 들리나!"

리젠궈가 그 자리의 형사들을 향해 소리쳤다.

그들은 어찌할 바를 몰라 하다가 대대장인 리젠궈의 발언권이

* 범죄 용의자를 강제로 데려와 취조를 받게 하는 형사 강제 조치.

더 세다는 생각에 출입구로 슬슬 발걸음을 옮겼다.

"거기 안 서!"

주웨이가 버럭 고함치며 형사들을 막아서고 리젠궈에게 삿대질했다.

"뭐 하러 이 한밤중에 찾아와 내 사건에 간섭하는 거야? 내가 무슨 증거라도 찾아낼까 봐 겁이 나나 보지?"

"내…… 내가 겁날 게 뭐 있어! 이건 위법 행위고, 대대장이자 자네 상관으로서 잘못을 바로잡으려는 거다."

리젠궈가 등을 꼿꼿이 세우며 더 강하게 나왔다.

"오호, 내 위법 행위를 바로잡겠다? 하하. 리젠궈, 하나만 묻지. 허우구이핑이 신고한 서류, 네가 받았지? 사진은 어디 있어? 사진, 어디 있냐고!"

"무슨 사진? 난 모르겠는데. 무슨 얘길 하는 거야?"

리젠궈가 약간 당황했다.

"계속 그렇게 시치미 떼 보시지. 네가 정말로 쑨훙윈, 후이랑하고 아무 관계가 없다면 내가 20년간 경찰 생활을 헛한 거니까! 감히 미성년자 여아 성폭행 사건을 감싸고돌아? 네가 그러고도 사람이냐!"

리젠궈는 주웨이의 말에 노발대발했다.

"주웨이! 잘 들어, 한 번만 더 헛소릴 지껄이면 잡아 처넣을 줄 알아!"

주웨이가 양팔을 활짝 벌렸다.

"어디 한번 해봐. 누가 날 잡아? 네까짓 게? 인간쓰레기 같은 놈. 넌 사회의 악이야!"

"그 입 안 닥쳐!"

리젠궈가 길길이 날뛰며 주웨이에게 손가락질했다.

"부패경찰 주제에! 암흑가 개 같은 놈!"

주웨이는 조금도 겁나지 않는다는 듯 리젠궈를 똑바로 노려보며 대거리했다.

"젠장, 다시 말해봐!"

리젠궈가 더 이상 참지 못하고 달려들자, 주웨이가 조금도 물러서지 않고 주먹으로 응대했다. 순식간에 두 사람이 뒤엉켜 싸우자 공안국의 당직 경찰들이 모두 놀라서 하나둘씩 달려와 싸움을 뜯어말렸다.

강제로 떼어놓긴 했지만 둘은 여전히 서로를 향해 욕설을 퍼부었다. 주웨이가 리젠궈에게 쑨훙윈의 개다, 쓰레기 경찰이라고 욕하자 리젠궈는 벌겋게 달아오른 얼굴로 주웨이를 잡아 감옥에 처넣겠다고 큰소리쳤다. 그래도 그의 부하들은 감히 주웨이에게 손을 대지 못했다.

이때 한 무리의 사람들이 안으로 들어왔다. 가장 앞에 있던 양복 차림의 남자가 서류를 내보이더니 자기가 웨쥔의 변호사라고 소개하며 웨쥔과 단독 면담을 요청했다.

주웨이가 분통을 터뜨리며 욕지거리를 내뱉었다.

"촌구석 깡패 자식한테 변호사가 있겠냐? 카언 그룹에서 보낸 변호사 아냐?"

변호사가 미소를 지으며 주웨이를 응시했다.

"전 웨쥔이 의뢰한 변호사입니다."

주웨이가 고개를 돌려 웨쥔을 쳐다봤다.

"정말로 네가 의뢰한 변호사 맞아?"

웨쥔은 고개만 숙인 채 인정도, 부인도 하지 않았다.

변호사가 주웨이를 바라보며 물었다.

"지금 웨쥔과 단독면담할 수 있습니까?"

"안 돼!" 주웨이가 소리쳤다. "형사 수사의 경우 비밀 유지를 위해 공안은 거부할 권리가 있어!"

그러자 리젠궈가 비웃으며 참견했다.

"형사 수사 절차는 제대로 밟았나? 아니잖아. 이건 위법이야."

별안간 장양이 입을 열었다.

"절차는 제가 밟았습니다. 우리 검찰원에서 입안한 사건으로, 웨쥔을 조사하고 있습니다."

리젠궈가 너 따위는 거들떠볼 가치도 없다는 식으로 날카롭게 쏘아붙였다.

"그럼 검찰원 사람을 데려와. 공안국에 와서 뭘 하든 좋으니 어디 한번 직접 조사해보든가. 명심해. 여기 공안국엔 자네같이 풋내기 검찰관이 설 자리는 없어."

"이……."

장양은 분노가 치밀었지만 자신은 혼자였고, 주위는 모두 리젠궈의 사람들이었다. 기세에서 밀린 장양이 차마 말을 잇지 못했다.

주웨이가 장양의 앞을 가로막으며 소리쳤다.

"리젠궈, 잘 들어. 취조가 끝나기 전까지 난 절대로 웨쥔을 풀어줄 생각 없어. 네가 왜 그렇게 조급하게 구는지 잘 알아. 웨쥔의 자백으로 후이랑만 잡으면 너도 빠져나갈 수 없어."

리젠궈가 잔뜩 흥분해 자신을 말리는 이들에게서 벗어나려 몸부

림치며 호통을 쳤다.

"주웨이, 오늘 말끝마다 날 모욕한 일에 대해 감찰처에 신고할 테니 두고 봐! 웨쥔의 변호사도 왔으니 이제 반드시 규정대로 해야 할 거야! 오늘 부국장님을 속여서 서명을 받고, 불법으로 인대 대표를 체포한 것만으로도 자넨 엄청난 위법 행위를 저질렀어. 그 죗값을 치르기도 전에 또 법을 위반해? 내가 말해봤자 소용없는 것 같으니 상부에 전화로 보고하지. 상부에서 자네한테 직접 명령을 내리도록 말이야!"

리젠궈가 뒤돌아 한쪽으로 가더니 핸드폰을 꺼내 상부에 전화를 걸었다. 잠시 후, 담당 부국장이 공안국으로 전화를 걸었다. 그는 주웨이의 수사에 반대하지는 않지만, 반드시 규정에 따라 처리해야 한다며 웨쥔의 변호사가 도착했으니 단독면담 자리를 마련해주라고 지시했다. 주웨이가 상부를 속이고 서명을 받은 일에 대해서는 돌아가 다시 처리하겠다고 말했다.

주웨이도 이제 속수무책이었다. 리젠궈와 싸울 수는 있어도 국장급 간부들과는 맞서 싸울 수 없었다. 리젠궈가 주웨이를 잡아 가두라고 발악을 해도 감히 주웨이에게 손을 댈 형사는 없겠지만, 만일 국장급에서 명령이 하달된다면 그들도 따를 수밖에 없었다. 상부의 명령을 거역할 수 있는 형사는 아무도 없었다.

주웨이는 결국 치밀어 오르는 분노를 꾹 삼키고, 변호사가 웨쥔과 단독면담을 하도록 장양을 데리고 나가 밖에 있는 사무실에서 기다렸다.

새벽 3시가 되자 리젠궈가 별안간 사람들을 데리고 들이닥쳤다. 그가 손에 수갑을 들고 크게 외쳤다.

"주웨이, 위법 행위를 저지른 혐의로 시 공안국 감찰처에서 정식으로 사건을 입안해 자네를 조사하기로 했다. 현 시간부로 구류하겠다. 이의 있나?"

주웨이가 말도 안 된다는 듯이 리젠궈를 바라봤다.

"말도 안 돼. 네가……."

"절차는 아직 진행 중이지만, 아침이면 감찰처에서 사람이 도착할 거다. 방금 감찰처에서 전화가 왔거든. 이건 다른 형사들이 증명해줄 거다."

수갑을 건네받은 형사 두 명이 주춤거리며 주웨이에게 다가와 작은 소리로 말했다.

"형님, 정말 죄송합니다."

주웨이는 마치 독립열사처럼 당당히 손을 내밀어 그들에게 수갑을 채우게 하고, 차가운 눈초리로 리젠궈를 쏘아봤다.

"네놈들이 이렇게까지 할 줄은 생각도 못했군. 아주 대단하다, 대단해!"

주웨이가 고개를 돌려 장양에게 진지하게 눈길하자, 장양은 입술을 꽉 깨물며 간신히 고개를 끄덕였다.

주웨이가 끌려가자 리젠궈가 빈정거리듯 장양에게 말했다.

"검찰원 차례가 오려면 먼 것 같은데, 일찍 들어가서 쉬지 그러나."

장양이 숨을 깊이 들이마셨다. 그는 웨쥔의 말을 녹음한 핸드폰을 손에 꽉 쥔 채 조용히 사무실을 나섰다.

밖으로 나온 장양은 고개를 들어 하늘을 올려다봤다. 아직 밤이 깊었다. 오늘따라 밤이 유난히 길게 느껴졌다…….

제41장

자오톈민이 옌량에게 은행 계좌 거래내역서 한 장을 건네며 말했다.

"장양이 사망 일주일 전에 전처에게 총 50만 위안을 송금했어."

"그런 거금이 어디서 났지?"

"통장 내역에 따르면 그중 30만 위안은 장차오가 몇 개월 전에 부쳐준 거야. 즉, 한 푼도 건드리지 않았지."

옌량이 인상을 쓰며 물었다.

"그럼 장양은 장차오의 말처럼 빌린 돈으로 도박을 한 게 아니라는 거군."

"맞아."

"이렇게 되면 장양의 품행에 관한 진술 중에서 도박이라는 항목은 다시 논의해야겠군."

자오톈민이 옌량의 말뜻을 깨닫고 애매한 웃음을 지었다.

"까면 깔수록 뭐가 나오니 이거 보통 사건이 아니야."

"나머지 20만 위안은 어디서 온 거지?"

"조사해보니 그 20만 위안은 일주일 전 카언 그룹의 한 재무 담당자가 장양에게 송금한 거야. 회사 계좌가 아니라 개인 계좌에서 이체되었고."

"카언 그룹?" 옌량이 뭔가를 떠올리며 말했다. "혹시 그……."

"맞아. 바로 우리 장시의 거물급 부동산 회사인 카언 그룹. 카언 타운하우스는 장시에서 제일 큰 매물이지."

옌량이 이해할 수 없다는 듯 다시 물었다.

"장양은 과거에 핑캉현의 일개 검찰관이었을 텐데, 어떻게 카언 그룹과 아는 사이인 거지? 카언 그룹 재무 담당자가 왜 장양에게 이렇게 큰돈을 송금한 걸까?"

"카언 그룹은 핑캉현에서 시작한 회사야. 그룹 대표인 쑨훙윈이 1990년대 현성에 있는 국영 제지 공장을 매입한 후로 규모가 점점 커져서 주식시장에도 상장했지. 그러고 몇 년도 안 돼서 부동산업까지 사업을 확장했고. 부동산업이 호황기를 맞이하면서 금세 장시에서 가장 큰 부동산 회사 중 하나가 된 거야. 그룹 본사도 장시로 이전했지. 내가 보기에 장양과 카언 그룹의 관계는 분명히 그가 핑캉현에서 검찰관으로 있던 시기에 맺은 거 같아."

자오톄민이 계속해서 말했다.

"더 재밌는 건 장양의 핸드폰 통화내역을 조회했더니 사망 전까지 한동안 같은 번호와 자주 연락을 주고받았더라고. 알고 보니 그 번호 주인이 바로 카언 그룹의 이사 겸 카언 제지업 이사회 비서 후이랑이었지 뭐야."

옌량이 상황을 분석해 반문했다.

"장양이 아직도 검찰관이라면 둘 사이에 뇌물이 오고갔다고 볼 수도 있겠지만, 그는 더 이상 검찰관도 아니잖아. 왜 장양에게 그런 거금을 준 거지? 장양이 카언 그룹이나 후이랑의 약점이라도 잡은 건가? 아니면 이 사건이 카언 그룹과도 관련이 있는 걸까?"

자오톄민이 이마를 만지작거리며 살짝 한숨을 내쉬었다.

"그래서 걱정이야. 만일 후이랑 개인과 얽힌 문제라면 귀찮을 것도 없겠지만, 카언 그룹 전체가 이 사건에 연루돼 있다면 조사가 꽤 번거로워질 거야. 카언처럼 대규모 민영 기업은 여러 곳과 상당히 복잡한 이해관계로 얽혀 있잖아. 괜히 잘못 건드렸다간 모두가 위험해질 수 있어."

옌량이 그의 고충을 이해한다는 듯 머리를 끄덕였다. 어떤 사건은 아무리 경찰이라도 무턱대고 조사할 수는 없다는 사실을 인정할 수밖에 없었다. 잠시 상념에 잠겼던 옌량이 돌연 눈을 빛냈다.

"가오 부청장님이 자네는 특별조사팀 팀장으로서 진실규명에만 신경 쓰라고 했다 그랬지? 배후의 다른 요소는 모르는 척하라고 말이야. 이제 보니 부청장님의 그 말은 오늘의 자네한테 한 말이군."

자오톄민이 멈칫거렸다. 그는 좌우로 몇 번 왔다 갔다 하다가 서서히 미소를 짓고는 한시름 놓은 듯 화제를 전환했다.

"이제 어떻게 해야 할지 알겠어. 참, 성 검찰원이 사람을 파견해서 리젠궈를 면담했는데, 그는 너무 오래전 사건이라 기억이 잘 안 난다고 했대. 또 사건 처리에 문제가 있다 해도 당시의 환경적 제약 때문에 발생한 거라 개인이 통제할 수 있었던 수준이 아니라더군."

"그럼 왜 사건이 터지자마자 서둘러서 수사를 종결한 거지?"

"리젠궈는 급히 사건을 종결한 것 자체를 인정하지 않았어. 세부 사항은 모조리 기억나지 않는다고 했고."

"검찰원은 그 말을 믿나?"

자오톄민이 웃었다.

"자네는 믿어?"

"아니."

"안 믿겨도 어떻게 해? 리젠귀가 고의로 사건을 왜곡했다는 증거가 하나도 없는데. 사건을 대강 처리하고 마무리 지은 일을 붙들고 추궁한다 해도 기껏해야 직무능력을 문제 삼는 정도에서 끝날 거야."

옌량이 양미간에 주름을 잡으며 깊이 생각에 잠겼다. 만일 장차오의 동기가 옛 사건의 판결을 뒤집기 위해 리젠귀를 조사하는 것이라면 지금 이 순간에 마지막 패를 내놓아야 했다. 하지만 장차오는 그러지 않았다. 카언 그룹을 상대할 생각인가? 지금껏 그가 그런 기미를 내비친 적은 없었다. 도대체 장차오는 뭘 하려는 걸까?

아무리 머리를 굴려봐도 이해할 수가 없었다.

제42장

"이번엔 주웨이도 꽤 상황이 난처하게 됐군."

천밍장의 걱정스러운 눈길에 장양이 다급하게 물었다.

"시 공안국에서 도대체 무슨 근거로 주 형님을 형사 구류한 거죠?"

천밍장이 입매를 굳히며 장양을 흘끗 쳐다봤다.

"자네도 현장에 있었잖아. 주웨이가 웨쥔에게 총을 겨눴고 결국 발사했어."

순간 장양의 안색이 싹 변했다.

천밍장이 말을 이었다.

"주웨이가 체포된 후, 감찰처가 주웨이의 경찰 장비 기록대장에서 총알 두 개가 부족한 걸 발견하고 행방을 물었어. 주웨이는 웨쥔이 납치되는 모습을 보고 긴급상황임을 판단해 하늘에 대고 경고탄을 두 발 발사했다고 말했지. 그러고 나서 총기 사용 보고서를 작성하기 전에 잡혀왔다고. 근데 감찰처가 웨쥔에게 물었더니, 그자는 그렇게 말하지 않았어."

"웨쥔이 뭐라고 했는데요?"

"그날 밤 자네랑 주웨이가 찾아왔는데, 술에 잔뜩 취한 주웨이가 서슬 퍼런 기색으로 자신을 잡아가려 했대. 너 때문에 오후에 공안국에서 체면을 구겼다며, 따끔하게 혼내주겠다고 말이야. 웨쥔은 무서워서 도망치려 했는데 주웨이가 하늘에 대고 경고탄을 한 발 쏘는 바람에 그 자리에 멈출 수밖에 없었고, 결국 주웨이한테 실컷 얻어터졌다지. 뿐만 아니라 주웨이가 총을 웨쥔의 사타구니에 대며 쑨훙윈이 주범이라고 증언하지 않으면 이대로 쏴 죽이겠다고 협박했고, 웨쥔이 검찰관인 자네를 공격해서 주웨이가 자넬 보호하기 위해 정당방위로 웨쥔을 쏴 죽였다고 하면 아무 문제없다는 말도 들었다고 했어. 웨쥔은 카언 그룹에서 일해서 후이랑은 알지만 쑨훙윈은 전혀 모른다고 답했는데, 주웨이가 그 말을 믿지 않고 웨쥔의 가랑이 사이로 총을 한 발 발사했대. 그 바람에 웨쥔은 너무 놀라 오줌까지 지렸고. 결국 후이랑의 범죄 사실을 꾸며 거짓 진술을 하고 나서야 자네들이 위협을 멈추고 자기를 공안국으로 데려왔다고 말했어. 감찰처 조사를 통해 주웨이가 쏜 총알에서 웨쥔의 소변이 검출됐고, 또 자네들이 식사한 음식점을 찾아가 그날 주웨이가 맥주를 여러 병 마셨다는 음식점 주인의 증언도 확보했어. 이로써 주웨이는 경찰 신분으로 술에 취해 총으로 민간인을 위협하고 폭력으로 법을 집행한 인간이 됐지."

장양이 답답해서 버럭 외쳤다.

"웨쥔이 거짓말한 거예요! 감찰처는 왜 저까지 조사를 안 한답니까? 그날 저는 주 형님 곁에 있었어요. 왜 저한테는 사실 확인을 하지 않는 거죠?"

천밍장이 깊이 탄식했다.

"감찰처가 웨쥔의 자백 내용을 주웨이에게 확인했는데, 그 친구가 모두 자기 혼자 했다고 말했어. 검찰관인 자네한테 함께 수사하러 가자고 협박했다고 말이야. 주웨이는 술에 취했고, 자네는 폭력과 협박으로 어쩔 수 없이 따라간 거니까 결국 자네하고는 상관없는 일이라는 뜻이지. 또 듣자하니 감찰처가 우 검찰장을 찾아갔을 때 검찰장이 자네를 보호하고 나섰대. 그래서 자네한테까지는 찾아가지 않은 모양이야."

장양은 하늘이 빙빙 도는 것 같았다. 그는 참지 못하고 나섰다.

"그럴 수는 없어요. 직접 감찰처에 가서 상황을 설명해야겠어요. 웨쥔의 진술과 사실은 완전히 다르다고요."

"소용없어." 천밍장이 머리를 내저었다. "하나 묻지. 주웨이가 웨쥔의 가랑이에 총을 겨누고 발사한 건 맞나?"

"네. 하지만……."

"괜히 가서 귀찮은 일을 만들지 마. 총알 두 발도 찾았고, 분석 결과 총알에서 웨쥔의 소변도 검출됐어. 이건 틀림없는 사실이잖아. 맞지?"

"그래도……."

"어찌 되었든 사실은 사실이야. 자네들이 제아무리 납득할 만한 이유를 대도 주웨이가 웨쥔의 다리 사이에 총을 겨누고 발사한 건 사실이잖아. 이건 심각한 문제야. 고문으로 자백을 강요한 것보다 더 심각해. 검찰관이니까 자네도 잘 알잖아. 경찰이 무방비 상태의 일반 시민을 총으로 위협하고 발사까지 했어. 고의적 살인미수로까지 번질 수 있는 사안이야. 게다가 리젠궈가 주웨이를 신고했어. 공안국에서 자신을 범죄집단의 개라고 욕해서 자신의 명예를 공개적으로 크게 실추시켰다고 말이야. 쑨훙윈 역시 인대 대표인 자신을 실질적 증거도 없이 불법 구류해서 개인의 명예와 기업 경영에 부정적인 영향을 끼쳤다는 이유로 주웨이를 신고했고. 또 부국장은 주웨이가 서명을 도용해 구류 영장을 위조했다고 증언했지. 모든 게 다 사실이잖아. 어휴……."

장양은 이 지적을 듣자 온몸에 소름이 돋는 것 같았다. 만일 이 고발들이 전부 성립된다면 주웨이는 중형을 선고받을지도 모른다. 장양이 흥분해서 소리쳤다.

"안 돼요. 제가 모든 사실을 말할 겁니다. 주 형님이 이런 이유로 교도소에 가게 할 수 없어요! 진짜 범인이 법망을 빠져나가 자유롭게 돌아다니게 둘 수는 없다고요!"

천밍장이 말했다.

"지금 같은 때에 자네는 절대로 나서면 안 돼. 절대!"

"왜요!"

장양의 눈에 핏발이 바짝 섰다.

"주웨이의 희생을 헛되이 하지 마. 주웨이는 자네를 협박했다고 진술했어. 혼자서 모든 책임을 지려는 거지. 우 검찰장도 자네를 보호하기 위해 틀림없이 여러모로 손을 썼을 거야. 이게 다 모두 자네가 아직 젊고 미래가 창창하니까 그런 거라고. 그러니 지금은 아무것도 하지 마."

"하지만 이 사건에 연루된 사람은 너무 많아요. 피해 여학생은 한 명이 아니에요. 훨씬 더 많다고요!"

천밍장이 크게 한탄했다.

"나도 알아. 근데 주웨이가 자네한테 전해달래. 이 사건은 여기서 접자고."

장양은 마치 온몸이 텅 빈 것처럼 쓰러지듯 의자 등받이에 몸을 기댔다.

제43장

"우 검찰장님, 저희가 협박조로 나온 건 맞지만 웨쥔의 자백도 모두 사실입니다. 제발 여아 성폭행 사건을 입안하고 수사할 수 있도록 도와주십시오."

"이걸로 말인가?"

검찰장이 핸드폰을 장양에게 건네며 입을 실룩거렸다.

"이런 녹음자료는 직접적 증거가 안 된다는 것쯤 알잖나. 게다가 자네들이 불법으로 확보한 증거는 더 말할 필요도 없고."

장양이 다급하게 대꾸했다.

"불법적인 증거는 맞지만, 만일 웨쥔이 자백한 내용이 모두 거짓이라면 모든 정황을 이토록 상세하게 진술하는 건 불가능합니다."

검찰장이 긴 탄식을 내뱉었다.

"샤오장, 솔직히 개인적으론 이 녹음이 사실이라고 믿지만, 법은 그렇지 않아. 지금 자네가 다시 웨쥔을 찾아가면 그가 이 녹음 내용을 인정할 것 같나? 보나마나 자네들의 폭력과 협박을 받아서 거짓 자백을 했다고 둘러댈 거야."

장양이 이를 악물었다. 눈에는 무력감과 실망감이 가득했다.

검찰장이 덧붙였다.

"자네 친구, 핑캉 바이쉐라 불리는 주웨이 경관은 이미 구류돼서 시 공안국이 입안해 수사하고 있네. 구류 신청서도 시 검찰원으로 넘어갔고. 그들이 여기로 와서 자네를 찾는 걸 내가 막았어. 시에 있는 온갖 인맥을 총동원해서 자네에 대한 조사를 막았단 말일세. 자네와 아이커를 위해서 이 일은 여기서 그만두게나."

검찰장의 얼굴에 피곤한 기색이 묻어났다.

"어떻게 여기서 그만둘 수 있죠?"

장양은 결국 참지 못하고 홍분으로 폭발하고 말았다.

"여학생 여러 명이 성폭행당했고, 그중 한 명은 자살했어요. 교사인 허우구이핑은 살해당하고 억울한 누명까지 썼고요. 증인인 딩춘메이는 갑자기 실종되어 생사도 알 수 없고, 용의자 웨쥔에 대한 취조는 이유 없이 중단됐을 뿐만 아니라 사건 수사를 하던 경관 주웨이가 구류됐습니다. 이런 사건을 어떻게 여기서 그만둡니까!"

검찰장이 한참을 잠자코 장양을 바라보다가 참을성 있게 설득했다.

"업무에 사적인 감정을 섞지 말게."

장양이 심호흡과 함께 감정을 추스르고 검찰장을 똑바로 바라보며 진지하게 말했다.

"검찰장님은 지금까지 제가 이 사건을 수사하는 걸 지지해주셨잖습니까."

"지지는 했었지. 하지만 너무 감정적으로 굴지 말고, 현 상황을 똑바로 보게. 원칙대로라면 정치 비리 사건을 제외한 기타 형사사건은 통상적으로 공안기관이 수사를 책임지고, 검찰원은 수사 단계에서 개입하지 않아. 설령 우리가 입안하더라도 누가 수사할 텐가? 자네가? 자네한테 수사 능력이 있나? 어쨌든 공안국에서 수사해야 하잖아. 예전에는 주 경관이 자네와 함께 수사를 했다지만 지금은 그도 없는데 공안국에서 누가 자네를 도와주겠어?"

장양이 뜻을 굽히지 않고 맞섰다.

"설령 혼자서 수사하게 되더라도 두려울 거 없습니다. 전 반드시 증거를 찾아낼 거고, 이 사건은 절대로 포기할 수 없습니다."

검찰장이 의자에 앉아 한참을 침묵하다가 천천히 입을 열었다.

"녹음 속에 나오는 여러 명의 여학생이 성폭행당했다는 일은 나 역시 마음이 찢어질 듯 아프네. 나도 입안 수사해서 진실을 밝혀내고 싶지만 방법이 없단 말일세. 이 사건은 그 끝을 알 수가 없네. 주 경관이 이미 잡혀 들어갔으니, 이대로 계속 수사한다면 자네도 주 경관의 꼴이 날지도 몰라."

"그렇지 않습니다. 전 주 경관과는 달리 절차와 정의를 따를 겁니다."

장양이 담담하게 선언하자 검찰장이 고개를 저었다.

"주 경관이 충동적으로 행동한 건 이번이 처음이 아닐세. 과거에도 그는 돌발적인 행동으로 사건을 해결하고 표창까지 받았지. 그게 공안국에서 훈훈한 미담으로 전해지기도 했고. 하지만 이번엔 체포되었다네. 똑같은 충동적 행동이 왜 전혀 다른 결과를 만들어냈는지 아나? 자네가 제2의 주 경관이 되지 않을 거라고 어떻게 보장하지?"

"제 행동은 법의 틀 안에서만 이루어질 겁니다. 절대로 규정에 어긋나는 일은 안 합니다."

"그럼 허우구이핑은 무슨 법을 어겼나?"

장양이 돌연 입을 다물고 말았다.

"자네가 훌륭한 검찰관이라는 건 한번도 의심해본 적 없네. 난 자네가 마음에 들어."

검찰장이 한숨을 내쉬고 나서 진지하게 장양을 응시했다.

"하지만 이 일에서만큼은 진심으로 자네가 그만 손을 떼길 바라네."

"전 멈출 수 없습니다."

장양이 단호하게 대답했다.

"처음에 허우구이핑 사건을 접했을 때는 많이 망설였습니다. 하지만 더 많은 사실을 알고 난 뒤로는 도저히 멈출 수가 없습니다. 우 검찰장님, 검찰원에서 입안할 수 있게만 도와주세요. 모든 수사는 제가 알아서 처리하겠습니다."

"안 돼."

검찰장도 마찬가지로 엄격하게 거절했다.

두 사람은 한참을 대치하며 침묵했다. 검찰장의 표정이 점점 냉랭해지면서 눈에 실망한 기색이 어렸다. 그가 입술을 꽉 다물고 장양을 바라봤다.

"아이커는 국가공무원 시험을 준비해야 하네. 내 생각엔…… 딸아이가 시험 준비에 전념할 수 있도록 자네가 방해하지 않는 게 좋겠군."

장양의 얼굴이 실룩거렸다. 잠시 후, 장양이 고개를 끄덕이고 뒤돌아 사무실을 나갔다.

제44장

2005년 3월, 장시에 있는 호숫가 관광지.

"허우구이핑이 원해서 그 여자랑 관계를 맺은 거라고 이미 짐작은 하고 있었어."

리징이 설레설레 머리를 흔들고 한숨을 내쉬면서 손에 든 꽃차를 내려놓았다.

장양이 해명했다.

"허우구이핑은 혼자 외지에 있었고, 또 약을 탄 술까지 마셨다잖아. 그리고 한창 혈기왕성한 나이……."

리징이 장양의 말을 끊었다.

"허우구이핑을 탓하고 싶은 마음은 없어. 날 배신했다고 생각하지도 않고. 물론 허우구이핑의 죽음이 당연하다고 여기는 것도 아니야. 대부분의 남자는 그렇게 여자가 유혹하면 넘어갈 가능성이 크잖아?"

그녀가 쓴웃음을 짓고 나서 계속해서 말했다.

"허우구이핑이 한 일과 다른 여자와의 성관계 여부는 아무 관련도 없어. 잠깐의 도덕적 실수가 정의 구현을 위해 노력했던 허우구이핑의 행동을 덮을 순 없으니까."

그 말에 동의하던 장양은 어느새 변한 친구의 모습을 발견했다. 리징은 더 이상 대학 캠퍼스 안의 어린 학생이 아니라 성숙한 사회인으로 점차 바뀌어가고 있었다.

사람은 누구나 성장하고 변화한다.

리징이 미소를 지으며 화제를 바꿨다.

"근데 너랑 우아이커 씨가 헤어질 거라곤 전혀 생각 못 했어."

장양이 쓰게 웃었다. 이젠 아무래도 체념한 것 같았다.

"아마 무서워서 그랬을 거야. 처음에 허우구이핑 사건을 알고 나서 난 굉장히 망설였는데, 아이커는 흔들리지 않고 줄곧 날 응원해줬어. 아마 아이커가 없었더라면 진즉에 포기했을 거야. 하지만 주형님이 잡혀간 뒤로 아이커의 태도도 확연히 달라졌어. 몇 번이나 포기하라고 권했지만 내가 싫다고 했지. 그러다가 점점 서로 연락하는 횟수도 줄었고. 몇 달이 지나고 우 검찰장님이 시로 발령 나서 떠난 뒤로는 연락이 뚝 끊겼어. 최근에 법관이 될 남자친구를 찾았다는 말이 들리던데, 어쨌든 잘 지냈으면 좋겠어."

리징이 장양의 눈을 바라봤다. 그녀는 한참을 넋 놓고 응시하다가 고개를 저었다.

"우 검찰장님이 시로 돌아갈 때 너한테 같이 가자고 안 했어?"

"내 의사를 묻긴 했는데, 내가 핑캉현에 남아 있겠다고 했더니 강제로 날 전근시키진 않으셨어. 이것도 우 검찰장님 나름의 무언의 지지라고 생각해."

리징이 고개를 끄덕였다.

"그럼 주 경관님은 어떻게 됐어?"

이 화제로 넘어가자 장양이 저도 모르게 미소를 지었다.

"다행히 한 고비는 넘겼어. 라오천 말로는 시에서 주 형님을 어떻게 처리할지 큰 논쟁이 있었대. 처음에는 검찰원이 형사 구류 영장을 승인해서 구치소에 갇혔는데, 주 형님에 대해 사법 심판을 진행하라고 요구한 사람까지 있었다지 뭐야. 하지만 나중에 정계와 법조계에 있는 여러 인사들이 가벼운 처벌을 부탁하면서 각급 지도부에 탄원서를 보냈어. 또 예전에 주 형님이 사건을 해결한 덕분에 도움을 받았던 일반인들도 자발적으로 성명서를 작성해서 선처를 호소했고. 외지에 있는 몇몇 공안계 사람들도 이 사건의 의문점에 대해 지도부에 이의를 제기했지. 많은 사람들의 노력 덕택에 상급 지도부는 주 형님에게 최종적으로 보석 처분과 함께 모든 직위를 잠정 해제한 채 경찰학교에서 3년간 교육 이수를 받으라고 명령했어. 새해에 형님 집에 다녀왔는데, 몸도 건강하고 모든 게 다 그대로야. 다만 리젠궈라는 이름만 들으면 사람을 잡아먹을 듯이 변해서 그렇지. 3년 후에 다시 형사로 복귀하면 수사도 가능하대."

"너도 할 거야?"

"당연하지. 수사를 포기할 셈이었다면 벌써 시로 돌아갔을걸. 내가 핑캉현에 남은 건 끝까지 수사하기 위해서야."

리징이 안도의 한숨을 내쉬었다.

"주 경관님에 대한 처벌이 교육 이수 3년으로 끝나서 다행이야. 만일 정말로 교도소에 갇혔더라면 세상이 너무 불공평한 거잖아."

"원래 세상은 불공평해." 장양이 유쾌하게 웃으며 말했다. "그래서 우리는 우리가 할 수 있는 소임 안에서 세상을 조금이라도 공평하게 바꾸려 노력하는 거고."

리징이 장양을 놀렸다.

"꼭 자기가 세상을 구하는 영웅이라도 된 것처럼 말하네."

"세상을 구하는 것까진 바라지도 않고, 나쁜 놈들을 법에 따라 심판하는 게 내 소원이야."

장양이 웃으며 대꾸했다.

"네 모습을 보니까 사건에 새로운 진전이 있는 것 같은데?"

장양이 고개를 끄덕이며 대답했다.

"몇 달 전, 허우구이핑이 당시 가르쳤던 학생 명단을 확보했어. 그 명단에 있는 학생들의 집을 일일이 방문해서 가정환경을 조사했고. 부모가 외지에서 일하거나 고아인 소녀들만 골랐다고 웨쥔이 그랬거든. 이미 한 차례 조사가 끝나서 피해자로 의심되는 여학생 몇 명을 추려놨어. 뭔가 얻을 만한 단서가 있는지 찾아가서 직접 얘기를 나눠보려고."

"이걸 다 너 혼자서 조사한 거야?"

"응."

"쉽지 않았을 텐데."

장양이 웃었다.

"사실 처음에는 조사하기 어려웠어. 난 외지인이라 현지 농촌의 방언도 못 알아들어서 소통하는 데 꽤 애를 먹었거든. 하지만 오래된 사건을 다시 조사하는 거니까 서두를 필요가 없잖아? 그래서 날씨가 좋은 주말마다 먀오가오향에 가서 집집마다 방문했지. 그렇게 몇 달이 지나니까 대략 피해자로 의심되는 여학생 몇 명이 추려지더라."

"그 학생들은 지금쯤 고등학생이겠네?"

"맞아. 그 당시 초등학교 졸업반이었으니까 지금은 고등학교에 입학했겠지. 피해자로 추정되는 아이들 중에는 부모를 따라 외지로 나간 학생도 있고, 타지에서 아르바이트하는 학생도, 현성에서 고등학교에 다니는 학생도 있어. 마침 현성에 위치한 실업계 고등학교에 다니는 학생이 있어서 찾아가 얘기해보려고."

"네가 직접 피해 여학생을 찾아가서 성폭행 사건 정황을 물으려고?"

"응. 주 형님은 아직 학교에서 교육받는 중이니까 나 혼자 가야지 뭐."

리징이 손으로 입을 가리며 웃음을 터뜨렸다.

"성인 남자가 어린 여학생한테 초등학교 때 성폭행당한 일이 있었는지 묻겠다고? 그걸 어린 학생이 쉽게 받아들일까?"

"그럼 어떻게 해?"

"내가 도와줄게. 이런 조사는 여자인 내가 물어보는 게 저항감도 덜할 거야."

"진짜로 도와줄 수 있어?"

"당연하지!"

리징이 의욕적으로 나섰다. 그러다 곧 주저하며 물었다.

"난 경찰도 검찰관도 아닌데, 널 도와서 조사해도 되는 걸까?"

"정식으로 사건 조서를 작성하는 게 아니니까 괜찮아. 근데 넌 장시에서 일하는데 시간이……."

"네가 내 도움이 필요할 때 휴가를 내면 돼. 내가 꽤 인간적인 회사에 다니거든."

장양이 안절부절못하며 얼굴을 살짝 붉혔다.

"왜 이렇게까지 나…… 날 돕는 거야?"

리징이 웃었다.

"왜 이렇게 적극적으로 널 돕느냐고? 괜한 생각 마. 나 남자친구 있어. 네 옆구리가 허전한 틈을 타서 고의로 접근하는 거 아닙니다, 잘생긴 오라버니. 난 단지 음……, 너의 노력에 감동하기도 했고, 이렇게 많은 내막을 알게 된 것도 있고, 또 어쩌면…… 허우구이핑이 죽은 걸 여전히 용납할 수 없나 봐."

제45장

리징이 핑캉 실업 고등학교에서 나오자 장양이 서둘러 그녀에게 다가갔다.

"어떻게 됐어? 피해 학생 맞아?"

리징이 고개를 저었다.

"확실히 아니야."

"자세히 물어봤어?"

"몇 번이나 슬쩍 떠봤는데, 별다른 반응이 없었어. 허우구이핑에 대해선 초등학교 6학년 때 선생님으로, 몇 달 가르치고 죽었다는 것만 기억하더라고. 웨쥔에 대해 물었더니 동네 깡패라는 것만 알지 따로 만난 적은 없었대."

장양의 얼굴에 실망한 기색이 드러났다.

"웨쥔은 사망한 웡메이샹만 언급했고 다른 피해 학생의 실명은 모른다고 했어. 어쨌든 아니라니까 피해자로 의심되는 다른 학생과 연락할 방법을 찾아보고 다시 너한테 도움을 부탁할게."

리징과 헤어지고 나서 장양은 낯선 번호로 온 전화 한 통을 받았다.

"장양인가?"

수화기 저편에서 친근한 목소리가 들렸다.

"네, 전데요. 누구시죠?"

"자네 대학교수였던 장차오네."

"장 교수님?"

뜻밖의 전화에 장양은 어리둥절했다. 졸업 후, 몇 년이 지나도록 서로 연락한 적이 없었기 때문이다.

"리징하고 같이 있나?"

"아니요, 장시로 돌아갔습니다. 무슨 일이세요?"

"핑캉현에 왔는데, 시간이 괜찮으면 자네와 만나 얘기를 나누고 싶어서 말이야."

장양은 예전에 주웨이와 자주 가 사건에 대해 얘기하던 카페에서 장차오를 만났다. 실로 오랜만에 만난 두 사람은 감개무량해 했다.

장양의 기억으로 장차오는 자신과 나이차도 크게 나지 않고, 농구를 좋아하며 온몸에서 청춘의 활력을 내뿜던 담당 교수였다. 하지만 지금은 정장 차림에 안경을 쓴 점잖은 중년으로 접어들고 있었다.

장양 역시 예전처럼 언제나 얼굴에 미소를 띠고, 에너지와 자신감이 넘치며 낙관적인 눈빛을 한 대학생이 아니었다. 현재의 장양은 저도 모르게 항상 양미간을 찌푸리고 있었다. 이마에 깊게 패인 주름살은 얼굴에 음울한 분위기마저 감돌게 했다.

세월이 지나면서 두 사람도 변해갔다.

장양을 한참 동안 바라보던 장차오가 손가락을 뻗어 상대의 이마를 가리켰다.

"벌써 흰머리가 났군. 요즘…… 업무 스트레스가 많지?"

장양이 개의치 않는다는 식으로 웃었다.

"괜찮아요. 사회생활을 하다 보면 원래 이런저런 스트레스가 있잖아요."

장차오가 추억에 잠긴 듯 지그시 눈을 감았다.

"학생들 중에 검찰원 지원자는 많지 않았어. 두세 명 정도밖에 없었는데, 자네는 그중에서도 항상 성적이 우수했지."

장양이 씁쓸히 웃으며 물었다.

"장 교수님은 부교수로 올라가셨겠네요?"

장차오가 수긍하려다가 금세 다시 고개를 저었다.

"그랬지. 근데 얼마 안 돼서 바로 그만뒀어. 이젠 일개 변호사야."

"대학교수를 하는 게 더 낫지 않아요? 학교는 사회와 달리 그래도 순수한 곳이잖아요. 물론 장 교수님 실력이면 변호사를 하시는 게 돈은 더 많이 벌겠지만요."

"꼭 돈 때문만은 아니야."

장차오가 난감해하는 기색을 드러내며 미소 지었다.

"제자를 사랑하게 돼서 일을 그만뒀어. 계속 대학에서 교편을 잡는 건 음…… 아닌 거 같아서."

"혹시 그 제자라는 게…… 리징인가요?"

장양은 상대방의 눈빛에서 뭔가를 알아차렸다.

"역시 검찰관이라 예리하군." 장차오가 웃으며 인정했다. "맞아. 리징과 약혼했어. 6개월 뒤에 결혼할 거야."

"아……."

장양은 장차오가 찾아온 이유를 어렴풋이 알 것 같았다. 그는 순간 쓸쓸함을 느꼈지만 애써 농담을 던졌다.

"얼마 안 되는 검찰관 봉급을 아껴서 축의금이나 얼른 준비하라고 미리 알려주시는 거군요?"

"하하하."

장차오가 소리 내어 웃었다. 하지만 금세 얼굴에서 웃음기가 사라졌다. 서로의 의도를 명백히 알고 있는 두 사람은 한동안 침묵을 지켰다. 한참이 지나 마침내 장차오가 다시 입을 열어 자신의 방문 목적에 대해 단도직입적으로 말을 꺼냈다.

"내가 찾아온 건 지금 자네가 조사하고 있는 사건에 리징을 끌어들이지 않았으면 해서야. 리징은 사회초년생이라 세상을 잘 몰라. 하지만 자네는 이 사건이 얼마나 어려운지 잘 알잖나."

"무슨 말인지 잘 알겠습니다."

장양이 입매를 굳히며 무표정한 얼굴로 대답했다.

"이보게, 난 처음 허우구이핑의 자료를 봤을 때부터 심각한 문제가 얽혀 있다는 걸 알았어. 헌데 이런 시골에서 벌어진 오판 사건은 시정하기가 힘들지. 증거와 법률, 절차의 문제가 아니라 사법 환경 전체의 문제니까. 10년만 더 지나면 달라질지도 모르겠군. 당시 문제를 눈치챘을 때 그냥 속으로만 간직할 걸 그랬어. 리징한테 털어놓은 게 후회되는군. 간접적으로 자네한테 언질을 준 셈이 됐고 결국 그 주 경관과 자네를……."

장양이 인상을 쓰며 장차오를 쳐다봤다.

"그간의 일을 다 알고 계셨습니까?"

장차오가 고개를 끄덕였다.

"핑캉현에 친구가 하나 있거든. 그래서 자네 일에 줄곧 관심을 갖고 있었지. 리징한테 들은 것도 있고. 애초에 내가 부검 보고서에서 발견한 의문점을 누구에게도 말하지 않았다면 이런 일도 벌어지지 않았겠지. 지금 상황이 어렵다는 건 자네가 제일 잘 알 거야. 진심으로 충고하는 데 그만 포기해. 자네는 똑똑하니까 계속 검찰관으로 있어도 되고, 아니면 그만두고 변호사를 해도 돼. 자네 능력이면 선택지는 얼마든지 있으니까."

장양이 냉담한 표정으로 한숨을 내쉬었다.

"충고 감사합니다. 알겠습니다. 다시는 리징을 귀찮게 할 일은 없을 겁니다."

제46장

"핑캉 바이쉐라 불리는 주웨이도 장양처럼 처분을 여러 번 받았군."

눈앞에 있는 자료를 살피던 옌량이 골똘히 궁리하며 말했다.

"정확히 따지자면 주웨이도 장양처럼 교도소에 가야 했지만, 여러 사람들의 탄원 덕분에 경미한 처분으로 끝났어. 주웨이는 형사로 재직하면서 수차례나 고문으로 자백을 강요했어. 심지어 용의자에게 위증을 강요하며 총으로 위협하기까지 했지. 용의자의 가랑이 아래로 총을 발사하다니 기가 막힐 노릇이야. 그런데도 교도소는커녕 직위해제만 당하고, 경찰학교에서 3년간 교육 이수를 받고 나서 다시 직무에 복귀했어. 허어, 핑캉현의 법치 실현 수준은 정말로 웃음밖에 안 나와."

자오톄민이 경멸 어린 눈빛으로 자료에 힐끗 눈길을 주며 탄식했다.

"주웨이는 찾았나?"

"아직 연락이 안 돼. 작년 6월부터 일신상의 문제로 갑자기 공안국에 무급휴직을 신청한 뒤로 계속 휴직 중이야. 듣기론 장시에 자주 왔다고 하던데, 뭘 했는지 모르겠어. 전화기도 꺼져 있고, 가족들도 주웨이가 최근에 장시에 있었다는 것만 알지 정확한 소재는 모르더라고. 하지만 조만간 연락이 될 거 같아."

"갑작스럽게 휴가를 낸 게 작년 6월이라고? 반 년이 지나서 장차오 사건이 발생한 거로군."

옌량이 좌우로 한참을 서성이다가 다시 불쑥 입을 열었다.

"이렇게 긴 휴가를 내고 계속 장시에 머물렀다? 장양도 장시에 있었잖아. 헌데 주웨이는 아직까지 모습을 드러내지 않고 있어. 음……, 아무래도 빨리 주웨이를 찾아야겠군. 그도 이 사건의 핵심 인물이 틀림없어."

자오톄민 역시 동의했다. 그러곤 소파에 드러누워 머리를 젖히며 의미심장한 미소를 띠었다.

"더 재미있는 소식이 하나 있어. 장양의 전처 계좌를 조회했더니 장양이 사망한 지 사흘째 되는 날에 50만 위안이 통장에 입금됐어. 송금인은 장차오의 아내인 리징. 그녀는 장차오의 대학교 제자였대. 장양과는 같은 과 동기였던 거지. 장양과 리징의 대학 동창들한테 상황을 확인하다가 알게 됐는데, 리징은 허우구이핑의 여자친구였다더군."

옌량은 문득 장차오의 아내를 만났을 때가 떠올랐다. 당시 그녀는 허우구이핑의 이름을 보고 장차오의 학생이자 장양의 동기라고만 가볍게 언급했을 뿐, 다른 건 아무것도 말하지 않았다. 또한 말투에도 아무 감정이 묻어나지 않았다.

옌량이 미간을 찡그리며 물었다.

"지금까지 그녀가 허우구이핑과의 관계에 대해서 털어놓은 적은 한 번도 없었지?"

자오톄민이 어깨를 으쓱했다.

"우리가 입수한 정보에 따르면, 당시 리징은 허우구이핑과 아주 깊은 연인 사이였어. 아무리 허우구이핑이 죽은 지 10여 년이 지났다지만, 졸업하고 결혼까지 하려 했다면서 그리워하는 낌새도 없고 이름조차 언급하지 않는다는 건 좀 이상하지 않아?"

"직접 만나서 얘기를 나눠봐야겠어."

자오톄민이 장난스럽게 웃었다.

"문제없어. 내일 여기로 오라고 벌써 말해뒀으니까. 교도소 수감 중인 남편 때문에 독수공방을 하는 젊은 부인에 관한 일은 전부 옌 교수님께 맡기지."

리징이 천천히 문을 밀고 우아하게 사무실로 들어왔다. 그녀는 옌량을 보고 웃으며 인사하고 느긋하게 자리에 앉았다.

간단히 자기소개를 마친 옌량은 리징의 빼어난 미모에 눈을 오래 마주치지 못하고 서둘러 본론부터 꺼내들었다.

"예전에 허우구이핑의 여자친구였습니까?"

"네."

뜻밖에도 리징은 곧바로 인정했다.

"사이는 어땠습니까?"

"좋았어요. 허우구이핑이 교육지원 교사를 마치면 결혼하기로 약속할 정도로요."

리징의 차분한 대답에 옌량이 그녀를 똑바로 주시했다.

"근데 지난번에 만났을 때는 왜 이 점에 대해 언급하지 않았습니까? 게다가…… 허우구이핑의 이름을 보고도 당신은 마치…… 마치……."

"마치 아무 관심도 없는 것 같았나요?"

뜻밖에도 리징이 옌량의 말을 그대로 이어받으며 대꾸했다.

"맞습니다. 바로 그랬어요."

"당연하잖아요."

그녀가 가벼운 어조로 설명했다.

"허우구이핑과의 일은 10년도 넘은 옛날 얘기예요. 그 일이 현재 남편의 구속과 무슨 관계가 있죠? 남편의 일이 시급한 상황에서 뭐 하러 허우구이핑과의 관계에 대해 말하겠어요? 그리고 저한테 물어보지도 않으셨잖아요."

그 누구도 반박할 수 없을 만큼 떳떳하고 확실한 이유였다.

옌량이 입매를 굳히고 화제를 바꾸었다.

"당시 허우구이핑의 사건에 대해 얼마나 알고 있습니까?"

"허우구이핑은 살해당한 뒤 누명을 썼어요."

"알고 있었습니까?"

"당연히 알죠. 제가 장양한테 부탁해서 그가 재입안하고 수사한 거니까요."

옌량은 이제야 의문이 점점 풀리는 것 같았다. 곧바로 다른 질문을 던졌다.

"당신은 그 사실을 어떻게 알았습니까?"

"처음에 공안국이 대학으로 사건을 통보하러 왔어요. 당시 담당 교수였던 남편이 서류를 확인했는데, 부검 보고서의 검사 내용과 결론이 일치하지 않는다고 저한테 말해줬어요. 전 허우구이핑이 줄곧 학생의 성폭행 사건을 고발했던 일을 알고 있었으니까 그걸 그의 죽음과 연관시킬 수 있었고요. 그러니까 허우구이핑은 살해당하고 누명을 쓴 게 맞아요."

"장 변호사가 제일 먼저 허우구이핑 사망의 의문점을 발견했다고요?"

옌량은 곧 사건의 핵심에 도달할 것 같다는 느낌이 들었다.

"그럼 왜 그때 신고하지 않은 겁니까?"

"당시 사법 환경으로는 지방에서 이미 결정된 사건 판결을 뒤집기가 무척 어렵다고 했어요."

옌량이 살짝 분노하며 말했다.

"어렵더라도 시도는 해봤어야죠. 법을 가르치는 선생이고, 게다가 죽은 사람이 자기 학생이잖아요!"

"하지만 남편은 그러지 않았죠."

리징이 경멸 어린 미소를 지으며 계속해서 말했다.

"그 이후에 장양은 졸업해서 핑캉현 검찰관이 됐어요. 전 줄곧 허우구이핑의 누명을 벗겨주고 싶었고, 그래서 그를 찾아갔죠. 하지만 그때 제 행동 때문에 장양이 무려 10년간 이 사건을 추적하고, 결국 교도소에까지 가게 될 줄은 몰랐어요. 장양에게 정말 미안할 따름이에요."

옌량의 눈빛이 흔들렸다. 그가 서둘러 물었다.

"리징 씨의 행동 때문에 교도소에 갔다고요? 그게 무슨 뜻이죠?"

"장양의 제일 친한 친구라고 할 수 있는 주웨이 형사님을 만나서 물어보세요. 저보다 더 많은 걸 알고 있으니까. 별명은 핑캉 바이쉐로 핑캉현에서는 정의의 화신으로 알려져 있죠. 저는 지난 10년간 그 일에 참여하지 않아서 자세한 사항은 몰라요. 그러니 제 설명은 별로 참고가 되지 않을걸요. 주웨이 형사님이 모든 내막을 자세히 알려주실 거예요."

또 주웨이다! 옌량은 전체 사건의 핵심에 주웨이가 있다고 더더욱 확신했다.

잠시 후, 옌량이 다시 물었다.

"장양이 사망하고 사흘이 지나서 그의 전처에게 50만 위안을 송금했죠?"

리징이 놀란 기색도 없이 당당하게 인정했다.

"맞아요."

"왜 그녀에게 돈을 송금한 겁니까?"

리징이 생각할 필요도 없다는 듯 바로 대답했다.

"남편이 장양 살해 혐의로 갇혔잖아요. 그래서 전처에게 50만 위안을 주면서 장양의 품행에 대해 안 좋게 말해달라고 부탁했어요. 피해자가 나쁜 사람일수록 남편은 각계의 동정을 얻어서 경미한 처벌을 받을 수 있으니까요. 그리고 그땐 남편이 장양을 죽이지 않았다는 걸 몰랐고요."

옌량이 웃었다.

"그래서 장양의 전처는 자기 전남편을 뇌물수수에 도박, 성매매까지 한 사람이라고 말했군요. 이혼사유도 바로 그 때문이라고요. 실제로 장양은 그 혐의로 체포되어 교도소에 들어갔으니 말이죠."

"맞아요."

"정말로 장양이 그런 사람이라고 생각합니까?"

"당연히 아니죠."

"그는 어떤 사람입니까?"

리징은 추억에 잠긴 듯 먼 곳으로 시선을 돌렸다.

"굉장히 올곧은 사람이에요. 방금 전에 말씀하신 그 혐의는 모두 엉터리고요. 장양에 대해 한마디로 설명해야 한다면 '적자지심赤子之心*'이란 단어로 표현하고 싶어요."

"적자지심이라."

순간 옌량의 눈빛이 날카로워졌다.

"그런데도 당신은 장양의 전처에게 50만 위안을 주면서, 적자지심을 지닌 사람을 비리와 범죄로 얼룩진 사람이라고 말해달라고 부탁한 거군요. 이는 위증을 사주한 것으로 엄연히 범법 행위입니다!"

리징이 낭랑한 웃음소리를 냈다. 마치 비웃는 것 같았다.

"저는 법원이 장양에게 선고한 판결문을 그대로 말해달라고 부탁한 것뿐이에요. 제가 만일 위증을 사주한 거라면 형사님들은 먼저 법원 판결부터 바로잡아야 할 것 같은데요."

그녀는 마치 승리자 같은 태도로 옌량의 눈을 똑바로 응시했다.

옌량이 한참을 바라보다가 서서히 미소를 지으며 낮게 말했다.

"정말로 대단하군요. 오늘을 위해 오래전부터 이 말을 준비했겠죠?"

리징은 살짝 시선을 돌릴 뿐 대답하지 않았다.

"하지만…… 당신은 아주 사소한 부분을 놓쳤습니다."

옌량이 돌연 낮은 목소리로 말하자, 리징이 고개를 돌려 그를 쳐다봤다.

"장양이 사망하고 사흘 후에 리징 씨가 그 전처에게 50만 위안을 송금했다는 것을 알고 난 뒤 당신의 통화내역을 조회했습니다. 그랬더니 송금을 하고 나서 그녀와 통화한 기록이 나오더군요. 물

---

* 죄악에 물들지 않고 순수하며 거짓이 없는 마음.

론 당신이 어떻게 장양의 전처 전화번호까지 알고 있는가에 대해서는 다양한 해석이 있을 수 있으니, 이 점에 대해서는 굳이 추궁하진 않겠습니다. 그럼 지난 몇 개월 동안 당신은 장양의 전처와 통화한 적도 없는데, 어떻게 그녀의 통장 계좌번호를 알고 있는 걸까요?"

그러자 리징이 인상을 쓰고 긴장하며 답했다.

"그건…… 제가 장양의 방에서 종이 한 장을 발견했어요. 거기에 전처의 계좌번호가 적혀 있었고요……. 장양이 머물던 곳이 우리 부부가 빌려준 집이었잖아요. 그…… 그래서 제가……."

옌량이 말을 끊었다.

"사건이 발생하고 나서 며칠 동안 현장 보존을 위해 집을 봉쇄했으니 경찰 외에는 아무도 들어갈 수 없었습니다. 그리고 설령 계좌번호를 찾았다고 해도 50만 위안이면 적은 돈도 아닌데, 최소한 먼저 상대에게 전화해 계좌번호를 확인하고 송금하는 게 당연한 수순 아닙니까?"

"그건…… 제가……."

옌량이 손을 휘휘 내저었다.

"걱정 말아요. 이건 저 이외에 다른 사람은 알지 못합니다. 이 사건의 모든 정황은 대략 파악했습니다. 물론 아직 맞춰봐야 할 부분이 몇 군데 있지만요. 전 경찰이 아니라 대학교수라서 그저 진실을 알아내는 것만이 제가 할 일입니다. 그 진실이 아무리 잔혹하더라도 말이죠. 그러니 안심하세요. 자, 당신들의 계획에 따르면 이제 주웨이를 찾아서 얘기를 나눠봐야겠군요. 그렇죠?"

리징이 한참을 입만 벙긋거리다가 차마 말을 내뱉지 못하고 순순히 고개만 끄덕였다.

옌량이 미소를 지었다.

"주웨이에게 이제 모습을 드러내라고 전해주십시오."

제47장

2007년 5월.

탁자 위에는 마오타이주茅台酒 두 병과 푸짐한 요리가 한 상 차려져 있었다. 세 사람은 술에 취해 몽롱한 눈빛으로 서로 술잔을 주고받았다.

"라오천, 이거 정말 좋은데? 지금껏 마오타이주를 이렇게 배 터지게 마셔본 건 처음이야."

주웨이가 왁자하게 웃으며 다시 마오타이주 한 잔을 들이켰다.

천밍장이 살며시 눈을 감으며 나른한 어조로 대꾸했다.

"자네가 3년간 들어갔다가 어렵게 나왔는데 당연히 내가 한 턱 쏴야지."

"3년간 들어갔다고 말하니까 꼭 내가 교도소에라도 있다 나온 것 같잖아. 다시 한 번 말하지만 난 경찰학교에서 연수받고 온 거라고. 법을 공부하고 왔다 이 말씀이야. 그러니까 나와서 또 이렇게 형사 일도 하고 있는 거 아닌가. 리젠궈 그 머저리가 이 나를 감히 어떻게 하겠냐!"

"이제 리젠궈는 부국장이어서 마음만 먹으면 자네쯤은 마음대로 할 수 있어. 그러니까 큰소리 그만 쳐. 잘못하면 또 3년간 공부하러 가야 돼."

천밍장이 약을 올리자 장양이 웃으며 거들었다.

"지금 아쉐가 다시 리젠궈의 성질을 건드렸다가는 아들이 경찰이 되었을 때 이런 상황이 펼쳐질 거예요. 자네 아버지는 뭐 하시는 분인가? 경찰입니다. 어디에서 근무하시나? 경찰학교요. 아, 그럼 경찰학교 선생인가? 선생님 밑에서 공부하십니다. 곧 은퇴할 나이일 텐데 아직도 공부를 하시나? 공부는 죽을 때까지 하는 겁니다. 그럼 학력이 높으시겠군. 그럭저럭요. 전문대를 졸업하셨거든요."

"아니, 이제 보니 두 사람 모두 리젠궈 그 자식과 한패로군!"

주웨이가 장양과 천밍장을 손가락질하며 말하자 세 사람이 통쾌하게 웃음을 터뜨렸다.

천밍장이 헛기침을 몇 번 하더니 술기운 어린 눈을 힘겹게 뜨며 건배사를 하려는 모양새를 취했다.

"오늘 이 자리는 세 가지를 축하하기 위한 자리야. 첫 번째는 아쉐가 무사히 경찰학교에서 연수를 마치고 돌아온 것. 물론 외국어 시험을 10점 맞은 일은 따로 언급하지 않겠어. 그리고 시험 볼 때 책을 펴서 커닝하려 했던 일도. 크흠, 우린 다 못 들은 걸로 하지. 어쨌든 아쉐가 아직도 형사이고 부대대장이면 된 거 아니겠나? 두 번째는 내가 사표를 낸 것. 이제 때려치웠거든."

주웨이와 장양이 놀라서 동시에 물었다.

"일을 그만뒀어?"

"일을 그만뒀어요?"

"남자는 돈이 있으면 삐뚤어진다던데, 누가 날 보고 돈이 있다고 생각하겠어?"

천밍장이 자신만만한 미소를 지었다.

"최근 몇 년간 주가가 폭등해서 돈 좀 벌었어. 그래서 주식 다 팔고 일 그만두는 거야. 샤오장, 옛날에 내가 알려준 아주 가치 있는 정보 안 믿은 거 후회하지?"

장양이 어깨를 으쓱하며 대답했다.

"전 선천적으로 돈을 잘 버는 재주가 없는데요 뭐."

주웨이가 물었다.

"그럼 이제부터 뭐 하게?"

"장시로 가서 사업하려고. 우리 아버지가 재작년에 돌아가셨잖아. 난 진작부터 핑캉현 같은 조그만 동네에 살고 싶지 않았어. 이제부터 열심히 준비해서 장시에서 자리 잡으면 어머니 모셔오고 회사도 차려야지."

오랜 친구가 핑캉현을 떠난다는 말에 두 사람이 씁쓸한 표정을 지었다.

천밍장이 웃으며 위로했다.

"우리 사이에 무슨 말 못할 감정이라도 있는 것처럼 그런 표정 짓지 마. 자네들을 보러 올 거고 또 자네들이 장시로 오면 숙식 걱정 없이 잘 대접해줄 텐데 얼마나 좋아."

주웨이가 크게 웃었다.

"그럼 좋고말고. 자, 우리 건배하지. 라오천이 장시에서 기반을 잘 다질 수 있도록 말이야. 참, 근데 세 번째는 뭐야?"

"세 번째는 장양한테 좋은 일이 생겼다는 거지."

천밍장이 고개를 기울이며 장양을 바라봤다.

"응?"

주웨이가 고개를 돌려 장양의 얼굴을 한참 바라보다가 웃음을 터뜨렸다.

"샤오장이 결혼이라도 하는 건가?"

장양이 겸연쩍은 얼굴로 고개를 폭 숙이자, 주웨이가 재빨리 장양을 끌어당겼다.

"부끄러워하지 말고 말해봐. 어느 집 아가씨야? 사진은 있어? 내가 봐줄 테니까 얼른 줘봐. 내 직업이 뭔지 잊지 말라고. 참한 아가씨인지 아닌지 난 척 보면 알아."

천밍장이 놀려댔다.

"자네가 샤오장의 아버지도 아니면서 왜 그러나? 자네가 봐서 맘에 안 들면 샤오장이 결혼을 무르기라도 해야 한다는 거야?"

장양이 핸드폰에서 폴더를 뒤져 사진을 보여줬다.

주웨이가 사진을 꼼꼼히 살펴보며 물었다.

"어떻게 만났어?"

"요 몇 년간 아쉐가 연수받느라 없어서 저 혼자 주말마다 시간이 있을 때 먀오가오향에 갔거든요. 무슨 단서라도 찾아볼까 싶어서요. 결국 아무것도 못 찾았지만, 그래도 가장 큰 수확은 이 여자를 알게 된 거예요. 대화도 잘 통하고 제가 하는 일을 알고 나서는 절 응원해줘요. 이름은 궈훙샤郭紅霞예요. 지금 현성에 있는 방직공장에서 일하고 있어요. 고등교육을 받은 건 아니지만 저한테도 잘해주고 이해심도 깊어요. 무엇보다 절 열심히 도와주고요."

장양이 행복한 표정을 지으며 말하자 주웨이가 연신 고개를 끄덕였다.

"좋아. 아주 좋아. 아주 착한 아가씨 같아. 음……, 근데 혹시 자네보다 나이가 많아?"

"저보다 네 살 더 많아요."

주웨이가 웃었다.

"서른 살이 넘었으면 노처녀네. 명문인 장화대학교 출신 꽃미남이 어떤 여자와 결혼할지 궁금했는데 말이야."

천밍장이 고개를 저으며 타박을 주었다.

"요새는 이런 연상연하 커플이 유행이야. 나이가 많은 게 어때서? 제일 아름다운 게 붉게 물든 석양이야. 따스하고 푸근하잖아. 석양은 늦게 찾아온 사랑이자, 아직 끝나지 않는 애정이지. 물론 이 아가씨가 우아이커보다 좀 부족하긴 하지만, 그때……."

주웨이가 따갑게 소리쳤다.

"천밍장, 자네!"

천밍장이 곧바로 정신을 추슬렀다.

"이런, 내가 술에 취했나 봐. 많이 취했어. 속죄의 뜻으로 벌주 한 잔 마실게. 샤오장, 절대로 마음에 담아두지 말라고."

장양이 미소를 지으며 말했다.

"괜찮아요. 농담인데요, 뭘. 훙샤는 저한테 잘해요. 저도 훙샤가 좋고요. 그럼 된 거죠."

주웨이가 크게 소리쳤다.

"자, 이 세 가지를 축하하는 의미에서 건배하지. 남은 술까지 모조리 마셔버리자고. 라오천, 괜히 취한 척하지 말고 이따가 자네가 꼭 계산해……. 아직도 취한 척하고 있군. 두고 봐. 내가 공직자 사기 갈취 혐의로 자네를 잡아다가……."

이날 밤, 그들은 웃고 떠들며 온 천지가 어두컴컴해질 때까지 실컷 마셨다. 마치 과거와 작별한 듯 그 누구도 사건 얘기는 꺼내지 않았다.

시간은 세상을 변화시키고 사람도 변화시킨다.

제48장

2008년 3월, 핑캉현에 또 한 차례 눈이 내렸다.

장양은 잔뜩 쌓인 눈을 뚫고 검찰원 직원 둘, 그리고 주웨이와 함께 핑캉현 구치소로 갔다.

바로 어제 아주 중요한 단서를 입수했기 때문이다.

중학교를 중퇴하고 주변의 백수건달들을 모아서 '13태보'라는 폭력배 조직을 만든 허웨이何偉는 핑캉현에서 유명한 깡패로, 대두라는 별명으로 불렸다. 젊었을 때 이미 고의상해죄로 6년간 수감된 전과가 있는 허웨이는 출소 후 폭행으로 사람을 죽였다. 그러나 사후 조사 결과 고의살인임이 밝혀졌고, 거기다 최소 두 건의 고의상해죄 혐의까지 드러났다. 다음 날, 공안이 허웨이를 체포하러 갔지만 그는 이미 잠적한 뒤였다. 그래서 인터넷 및 각처에 지명 수배령이 내려졌는데, 바로 지난달 주민들의 신고로 새해 명절을 쇠러 몰래 집에 들른 허웨이를 잠적 2년 만에 체포할 수 있게 된 것이다. 예비수사를 거쳐 신분확인을 마친 허웨이는 핑캉현 구치소에 수감되었다.

그리고 어제 검찰관 두 명이 절차에 따라 구치소로 가서 허웨이를 취조하고 사건 정황을 확인했다. 허웨이는 이번에 교도소에 들어가면 사형을 선고받을 것을 직감하고, 목숨만 살려준다면 검찰 측에 공안의 미제 사건 하나를 자백하겠다고 말했다. '13태보'의 한 조직원이 2004년에 먀오가오향에 사는 부녀자를 살해한 일을 자백하는 대가로 감형을 요구한 것이다.

이 새로운 중대 사건 정보를 입수한 검찰관은 즉시 검찰원으로 복귀해 지도부에 보고했고, 이 소식을 듣는 순간 딩춘메이 사건을 떠올린 장양은 상부의 허락을 받아 직접 허웨이를 취조하기로 했다.

장양 일행은 구치소에 도착하자마자 곧바로 허웨이를 취조했다. 수사 수순에 따라 신분을 확인하고 감형 절차에 대해 설명했다.

"어제 자백한 사건이 사실로 밝혀질 경우, 법정에 당신의 공로를 증명하는 자료를 제출할 겁니다. 제가 검찰원을 대표해서 최대한 감형을 받을 수 있도록 도와드리죠."

"정말 사형선고를 피하게 해줄 수 있습니까?"

허웨이의 눈빛이 어두웠다. 중형은 피할 수 없겠지만 조금이라도 살 기회를 얻고 싶은 모양이었다.

"확실히 보장할 수는 없지만 최선을 다하겠다고 약속하겠습니다. 당신의 진술이 미제 사건 해결에 큰 도움을 준다면 검찰은 당신이 사형선고를 받지 않도록 노력하겠습니다!"

장양이 진심 어린 눈빛으로 허웨이를 바라보자, 그는 심호흡을 하며 고개를 끄덕였다.

"아는 걸 다 말씀드리겠습니다."

"좋습니다."

장양은 쓸데없는 말로 시간을 끌지 않고 단도직입적으로 물었다.

"피해자 이름이 뭐죠?"

"모릅니다. 그저 먀오가오향에서 작은 가게를 하는 여자라고만 알고 있습니다."

장양은 자신의 추측이 맞을 거라는 생각에 가슴이 술렁거렸다.

"범인은요?"

"왕하이쥔王海軍입니다. 제가 젊었을 적에 열두 명과 의형제를 맺고 13태보를 조직했는데, 그때 제 아우였어요."

"왕하이쥔이 살인을 한 건 어떻게 알았죠?"

"우리는 자주 연락을 하고 지냈습니다. 아마 2005년 초쯤인가, 왕하이쥔과 밥을 먹는데 녀석이 술에 취해서 그러더라고요. 작년 어느 날 밤에 다른 한 놈이랑 먀오가오향에 가서 여자 한 명을 잡아다가 죽였다고. 시체는 마대에 넣어서 먀오가오향 외곽에 있는 산에 버렸다고 했습니다. 불이 나서 황폐해진 산에 있는 망가진 우물에다가요. 그때 왕하이쥔과 같이 있었다던 녀석은 저도 모릅니다. 이름은 잊어버렸어요."

"왜 죽였다고 합니까?"

"돈을 받고 한 일이라고 했습니다."

"누구한테 돈을 받았답니까?"

"물어봐도 안 알려줬습니다. 누군지 말하는 순간 자기는 끝장이라고 했습니다."

장양은 옆에 둔 녹음기와 한쪽에서 내용을 기록하고 있는 직원을 힐끗 쳐다보고 살짝 안도했다. 주요 정보는 전부 기록했고 절차에도 문제가 없었으니 법적 효력이 있는 증거였다. 지난번처럼 불법으로 입수해 법적 인정을 받을 수 없는 증거가 결코 아니었다.

장양은 다시 취조에 집중하며 계속 심문했다.

"현재 왕하이쥔은 뭘 하고 있죠? 어디에 있습니까?"

"카언 그룹 보안부에서 책임자로 일하고 있습니다."

장양은 마음속으로 백 퍼센트 확신했다.

취조를 마친 장양이 구치소 밖으로 나오자 주웨이가 다급히 물었다.

"피해자는 딩춘메이지?"

장양은 주웨이가 살펴볼 수 있도록 조서를 건네면서 싸늘하게 웃었다.

"딩춘메이가 확실해요. 아쉐는 당장 믿을 만한 부하를 시켜서 왕하이쥔을 잡아들여요. 또 딩춘메이의 시체를 찾으러 갈 형사와 파출소 경찰도 준비시키고요. 시체는 먀오가오향 외곽에 있는 화재로 황폐해진 산 속 마른 우물에 있다고 하네요. 먀오가오향을 지나갈 때마다 그 산을 본 기억이 나요. 작은 산이니까 아마 하루도 안 돼서 찾을 수 있을 거예요."

주웨이가 고개를 끄덕였다.

"바로 처리할게."

장양이 주웨이를 붙잡으며 진지하게 말했다.

"중요한 때일수록 더 조심해야 돼요. 잘못했다가는 지금까지 우리가 한 노력이 모두 물거품이 될 수 있으니까. 아쉐가 정말로 믿을 수 있는 부하에게 맡기고 또 신속하게 처리해서 그들에게 대비할 시간을 줘선 안 돼요!"

주웨이는 장양의 말뜻을 바로 알아차렸다.

"무슨 말인지 알아. 지금 리젠궈가 수사 부국장이라 날 못 잡아먹어서 안달이니까 일단 그놈이 이 일을 모르게 하는 게 중요해. 내가 신입 형사 몇 명을 데려가서 범인을 체포할게. 현에 있는 파출소 몇 곳에 친한 사람들이 있으니까 그 친구들한테 시켜서 시체를 찾아달라고 하면 되거든. 이제야 이 사건의 끝이 슬슬 보이는군!"

주웨이가 먼 곳을 향해 의미심장한 눈길을 던졌다.

제49장

장양이 형정대대에 도착하자 주웨이가 화색이 도는 얼굴로 왕하이쥔을 체포해서 별 문제 없이 관련 부서로 넘겼다고 알렸다. 현재 취조관과 대치하면서 자백을 거부하고 있지만, 발견된 시체와 허웨이의 진술까지 더하면 더 이상 발뺌할 수 없을 거라고 덧붙였다.

얼마 지나지 않아 좋은 소식이 들려왔다. 먀오가오향 외각의 황폐한 산 속 우물에서 시체가 발견된 것이다. 시체는 완전히 부패해서 뼈만 남은 상태였지만 골격으로 보아 여성으로 추정되었고, 현에 있는 법의관이 도착해 부검 중이라고 했다.

두 사람은 기뻐서 눈물이 날 것만 같았다.

주웨이가 흥분해서 말했다.

"정말 상상도 못했어. 몇 년이나 지나서 이렇게 중요한 단서가 나타나다니. 난…… 난 진짜 평생 동안 다시…… 다시는……."

눈이 붉어진 주웨이는 울먹이며 말을 잇지 못했다. 지난 세월 동안 사건을 조사하며 장양과 함께 겪은 일을 돌이켜보니 감회가 남달랐다.

장양이 주먹을 꽉 쥐고 결연하게 외쳤다.

"잘됐어요. 진짜로 잘됐어요. 이제 살인사건이 수면 위로 떠올랐으니 왕하이쥐은 사형을 선고받을 거고, 쑨훙윈은 사형을 언도받은 왕하이쥐을 돈으로 매수할 수 없을 거예요. 왕하이쥐은 틀림없이 자백할 겁니다. 쑨훙윈과 후이량이 살인사건의 용의자가 되면 그들을 구해줄 사람은 아무도 없어요!"

둘이 열띤 대화를 나누는 와중에 갑자기 리젠궈가 형사 몇 명을 데리고 헐레벌떡 쳐들어와 주웨이를 보고 물었다.

"왕하이쥐은 어딨지?"

주웨이가 리젠궈를 향해 눈을 부라렸다.

"무슨 짓을 하려고?"

리젠궈가 비열하게 웃으며 말했다.

"중대한 살인사건이 발생했다는 소식을 들어서 말이야. 이 사건은 내가 직접 맡을 테니까, 넌 손 떼."

"이 사건은 내 담당이고 범인도 내가 잡았어. 시체도 내 부하를 시켜서 찾았는데, 무슨 근거로 사건을 넘겨받겠다는 거지?"

주웨이가 주먹을 세게 쥐었다. 주변 공기에 팽팽한 긴장감이 감돌았다.

리젠궈는 주웨이를 무시하며 당연하다는 얼굴로 받아쳤다.

"네 상관은 나다. 그러니 내 명령을 따르도록. 중대 사건이니 내가 직접 심문한다. 물론 사건을 해결하고 상부에 보고할 땐 모든 공을 네게 돌릴 테니 안심해. 그럼 됐나?"

"되긴 뭐가 돼!"

주웨이가 크게 고함치자 그 자리에 있던 모두가 그들을 쳐다봤다.

"주웨이!" 리젠궈의 얼굴 근육이 꿈틀거렸다. "경찰은 상관의 명령에 복종해야 된다는 거 모르나!"

주웨이가 무섭게 고함쳤다.

“잘 들어. 난 이 사건에서 절대로 못 물러나. 네가 무슨 개수작을 부릴지는 안 봐도 뻔하니까. 왕하이쥔이 잡혔으니 며칠만 지나면 너도…….”

리젠궈가 주웨이의 얼굴에 주먹을 날리자 그도 달려들어 맞받아치려 했지만, 장양과 주위에 있던 경찰들이 주웨이를 붙들며 뜯어말렸다.

“위아래도 없이 방자하게 구는 게 아주 버릇이 됐군. 감찰처와 다시 대화가 필요하겠어. 난 네 상관이고, 명령을 내릴 권한이 있다. 현재 용의자가 체포됐고 시체도 찾았으니, 이제 나머지 취조 과정에는 신경 꺼. 사건 해결의 공로는 모두 네 몫이고, 네 공을 가로채지 않을 테니까. 이 말은 여기 있는 사람들이 증인이 돼줄 거다. 지금 급히 처리할 사건이 하나 있으니 당장 가서 처리하도록.”

리젠궈의 냉랭한 명령에 주웨이가 이를 갈았다.

“도대체 무슨 사건인데 나보고 가라는 거야?”

“임산부 절도단 사건. 파출소가 며칠 동안 계속 신고를 받았는데…….”

더 이상 참지 못한 주웨이가 고함쳤다.

“또 그놈의 임산부 절도단 사건을 나보고 가서 잡으라는 건가?”

“사건이 중대…….”

“중대하긴 개뿔!”

리젠궈가 단호하게 질책했다.

“주웨이, 마지막 경고야. 다시 한 번 상관을 모욕하면 내일 감찰처가 널 끌고 갈 거다.”

주웨이가 코웃음을 쳤다.

"좋아. 그만하지. 근데 난 오늘 여기에서 한 발자국도 못 나가."

숨을 깊게 들이마신 리젠궈가 사나운 눈초리로 그 말을 받아넘겼다.

"좋아. 네가 임산부 절도단 사건 조사에 안 나가겠다면 어쩔 수 없지. 그럼 앞으로 모든 사건에서 손을 떼. 이제부터 너와 협력하는 형사는 없을 테니 혼자 알아서 잘해보도록."

주웨이가 이를 악물었다. 얼굴 근육이 부들부들 떨렸다.

국가기관 시스템상 규율을 심각하게 위반하지 않는 이상 상관이 부하를 부당하게 해고할 수는 없지만, 다른 직원들에게 해당 인물의 업무에 협조하지 못하게 할 수는 있었다. 모두에게 배척당해서 고립되고 아무런 지원을 받지 못하면 해고되는 것보다 더 견디기 힘들다. 사건은 반드시 두 명 이상이 함께 처리해야 하기 때문에 리젠궈가 이 명령을 내리는 순간, 주웨이는 더 이상 사건에 관여할 길마저 사라지게 된다. 그야말로 형사로서의 삶을 말살하는 명령이었다.

장양이 주웨이의 귓가에 대고 조용히 그를 설득했다.

"아쉐, 며칠만 더 참아요. 왕하이쥔의 살인 증거가 확실해서 발뺌은 못 하니까요. 며칠 후에 구치소로 송치되면 검찰원에서도 취조할 수 있어요. 그때는 제가 있으니까 걱정 마요."

장양을 흘끔 쳐다본 주웨이가 숨을 깊이 들이마시며 흥분을 잠시 가라앉힌 다음, 리젠궈를 향해 거칠게 고개를 끄덕였다.

"그럽죠. 그럼 나는 임산부 절도단이나 잡으러 가겠습니다, 리부국장님!"

제50장

이튿날 이른 아침, 주웨이가 검찰원 판공실로 쳐들어왔다. 그는 사색이 되어 장양의 팔을 붙잡고 숨이 끊어질 듯이 말했다.

"빨리…… 빨리 리젠궈를 잡아야 돼."

장양과 판공실 우吳 주임, 그리고 다른 검찰원 직원이 서둘러 주웨이를 부축해 의자에 앉혔다. 주웨이는 가슴을 들썩이며 가쁜 숨을 내쉬었다.

우 주임이 즉시 차를 한 잔 따라주며 주웨이를 다독였다.

"주 경관, 무슨 일이야? 천천히 말해봐."

"미친놈들이에요. 아주 잔인한 놈들이라고요! 왕하이쥔이 죽었어요. 왕하이쥔이 죽었다고요!"

주웨이가 떨리는 손으로 찻잔을 꽉 쥐며 연신 말을 쏟아냈다.

장양은 믿을 수 없다는 듯 비틀거리며 자리에서 일어났다. 그가 요동치는 마음을 억누르며 충격으로 멍해진 얼굴로 물었다.

"공안국에 갇혀 있던 거 아니었어요? 어떻게 죽어요?"

"나도 몰라. 아니, 안 봐도 뻔하지. 리젠궈의 짓이야."

우 주임이 작은 목소리로 말했다.

"아니……, 그건 불가능해. 리 부국장이 왜 용의자를…… 그렇게 해?"

주웨이가 허망한 눈빛으로 손에 쥔 찻잔을 응시했다.

"왕하이취안이 한밤중에 병원에 실려 갔어요. 응급처치를 했지만 결국 죽었고요. 제가 안면이 있는 의사한테 몰래 알아봤더니 리젠궈가 데려왔답니다. 왔을 때 이미 죽어 있었고. 그런데도 리젠궈는 의사한테 무조건 응급처치를 하라고 했대요. 그러다가 아침이 되어서야 외부에…… 왕하이취안이 죽었다고 알렸단 말입니다."

우 주임이 떨리는 목소리로 말했다.

"어…… 어떻게 그런 일이 있을 수 있나!"

장양은 심호흡을 한 후 가라앉은 목소리로 물었다.

"시체는 지금 어디 있어요?"

"병원 영안실에."

장양은 즉각 지도부를 찾아가 상황을 보고했다. 검찰원 지도부는 이 사건에서 리젠궈가 공안국 부국장이라는 사실까지 고려할 필요가 없었다. 구류 기간에 용의자가 사망한 경우 검찰원이 개입해 조사하는 건 당연한 일이기에, 장양의 조사 요청서는 바로 결재되었다.

한시라도 지체해서는 안 되었다. 장양이 즉시 검찰원 직원 몇 명을 데리고 병원으로 달려가자 영안실 입구를 지키고 있는 경찰이 막아섰다.

"시체를 확인해야겠습니다!"

경찰 두 명이 맡은 임무에 충실히 대답했다.

"상부에서 아무도 들여보내지 말라는 지시가 내려온 상태입니다."

장양이 불같이 화냈다.

"검찰원입니다. 법에 따라 공안국에서 비정상적으로 사망한 용의자를 조사하겠습니다!"

경찰은 그들의 제복을 보고 검찰원에서 나왔다는 걸 알았지만, 상부의 명령이 있었기에 마음대로 처리할 수 없었다.

"저희도 어쩔 수 없습니다. 시신 확인을 하려면 공안국 지도부의 승인이 필요합니다. 자꾸 이러시면 저희도 곤란해요."

"검찰원의 조사 명령서로도 안 됩니까?"

"안 됩니다."

"비켜!"

장양이 버럭 고함을 쳤지만, 경찰들은 억지로 앞을 막으며 조금도 물러나려는 기미를 보이지 않았다.

장양이 이를 악물며 뒤에 있는 동료에게 지시했다.

"이 장면, 사진으로 찍어."

장양은 신분증과 조사 명령서를 내보이며 경찰들 앞으로 가 조사 절차에 따른 요구사항을 또박또박 반복해서 말했다. 경찰들이 순간 당황한 기색을 보이다가 그중 한 명이 서둘러 말렸다.

"검찰관님, 제가 바로 상부에 상황을 보고할 테니 잠시만 기다려주십시오."

그는 말을 마치고 한쪽으로 가서 전화를 걸었다. 잠시 후, 돌아와서 다른 경찰에게 몇 마디 귓속말을 하더니 장양 일행에게 안으로 들어가도 좋다는 몸짓을 취했다.

영안실로 들어간 장양이 흰색 천을 걷자 왕하이쥔의 시체가 모습을 드러냈다.

장양은 속에서 치미는 분노를 억누르며 마음을 가라앉히고 시체의 옷을 젖혔다. 팔에는 손가락으로 눌린 자국 몇 곳을 제외하면 뚜렷한 상처가 보이지 않았다. 장양은 동료와 힘을 모아 시체를 뒤집었다. 목 부근에 손가락으로 눌린 자국을 제외하고는 별다른 외상도 없었다.

법의관이 아니어서 이쪽 분야에 관한 전문지식이 전무한 장양은 골똘히 생각하다가 장시에서 사업을 하고 있는 천밍장에게 전화를 걸었다. 상황설명을 들은 천밍장이 지시했다.

"두개골 부근에 외상이 있는지 살펴봐."

장양이 꼼꼼하게 머리카락을 들춰 살폈지만 외상은 없었다.

천밍장이 잠시 고민하다 말했다.

"그럴 리 없는데. 외상이 없는데 어떻게 갑자기 죽어? 그럼 독에 중독됐다는 건데. 혹시 몸에 바늘구멍이 있는지 찾아봐. 바늘구멍도 없으면 아마 음식에 독극물이 들어 있었을 거야. 헌데 그건 전문 법의관이 이화학 부검을 진행해야 알 수 있는 부분인데."

장양이 피부 이곳저곳을 자세히 살펴본 뒤 실망한 기색으로 대답했다.

"바늘구멍은 안 보이는데요."

"자네 같은 비전문가는 바늘구멍의 위치를 판단하기 어려울 거야. 팔이랑 목 부근에 있는 접힌 피부를 펴서 다시 살펴봐. 보통 바늘구멍은 그런 부분에 있거든. 그래도 못 찾으면 어쩔 수 없이 공안에 부검을 신청하는 수밖에 없어."

전화를 끊고 나서 장양은 해당 부분의 피부를 팽팽하게 펴 자세히 살폈다. 목의 피부 주름을 쫙 펴자 돌연 미세한 붉은색 점이 드러났다. 장양은 서둘러 동료에게 전용 카메라로 사진을 찍으라고 지시했다.

제51장

병원을 나온 장양 일행은 곧장 공안국으로 향했다. 현 정부의 지도부와 공안국 국장이 그들을 맞이했다. 현 정법위政法委* 서기書記**를 겸임하고 있는 공안국 국장은 검찰원의 상급 지도부였다. 그래서 장양은 어제 사건 담당자를 당장 불러오라고 요구하지 못하고, 절차에 따라 조사 수속을 밟을 수밖에 없었다.

국장이 그들을 회의실로 안내하고 리젠궈를 불러 직접 상황을 설명하도록 했다.

모두가 자리에 앉자, 리젠궈가 풀 죽은 모습으로 나타나 사건의 경위를 설명했다.

"어젯밤 왕하이쥔은 제가 직접 취조했습니다. 하지만 자정이 지나도록 아무것도 자백하지 않아서, 시간과 용의자의 정신 상태를 고려하여 취조관보고 일단 오늘은 이만하고 다음 날 계속하자고 했습니다. 모두 퇴근하면서 왕하이쥔을 유치장으로 데려가려 하는데, 그가 갑자기 경련을 일으켰습니다. 처음에는 연기하는 줄 알았

---

* '정법위원회(政法委員會)'의 약칭으로, 인민검찰원, 법원, 공안기관, 사법행정기관, 국가안전 등 관련 부처를 지도 및 감독하는 기관.

** 중국 공산당의 당직명으로, 해당 조직의 최고책임자에 해당한다.

는데, 나중에 연기가 아님을 알고 바로 병원으로 이송해 응급처치를 실시했지만 결국 살리지 못했습니다. 의사는 저혈당으로 인한 쇼크사라고 말했습니다. 이 일은 제 책임입니다. 용의자를 제대로 관리하지 못해서 생긴 일이니 이 일에 대한 모든 책임은 제가 지겠습니다."

현 정부의 지도부 인사 한 명이 물었다.

"용의자를 고문해 자백을 강요하지는 않았나?"

리젠궈가 황급히 부인했다.

"고문은 절대로 없었습니다. 고문으로 돌연사한 게 아닙니다. 어젯밤에 함께 있었던 취조관을 불러다 검찰원에서 조사해보십시오."

장양이 코웃음을 쳤다. 왕하이쥔이 자백할까 봐 벌벌 떨던 리젠궈가 왜 고문까지 하면서 자백을 강요한단 말인가. 장양은 차가운 눈빛으로 상대를 노려봤다.

"어젯밤, 돌연사한 왕하이쥔을 제일 먼저 발견하셨죠?"

"맞네."

"혼자서요?"

"그래."

"취조를 마쳤을 땐 정상이었습니까?"

리젠궈가 머뭇거렸다.

"취조가 끝나면 범인들은 지쳐 있으니까. 늘 있는 일이라 왕하이쥔의 몸 상태가 심상치 않다는 걸 알아채지 못했어."

"의사가 저혈당으로 인한 쇼크사라고 진단을 내렸다고요?"

"그래. 그렇게 말했지."

장양이 리젠궈의 눈을 똑바로 응시했다.

"저희는 왕하이쥔의 병력을 조사할 겁니다."

리젠궈가 이맛살만 찌푸리며 대답하지 않았다.

"CCTV를 봐야겠습니다."

리젠궈가 고개를 숙이더니 주변 사람들을 슬그머니 살피며 작은 목소리로 대답했다.

"실수로 어젯밤에는 취조실 CCTV를 켜지 않았네."

"녹화를 안 했단 말입니까?" 장양의 눈이 휘둥그렇게 커졌다. "모든 취조 상황은 카메라로 녹화해야 하는 거 아닙니까. 어떻게 카메라를 켜지 않을 수 있습니까!"

리젠궈가 한숨을 내쉬었다.

"이건 업무상 내 과실이야. 이에 대한 책임을 전부 지겠네."

"어떻게 책임질 건데요? 사람이 죽었어요! 형사책임이라도 지십시오!"

절로 분노가 치민 장양이 소리치자 사법 담당 부현장이 입을 열었다.

"장 검찰관, 자네들이야 법에 정통하겠지만 말은 바로 하게. 용의자는 돌연사한 거고, 공안국의 고문도 없었어. 유일한 실수라고 해봤자 카메라를 켜지 않은 것뿐인데, 이건 기껏해야 내부에서 처리할 문제지 형사책임 운운할 정도는 아니지 않은가?"

장양이 어금니를 꽉 깨물며 리젠궈에게 냉랭하게 물었다.

"그럼 왕하이쥔의 목 뒤에 있는 바늘구멍은 어떻게 된 겁니까?"

리젠궈의 얼굴이 순식간에 당황으로 물들었다.

"무슨 구멍을 말하는 건가?"

"왕하이쥔의 목 뒤에 바늘구멍이 있습니다. 사진을 보시겠습니까?"

"난 모르는 일이야."

장양은 여전히 결백하다는 표정을 짓고 있는 리젠궈를 날카롭게 쏘아봤다.

"시에 부검을 요청하겠습니다."

이때 공안국장이 입을 열었다.

"그건 당연히 검찰원의 권한이니 절차에 따라 시에 과학수사 요원을 파견해달라고 신청하게. 허나 리젠궈 부국장의 책임 소재 관해서는 공안국 내부에서 논의한 후 처리하지. 나중에 검찰원에서 불합리하다고 생각하면 항소를 제기해도 좋네."

국장이 오늘은 검찰원에서 리젠궈를 데려가서 취조할 수 없다는 뜻을 노골적으로 드러냈다.

장양은 한참을 침묵하다 마지못해 고개를 숙였다.

제52장

그로부터 일주일 동안 장양은 상급 공안기관에 법의관 파견을 신청하며 왕하이췬의 비정상적인 사망 사건에 대해 조사해달라고 요구했다. 하지만 왕하이췬의 유족이 사망자의 존엄을 위해 공안기관의 부검을 거절했다는 답변이 돌아왔다. 장양은 쑨훙윈 쪽에서 벌써 손을 썼다는 걸 알아차렸다. 돈을 가진 사람이 산 자를 매수할 수 있는 방법은 얼마든지 있다. 아무리 가족이라도 어차피 죽은 사람보다는 돈이 더 중요했다.

장양이 어쩔 수 없이 천밍장에게 도움을 청하자, 그는 외지에서 근무하는 베테랑 법의관 몇 명에게 연락을 해줬다. 그들은 왕하이췬의 목 사진을 보고 바늘구멍이 선명한 것으로 볼 때 사망하기 얼마 전에 찔린 것으로 추정된다고 결론을 내렸다. 병원 진단서에는 저혈당으로 인한 쇼크사로 기재되어 있었지만, 조사 결과 왕하이췬에게는 저혈당 병력이 없었다. 따라서 다량의 인슐린 투여가 의심되는 상황이었고, 팔과 목에 난 멍은 누군가가 강제로 붙잡으면서 생긴 것으로 추정했다. 하지만 확실한 건 역시 법의관이 직접 시체를 살펴봐야 알 수 있는 상황이었다.

장양은 이를 근거로 상급기관에 조사 신청서를 제출하며, 이 사건은 단순 돌연사가 아니라 형사 범죄와 연루된 것으로 의심된다고 주장했다. 형사 범죄에 연루된 시체는 유족의 동의를 얻을 필요가 없었다. 하지만 상급기관은 줄곧 명확한 답변을 내놓지 않았다. 유족들은 왕하이쥔의 시체를 화장할 것을 여러 차례 요청했지만 검찰원의 반대로 보류만 되는 형국이었다.

저녁 무렵, 퇴근 시간이 지났지만 장양은 검찰원에 남아 보고서를 작성하고 있었다. 이때 장양의 아내 궈훙샤가 헐레벌떡 뛰어 들어와 물었다.

"여보, 당신이 누구한테 러러를 데리러 가라고 시켰어?"

러러는 이제 세 살이 된 그들의 외아들로, 어린이집에 다니고 있었다. 오후 4시면 수업이 끝나지만 궈훙샤가 직장에 다니고 있어서 5시에 아들을 데리러 어린이집으로 가곤 했다.

그런데 오늘 5시에 아들을 데리러 갔을 때, 어린이집 교사는 승용차를 몰고 온 한 중년 남자가 장양의 친구라면서 러러를 데리고 갔다고 했다. 부모 이름 등에 대한 정보가 일치하자 세심하게 확인도 안 하고 아이를 데려가게 놔둔 것이다. 궈훙샤는 남편에게는 그런 친구가 없고, 또 최근에 사건 때문에 바빠서 아이를 데려오라고 사람을 보낼 여유가 없다는 것을 알았다. 그래서 뭔가 심상치 않다는 생각에 황급히 남편의 직장으로 달려온 것이다.

"아니, 내가 왜 러러를 데려오라고 하겠어?"

장양이 화들짝 놀라 벌떡 일어났다.

그러자 궈훙샤가 울음을 터뜨리며 교사가 한 말만 계속해서 반복했다. 장양은 당황해서 어찌할 바를 몰랐다. 다급한 마음에 눈시울이 붉어졌다.

옆에 있던 판공실 우 주임이 다가와 급히 충고했다.

“지체할 시간 없어. 어서 파출소로 가서 신고부터 하고 아이를 찾아봐야지.”

그 말을 듣자마자 두 사람은 즉시 밖으로 뛰어나갔다. 우 주임은 근심 가득한 얼굴로 서둘러 뛰어나가는 장양의 뒷모습을 지켜봤다. 씁쓸한 표정으로 탄식한 그는 자리로 돌아와 캐비닛 맨 아래에서 봉투 하나를 꺼냈다. 그러곤 봉투를 손에 쥐고 한참을 바라보다가 결국 다시 한숨을 푹 내쉬고 다시 캐비닛 안에 집어넣었다.

파출소에 신고 접수를 마쳤지만, 경찰은 실종된 지 24시간이 지나지 않았기 때문에 아직은 수사를 시작할 수 없다고 말했다. 장양은 그들과 한참 입씨름을 하다가 결국 주웨이에게 연락했다. 주웨이는 파출소 경찰들에게 당장 아이를 찾으러 나가라고 불호령을 내렸다. 그러고 나서 충격으로 넋이 나가 있는 장양과 궈훙샤를 위로하며 둘을 집으로 데려다줬다. 집 근처에 다다르니 웬 승용차 한 대가 보였다. 그리고 누군가가 장난감 비행기를 들고 즐겁게 웃고 있는 러러를 안고 차에서 내렸다.

후이랑이 멀리서 미소를 지으며 그들에게 인사했다.

“왜 이제야 옵니까? 하도 안 와서 기다리다가 아이를 식당에 데려가 밥도 먹이고 장난감까지 사줬잖아요. 설마 화난 거 아니죠?”

궈훙샤가 황급히 다가가 아이를 받아 안았다. 아들의 머리를 어루만지며 한참을 대성통곡하던 그녀는 나중에는 아이를 꼬집으며 혼냈다. 그러자 아이도 울음을 터뜨렸다.

후이랑이 인상을 쓰며 나무랐다.

“아직 어린 아이가 뭘 안다고. 그러지 말아요.”

장양은 후이랑을 차갑게 노려보다가 아내에게 다가가 먼저 집으로 들어가라고 눈짓했다. 아내가 집으로 들어가 문을 닫자 장양이 더 이상 참지 못하고 후이랑에게 달려들어 주먹을 날렸다. 주웨이까지 합세해 후이랑에게 발길질을 해댔다.

이때 옆에서 찰칵 하는 카메라 소리가 들렸다. 후이랑이 머리를 감싸며 크게 외쳤다.

"당신들, 사진 다 찍혔어. 신고할 거야!"

주웨이가 조금도 개의치 않고 후이랑의 머리에 주먹을 휘둘렀다.

"내가 경찰직을 박탈당하는 한이 있더라도 오늘 네놈을 죽여 버리겠어!"

후이랑의 수하들은 상대가 인정사정없이 주먹질하는 모습에 급히 달려와 분노로 미치기 일보직전인 두 사람을 후이랑에게서 강제로 떼어놓았다.

후이랑이 피범벅이 된 얼굴을 훔치며 살벌하게 말을 내뱉었다.

"그래, 좋아. 이제 어떻게 되나 보자고!"

제53장

천밍장이 마오타이주를 두 사람의 잔에 담뿍 따라주며 웃었다.

"어차피 자네들 모두 정직 처분을 당했으니 이참에 한동안 장시에 머물다 가. 내가 기분전환 좀 시켜줄 테니까. 경비는 전부 내가 댈게."

"역시 천 사장밖에 없어."

주웨이가 술잔을 들어 단숨에 들이킨 후, 다시 자기 잔에 술을 가득 채웠다.

"이렇게 푸짐한 음식도 있고 술도 있으니 돌아가기 싫군. 장시가 이렇게 좋은데 핑캉에 돌아가서 뭐해. 샤오장, 안 그래?"

장양이 잠시 침묵하다가 입을 열었다.

"전 며칠만 더 있다 갈게요. 검찰원에 가서 최대한 빨리 복귀시켜 달라고 부탁하려고요."

주웨이가 고개를 저으며 말했다.

"해고된 것도 아니고, 잠깐 정직 처분 받은 건데 뭐가 그리 급해?"

주웨이가 잠시 말을 멈췄다가 깜짝 놀란 표정으로 물었다.

"설마 쑨훙윈을 계속 조사하려는 건 아니지?"

장양이 아무 말도 하지 않자, 천밍장이 살며시 한숨을 내뱉고 그를 타일렀다.

"샤오장, 아쉐도 포기한 마당에 왜 그렇게 고집을 부려?"

"그래. 왕하이쥔의 시체도 화장됐는데 이제 와서 뭘 더 조사하려고? 사실 우린 몇 년 전에 포기했잖아. 그러다 딩춘메이의 사건이 드러나니까 새로운 돌파구가 생긴 줄 알았던 거고. 근데 어떻게 됐어? 왕하이쥔이 공안국에서 피살됐어. 개뿔, 그런데 뭘 어떻게 더 조사해!"

장양이 술을 벌컥 들이켜고 다시 한 잔을 더 따랐다.

"저는 그놈들이 이렇게나 대담할 줄은 몰랐어요. 이런 상태에서 제가 포기하면 다시는 저들을 법으로 처벌하지 못하겠죠. 지금까지 있었던 모든 일을 적어서 시 검찰원, 성 검찰원, 최고검에 있는 검찰위원회의 각 위원들 그리고 성 공안청과 공안부의 지도부에 투서할 겁니다. 분명 그들 중 누군가는 이 사건에 관심을 보일 거고, 진실이 밝혀질 날이 올 거예요."

천밍장이 입매를 굳히며 목소리를 낮췄다.

"계속 그렇게 조사하면 어떤 결과가 벌어질지 생각해봤어?"

장양이 쓴웃음을 지었다.

"전 예전의 장양이 아니에요. 지금은 제 미래에 대해 아무런 기대도 없어요. 상황이 여기서 나빠져봤자 얼마나 더 나빠지겠어요? 기껏해야 놈들이 지금껏 해왔던 방식대로 기회를 엿봐서 절 죽이려 들겠죠. 놈들이 아들로 절 위협했을 때 더 이상 무서울 것도 없어졌어요."

"그렇다면 오히려 자네 아내와 러러를 위해서라도 다시 잘 생각해봐야 되지 않아?"

조용히 내뱉은 천밍장의 말이 순간 장양의 가장 나약한 부분을 건드렸다.

"저들은 허우구이핑을 죽이고, 딩춘메이도 죽였어. 또 왕하이쥔도 죽였고. 이처럼 많은 사람을 죽인 걸 보면 더는 거리낄 게 없는 거야. 근데 왜 저들이 자네와 아쉐한테는 신체적인 위협을 가하지 않고 규정을 이용해 굴복시키려 하는지 생각해봤어?"

장양이 경멸하듯 웃었다.

"저랑 아쉐가 항상 바짝 경계하고 있는데 어떻게 저희한테 손을 대겠어요?"

"진짜 작심하고 자네들에게 손을 쓰려 든다면 어렵지 않지. 최소한 공안국에서 왕하이쥔을 살해한 것보다는 더 쉬울 테니까."

천밍장이 머리를 저으며 말을 이었다.

"저들이 손을 못 대는 이유 중 하나는 자네들이 국가공무원이기 때문이고, 다른 하나는 많은 사람이 뒤에서 자네들을 지지하고 보호하기 때문이야."

"라오천 말고 누가 저희 조사를 뒤에서 지지해요?"

장양이 비웃었다.

"있어. 그것도 아주 많이. 최근 몇 년간 자네들이 쑨훙윈을 조사한다는 사실이 암암리에 칭시의 공검법公檢法* 내에 소문이 났어. 사람들은 자네들을 믿지만, 자네들처럼 용감하게 정면으로 그 거대 조직과 맞서지 못하는 것뿐이야. 그래도 속으로는 자네들을 응원하고 있어. 원래 대부분의 사람들은 마음이 선해서 정의의 편에 서

* 공안기관, 검찰원, 인민법원을 통틀어 가리키는 말.

는 법이거든. 아쉐가 웨쥔의 가랑이 아래로 총을 쏘는, 지극히 악랄한 행동을 저지르고도 어떻게 3년 연수라는 징계만 받고 다시 직무에 복귀할 수 있었을까? 솔직히 몇 년을 교도소에서 썩는다고 해도 과언이 아닌데 말이지. 아쉐가 계속 형사 일을 하길 쑨홍원이 원해서일 것 같아? 천만의 말씀. 그리고 이번에 자네들이 후이랑을 구타하는 장면이 사진으로 찍혔을 때, 상급기관에는 자네들을 다른 부서로 좌천시킬 명분이 충분히 있었어. 하지만 그러지 않고 각각 정직 3개월과 1개월 처분만 내렸지. 누가 아쉐를 계속 형사로 있게 하고, 자네를 검찰원에 남을 수 있게 해줬을까? 바로 자네들의 상관들이야. 그들은 비록 침묵하고 있지만 자네들이 뭘 하는지 잘 알고 있지. 지금은 어둠과 빛이 팽팽하게 균형을 이루고 있어. 하지만 만일 자네들에게 무슨 변고라도 생긴다면 그때는 침묵하고 있던 대다수의 거대한 반격이 시작될 거야. 누구나 인맥이 있으니까 누군가는 공안부와 최고검에 신고할 수도 있고, 또 누군가는 고위급 지도부와 아는 사이일 수도 있겠지. 자네들처럼 정의를 대변하는 사람들의 목숨이 지켜지지 않는다면, 침묵하고 있던 쪽의 분노는 걷잡을 수 없이 커져서 결국 어둠과 빛의 균형은 무너지고 말아. 쑨홍원 쪽 놈들은 이 점을 잘 알고 있어. 그래서 감히 손을 못 대는 거고. 그런데 말이지, 자네한테는 직접적으로 손대지 못해도 가족들을 위협할 수는 있어. 그러면 어떻게 할 건데? 자네야 이미 각오했다지만 가족들은 무슨 죄야? 이만하면 됐어. 내 충고 듣고 더 이상 신경 쓰지 마. 이 균형도 몇 년이 지나면 무너져서 어느 순간 갑자기 진실이 밝혀질 날이 오지 않겠어?"

주웨이도 거들었다.

“샤오장, 라오천 말이 맞아. 처자식을 생각해야지. 그 둘은 자네를 의지하고 있어. 솔직히 가족들까지 위험한 수렁에 끌어들이고 싶지 않잖아.”

술잔을 쥔 장양의 손이 허공에서 멈췄다. 그는 그렇게 한참을 있더니 서서히 잔을 입가로 가져가 안에 담긴 술을 전부 들이켰다. 장양은 몸속의 생기가 모두 빠져나간 사람처럼 텅 빈 눈으로 정면을 응시했다. 그러고 나서 고통스럽고도 결연하게 한 마디를 내뱉었다.

“아내와 이혼하겠습니다.”

제54장

2009년 11월, 장양은 퇴근길에 후이랑과 마주쳤다.

후이랑이 예의 바르게 인사했다.

"장 검찰관님, 우리 사이에 오해가 좀 있는 듯한데 괜찮으시면 어디 가서 얘기 좀 할까요?"

장양이 후이랑을 흘겨봤다.

"무슨 얘기? 난 그럴 시간 없는데."

후이랑이 웃으며 말했다.

"많이 바쁘시군요. 혹시 아드님 등하원을 시켜줄 사람은 필요하지 않습니까?"

장양이 주먹을 꽉 쥐고 잠시 침묵하다가 냉랭하게 받아쳤다.

"난 이혼했으니 아들은 전처의 자식이야. 뭘 더 어쩔 생각이지?"

후이랑이 어깨를 으쓱거렸다.

"전 그냥 장 검찰관님과 조용한 곳으로 가서 대화를 하고 싶어서 드린 말인데 뭘 그리 화를 내십니까."

장양이 숨을 깊게 들이마시며 분노를 억눌렀다.

"좋아. 어디 말이나 들어보지!"

후이랑은 장양을 한 호텔 레스토랑 개별실로 안내했다. 도착하자마자 후이랑이 웨이터에게 요리를 내오라고 하자 장양이 그를 제지했다.

"필요 없어. 너희가 준 음식은 안 먹어. 할 말 있으면 빨리 해. 어서 가야 하니까."

후이랑은 기분 나빠하는 기색 하나 보이지 않고 말했다.

"좋습니다. 장 검찰관님이 식사를 안 하시겠다고 하니, 그럼 옆으로 자리를 옮겨서 얘기하는 게 어떻습니까?"

그들은 한쪽에 있는 소파에 앉았다. 후이랑이 서류가방에서 서류를 꺼내 앞으로 내밀며 미소를 지었다.

"장 검찰관님이 무슨 서류를 작성해서 상급기관에 보냈다고 들었는데, 이게 맞습니까?"

이 말을 듣고도 장양은 전혀 놀라지 않았다. 제보한 서류가 그들 손에 들어간 일이 이번이 처음도 아니었다. 장양이 당당하게 인정했다.

"맞아."

"서류를 보면 뭔가 오해가 있는 것 같아서요. 쑨 회장님은 항상 장 검찰관님의 인품을 칭찬하셨습니다. 장 검찰관님과 친구가 되길 원하시죠. 그러니까 이제 이런 자료의 유포를 자제해주시면 안 되겠습니까? 쑨 회장님이 반드시……."

"싫어."

후이랑이 난감해하며 입을 닫고 하던 말을 삼켰다. 그가 고개를 절레절레 흔들며 한숨을 내쉬고 웃음을 지었다. 그러고 나서 주머니에서 트럼프 한 다발을 꺼내 절반은 장양의 앞에, 나머지 반은 자기 앞에 나누어 내려놓았다.

장양이 미심쩍은 눈빛으로 후이랑을 훑어봤다.

"이게 뭐하는 짓이지?"

후이랑은 아무 대답도 없이 뒤쪽에서 돈다발로 가득 찬 가방 하나를 꺼내 열더니 내용물을 전부 탁자 위에 쏟으며 말했다.

"게임 하나 할까요? 장 검찰관님은 앞에 놓인 카드 중 아무거나 한 장을 뽑으세요. 저도 제 앞에 있는 카드 중 한 장을 뽑을 테니까요. 검찰관님이 뽑은 카드의 숫자가 저보다 크면 이 돈은 전부 검찰관님 겁니다. 저보다 작아도 검찰관님은 아무런 대가를 지불할 필요도 없이 게임 끝이고요. 어떻습니까?"

장양이 코웃음을 치며 일어났다. 그러곤 경멸스러운 눈빛을 보내며 빈정거렸다.

"난 이런 장난질에 관심 없으니, 너희들끼리 잘 놀아봐!"

"잠깐, 그러지 마시고 기다리세요."

후이랑이 황급히 일어나 간사스러운 웃음을 지으며 장양을 붙잡았다.

"저처럼 교양 없는 치들이 하는 게임이 장 검찰관님의 격에 맞지 않았나 보군요. 제게 만회할 기회를 주십시오. 장 검찰관님도 이혼하신 지 꽤 되셨는데, 사람한테는 각자 쌓인 욕망이라는 게 있지 않습니까."

후이랑이 헛기침을 두어 번 내뱉자 가슴골이 훤히 드러난 미녀 두 명이 방으로 들어왔다. 둘은 영업용 미소를 지으며 자연스레 장양의 팔짱을 끼고 교태를 부리며 그를 오빠라고 불렀다.

장양이 두 여자를 밀치며 크게 소리쳤다.

"이딴 수작으로 날 포섭할 수 있을 거란 기대는 접어. 난 리젠궈가 아니야. 절대로 리젠궈처럼 되지도 않을 거고!"

말을 마치고 장양이 성큼성큼 밖으로 나갔다.

후이랑이 제자리에서 그 뒷모습을 바라보며 탄식을 내뱉었다.

"사람은 참 성실한데, 똑똑하진 않군."

제55장

옌량과 리징이 대화를 나눈 다음 날, 주웨이와 바로 연락이 닿은 특별조사팀은 장양 피살사건에 관한 일로 물어보고 싶은 게 있다고 말했다. 그는 흔쾌히 승낙했지만 한 가지 조건을 제시했다. 특별조사팀에 제보할 일이 하나 있으니, 그 자리에 반드시 성 검찰원 소속 검찰관이 배석해야 한다는 것이었다.

자오톄민이 가오둥 부청장에게 은밀히 의견을 묻자, 부청장은 조건을 받아들이고 특별조사팀에 있는 성 검찰원 소속 팀원을 동석시키라고 지시했다.

자오톄민은 형정지대에 사무실을 마련하고 특별조사팀에 있는 공안청과 성 검찰원 소속 인물 몇 명, 그리고 옌량과 함께 주웨이를 만났다. 옌량이 먼저 질문하면 다른 이들이 추가로 질문을 던졌다.

옌량은 이때 주웨이를 처음 보았다. 그는 대략 쉰 살은 넘었고, 스포츠머리에 양쪽 귀밑머리가 희끗희끗했다. 얼굴은 살집이 있었지만, 몸은 건장했다. 몸 전체가 마치 칼로 깎아놓은 듯이 반듯해 언제나 허리를 꼿꼿이 세우고 있을 것처럼 보였다.

주웨이는 쟁쟁한 인물들 앞에서도 기죽지 않고 당당하게 자리에 앉았다. 그가 사람들의 얼굴을 차분하게 쭉 훑어보다가 마지막에 옌량에게 시선을 고정시켰다. 그러곤 옌량을 몇 초간 유심히 응시했다.

간단한 소개를 마치고 본론으로 들어갔다. 옌량이 질문했다.

"장양과 얼마나 알고 지냈습니까?"

"10년입니다."

"사이는 어땠습니까?"

"좋았죠. 더없이 좋았습니다!"

주웨이의 단호한 대답에 그 자리에 있는 사람들은 어떤 울분으로 가득 찬 그의 절절한 심정을 느낄 수 있었다.

옌량이 주웨이를 잠시 살펴보다 천천히 물었다.

"장양 피살사건에 대해 뭔가 아는 것이 있습니까?"

주웨이가 콧방귀를 끼며 대답했다.

"장담하는데 후이랑의 사주를 받은 사람 짓일 겁니다."

"카언 그룹의 후이랑 말입니까?"

"네."

"어째서요? 후이랑과 장양 사이에 무슨 문제라도 있었습니까?"

주웨이가 대면한 사람들을 쭉 훑어봤다.

"장양이 사망하기 며칠 전에 제가 그 친구와 만났습니다. 그때 장양이 말했죠. 자기 손에 사진 몇 장이 있는데, 이 사진을 돈과 바꾸자고 후이랑에게 제안했다고 말입니다. 그러자 후이랑은 장양에게 20만 위안을 송금했는데, 나중에 40만 위안을 더 요구하자 후이랑이 망설이면서 제대로 대답하지 않았다고 했습니다. 분명히 이것 때문일 겁니다. 후이랑이 궁지에 몰리자 사람을 시켜 장양을 죽인 겁니다."

그 말을 들은 특별조사팀의 모두가 서로의 얼굴을 마주봤다. 다들 카언 그룹 재무부가 장양에게 20만 위안을 송금한 사실은 알고 있었으나, 무슨 연유로 그 거금을 송금했는지는 알지 못했다. 그런데 주웨이의 설명을 들으니, 장양이 가지고 있던 사진이라는 게 후이랑의 약점이 틀림없을 거라는 확신이 들었다.

옌량이 모두가 궁금해하는 부분에 대해 물었다.

"대체 어떤 사진이기에 장양이 후이랑에게 그처럼 큰돈을 요구할 수 있었던 겁니까?"

주웨이가 잠시 뜸을 들이다가 갑자기 냉랭하게 대답했다.

"10여 년 전, 허우구이핑이 찍은 사진입니다. 카언 그룹이 어린 소녀들을 협박해 공직자들에게 성상납하는 과정이 담긴 사진입니다."

'카언 그룹이 공직자들에게 성상납을 했다'는 말에 모두가 정신이 번쩍 들었다. 이건 예삿일이 아니었다.

옌량이 곧바로 물었다.

"허우구이핑이 사망 직전까지 계속해서 신고했던 여학생 성폭행과 자살 사건이 설마……."

"맞습니다. 피해자는 한 명이 아닙니다. 성폭행범도 웨쥔이 아닙니다. 웨쥔이 카언 호텔로 데려간 여학생들은 카언 그룹 회장인 쑨훙윈 측에 의해 공직자에게 성상납으로 이용됐습니다. 쑨훙윈은 웨쥔 같은 그 고장의 토박이 깡패들을 찾으라고 후이랑에게 지시했습니다. 농촌에서 부모도 없고 내성적인 어린 여자아이들을 찾아 특이한 성적 기호를 가진 공직자들에게 특별한 서비스랍시고 제공하고, 거기서 이익을 챙긴 겁니다."

회의실은 쥐 죽은 듯이 고요해졌다. 다들 이 말의 진실 여부에 대해 곱씹는 중이었다.

카언 그룹은 성에서도 100위 안에 드는 민영기업으로, 이 지역에서 막강한 영향력을 행사하고 있었다. 더욱이 카언 그룹 회장 쑨훙윈은 인대 대표이자 협회 지도부 등의 감투를 쓰고 있는데다 정계 및 재계와도 밀접한 관계를 유지했다. 일단 이 진술이 사실로 밝혀질 경우 상당한 사회적 파급력을 가진 사건이 될 터였다.

성 검찰원의 검찰관이 물었다.

"그 사진은 지금 어디 있죠?"

"사진은 장양에게 있습니다. 은밀한 곳에 숨겨뒀다고만 말해서 저는 보지 못했습니다."

"그럼 당신의 말이 사실임을 증명할 만한 증거가 있나요?"

주웨이가 시선을 피하지 않고 서서히 고개를 저었다.

"증거는 없습니다."

회의 참가자들이 수군거렸다. 그 검찰관이 인정사정없이 주웨이를 다그쳤다.

"방금 엄청난 발언을 한 겁니다. 오늘은 내부 회의라서 방금 오간 대화가 외부로 유출되진 않겠지만, 아무 근거도 없이 이런 말을 하는 건 적절치 않아요. 혹시라도 외부에서 알게 되면 상당한 책임을 져야 할 겁니다."

주웨이가 냉소적으로 말했다.

"저는 장양과 이 사건을 거의 10년 동안 조사했습니다. 이제까지 증거는 물론 있었지만, 결국은 누군가에 의해 하나씩 사라졌습니다. 그러니 지금 제 말을 증명할 증거는 전혀 없습니다. 근데 법적 책임이라…… 하하, 그런 책임은 진즉에 다 진 것 같은데요. 저는 직위가 해제되어 연수를 받았고, 나중엔 형사에서 파출소 순경으로 직위가 강등되어 매일 동네 아저씨, 아줌마들의 분쟁이나 처리하러 다녔습니다. 하긴 높으신 분들이 보기엔 이걸로는 부족해 보일 수도 있겠군요. 하지만 장양은 억울하게 3년씩이나 교도소에 갇혔습니다. 전도유망한 젊은 검찰관이 모함으로 수감되었다가 출소 후에는 핸드폰 수리공이 됐어요. 이 정도면 충분히 법적 책임을 진 거 아닙니까!"

"장양이 전도유망한 젊은 검찰관이었고, 억울하게 수감되었다고요?"

다른 검찰관이 질문했다.

"그래요. 저는 장양이 억울하게 누명을 쓰고 교도소에 수감된 사건을 제보하고자 합니다."

주웨이의 콧구멍이 분노한 황소처럼 벌름거렸다.

그 검찰관이 미간을 찌푸렸다.

"사망자 장양의 서류는 여러 번 검토했어요. 장양의 교도소 수감을 선고한 법원 판결문과 법정 심문기록까지 말이죠. 장양의 규율 위반에 관한 몇 가지 죄명에 대해선 사진 물증과 뇌물을 줬다는 증인, 그리고 피의자 본인의 진술과 자백서까지 있습니다. 증거가 충분한데 어떻게 이게 억울한 누명이라는 거죠?"

주웨이가 콧방귀를 뀌었다.

"장차오의 장양 피살사건도 처음엔 증거가 충분하지 않았습니까? 그런데 왜 여러분은 곧바로 장차오에게 사형을 선고해 총살하지 않고, 이제 와서 재조사를 하는 겁니까?"

"그것과는…… 상황이 다릅니다."

검찰관이 참을성 있게 대답하자, 주웨이가 크게 웃음을 터뜨리고 말을 이었다.

"장양이 수감되기 전, 현재 칭시 공안국의 정치위원이자 당시 핑캉현 공안국 부국장이었던 리젠궈가 용의자를 살해해 입을 막고, 증거 인멸을 한 혐의를 받은 적이 있었습니다."

이 말에 모두의 눈이 휘둥그레졌다.

"장양은 후이랑이 가족을 들먹이며 위협하자 어쩔 수 없이 그와의 대화에 응했습니다. 후이랑은 협상 테이블 위에 현금 다발과 트럼프를 꺼내놓고 게임을 해서 장양이 이기면 돈을 주겠다고 했지만 물론 그는 거들떠보지도 않았습니다. 그러자 후이랑이 미녀들을 불러 장양을 유혹하려 들었죠. 이번에도 장양은 꿈쩍도 하지 않고 바로 그 자리를 박차고 나왔습니다. 그런데 후이랑은 장양 앞에 돈다발이 놓인 모습, 옆에 여자들이 붙어 있는 모습을 몰래 카메라로 찍어 기위에 신고했습니다. 장양이 검찰관 신분으로 기업에 수차례나 뇌물을 요구하는 통에 어쩔 수 없이 신고한다면서 말입니다. 뿐만 아니라 그 며칠 사이에 장양의 통장으로 뜬금없이 20만 위안이 입금됐고, 예전에 검찰관 시절에 처리했던 형사사건의 피의자는 경미한 처벌을 받는 대가로 장양에게 뇌물을 줬다며 검찰원에 자수했습니다. 이렇게 해서 장양의 체포령이 떨어졌고 칭시 검찰원에 의해 공소가 제기됐습니다. 1심에서 10년형이 선고됐지만 장양은 불복하며 2심을 신청했습니다. 그러나 결국 2심에서도 3년형이 선고됐죠. 결국 장양은 형량을 채우고 출소했습니다. 청렴한 검찰관 한 명을 이 지경까지 몰고 간 것에 대해 성 검찰원의 지도부는 어떻게 생각하는지 참 궁금하군요."

이를 악문 주웨이의 눈에 핏발이 섰다. 성 검찰원의 한 간부가 말했다.

"하지만 장양은 본인이 직접 자백서를 작성했네. 또한 2심 재판이 열렸을 때 법정 앞에서 죄를 인정했어. 자네 말처럼 이 모든 일이 누군가의 계획하에 이루어진 모함이라면 장양은 왜 직접 자백서를 쓴 거지?"

주웨이가 깊은 한숨을 토해냈다.

"장양이 법정에서 죄를 인정한 건 장차오에게 속았기 때문입니다! 후이랑이 소인배라면 장차오는 완벽한 위선자예요! 장차오가 진짜로 장양을 죽였는지 안 죽였는지는 모르지만, 그 자는 분명히 그 음모에 가담했습니다!"

제56장

"주웨이 형사 말이 맞습니다. 장양은 억울하게 교도소에 3년이나 수감됐어요. 그리고 수감 생활을 하게 된 데에는 제 잘못이 큽니다."

장차오가 자오톄민과 옌량 앞에서 순순히 잘못을 인정했다.

자오톄민이 소리쳤다.

"지금까지 왜 이 일을 말하지 않았습니까?"

장차오가 미소 지으며 대답했다.

"저는 이 일이 장양 피살사건과 관련이 있는지도 몰랐습니다. 또 저한테 이 일에 대해 묻지도 않았잖아요."

"우리가 당신들 사이에 무슨 일이 일어났는지 어떻게 미리 알고 물어봅니까!"

자오톄민은 장차오를 매섭게 쏘아봤다. 장차오가 이제껏 숨기고 말하지 않은 것에 대해 분노가 일었다.

장차오가 평온하게 웃었다.

"이제 지난 10년간 무슨 일이 있었는지 대략 알고 있지 않습니까?"

"우리가……."

옌량이 손을 들어 자오톄민의 말을 끊고 말했다.

"지난 10년간 벌어진 이야기는 마치 거대한 빌딩 같아서 우린 그저 건물 외관만 알고 있을 뿐 자세한 내부 구조는 모릅니다. 우린 각각 다른 이들의 입에서 나온 말을 짜 맞춰 지난 10년간의 사건 정황을 알아냈어요. 하지만 장 변호사님은 모든 것을 알고 있고, 지금까지 우리가 모든 진실을 알 수 있도록 인도했죠. 그래서 전 지금 가장 궁금한 게 하나 있습니다. 왜 처음부터 이 모든 것을 바로 알려주지 않고 이렇게 복잡하고 먼 길을 돌아오게 만든 겁니까?"

장차오가 빙그레 웃음 지었다.

"빌딩 앞을 지나는 여행자들 중 그 외관에 흥미를 느낀 사람만이 안으로 들어와서 둘러볼 테니까요. 빌딩 외관만 보고 겁에 질린 여행자는 건물에 가까이 다가가는 것조차 두려워합니다. 어쩌면 못 본 척하고 그대로 도망칠지도 모릅니다. 그러면 빌딩의 내부 구조는 안으로 들어오려는 방문자만을 기다리며 계속 그대로 보존되겠지요."

옌량이 자오톄민과 눈을 마주치고 나서 천천히 고개를 끄덕였다.

"무슨 뜻인지 알겠습니다. 또 당신의 고충도 이해가 됩니다. 그럼 지금 그 빌딩의 한쪽 귀퉁이를 좀 보여줄 수 있습니까? 왜 당신 때문에 장양이 3년간 수감되었는지 말해주세요."

"장양이 정식으로 형사 구류되었다고 리징이 제게 말해줬습니다. 안 그래도 저는 허우구이핑이 누명을 쓴 사건을 제보하지 않아서 양심의 가책을 느끼고 있었기 때문에 바로 칭시로 가서 장양의 변호를 맡았습니다. 장양은 구치소에서 끝까지 죄를 인정하지 않았습니다. 두 분 모두 과거의 취조방식이 어떤지는 잘 아실 테니 자세히 언급하지는 않겠습니다. 어쨌든 저는 장양의 의지력에 정말 감탄했습니다. 그는 대단히 강한 사람이었어요. 1심 재판 전에 법원은 사전협의를 수차례 진행했습니다. 단순히 증거만 놓고 보면, 계좌로 20만 위안이 입금된 것을 제외하고 그 사진들은 실질적인 증거가 될 수 없었습니다. 또 그 20만 위안 역시 장양이 조사받는 기간에 송금된 것으로, 당연히 법정 심문에서 논의가 필요한 증거였어요. 그래서 저는 이 사건에서 장양의 혐의를 벗겨줄 자신이 있었습니다. 그런데도……."

장차오가 고개를 숙이고 한숨을 내뱉었다.

"그런데도 1심 재판에서 10년형을 선고받았습니다. 장양은 불복하고 항소했습니다. 항소 재판 전에 법원은 다시 여러 차례 사전협의를 진행했고, 제 변호가 검찰관 측을 완벽히 제압하자 법원은 갑자기 재판 연기를 선언했습니다. 며칠 후, 법원에서 일하는 동창 몇 명이 절 찾아와서 현재 장양의 죄명은 이미 지도부에서 결정한 사안이라고 알려주더군요. 그런데 장양 본인이 죄를 인정하지 않고 있고, 제가 혐의가 없다는 입장에서 무죄를 주장하고 있어서 재판을 더욱 복잡하게 만들었다고 합디다. 지도부는 이 사건에 대한 입장을 바꿀 생각이 없기 때문에 만일 제가 대의를 거스르고 장양의 무죄를 계속 변호한다면, 내년에 변호사 자격심사에서 곤란을 겪게 될 거라고도 했습니다. 장양이 죄를 인정할 때까지 법원은 재판을 계속해서 연기할 테고, 그럼 그는 구치소에 갇혀서 고생만 하게 될 것이 뻔한 상황이었습니다."

여기까지 들은 옌량의 얼굴이 점점 새파랗게 질렸다. 이것은 명백히 대의를 명분으로 한 협박이었다.

장차오가 입매를 굳혔다.

"그 동창들이 저를 법원에 있는 한 간부에게 데려갔습니다. 그 간부는 장양이 죄를 인정하기만 하면 죄명을 바꾸진 못해도 연루된 금액이 겨우 20만 위안이니 제일 경미한 형량이나 집행유예를 선고하겠다고 약속했습니다. 장양이 한동안 구치소에 갇혀 있었으니 판결 결과가 나오면 형량이 상쇄돼 바로 출소할 수도 있고, 그의 공무원 신분도 보장해주겠다고 했습니다. 그러면 지도부의 체면도 세울 수 있고 저와 장양 모두에게 좋을 거라며 장양을 설득해달라고 부탁했습니다."

장차오가 한숨을 토해냈다.

"그래서 장양을 찾아가 설득했죠. 처음에 장양은 동의하지 않았습니다. 죄가 있으면 있고, 없으면 없는 거라면서 말이죠. 죄가 있다면 처벌을 받아야지, 어떻게 처벌을 면할 수 있겠느냐고 주장했습니다. 장양과 오랫동안 이야기를 나누다가 결국 그의 가족 얘기를 꺼냈습니다. 전처가 안정적인 직장도 없이 홀로 아들을 키워야 하는 상황이니 현실과 타협해야 한다고 말입니다. 공무원 신분을 유지해서 가장으로서의 책임도 다하라고 설득했습니다. 그러자 장양이 고개를 숙였습니다. 그렇게 장양은 자백서를 쓰고 법정에서 죄를 인정한 겁니다."

장차오가 쓴웃음을 지으며 덧붙였다.

"그 결과는 다들 아시는 대로입니다. 그 법원 간부는 처음부터 저희를 속였습니다. 결국 3년 형이 선고됐고 공무원 신분도 박탈됐으니까요."

옌량과 자오톄민은 아무 말도 하지 못하고 침묵했다.

한참이 지나, 자오톄민이 헛기침을 하며 무거운 정적을 깨뜨렸다.

"장양을 살해한 진범이 누군지 이젠 말씀해주시겠습니까?"

"그건 여러분들이 조사할 일인데 왜 저한테 묻습니까?"

"아직도 말 안 할 겁니까?"

"후이랑과 쑨훙윈을 찾아가 장양의 죽음에 대해 물어보십시오."

자오톄민의 눈초리가 가늘어졌다.

"안 그래도 물어볼 테니 걱정 마십시오."

장차오가 빙그레 웃었다.

"그렇게 말씀하시는 걸 보니 여러분들은 10년이나 묵은 이 빌딩의 외관에 겁먹지 않은 모양입니다. 그 내부가 궁금할 정도로 말이지요."

옌량이 물었다.

"그럼 그 내부가 어떻게 생겼는지 우리에게 알려줄 수 있습니까?"

"물론입니다. 하지만." 장차오의 눈에 교활한 빛이 번쩍였다. "하지만 조건이 있습니다."

"말씀하세요."

"전례를 깨고 특별조사팀 전원이 모인 자리에서 저를 취조해주십시오."

자오톄민이 미간을 찡그리며 물었다.

"왜죠?"

장차오가 웃으며 대답했다.

"이 조건이 만족되어야 여러분들이 진심으로 빌딩 안으로 들어와 자세히 살펴보고 싶어 한다는 걸 증명할 수 있습니다."

제57장

2012년 4월, 꽃이 피고 만물이 소생하는 따사로운 봄날.

검찰원 판공실의 우 주임이 손에 큰 봉투를 들고 번화가로 나왔다.

거리를 오가는 인파들 속에서 우 주임은 멀지 않은 곳에 자리한 조그마한 점포를 향해 눈길을 던졌다. 3~4평방미터 크기의 점포는 옆 매장의 여분 공간을 빌린 것으로, 밖에는 '핸드폰 수리, 필름 부착, 중고 핸드폰 회수 및 판매, 핸드폰 고속 충전'이라고 적힌 현수막이 걸려 있었다. 입구 근처의 유리 진열대 안에는 중고 핸드폰들이 진열돼 있었고, 카운터 뒤쪽에서는 한 남자가 고개를 숙이고 열심히 핸드폰을 수리하고 있었다.

제자리에 서서 남자를 한참 동안 바라보던 우 주임이 이내 큰 결심을 한 듯 천천히 가게로 들어갔다. 카운터 앞에서 발걸음을 멈춘 우 주임은 묵묵히 안쪽에 있는 남자를 응시했다.

잠시 후, 남자는 자신 위에 드리워진 사람 그림자가 오랫동안 움직이지 않는 것을 발견하고 고개를 들었다. 가까스로 상대를 알아본 남자의 얼굴에 환한 미소가 떠올랐다.

"우 주임님!"

"샤오장!"

우 주임의 눈에 수많은 감정이 서렸다. 이제 겨우 서른이 넘은 남자에게서는 벌써 흰머리가 보였다. 그가 웃음 짓자 이마와 눈가에 짙은 주름이 패었다. 그는 더 이상 젊지 않았다. 예전처럼 세련된 멋과 의연함, 그리고 온몸에서 에너지가 넘치던 그 장양이 아니었다.

장양이 카운터를 열어젖히고 우 주임에게 반갑게 인사하며 안으로 들어오라고 말했다.

우 주임은 벽에 기대고 앉아 작은 점포를 둘러봤다. 그러고 나서 한때 여러 해 동안 함께 일했던 검찰관에게 다시 눈길을 던졌다. 그가 잠시 머뭇거리다가 조심스럽게 물었다.

"출소한 지 벌써 반년이 지났군. 그동안 잘 지냈나?"

장양이 머리를 긁적이며 애매모호한 미소를 지었다.

"그럭저럭요. 복역 기간 동안 취업훈련이 있어서 핸드폰 수리를 배웠어요. 기술이 있으니 그나마 다행이죠."

"장화대학교를 졸업한 수재가 어쩌다……."

목이 메어 흐느끼는 우 주임 앞에서 장양이 대수롭지 않은 듯 웃었다.

"이게 학력과 무슨 상관이에요. 장화대학교 졸업생은 핸드폰을 수리하면 안 된다고 누가 그래요? 베이징대학교를 졸업하고 돼지를 잡는 사람도 있는데. 어쨌든 살아가려면 뭘 해서라도 밥벌이를 해야죠."

"수감된 것도 실은……." 우 주임이 깍지를 꽉 꼈다. "계속 시 검찰원과 성 검찰원에 상소하고 있다고 들었네."

장양이 대번에 웃음을 지우고 진지하게 말했다.

"전 함정에 빠져서 억울하게 3년간 교도소에 갇혀 있었어요. 또 회유에 속아서 자백서까지 썼고요. 반드시 공정한 판결을 요구할 겁니다. 기각되더라도 끝까지 싸울 거예요."

"이건 공검법이 연합해서 내린 판결이야. 판결을 바로잡기가 너무 힘들어. 힘들다고……."

장양이 슬쩍 경계하는 눈빛을 드러내며 날카롭게 따졌다.

"주임님, 상소를 포기하라고 설득하러 오신 겁니까?"

우 주임이 말없이 고개를 숙였다.

"그건 불가능해요!"

장양이 차갑게 웃으며 고개를 저었다.

"절대로 불가능합니다. 제가 억울하게 교도소에 수감된 일을 바로잡는 건 단지 시작이에요. 애초에 저 자신을 위해서……."

우 주임이 손을 내저으며 천천히 수긍했다.

"나도 알아. 자네 본인을 위해서가 아니라 쑨훙윈 일당을 법의 심판대에 올리기 위해 이러는 거잖아."

장양이 순간 흥분하기 시작했다.

"근데 증거가 없습니다. 지금까지 찾았던 증거는 다 어디로 간 거죠?"

장양의 눈시울이 붉어졌다.

"우리가 찾은 증인은 살해됐고, 용의자는 공안국에서 죽었어요. 또 저와 주 형님이 당한 일은요? 어떻게 여기서 포기해요? 이런 일조차 정의를 실현할 수 없다면, 도대체 법은 배워서 뭐하냐고요!"

우 주임이 일어서서 두 손으로 장양의 어깨를 꼭 잡으며 그를 진정시켰다. 그렇게 한참이 지나고 우 주임이 힘들게 말을 꺼냈다.

"나는 이번 달에 은퇴하네. 그런데 지금까지 마음속에 감춰둔 일이 하나 있어. 그 일이 생각날 때마다 당시 내 결정이 틀린 것은 아닌지 의심하곤 했지."

장양이 고개를 들었다. 어느새 노인이 된 우 주임이 눈물을 흘리고 있었다.

"실은 허우구이핑이 찍은 사진이 나한테 있네. 그는 웨쥔의 여아 성폭행 사건을 검찰원에 세 번 신고했는데 모두 내가 응대했거든. 세 번째로 신고하러 왔을 때 나한테 그러더라고. 공안국에 신고했더니 거기서는 조사 결과 자살한 여아의 체내에서 채취한 정액이 웨쥔의 것과 불일치한 것으로 드러났다고 답했대. 웨쥔이 한 일이 아니기 때문에 입안할 수 없다고 말이야. 하지만 허우구이핑은 그 말을 믿지 않았어. 그래서 카메라를 들고 뒤쫓다가 차에 다른 소녀를 태우고 카언 호텔로 가는 웨쥔을 발견했다더군. 웨쥔은 호텔 입구에서 어린 소녀를 다른 남자 몇 명에게 넘겨줬고, 그중 한 남자가 아이를 데리고 그 안으로 들어갔대. 나머지 사람들까지 다 떠난 다음에 허우구이핑은 호텔로 뛰어들어가 그 소녀를 구하려 했지만, 호텔 경비원에 의해 쫓겨났다고 했어. 당시 웨쥔이 여자아이를 남자들에게 넘기고 그중 한 명이 아이를 호텔로 데리고 가는 과정이 모두 사진에 찍혔어. 허우구이핑은 이 사진이 비록 어린아이를 협박해 성폭행했다는 직접적인 증거가 되진 못해도, 공안이 조사에 착수하기엔 충분한 단서가 될 거라고 말했지. 공안국에 사진을 보내도 입안할 기미를 보이지 않자, 몇 장 더 뽑아서 우리 검찰원에 보낸 거야."

우 주임이 기억을 더듬으며 허우구이핑이 찾아왔던 날을 떠올렸다. 열정이 넘쳤던 젊은 교육지원 교사를 떠올리자 저절로 눈에 눈물이 고였다.

"그 다음은요?"

장양이 심각한 표정으로 사진을 들춰봤다. 사진은 바깥에서 찍은 것으로 그들의 범죄를 실질적으로 증명할 정보는 없어 보였다.

"이 사진들 외에 허우구이펑은 여학생들 이름이 적힌 명단 하나를 가지고 왔어. 여기 있는 여학생들이 모두 웨쥔의 중개로 다른 남자들에게 성폭행당했다고 말했지. 다른 학생들의 입을 통해 알아낸 거라 아주 정확하진 않지만, 이 명단을 근거로 조사하면 반드시 피해자를 찾을 수 있을 거라고 말했네."

장양이 다급히 물었다.

"그럼 사람을 파견해서 조사했습니까?"

우 주임이 오랫동안 입을 꽉 다물고 있다가 결국 고개를 숙였다.

"아니, 나는 허우구이펑에게 이 일에 관여하지 말라고 권했어. 얽혀 봤자 신상에 좋을 거 없다고. 그러자 그 청년은 화를 냈지. 그렇게 불같이 화를 내다가 떠났어."

장양이 고통스럽게 소리쳤다.

"왜 조사를 안 했습니까? 사진도 있고 명단도 있잖아요. 이 정도 단서로도 부족한 겁니까! 그때 주임님이 조사만 했다면 죽은 사람도, 교도소에 수감된 사람도 없었을 거라고요!"

"난……."

우 주임이 죄책감에 깊은 한숨을 토해냈다.

"나는 자네처럼 용감하지 않네. 사진 속 인물이 너무 거물급이야. 나…… 나는 도저히……."

우 주임이 두 손으로 얼굴을 가리고 목 놓아 울었다. 장양은 이런 우 주임을 처음 봤다. 은퇴를 앞둔 노인이 오열하는 모습에 장양은 차마 더 이상 탓하지 못하고 어깨만 두드려줬다. 문득 무력감과 허탈감이 밀려왔다.

제58장

"이렇게 된 거였군. 이렇게 된 거였어!"

어느새 반백이 된 주웨이가 누렇게 변색된 사진을 들고 크게 소리 내어 웃다가 코를 훌쩍이고 눈시울을 붉혔다.

장양이 미심쩍은 듯이 주웨이를 쳐다봤다.

"뭐가 있어요? 그냥 평범한 사진이잖아요. 증거도 안 되고, 증명할 것도 없잖아요. 근데 아쉐하고 우 주임님한테는 이 사진이 굉장히 중요한 것처럼 보이나 보네요?"

주웨이가 연신 고개를 끄덕였다.

"중요하지, 중요하고말고. 그거 알아? 허우구이핑은 이 사진을 찍어서 죽은 거야!"

장양은 여전히 이해가 되지 않았다.

"사진 속의 인물들이 누군지 알겠어?"

"웨쥔, 리젠궈, 후이랑, 쑨훙윈이 다 등장하잖아요. 그리고 낯익은 사람도 몇 있고. 여학생을 데리고 들어가는 남자는 어디서 본 거 같긴 한데 도저히 생각이 안 나네요."

주웨이가 사진에서 여학생을 데리고 들어가는 남자의 머리를 손가락으로 쿡 찔렀다.

"이때는 상무 부시장*이었고, 지금은 성 조직부** 부부장인 샤리핑夏立平이야!"

장양이 놀라서 숨을 들이켰다.

주웨이가 이어서 설명했다.

"당시 샤리핑은 칭시의 일상 업무를 주관하고 있어서 권력이 장난 아니었거든. 우 주임은 한눈에 샤리핑을 알아보고 이 사건에서 자기가 할 수 있는 건 없다는 사실을 알아채고 허우구이핑에게 포기하라고 권유한 거야. 근데 허우구이핑은 그러지 않았지. 핵심적인 증거를 찾았다고 생각하고 공안국에 사진을 제출했으니, 리젠궈가 그 사진을 봤겠지. 실질적인 증거는 아니라도 이 사진이 폭로되면 어떻게 될까? 어린 소녀를 데리고 호텔로 들어간 것에 대해 샤리핑이 뭐라고 변명할까? 쑨훙윈 일당이 샤리핑 같은 공직자들에게 성상납을 제공하고 불법 이득을 취했다는 건 조사하면 다 드러나게 돼 있어. 그래서 놈들은 위험을 무릅쓰고 허우구이핑을 살해하는 더 큰 범행을 저지른 거야. 어떤 대가를 치르더라도 사진을 되찾으려고 말이지! 나중에 딩춘메이와 왕하이쥔을 죽인 것도 모두 놈들이 최초에 저지른 범행을 숨기기 위해서였어. 그러다 보니 저지른 죄는 점점 늘어난 거고. 나랑 자네가 당한 일도 전부 이 사진 때문인 거지!"

장양이 믿을 수 없다는 듯 고개를 저었다.

"우리가 웨쥔에게 자백을 강요했을 때 고위 간부가 관련되어 있다는 말은 없었잖아요."

---

* 시 정부의 일상 업무를 담당하며, 시장이 공석이거나 부재중인 기간에 시장의 직무를 대행한다.

** 성 전역의 인사를 주관하는 부처.

주웨이가 경멸하듯 콧방귀를 뀌었다.

“웨쥔은 기껏해야 리젠궈 정도만 알겠지. 감히 높디높은 고위 간부를 어떻게 알겠어? 이 사건에서 웨쥔은 제일 밑바닥에서 사냥감을 찾는 역할밖에 안 돼. 윗선에서 하는 거래를 웨쥔이 알게 할 리 없잖아. 그래서 그놈들한테 입막음을 당하지 않고 아직까지 살아 있는 거고.”

장양이 의자에 쓰러지듯이 기댔다. 지난 10년 동안의 일들이 눈앞에 선명히 되살아났다.

주웨이는 한 손을 뺨에 대고, 다른 한 손은 힘없이 담배를 든 채 먼 곳을 응시했다.

한참을 이렇게 있다가 장양이 몸을 일으키자 주웨이도 몸을 곧추세웠다.

장양이 주웨이를 바라보며 씩 웃었다.

“아쉐, 그럼 이제 어떻게 조사할까요?”

주웨이가 주먹으로 장양을 한 대 툭 치며 웃었다.

“자네가 계속 조사할 줄 알았어.”

“그럼 어떻게 해요? 제가 3년간 옥살이 한 것도, 아쉐가 몇 년간 교육 이수를 받은 것도 다 허사가 되는데. 아쉐는 통과한 과목이 하나도 없잖아요. 쯧쯧, 그렇게 머리가 안 좋으면서 경찰이 되어 사건은 어떻게 해결한 거예요?”

주웨이가 크게 웃었다.

“맞아. 너무 멍청해서 사건 해결을 못 하니까 지금은 형사 짓을 못 하잖아. 파출소로 좌천돼서 매일 동네 부부싸움이나 말리기, 잃어버린 지갑 찾아주기, 시시한 사람들이랑 잡담하기로 세월을 보내고 있지. 근데 자네는 명문대 졸업생이잖아. 그렇게 똑똑한 사람이 검찰관은 안 하고 핸드폰이나 수리하고 있으니 말이야. 대단한 포부야."

"지금 핸드폰 수리하는 일 무시하는 거예요? 제가 핸드폰 절도단에 대한 단서를 알려줘서 아쉐가 공도 세우고 표창도 받았잖아요."

"맞아. 상여금 200위안 받아서 자네한테 훠궈를 쏘는 데 300위안이나 썼지."

"파출소에 있는 동료들도 같이 가서 먹었는데, 어떻게 제가 다 먹은 거예요?"

두 사람은 웃음을 터뜨렸다. 모든 것을 다 쏟아내듯 한참 웃고 나서 주웨이가 진지하게 말했다.

"세월이 너무 많이 흘렀어. 당시에 성폭행 사건이 어떻게 발생했든 지금은 물증도 없고 직접적인 증거도 없어. 하지만 허우구이핑이 작성한 명단에 있는 여학생을 찾아 폭행당한 일을 진술하게 하고 이 사진과 함께 기위에 신고하면 될 거야. 성급 기위가 못 하면 국가 기위에 신고하면 돼. 국가 기위는 반드시 조사할 거야. 이건 미끼에 불과해. 기위가 조사하기만 하면 틀림없이 쑨훙윈과 샤리핑 사이에 오간 다른 비리 증거도 드러날 테고, 그러면 놈들을 쓰러뜨릴 수 있어."

장양이 기뻐하며 손뼉을 쳤다.

"이거 통했네요. 제 생각도 그래요!"

제59장

"자신 있어? 명단에 있는 여학생 넷 중 웡메이샹은 사망, 한 명은 아니라고 하니까 이제 두 명 남았어."

주웨이가 장양의 어깨에 손을 얹었다.

"어제 그 학생은 아예 어렸을 때 웨쥔에게 끌려간 적이 없다고 말했어요. 단호한 태도로 봐서 거짓말은 아닌 것 같은데, 혹시 허우구이핑이 작성한 명단이 잘못된 걸까요?"

"누가 알겠어? 우 주임도 그랬잖아. 이 명단은 학생들의 말을 근거로 은밀히 알아낸 것이어서 정확하지 않을 수도 있다고. 그래도 피해자는 확실히 이 중에 있어. 자, 도착했다. 이번엔 운이 트이길 기대해 보자고."

"여기라고요? 잘못 온 거 아니에요?"

"내가 명단에 있는 왕쉐메이네 고향까지 찾아가서 수소문 끝에 간신히 알아낸 거야. 내가 얼마나 고생했는데. 가서 속전속결로 끝내자고. 저녁에 라오천이 장시에 시찰 온 걸 환영하는 의미로 푸짐하게 술상을 차려놓는다고 했으니까, 하하!"

주웨이가 장양을 끌어당기며 건물 안으로 들어가려 했으나, 그는 제자리에 멈춰서 고개를 들고 입구 위에 '미인어 마사지'라고 적힌 알록달록한 간판을 쳐다봤다. LED 스크린에는 '마사지, 오일 마사지, 휴식 공간'이라는 글자가 지나갔다.

장양이 고개를 돌려 심각한 표정으로 주웨이를 쳐다봤다.

"여기가 확실해요?"

"11호, 여기가 맞아. 기억하기 쉽지. 숙식을 모두 여기서 한다니까 분명 안에 있을 거야."

주웨이가 장양을 끌고 가게 안으로 들어갔다.

가게는 아래층과 위층으로 나누어져 있었다. 그들이 안으로 들어가자 핑크색 초미니스커트 유니폼 차림의 가슴 큰 여자가 자리에서 일어나 반갑게 인사했다.

"두 분이세요? 일단 위로 올라가시죠."

여자가 카운터를 열고 나와 그들을 위층으로 안내하려 하자, 장양이 움직이지 않고 얼굴만 붉히면서 말했다.

"죄송하지만 왕쉐메이를 불러주십시오. 저희는…… 그녀와 밖에서 얘기를 좀 하고 싶어서."

여자가 바로 인상을 구겼다.

"그건 왕쉐메이와 직접 얘기하세요. 우린 출장 서비스는 안 하니까."

"그러니까…… 저흰……."

주웨이가 황급히 말을 끊었다.

"아무것도 아니니 신경 쓸 필요 없어요. 일단 위로 올라갈게요. 1시간, 11호로 하겠습니다."

장양이 고개를 돌려 경악에 찬 눈으로 주웨이를 바라봤다. 그 눈빛은 마치 지금 뭐 하는 거냐고 묻는 것 같았다.

"11호면 다른 한 분은요? 혹시 저는 어때요?"

주웨이가 황급히 발뺌하며 말했다.

"난 일이 있어서 이 친구만 잘 부탁해요. 꼭 잘 챙겨줘요. 계산은 이따가 내가 할 테니까."

주웨이는 얼어붙은 장양을 강제로 위층으로 밀어 넣고 신나게 밖으로 달아났다.

여자는 완전히 얼이 빠져 있는 장양을 7~8평방미터 크기의 작은 방으로 데려갔다. 어두침침한 조명이 비추는 방으로 들어가자 여자는 구석에 있는 샤워부스를 가리키며 먼저 씻고 있으면 11호 아가씨가 금방 올 거라고 말했다.

장양은 안절부절못하며 멀거니 서서 아무것도 건드리지 않고 주위만 둘러봤다. 잠시 후, 똑같은 유니폼을 입은 젊은 여자 한 명이 문을 열고 들어왔다. 화사하게 예쁜 얼굴은 아니었지만 단정하고 시원시원한 인상이었다.

"처음이에요? 먼저 씻으세요. 어떤 메뉴를 원해요?"

그녀가 부드럽게 물었다.

"어떤…… 메뉴라니?"

장양이 긴장한 어투로 묻자 그녀가 생긋 웃었다.

"일본 성인 마사지는 228번, 가슴으로 하는 마사지는 328번, 스타킹 전신 마사지는 598번, 전라 마사지는 789번이에요."

장양이 침을 삼키고 황급히 똑바로 앉아서 말을 얼버무렸다.

"그게…… 아니야. 내가 원하는 건 이런 게 아니라……."

그녀가 바로 말을 끊었다.

"저희는 풀 서비스까지는 안 해요. 지금은 이 정도가 전부지만, 충분히 즐겁게 해드릴 테니 걱정 마세요."

그녀는 가까이 다가와 장양의 바지 지퍼를 내리려고 했다.

장양이 황급히 뒤로 물러나며 질문을 던졌다.

"허우구이핑 기억하니?"

그녀가 멈칫했다. 몇 초가 지나자 딱딱한 표정으로 장양을 쳐다봤다.

"누구시죠?"

"나…… 난 허우구이핑의 친구야."

"뭐 하러 왔어요?"

"혹시…… 어렸을 때 난쟁이 웨쥔이 널……."

"그만!"

그녀가 날카롭게 소리쳤다.

"당신이 하는 일에 관심 없으니까 딴 사람 찾아봐요."

바로 몸을 돌려 나가려 하는 그녀를 장양이 다급히 붙잡았다.

"허우구이핑은 네 선생님이었잖아. 그때 너무 억울하게 죽었고. 죽은 후로는 웡메이샹을 성폭행한 범인이라는 소리까지 들었어. 너도 알고 있지?"

그녀는 몇 초간 주저하다가 뒤를 돌아 사납게 장양을 쏘아봤다.

"그게 나랑 무슨 상관인데요? 그게 언제 적 일인데, 이제 와서 그런 걸 묻는 거죠?"

"난…… 당시 피해자들이 나서줬으면 해서. 넌 그때 반장이었잖아. 허우구이핑은 학생들한테 잘해줬고. 그러니까 네가……."

그녀는 눈시울을 붉혔다. 그러더니 장양을 손으로 가리키며 울먹였다.

"도대체 당신이 누군데 왜 이제 와서 오래전 일을 묻는 거예요?"

"나…… 난 예전에 검찰관이었어. 이 사건을 조사했었고."

"그럼 왜 그때 범인을 안 잡고 이제 와서 나한테 물어요? 지금 내 꼴을 봤잖아요? 내가 왜 이렇게 됐는데! 도대체 왜!"

"미안하다, 난……."

"가요. 가라고요! 내가 그 일을 떠올리고 싶을 거 같아요? 누가 죽든 말든 나랑 무슨 상관인데. 난 절대 말하지 않을 거예요! 다 잊고 싶단 말이에요. 난 난쟁이가 누군지도 몰라요. 당신이 나한테 뭘 요구하려는 건지 관심도 없지만, 딱 한마디만 할게요. 난 못 해요. 그러니까 내가 알아서 살게 그냥 내버려두고 빨리 가라고!"

그녀는 그렇게 장양을 손으로 가리키며 꼼짝도 하지 않았다.

그녀와 몇 초간 마주보던 장양이 결국 말없이 그 곁을 지나 문을 열고 터덜터덜 나갔다.

제60장

“자, 사양하지 말고. 우리 천 사장 사업이 이렇게 잘되는데 이 정도 먹고 마신다고 거덜 나겠어?”

주웨이가 크게 웃으며 세 사람의 잔에 술을 가득 따랐다.

천밍장이 주웨이와 장양을 흘끔 쳐다봤다. 주웨이의 얼굴에는 웃음기가 가득했지만, 장양은 시종일관 미간만 좁히고 있었다. 천밍장이 의아해하며 물었다.

“오후에 한다던 일은 잘됐어?”

주웨이가 크게 웃으며 대답했다.

“오후에 그 당시의 학생을 찾아서 업소에 갔었거든. 왜 그런 업소 있잖아. 원래는 샤오장이 그 학생과 얘기를 끝내면 다른 곳으로 가서 피로 좀 풀려 했지. 어쨌든 이 친구가 요즘 기분전환을 하러 나간 적이 없으니까 말이야.”

천밍장이 헛웃음을 터뜨렸다.

“샤오장이 그런 곳을 가겠어? 근데 핑캉 바이쉐가 어떻게 그런 곳도 알아?”

“파출소에서 몇 년 일하다 보니 자연히 알게 되더군.”

말을 마친 주웨이가 곧바로 손을 휘휘 내저었다.

"괜한 오해하지 마, 난 아직 순결하다고."

"그래서? 어떻게 됐는데?"

주웨이가 깊은 한숨을 내쉬며 사정을 알려주었다.

"그 학생은 피해자가 맞아. 근데 예전 일에 대해서 한마디도 하기 싫대."

천밍장이 고개를 끄덕였다.

"당연한 일이지. 벌써 10년이나 지난 일이야. 자네 같으면 말하고 싶겠어?"

장양이 말없이 고량주를 단숨에 들이켜고 술병을 들어 자기 잔에 따랐다.

주웨이가 위로했다.

"괜찮아. 마지막으로 아직 한 명이 남았잖아. 거리라는 그 여학생은 진술하러 나서겠다고 할 수도 있으니 너무 낙심 마. 샤오장, 오늘은 이런 얘기 그만하지. 이번에 우린 장시로 여행을 온 거야. 라오천이 맛있는 술과 음식을 대접해서 돈 한 푼 쓸 필요가 없으니 얼마나 기분 좋아. 얼굴 그만 찡그리고. 술잔을 들어서 이 순간을 즐겨야지, 암!"

주웨이의 흥을 깨뜨리고 싶지 않았던 장양이 표정을 풀고 술잔을 주고받았다.

술잔이 몇 순배 돌고 나자 천밍장이 다시 오랜 벗들의 생활에 관심을 보였다.

"아쉐, 자네 아들이 경찰이 됐는데 내가 용돈도 못 챙겨줬군."

"뭐 하러 그래."

주웨이가 그럴 필요 없다는 듯이 손사래를 쳤다.

"아들놈한테는 내 유전자가 별로 없나 봐. 이 녀석이 형사 일은 힘들다고 글쎄…… 경제범죄 수사팀에 지원했지 뭐야. 어휴, 경제범죄 수사팀이 뭐 하는 곳인지 알아? 매일 나이 먹은 아줌마들이 몰려와서 돈을 사기당했다느니, 다단계 판매에 걸렸다느니 그런 신고나 하는 곳이야. 친절하게 대해주면 득의양양해서 사기당한 돈이 얼만데 아직도 조사를 안 하느냐고 욕하지, 설명하는 태도가 조금이라도 불친절하면 바로 민원을 넣어버리지. 그 녀석은 도대체 뭐가 되려고 그러는지 몰라!"

"잘했는데 뭘. 자식이 하는 일에 뭘 그렇게 신경 써? 자네처럼 형사가 되면 결국 파출소로 승진이나 가게 될걸? 몇 년 후에 정부가 은퇴 연장 정책을 발표하면, 아마 은퇴 전에 치안요원까지 승진할지도 모르지."

즐겁게 비꼬는 천밍장의 말에 모두가 크게 소리 내어 웃었다.

이번에는 천밍장이 장양에게 시선을 주었다.

"샤오장, 어느덧 자네 아들이 유치원 졸업반이어서 하반기에는 초등학교에 들어간다지? 내가 축의금 좀 준비했으니 받아."

장양은 천밍장이 건네는 두둑한 봉투를 극구 사양했지만, 나머지 두 사람이 강제로 장양에게 넣어두라고 건넸다. 장양이 눈시울을 붉히며 봉투를 손에 꼭 쥐었다. 눈에서 금방이라도 눈물이 떨어질 것 같았다.

주웨이는 장양이 눈물을 거두게 하려고 술잔을 들고 큰 소리로 건배를 외쳤다.

천밍장이 장양을 다정하게 바라보며 말했다.

"일이 잘되든 못되든 이번에 끝나면 다시 결혼해. 아쉐 말로는 자네 전처가 아직 다른 데 시집도 안 가고 집 앞 슈퍼에서 널 기다린다며? 출소한 지 반년이 지났는데 만나는 봤지?"

장양이 코를 훌쩍였다.

"몇 번 만났어요. 근데 상소도 아직 안 끝났잖아요. 그래서 전……."

"내 말 들어. 상소 제기가 성공하든 말든 올해 말까지만 해. 올해 말까지야, 알았어? 그리고 내년에 재혼해. 우리도 축하하러 갈 테니까."

천밍장이 진지한 눈빛으로 장양을 바라봤다. 장양은 한참을 대답하지 않다가 서서히 고개를 끄덕였다.

그들은 크게 웃으며 서둘러 술잔을 들고 장양을 위해 건배했다.

장양은 순간 마음이 따뜻해지는 걸 느꼈다. 그는 탁자 위에 놓인 축의금을 바지 주머니에 넣다가 갑자기 벌떡 일어나서 온몸을 더듬었다.

"왜, 무슨 일이야?"

주웨이가 물었다.

"지갑이 없어졌어요."

다급한 표정으로 온몸을 한 차례 더듬던 장양은 지갑이 사라진 것을 확인하고 얼굴을 찌푸렸다.

"아마 업소에서 급하게 나오다가 주머니에서 떨어졌나 봐요."

주웨이가 물었다.

"얼마나 들었는데?"

"얼마 안 돼요. 1000위안쯤……."

주웨이가 재빨리 받아쳤다.

"라오천이 보상해줄 거야. 라오천, 괜찮지?"

"그럼, 그럼."

"자, 지갑 따위는 신경 쓰지 말고 일단 술이나 마시자고."

주웨이가 장양보고 앉으라고 손짓했지만, 그의 눈시울은 점점 더 붉어졌다.

"신분증이랑 카드도 다시 만들어야 되고……."

주웨이가 손을 내저었다.

"내가 파출소에서 전문으로 하는 일이 그런 거잖아. 걱정 마. 일단 임시조치만 해놓고, 돌아가서 내가 제대로 다 처리해줄 테니까."

"하지만 지갑을 잃어버렸어요. 지갑을 잃어버렸다고요……."

장양이 계속해서 중얼거리다가 큰 소리로 엉엉 울기 시작했다. 주웨이와 천밍장은 그저 가만히 그 애처로운 모습만 지켜봤다.

지난 10년간 수많은 일을 겪으며 장양은 인상을 쓰기도, 고뇌하기도, 포효하기도 했지만 그래도 언제나 웃는 낯을 보였다. 언제나 희망을 안고 앞을 향해 발걸음을 내디뎠다.

이 10년간 장양은 한 번도 눈물을 보인 적이 없었다.

그런데 오늘은 지갑을 잃어버린 일을 가지고 울음을 터뜨렸다. 처음으로 이렇게 소리 내어 펑펑 울었다…….

한참을 울다가 지친 장양이 기침을 하기 시작했다. 주웨이와 천밍장이 옆으로 다가가 등을 두드려줬지만 기침은 점점 더 격렬해졌다. 그때 장양이 입에서 피를 토해내며 그대로 의식을 잃고 쓰러졌다.

제61장

가오둥이 코를 매만지며 곰곰이 생각했다.

“장차오가 특별조사팀 전원 앞에서만 자백하겠다고 요구했단 말이지?”

“네, 그렇게 많은 사람들 앞에서 도대체 무슨 말을 하려는 건지 모르겠지만, 비교적 민감한 사안일 것 같아 우려가 됩니다.”

자오톄민의 얼굴에 난처한 기색이 드러났다.

“옌량은 뭐라고 하던가?”

“그냥 소집하면 되지 않느냐고 하는데, 옌량은 이쪽 사람이 아니니 당연히 전반적 상황을 고려할 필요가 없지 않습니까.”

가오둥이 양미간을 찌푸린 채 고민하다가 물음을 던졌다.

“그 조건을 수락하지 않고 취할 수 있는 다른 방법은 없겠지?”

“장차오가 매우 강경하게 나오고 있습니다.”

가오둥이 웃으며 말했다.

“그럼 그대로 처리하지. 자네는 그저 장양 피살사건을 해결하기 위해 맡은 바 업무만 충실히 할 뿐 배후의 다른 요소는 신경 쓰지 말게.”

가오둥이 잠깐 말을 멈추고, 돌연 목소리를 낮추며 충고했다.

"명심하게. 이 일은 오로지 자네의 본분에 따라 사건을 해결하기 위해 하는 일이야. 사람이 아닌 수사에만 집중해. 그 누구도 겨냥하지 마."

다음 날, 자오톄민은 각 부처에 연락해 특별조사팀의 회의를 다시 열었다. 회의에서 자오톄민은 장차오가 특별조사팀 전원이 모인 자리에서만 사건 정황을 사실대로 자백하겠다고 말한 사실을 알렸다.

팀원 대부분은 이 요구에 반대하지 않았다. 사건의 파장이 워낙 커 사회 각계에서 줄곧 경찰의 수사 진행상황을 주시하고 있기 때문에 신속히 사건을 해결해 소란을 수습하는 것이 급선무였다. 반면, 이것이 용의자의 의도적인 장난이자 사법의 권위를 무시하는 행동이라며 이 요구를 받아들여서는 안 된다고 주장하는 이들도 있었다.

결국 논의 끝에 특별조사팀은 투표로 이 사안을 통과시켰다. 반대파들 중 일부는 윗선에 보고하려 전화를 걸러 나가는 사람도 있었지만, 자오톄민은 모르는 척하며 즉시 전원을 데리고 구치소로 향했다.

임시 취조실로 만든 면회실에서 장차오는 공안계통과 검찰계통의 지도부를 포함해 특별조사팀의 각 지도부 인사들을 보고 옌량과 자오톄민에게 넌지시 눈길을 보냈다. 옌량은 그 눈길에 담긴 감사의 의미를 알아차렸다.

장차오는 허우구이핑 사건부터 이야기를 시작했다.

장양이 어떻게 해서 그 사건을 맡았으며 리젠궈 등이 온갖 술수로 방해했지만 우여곡절 끝에 입안에 성공한 일. 조사를 시작하고 찾아낸 증인 딩춘메이가 그날 밤에 실종되어 소식이 끊긴 일. 또 다른 주요 증인 웨쥔을 공안국으로 끌고 가서 조사하려 했지만, 리젠궈 등이 취조를 막은 일. 그 이후 살해될 뻔한 웨쥔이 궁지에 몰려 자백했지만 핸드폰 녹음이 불법 증거로 분류되어서 배제된 일. 그 불법 취조로 주웨이가 구류되고 직위해제된 채 3년간 연수를 받아야만 했던 일. 장양이 검찰원에서 완전히 고립되면서 처음부터 그를 응원해줬던 여자친구와 헤어진 일. 몇 년이 지나 왕하이쥔이 후이랑의 사주를 받아 딩춘메이를 살해한 정황을 알아냈으나 취조 중 그가 공안국에서 돌연사한 일. 왕하이쥔의 몸에서 바늘구멍을 발견했으나 당시 책임자인 리젠궈가 아무 처분도 받지 않은 일. 장양이 왕하이쥔의 비정상적 죽음에 대해 계속 추적하자 후이랑이 장양의 아들을 납치한 일. 장양과 주웨이가 후이랑을 구타해서 결국 정직당한 일. 이후 장양이 아내와 이혼하고 수년간 홀로 힘겹게 싸우며 오판 사건 자료를 작성해 상급기관에 신고한 일. 하지만 후이랑이 파놓은 함정에 빠져 뇌물수수 혐의로 체포된 일. 장양의 변호를 맡은 장차오는 당시 정황상 법리적으로 승소할 확률이 크다고 판단했지만, 지도부의 결정을 바꾸기 어렵다며 현실을 고려해 타협하라고 압박을 받은 일. 장차오는 장양이 죄를 인정하면 집행유예 선고와 공무원 신분 유지를 보장해주겠다는 상부의 약속을 믿고 장양을 설득해서 시키는 대로 했지만 결국 3년간 수감되었던 일.

지난 10년간 오판 사건을 바로잡기 위해 걸어온 길은 그야말로 처절함 그 자체였다.

허우구이핑의 죽음을 기점으로 범죄 집단은 어린 여자아이들을 이용해 성상납을 제공한 사실을 감추기 위해 끊임없이 더 큰 범죄를 저지르며 제보자를 공격하고 증거를 인멸하며 거짓말의 몸집을 점점 더 키워나갔다.

쑨훙윈도 처음에 고위급 간부에게 뇌물을 줄 때는 두려웠을 것이다. 하지만 점점 더 큰 범죄로 앞서 저지른 잘못을 덮으면서 범죄행위가 어느덧 습관이 되었을 터였다.

사람들은 자기가 처음 신호를 위반한 순간은 기억하지 못하지만, 그 처음이 있었기에 그다음이 존재하는 것이다.

진실을 밝히기 위해 고군분투했던 경찰과 적자지심을 잃지 않았던 검찰관은 결국 바닥까지 추락하고 말았다.

장차오의 자백은 오랫동안 이어졌지만 그 누구도 중간에 질문을 던지지 않았다. 그저 장차오가 말하는 믿기 힘든 진실을 모두가 숨죽여 들었다.

장차오는 흥분도, 책망도, 원망도 없이 처음부터 끝까지 차분하게 설명했다.

무려 10년간 일어난 일들을 담은 긴 이야기는 듣는 사람마저도 마치 그만큼의 세월이 흐른 것 같은 느낌을 받게 만들었다.

장차오의 이야기가 끝나자 사람들은 그제야 제대로 숨을 내쉬었다. 길고 긴 침묵이 흐르는 가운데 한 검찰관이 모두가 마음속에 품고 있던 질문을 던졌다.

"지금 말한 이야기에 증거가 있습니까?"

장차오가 천천히 고개를 저었다.

"모든 실질적 증거는 인멸됐습니다. 지금은 당시 불법으로 취득한 증거만 남아 있습니다."

한바탕 수군거림이 지나고 누군가가 다시 질문했다.

"확실한 물증도 없고, 또 오래된 일이라 이제 와서 증거를 확보할 수도 없는데 당신 말을 우리가 어떻게 믿으라는 거죠?"

장차오가 평온한 태도로 부정했다.

"여러분에게 제 말을 믿어달라고 할 생각은 없습니다. 그저 여러분에게 이 이야기를 알리고 싶었을 뿐입니다."

방금 질문한 사람이 의혹 어린 눈초리로 장차오를 쏘아봤다.

"그런 이야기나 들으려고 우리가 오늘 여기에 모인 게 아니란 걸 잘 알 텐데요."

장차오가 웃었다.

"물론 높으신 분들께서 바쁜 와중에도 오늘 이 자리에 모인 이유는 장양의 사망 때문이겠죠. 하지만 이 문제를 논하기 전에 여러분의 시간을 몇 분만 빼앗게 될 이야기가 하나 더 있습니다. 처음에 장양은 허우구이핑이 웨쥔의 여아 성폭행 사건을 신고했기 때문에 살해당했다고 생각했습니다. 하지만 조사를 거듭할수록 이상했습니다. 웨쥔이 아이를 성폭행한 것도 아닌데 범인은 왜 위험을 감수하고 살인이라는 더 큰 죄를 저지른 걸까? 장양은 출소 후에 그 이유를 알게 됐습니다. 그해 장양은 허우구이핑이 당시 찍은 사진을 몇 장 입수하게 됐는데, 그 사진에는 당시의 칭시 부시장이자 현재 조직부 부부장인 샤리핑이 여자아이를 데리고 호텔로 들어가는 장면이 찍혀 있었습니다."

장차오는 사람들의 얼굴에 '스케일이 큰 사건이다'라는 표정이 떠오르는 것을 발견했지만 모른 척하고 설명을 이어나갔다.

"물론 그 사진 몇 장이 샤리핑의 비리 증거가 될 순 없겠지만, 사진에 찍힌 높으신 간부의 비정상적 행동은 허우구이핑의 목숨을 빼앗을 이유로는 충분했습니다. 후이량이 왜 장양 사망 전 그에게 20만 위안을 송금했는지 아십니까? 그건 장양이 후이랑에게 전화를 걸어 그 사진에 대해 말했기 때문입니다. 장양은 후이랑에게 사진을 팔겠다고 말했지만, 계약금만 받고 나서 거래를 취소했습니다."

형사 한 명이 물었다.

"그럼 후이랑이 장양을 죽였다는 겁니까?"

장차오가 애매모호한 웃음을 지었다.

"그렇게 말하긴 어렵습니다."

"그럼 당신은 왜 자백했다가 다시 진술을 번복한 거죠?"

"이 질문에 대한 답은 지금 하긴 어렵고, 요구를 하나 더 들어준다면 말씀드리죠."

검찰관 한 명이 물었다.

"조건이 뭡니까? 10년이나 지난 사건의 판결을 뒤집고 싶은 겁니까? 하지만 증거가 없잖아요. 이미 오래전 일이라 우리도 실질적인 증거를 찾을 수 없고요."

장차오가 고개를 흔들었다.

"판결을 뒤집으려는 게 아닙니다."

옌량이 불쑥 끼어들었다.

"그럼 대체 원하는 게 뭔가요?"

"그 사진을 보면 옌 교수님은 제 요구가 무엇인지 눈치채실 겁니다."

"사진은 어디에 있습니까?"

"저희 집 책장에 꽂혀 있는 서류봉투 안에 있습니다."

회의를 마치고 면회실에 남아 옌량과 사건에 대해 상의하던 자오톄민은 전화 한 통을 받고 나서 의아한 표정으로 그를 쳐다봤다.

"장양은 후이랑이 사주한 사람한테 살해당한 게 아닌 것 같은데?"

옌량은 이미 다 알고 있었다는 듯한 표정을 지으며 대꾸했다.

"당연히 후이랑이 한 짓이 아니지."

"그럼 왜 진즉에 말해주지 않았나?"

자오톄민이 원망스러워하자 옌량이 한숨을 내쉬고 먼 곳을 응시하며 천천히 말했다.

"이 사건의 배후에 더 놀라운 이야기가 숨어 있을 거란 건 일찌감치 눈치챘지만, 내 잔재주로 장차오의 계획을 망치고 싶지 않았어. 난 특별조사팀이 그의 계획대로 조사하면 좋겠군. 그래야 더 많은 사람이 이 내막을 알게 될 테니까."

자오톄민이 옌량의 의도를 이해하고 입매를 굳혔다. 잠시 후, 자오톄민이 탄식했다.

"부하를 보내 장양에게 20만 위안을 준 일에 대해 후이랑에게 물어보라 지시했어. 그랬더니 후이랑도 20만 위안의 송금 사실을 인정했다고 하더군. 하지만 사진에 대한 얘기는 일절 안 하고, 그저 장양이 출소하고 후이랑의 회사와 집으로 찾아와 소란을 피우면서 보상금을 요구했대. 장양이 회사에 뇌물을 요구한 걸 신고하는 바람에 교도소에 들어가게 됐다고 원망을 쏟아냈다지. 처음에는 무시하고 경찰에 신고할까 고민했는데 결국 동정심에 돈을 줬대. 당시 장양이 이미 폐암 말기였거든. 성급 종양 전문병원의 진단서도 있어."

옌량은 잠시 멈칫했지만 놀라지 않고 차분하게 말했다.

"그래서 그런 길을 선택한 거군. 죽음이 두렵지 않은 사람은 무서울 게 없지."

자오톈민이 여전히 이해가 되지 않는지 고개를 갸웃거렸다.

“장양은 의료보험이 없어서 병원 전산망에도 기록이 없었어. 그래서 우리도 장양이 사망하기 전에 이미 폐암 말기였다는 사실을 몰랐고. 근데 이제 보니 확실히 자살이야. 자살을 이용해 이 커다란 판을 짠 거지. 무려 10년간의 일에 대해 사회적 관심을 끌기 위해서 말이야. 하지만 당시 우리가 여러 방법으로 부검을 진행했는데 결과적으로는 타살이 확실했어. 도대체 어떻게 자살을 한 거지? 설마 장차오가 도운 건가? 하지만 그것도 불가능해. 장차오가 자살을 도왔다면 부검 감정에서 드러났을 거야.”

옌량이 입을 비죽였다.

“천밍장의 존재를 잊지 마. 그는 전문가야. 자네들이 사용하는 부검 감정 도구도 모두 천밍장의 회사에서 만든 거고. 그는 부검 감정 원리에 대해 제일 잘 아니, 타살 흔적을 완벽하게 모방할 수 있는 능력 정도는 충분하지.”

자오톈민은 크게 납득했다.

“그럼 천밍장도 이 사건에 개입했다는 거야? 그렇다면 장차오는 왜 스스로 수감되는 것도 마다하지 않고 이 사건 폭로를 위해 나선 거지? 장양과 관계가 아무리 좋았다고 해도 사업과 가정을 포기해야 할 만큼 큰 희생을 치러야 하잖아. 보통 사람은 애초에 시도조차 안 해.”

옌량이 한숨을 내뱉었다.

“그만큼 리징을 깊이 사랑하는 거지.”

제62장

깨어난 장양의 시야에 다섯 사람이 들어왔다. 주웨이, 천밍장 부부, 장차오와 리징까지 이렇게 다섯의 눈빛이 초조하게 그를 바라보고 있었다. 장양이 천천히 고개를 돌리며 주위를 훑어본 후, 천밍장을 향해 미소를 지었다.

"1인실이에요? 이거 뭐, 원로 간부 대접이네요."

천밍장이 쓴웃음을 지으며 고개를 끄덕였다.

"그럼 전 이제 얼마나 남았대요?"

"뭐가…… 얼마나 남았다는 거야?"

"형수님, 장 교수님, 리징까지 온 걸 보면 저한테 시간이 얼마 안 남았나 봐요."

주웨이가 얼른 지청구를 퍼부었다.

"쓸데없는 소리하지 마!"

장양이 웃으며 말했다.

"의학에 대해 아는 건 없지만 한번 맞춰볼까요? 보통 이런 상황은 암인데. 제가 기억하기로는 정신을 잃기 전 마지막에 각혈을 했으니까 폐암이겠죠?"

"자네……."

천밍장의 표정이 어두워졌다. 모두의 분위기가 숙연해졌다.

"말기라고 하죠?"

주웨이가 서둘러 말했다.

"아니야. 절대로 말기는 아니야!"

천밍장이 설명했다.

"중기야. 치료 가능성이 훨씬 커."

"그래요?"

장양이 전혀 믿을 수 없다는 듯 천밍장을 빤히 쳐다보자 그가 말을 바꿨다.

"중기하고 말기 사이래. 정말로 딱 그 중간이래. 못 믿겠으면 검사 결과를 직접 확인해봐."

장양이 무표정하게 천장을 올려다봤다. 기나긴 몇 분이 지나자 별안간 웃으며 물었다.

"제 아내와 아들은 알아요?"

천밍장이 천천히 고개를 끄덕였다.

"지금 오고 있어. 저녁이면 도착할 거야."

"얼마나 있어야 퇴원할 수 있어요?"

"자네는 요양이나 잘해. 내가 외국에서 치료받게 해줄 테니까. 틀림없이 나을 수 있어."

장양이 숨을 깊이 들이마시고 미소 지으며 말했다.

"저도 이 병에 대해 좀 아는 게 있는데, 중기에서 말기면 사망률이……. 치료하면 시간이야 벌 수 있겠지만 얼마 못 살아요. 전……." 장양이 한참 동안 말을 멈췄다. "아직 못 한 일이 많아요."

주웨이가 벌컥 화내며 소리쳤다.

"뭘 더 하겠다는 거야?"
"시간이 많진 않지만 계속 시도는 해봐야죠."
천밍장이 고개를 설레설레 저었다.
"설령 상소가 성공한다고 해도 뭘 어쩔 거야? 수십만 위안의 국가 배상금이 무슨 의미가 있나?"
"있어요!"
장양이 침대에서 일어나 앉으며 그들을 엄숙한 눈길로 바라봤다.
"저한테 사진과 피해자 명단도 있어요. 반드시 세상에 알려서 정의를 구현할 겁니다!"
이때 장차오가 다가와서 한숨을 내뱉고 굳은 어조로 말했다.
"장양, 내가 진즉에 말했잖아. 이 사건은 해결할 수 없어. 자네가 포기하지 않으니까 지난 10년간……."
"저리 꺼져!"
주웨이가 성큼성큼 걸어와 장차오의 멱살을 잡고 그를 벽에 짓누르며 욕을 내뱉었다.
"당신이 무슨 자격으로 샤오장한테 그런 말을 해? 이 녀석이 뭘 잘못했는데? 샤오장은 처음부터 끝까지 잘못한 거 하나도 없어! 대학교수라고 잘난 척하면서 뭐든 혼자만 다 알고 있는 것 같지? 빌어먹을, 처음에 이상한 점을 발견하고도 당신이 입을 닥치고 있으니까 이런 일이 생긴 거잖아. 당신이 샤오장한테 죄를 인정하라고 시키는 바람에 이 녀석은 3년 내내 교도소에 갇혀 있었어! 이 세상에 당신처럼 저 혼자 잘난 줄 아는 인간만 있으니까 쑨홍원 그 개자식이 온갖 나쁜 짓을 저지르면서 활개치고 다니는 거잖아!"
주변 사람들이 서둘러 다가가 싸움을 말렸다.

장차오가 저항하며 변명했다.

"제가 속아서 장양이 3년간 교도소에 있었던 건 맞습니다. 하지만 그 당시 사건의 판결을 뒤집는 건 불가능했어요. 당신들은 왜……."

주웨이가 장차오의 얼굴에 주먹을 날리며 말을 끊었다.

"비겁한 놈! 당신이 왜 처음부터 그 의문점을 알리지 않았는지 알아? 허우구이핑이 죽길 바란 거잖아. 리징을 차지하고 싶어서 허우구이핑이 억울한 죽음이라도 당하길 은근 바랐던 거 아니냐고! 리징이 샤오장을 찾아와서 조사를 돕겠다고 했을 때도 몰래 샤오장을 불러내서 리징을 귀찮게 하지 말라고 했다며? 리징이 허우구이핑을 완전히 잊길 원해서 그런 거 아냐? 당신 속셈은 내가 옛날에 간파했지만, 체면을 봐서 그동안 잠자코 있었던 거야. 근데 오늘 당신이 무슨 낯짝으로 그딴 소릴 지껄여!"

천밍장과 침대에서 내려온 장양이 주웨이를 뒤로 떼어내려 안간힘을 썼다. 힘이 황소 같은 주웨이를 떼어놓기란 애초에 불가능했으나, 장양이 매달린 모습을 보더니 주웨이가 황급히 뒤로 물러나 창가로 걸어갔다. 그는 화가 나서 씩씩거리며 담배를 꺼냈다가 장양이 폐암에 걸렸다는 사실을 깨닫고 신경질을 내면서 담뱃갑을 창밖으로 힘껏 내던졌다. 담뱃갑은 마침 길을 지나가던 여자의 머리 위로 떨어졌는데, 그녀가 위를 쳐다보자 주웨이가 뭘 보느냐며 윽박질렀다. 그러자 겁먹은 여자가 시선을 피하며 미친놈이라고 욕하면서 서둘러 자리를 떠났다.

리징의 두 눈에서 눈물이 쉴 새 없이 흘러내렸다. 그녀가 차가운 눈으로 남편을 응시했다.

장차오가 당황해하며 변명했다.

"아니……, 저 사람이 한 말은 사실이 아니라고. 나…… 난 일부러 그런 게 아니야. 나, 나는 정말로……."

"그만해요."

리징의 차가운 목소리가 병실에 울려 퍼졌다. 장차오가 복잡한 눈빛을 리징에게 향했다.

"난…… 모두를 위해서……."

"가요."

"나는……."

"가라고요."

장차오는 침묵한 채 한참을 서 있다가 결국 발걸음을 옮겼다. 문 앞에 이른 그가 살며시 고개를 옆으로 돌렸다.

"당신은?"

"난 여기서 장양이랑 있을게요."

리징은 장차오를 쳐다보지 않았다.

무거운 탄식 속에서 장차오가 문을 열고 병실을 나갔다.

제63장

2012년 9월, 장시에 있는 한 카페의 개별실.

다섯 명이 함께 개별실로 들어갔다. 무리에서 좀 떨어져 있던 장차오의 표정이 시종일관 어색해 보였다. 옆에서 거듭 설득한 덕분에 주웨이도 더는 장차오에게 화풀이하지 않았지만, 장차오를 바라보는 눈빛은 여전히 적대적이었다.

주웨이가 원망스럽다는 듯 투덜거렸다.

"샤오장이 병에 걸린 뒤로 만날 때마다 금연하라는 압박에 시달리니 원. 샤오장, 빨리 건강해져."

장양이 웃으며 말했다.

"전 신경 쓰지 말고 피우세요. 그 오랜 세월 동안 아쉐의 담배 냄새를 맡았더니 오히려 아쉐가 담배를 안 피우면 이상한걸요."

그러자 주웨이가 침울한 얼굴로 머리를 숙였다.

"10년 동안 나 때문에 간접흡연을 해서……."

장양이 서둘러 다독였다.

"그런 말 하지 마요. 이건 그냥 운명이에요. 아쉐처럼 담배 피우는 사람도 괜찮잖아요. 제가 운이 나쁜 것뿐이라고요."

주웨이가 한쪽에 앉아서 탄식을 내뱉었다. 그는 손에 담배를 든 것처럼 행동하다가 다시 주먹을 꽉 쥐었다.

장양이 서둘러 화제를 바꿨다.

“거리에 대해 조사하는 건 어떻게 됐어요? 다음 주에 또 항암치료를 받을 예정이라 이제 좋은 소식 좀 듣고 싶네요.”

“거리는…….”

주웨이가 미간을 찌푸렸다.

“못 찾았어요?”

주웨이는 고개를 가로저었다.

“찾았어. 근데…… 정신병원에 있어.”

“정신병원이요?”

“10년 전에 정신이 나갔대.”

장양이 숙연한 표정으로 물었다.

“어쩌다가요?”

“그게…… 거리는 허우구이핑이 사망하기 전에 자퇴했는데, 자퇴 이유가…… 임신이었어. 집으로 돌아가서 출산하려고.”

모두의 눈이 휘둥그레졌다.

주웨이가 입술을 핥고는 마저 설명을 이어나갔다.

“사내아이를 낳았대. 수소문해보니 거리의 조부모가 그 아이를 웨쥔의 집에 팔았고. 거리는 자기 아이가 다른 집에 팔려서 그런 건지, 아니면 터무니없는 소문을 견디지 못해서 그런 건지 결국 미쳐서 정신병원에 입원하게 되었다더군. 몇 년 후 그 조부모도 차례로 세상을 떴고, 거리는 아직 정신병원에 있어.”

장양의 눈이 서서히 커졌다.

“우리가 처음 딩춘메이와 웨쥔을 찾아갔을 때, 그 여자가 데리고 있던 아이 기억하죠?"

주웨이가 고개를 끄덕였다.

"바로 그 아이야. 지금은 장시에 있는 명문 사립초등학교에 다니는데, 웨쥔이 매일 차로 등하교시켜. 웨쥔을 형이라고 부르더라고."

"웨쥔이요? 그자가 아이를 사립초등학교에 보낼 정도로 돈이 많아요?"

"웨쥔의 아이가 아니야. 웨쥔이 모는 차도 카언 그룹 거고. 지금 살고 있는 빈장濱江에 있는 연립주택도 쑨훙윈이 사준 게 틀림없어."

장양이 차갑게 물었다.

"그럼 쑨훙윈 자식인 거예요?"

주웨이가 부정했다.

"아니."

"그럼 누구 자식인데요?"

"아이의 성이 '샤'씨였던 거 기억해?"

장양이 한참을 멍하니 있다가 천천히 되물었다.

"샤리핑의 자식이에요?"

주웨이가 천천히 고개를 끄덕였다.

"게다가 샤리핑은 지금은 조직부 부부장이지."

"증거는요?"

장양이 절박하게 물었다.

"없어."

주웨이가 유감스러워하며 말을 이었다.

"파출소에서 사람을 찾는 일은 쉬워. 거리가 정신병원에 갇혀 있다는 것도 금세 알아냈으니까. 또 현지 주민들을 대상으로 탐문

조사를 벌이다가, 거리가 오래전 아이를 낳아서 웨취의 집에 팔았다는 것도 알아냈지. 웨취의 집에 있는 샤씨 성을 가진 아이의 입양 등록 시기와 거리가 아이를 판 시기도 완벽히 일치했고 말이야. 수차례의 탐문 끝에 칭시와 장시 두 지역을 조사해서 결국 그 아이도 찾아냈어. 정신병원에 찾아가 의사한테 물어보니까 거리의 입원비를 전부 후이랑이 지불했대. 아이는 평소에는 장시에서 생활하고, 몇 개월에 한 번씩 거리를 보러 정신병원으로 찾아간다더군. 그 뒤를 쫓다가 샤리핑이 주말이면 아이를 데리고 놀러 나가는 것도 알아냈지. 샤리핑한테는 다 큰 딸만 하나 있어서 그런지 아들을 유난히 아끼는 것 같아. 사생아의 존재가 발각될 위험을 무릅쓰고 찾아가는 걸 보면 말이야. 그런데 이 모든 건 내가 조사해서 알아낸 것뿐이지 증거는 없어."

이때 리징이 돌연 질문을 던졌다.

"아이가 입양수속을 한 게 언제예요?"

"2002년 4월. 태어난 지 대략 6개월이 됐을 때일 거야."

주웨이의 대답을 듣고 리징이 곰곰이 생각하다 물었다.

"2002년 4월에 아이가 태어났다면, 거리가 그로부터 9개월 전에 임신한 거라고 해도 만 14세가 안 되는 거죠?"

주웨이가 동의했다.

"그렇지."

리징이 기뻐하며 말했다.

"이게 증거예요! 거리는 아직 살아 있고, 정신병원에 갇혀 있잖아요. 거리의 호적 정보는 주 형사님의 파출소에서 확보할 수 있을 테고요. 아이와 거리, 샤리핑의 혈액으로 친자확인 검사를 하면 아이가 두 사람의 아들이라는 걸 증명할 수 있지 않을까요? 거리가 임신했을 때가 만 14세가 되기 전이니까 이건 당시 샤리핑이 성폭행을 했다는 직접적 증거고요! 다른 증인과 물증을 찾을 것도 없이 이거 하나면 샤리핑은 형사책임에서 절대로 도망칠 수 없어요. 그렇지 않나요?"

리징이 기대에 찬 눈빛으로 사람들을 둘러봤지만, 그들의 얼굴에서는 웃음기를 전혀 찾아볼 수 없었다.

"법리적으로는 제 말이 맞지 않나요?"

그녀가 다시 이들의 표정에서 긍정적인 반응을 찾으려 했으나 아무도 대답하지 않았다.

잠시 후, 남편인 장차오가 천천히 입을 열었다.

"당신 말은 맞는데 방법이 없어."

"어째서요?"

리징은 이해가 되지 않았다.

"샤리핑은 조직부 부부장이야. 샤리핑이 한 정신병자 여성과의 사이에서 사생아를 낳았다고 당신이 제보하면 기위는 증거가 있느냐고 묻겠지. 그럼 당신은 증거가 없으니까 친자확인 검사를 해야 한다고 반박할 거고. 하지만 무슨 근거로? 아무 근거도 없는 제보만으로 검사를 할 순 없어. 어떤 간부한테 사생아가 있다는 제보가 들어왔다고 무조건 다 친자확인 검사를 하면 어떻게 되겠어? 절차가 그렇지 않아. 그래서 이런 제보는 접수 자체가 불가능해."

리징은 다른 이들의 표정에서 그들이 남편이 할 말을 이미 알고 있었음을 눈치챘다. 그녀는 이대로 포기하고 싶지 않았지만, 그렇다고 다른 방법도 없었다.

형사범죄로 인정받기에 충분한 직접적 증거가 눈앞에 있었다. 샤리펑을 통해 쑨훙윈 일당까지 일망타진할 수 있는 증거가 이토록 가까이 있었지만, 아무리 애를 써도 손에 닿질 않았다. 마치 풀밭을 눈앞에 두고도 유리벽 때문에 마음껏 뛰어놀지 못하는 개와 같은 처지였다.

한참이 지나 장차오가 숨을 들이마시더니 다시 입을 열었다.

"장양, 자네는 우선 이 일은 제쳐두고 마음 편히 치료에 전념해. 내가 자네 변호사로서 대신 검찰원에 상소해 3년간 교도소에 갇혔던 억울한 누명을 벗겨줄 테니까."

주웨이가 코웃음을 쳤다.

"장 변호사 수임료가 만만치 않을 텐데, 나랑 샤오장은 그렇게 많은 돈이 없어서 말이지. 라오천이 당신 같은 대변호사를 고용할지 여부도 두고 봐야 하고. 그때 샤오장을 교도소에 가게 한 게 누구지? 당신이 무슨 꿍꿍이를 갖고 있는지 어떻게 아냐고!"

천밍장이 목소리를 낮춰 주웨이를 제지했다.

"말 좀 가려서 해."

주웨이가 씩씩거리며 입을 닫았다.

"전…… 수임료 같은 건 안 받을 겁니다."

장차오가 어렵게 말을 꺼내며 아내에게 눈길을 던졌지만 그녀는 아무 반응도 보이지 않았다. 순간 기운이 빠진 장차오가 고개를 숙인 채 계속해서 말했다.

"여러분이 절 어떻게 보든지 상관없습니다. 그저…… 당시 저의 오만함을 속죄하고 싶습니다. 여러분들은…… 정말 용기 있는 사람들입니다."

장양이 차분하게 대답했다.

"장 교수님, 고맙습니다. 근데 지금 제 몸 상태는 괜찮아요. 절차도 잘 알고 있으니 제가 직접 상소할게요. 괜히 폐 끼치고 싶지 않아요."

"그래도……."

장차오가 하려던 말을 내뱉지 못하고 삼켰다.

천밍장이 한숨을 쉬며 말했다.

"장 변호사의 제안이 좋은데 뭘. 내가 대신 결정하지. 모든 건 장 변호사께 맡기겠습니다. 수임료도 면제해줄 것 없어요. 내가 다 부담할 테니 받을 만큼 받아요. 샤오장, 다음 주에 항암치료니까 무리하지 말고 푹 쉬어. 조만간 자네 아내와 아들도 장시로 데려와서 머물게 도와줄 테니까. 내가 알아서 다 준비할게."

"그…… 그러지 마세요. 이미 너무 많은 걸 해주셨는데."

장양이 감격스러워하며 천밍장을 바라보자, 그는 손을 내저으며 웃었다.

"돈만 좀 쓰는 건데 뭘. 지금까지 자네랑 아쉐가 한 일을 옆에서 전부 지켜보면서도 난 함께 행동할 용기가 안 났어. 실은 나도 참 겁이 많은 사람이거든. 진심으로 자네들을 존경해."

제64장

2013년 1월 신정이 막 지난 무렵, 천밍장의 회사 사무실.

장차오가 세 사람 앞에 앉아서 밝은 얼굴로 말했다.

"성 검찰원에서 장양의 상소 자료를 수리했습니다. 오판 사건을 시정하는 데는 원래 시간이 오래 걸리니까 서두를 필요는 없지만, 대략 일주일에서 이 주일에 한 번씩 가서 상황 확인을 해볼 생각입니다. 또 좋은 소식이 하나 더 있는데, 정부가 사법체제 개혁을 추진하고 있습니다. 지난달 성 고급 인민법원이 살인 오판 사건을 시정했고, 이게 시발점이 되어 전국이 들썩이고 있습니다. 사법계는 전국 각지에서 오판 사건 시정의 바람이 불 것으로 예상하고 있습니다. 이번 사법체제 개혁이 사람들에게 큰 희망을 줬어요. 환경이 변하기 시작했으니 장양의 사건도 반드시 시정될 겁니다!"

장양이 활짝 웃었다.

"장 교수님, 고맙습니다."

"그런 말하지 마. 이게 내가 자네를 위해 할 수 있는 유일한 일인데."

이때 장차오는 주웨이와 천밍장이 고개만 숙이고 방금 자신이 한 말에 대해 아무 반응도 보이지 않는 것을 깨달았다. 그러고 보니 사무실에 들어설 때도 장양만 공손히 인사할 뿐, 두 사람은 정신이 딴 데 팔려 있는 것 같았다. 주웨이는 적대적인 태도를 드러내진 않았지만, 마치 장차오가 무슨 말을 하든 관심조차 없는 듯했다.

"다들…… 무슨 일입니까? 혹시 아직도 저한테……."

주웨이와 천밍장은 여전히 침묵만 지켰다. 장양이 장차오에게 설명했다.

"교수님 때문이 아니에요. 그냥…… 치료 결과가 안 좋아서요. 말기 진단을 받았거든요."

순간 헉 하고 숨을 들이켠 장차오의 눈시울이 붉어지기 시작했다. 폐암 말기의 경우 반년 안에 사망할 확률이 거의 백 퍼센트였다.

장양은 여전히 태연한 표정으로 세 사람을 향해 웃으며 말했다.

"그렇게 울상 짓지 말아요. 저 아직 안 죽었어요. 또 이 사실을 처음 안 것도 아닌데요 뭘. 저는 반년 동안 마음의 준비를 다 했어요. 이런 날이 올 줄 이미 알고 있었다고요. 마지막 단계에 가서 암세포가 온몸으로 퍼지면 좀 힘들겠지만, 그전까지는 괜찮아요. 그냥 제가 독감에 걸렸다고 생각하세요. 지금도 가끔 기침은 나오지만 문제될 건 없잖아요. 아쉐, 좀 웃어요."

턱을 괴고 장양을 물끄러미 바라보던 주웨이가 잠시 후에 서서히 입을 벌려 호탕하게 웃기 시작하자 다른 사람들도 따라서 소리 내어 웃었다.

폐암 말기 진단을 받았다는 소식을 듣고 난 후, 그 누구도 장양에게 열심히 치료를 받으라고 말하지 않았다. 그저 장양만 즐겁다면 다른 건 상관없었다.

"그래야죠. 요즘 매일 아내하고 아이와 함께 있으니까 얼마나 행복한지 몰라요. 진짜 행복해요. 다들 정말 고마워요. 앞으로 일은 신경 안 써요. 다만 라오천에게 빚진 돈은 다 갚지 못할 것 같은데, 예전에 절 속여서 가져간 800위안과 그 이자로 퉁치고 넘어가면 안 될까요?"

천밍장이 웃으며 대꾸했다.

"내가 운이 나빴지 뭐, 자네 같은 고리대금업자를 만났으니 말이야. 내 평생 가장 손해 본 장사는 자네한테 800위안을 받은 거야."

"당시 물가 수준도 고려해야죠. 제가 그 800위안 때문에 라면으로 몇 끼를 때웠는데요. 악랄한 방법으로 순진한 청년을 속여 돈을 빼앗아 간 거잖아요."

모두가 크게 웃었다.

잠시 후, 웃음을 서서히 멈춘 장양이 돌연 엄숙한 표정을 지으며 세 사람을 진지한 눈빛으로 바라봤다.

"의사 말로는 앞으로 3개월에서 5개월 정도 남았대요. 시간이 얼마 없지만 하고 싶은 일이 하나 있는데 다들 절 말리지 않았으면 좋겠어요."

천밍장이 잔뜩 긴장해서 물었다.

"뭘 하고 싶은데?"

"10년간 저는 거의 한 가지 일을 위해 달려왔잖아요. 하지만 그마저도 결국엔 제대로 끝내지 못했어요. 지금 저한테 시간은 없지만, 어쩌면 이것이 하늘의 뜻인지도 몰라요. 제 죽음으로 사회 각계의 관심을 끌어서 모든 진실을 세상에 공개할 겁니다. 범죄자들이 마땅한 처벌을 받을 수 있도록 말이죠."

주웨이가 사납게 소리쳤다.

"그게 무슨 헛소리야!"

장양이 흥분조로 말했다.

"병원에서 검사 결과를 받고 나서 오랫동안 고민했어요. 만일 내가 자살한다면? 그것도 수많은 사람이 관심 가질 만큼 세상을 떠들썩하게 할 자살 말이에요! 그럼 사람들은 제가 예전에 검찰관이었고, 왜 교도소에 가게 됐는지, 지난 10년간 뭘 했는지 알게 되겠죠. 거기에 문제의 증거 사진과 피해자 명단을 사건 정황과 함께 인터넷에 올리면 분명히 큰 파란이 일 테고, 그놈들은 결국 붙잡힐 거예요!"

주웨이가 욕지거리를 내뱉었다.

"미쳤어? 무슨 헛소리를 지껄이는 거야! 하루라도 더 살아야지. 마누라랑 아이와 함께 잘 살아야 할 거 아냐!"

천밍장 역시 타박을 주었다.

"아쉐 말이 맞아. 말도 안 되는 생각하지 마. 네가 그렇게 해도 아무 일도 안 일어나."

장차오도 거들었다.

"자네도 오랫동안 법조계에서 일했으니, 검찰관들이 제일 반감을 갖는 일이 뭔지 잘 알잖아. 검찰관들은 소위 '행위예술'로 법에 저항하는 걸 제일 싫어해. 분신이나 자살은 멍청한 작자들이나 하는 짓이야. 그걸로 좋은 결과를 얻을 수 있다고 생각해? 그냥 그걸로 끝인 거야. 검찰관으로서 지금껏 절차적 정의를 추구해온 자네가 왜 이런 행위예술 같은 짓을 하려 해!"

장양은 셋의 설득에도 아랑곳하지 않고 계속 고집을 부렸다. 장양과 대판 싸운 주웨이는 씩씩거리며 창문을 열고 바깥으로 최대한 멀리 고개를 내밀고 담배를 피웠다.

천밍장이 옆에서 꾸준하게 장양을 타일렀다.

장차오는 구석에 앉아 고개만 숙이고 그들이 다투는 모습을 보며 한 마디도 내뱉지 않았다.

논쟁은 오후 내내 계속되었다. 결국 주웨이가 체념하듯 말을 내뱉었다.

"그렇게나 자살하겠다면 그래, 그렇게 해. 근데 자네가 죽고 나서 우리가 사진이나 사건 정황을 인터넷에 올릴 거라곤 꿈도 꾸지 마. 이건 불가능한 일이라고 난 분명히 말했어. 자네가 죽으면 경찰은 품행이 단정치 못한 전직 검찰관이 교도소에서 3년을 썩다 나와서 극심한 생활고를 이기지 못하고 자살했다고 결론을 내릴 걸. 그 누구도 자네가 지난 10년간 어떤 노력을 했는지 모른 채 그저 꼴좋다고 욕만 할 거라고!"

장양이 말했다.

"아니요, 아쉐는 가만히 있지 않을 거예요."

"내가 못 할 거 같아? 하하, 내가 하나 못 하나 어디 한 번 죽어보든지!"

천밍장이 말렸다.

"그만들 해. 이건 무의미한 일이야. 자네가 자살해도 아무 소용없어. 그 어떤 것도 못 바꿔. 자네가 죽어도 우린 아무것도 안 할 거라고."

장양이 두 사람을 보며 긴 한숨을 내쉬었다. 이때 저 구석에 앉아 아무 말도 하지 않는 장차오를 발견하고 장양이 동의를 구했다.

"장 교수님은 제 부탁 들어주시는 거죠?"

장차오가 고개를 가로저었다.

"못 해."

주웨이가 거 보란 듯 외쳤다.

"그것 봐. 우리도 안 하겠다는데 장 변호사가 뭐 하러 그런 귀찮은 짓을 해?"

천밍장이 차갑게 소리쳤다.

"주웨이, 그 주둥이 좀 닥쳐!"

주웨이도 스스로 실언했다고 생각했는지 서둘러 장차오에게 사과했다.

"장 변호사, 미안합니다. 제가 말실수를 한 거니 이해해줘요."

장차오는 주웨이의 사과는 신경도 쓰지 않고 장양을 똑바로 응시하며 차분히 말했다.

"자네가 정말로 죽을 생각이라면 죽는 방법을 바꿔."

주웨이가 버럭 화내며 소리쳤다.

"이건 또 뭔 헛소리야!"

장차오는 주웨이는 거들떠보지도 않고 진지한 눈빛으로 장양을 주시했다.

"내가 도와줄 테니까…… 절차적으로 공정하게 바꿔보자!"

제65장

"안 돼요."

장차오의 계획을 들은 장양이 강한 거부감을 표했다.

"그렇게 하면 교수님도 교도소에 가게 돼요. 리징도 동의하지 않을 거고요."

"그 점은 걱정하지 마. 내가 설득할 수 있으니까."

장차오가 확신에 넘쳐 자신했다.

주웨이가 길길이 날뛰며 고함을 쳤다.

"당연히 안 되지. 장 변호사가 스스로 교도소에 가겠다는 건 장양을 3년간 수감하게 만든 빚을 갚겠다는 거잖아! 절대로 그런 시답지 않은 이유로 장양을 죽게 내버려둘 수 없어!"

"아쉐! 그만 좀 하세요! 제가 교도소에 갇힌 거하고 장 교수님하고는 아무 관계가 없어요!"

장양이 맞받아쳤다.

"저 인간이 너한테 죄를 인정하면 감형을 해준다고……."

주웨이가 장차오를 가리키며 비난하자, 장양이 일어서서 히스테릭하게 소리 질렀다.

"몇 번을 말해요! 제가 교도소에 간 건 장 교수님이랑 상관없다니까요! 제발 가만히 좀 있어요!"

"하지만 저 인간 계획은 멀쩡한 널 죽게 하는 거잖아!"

"그럼요? 제가 죽지 않으면요?" 장양이 차갑게 웃었다. "장 교수님이 말한 계획을 고려해볼 필요가 있다고 생각해요. 다만 여러분 중 그 누구도 연루되게 하고 싶진 않아요."

주웨이가 펄펄 뛰며 대들었다.

"원래 넌 어차피…… 어차피 그렇게 되는데, 굳이 일부러 앞당겨서……."

장양이 눈을 감고 한숨을 토해내더니 말투를 부드럽게 바꿨다.

"의사가 저한테 3개월에서 5개월 남았다고 했어요. 그런데 아쉐 때문에 이렇게 화내다가 내출혈이라도 생기면 내일 당장 죽을지도 몰라요."

주웨이가 얼른 얌전해졌다.

"일단 앉아. 좋게 말할게. 좋게 말하면 되잖아."

장양이 주웨이를 향해 웃어 보이고 다시 자리에 앉은 다음 세 사람을 바라보며 말했다.

"어차피 몇 달 안 남은 거 조금 앞당기는 것뿐이에요. 게다가 암은 마지막이 제일 고통스럽다고 하잖아요. 다들 한번쯤은 암에 걸린 지인이 마지막 몇 주간 고통스러워하는 걸 봤을 거 아니에요. 중국은 안락사도 안 되는데, 고통스럽게 죽는 것보다는 이걸 잘 이용하는 게 낫지 않아요?"

주웨이와 천밍장이 한숨을 깊이 내쉬며 팔 사이로 머리를 파묻었다.

장양이 계속해서 말했다.

"장 교수님 생각은 저도 찬성입니다. 전 초보 수준의 '행위예술' 밖에 생각을 못 했는데. 교수님이 말한 방법은 절차적 공정성도 확보할 수 있으니 가장 이상적인 방법이죠. 하지만 이 일로 인해 교수님이 많은 대가를 치르지는 않았으면 좋겠어요. 여러분을 연루시키지 않고 제가 단독 실행을 할 수 있으면서 똑같은 효과를 얻을 수 있는 방법은 없을까요?"

장차오가 고개를 내저었다.

"불가능해. 절차적 공정성을 확보하려면 자네가 죽고 난 다음의 일은 반드시 다른 사람이 완수해야 해."

장차오가 천밍장을 바라봤다.

"천 사장님은 증권 투자에 능통하시니 수익과 리스크의 정비례 법칙을 잘 아시지 않습니까."

천밍장이 굳은 어조로 대답했다.

"난 샤오장을 이해해요. 샤오장의 죽음을 이용해 이 일을 하는 것에 반대하지는 않겠습니다. 하지만 나 역시 장 변호사가 자신을 희생할 필요는 없다고 생각해요. 그러면 교도소행밖에 없으니까요. 난 샤오장을 위해 변호했을 때 장 변호사도 속은 거라고 믿습니다. 그러니까 속죄하려는 마음으로 샤오장이 죽고 난 다음의 일을 완수할 필요는 없어요."

장차오가 그게 아니라는 식으로 머리를 흔들었다.

"천 사장님의 생각과는 다릅니다. 솔직히 속죄하고 싶은 생각도 있습니다. 하지만 장양보다 허우구이핑에 대한 속죄가 더 커요. 주 형사님 말대로 오래전부터 리징을 좋아했습니다. 그래서 처음에는 괜히 귀찮은 일에 휘말릴까 봐 의문점을 발견하고도 상소하지 않은 줄 알았는데, 돌이켜보니 제게 이기적인 마음이 있었던 것 같습니다. 아마도 리징에게서 허우구이핑의 그림자를 완전히 지우고 싶었던 것 같아요. 그래서 처음부터 조사해봤자 소용없을 거라고 주장하며 리징을 포기시키려 했던 거죠. 전 허우구이핑에게도, 리징에게도 빚을 졌습니다. 행동으로 과거의 잘못을 속죄하지 않고서는 앞으로 리징의 얼굴을 어떻게 봐야 할지 모르겠습니다. 그녀는 아무 일도 없었던 것처럼 행동할지 모르겠지만 전 그렇게 못 하겠습니다. 그러니까 장양, 이보게. 내 제안을 거절하지 마. 난 더 이상 젊지 않고, 괜히 한때의 혈기로 정의감에 불타서 이런 말을 하는 게 아니야. 이래봬도 난 신중한 사람이라고."

주웨이가 입술을 꽉 다물었다. 그러곤 말없이 일어나서 담배를 피우러 밖으로 나갔다.

남은 세 사람은 침묵했다. 한참이 지나 천밍장이 말문을 떼었다.

"장 변호사의 계획은 완벽하지 못해요. 허점이 많아 원하는 단계까지 가기 힘들 겁니다."

장차오가 웃으며 대꾸했다.

"이건 그저 제가 짧은 시간에 생각한 방법일 뿐입니다. 최종 계획을 실행할 때까지는 아직 시간이 많으니 한 단계씩 주도면밀하게 판을 짜면 됩니다. 우리 네 사람이 힘을 합치면 돼요. 우린 각각 법의관, 경찰, 검찰관, 변호사잖아요. 각자의 분야에 정통하고 또 각자의 분야에서 최고로 손꼽히는 사람들이니까 우리 넷의 능력을 합치면 마지막까지 갈 수 있습니다."

장양이 주저하며 말렸다.

"전 여러분을 곤경에 빠뜨리고 싶지 않아요. 그렇게 되면 마지막 단계까지 가는 데 성공하더라도 의미가 없어요."

장차오가 말했다.

"그럴 일 없어. 내가 곤란해지는 건 피할 수 없겠지만, 천 사장님과 주 형사님은 전체 계획에서 어디에 허점이 있는지 조언만 해주고 실제로는 참여하지 않을 거야. 우리가 서로 입만 잘 맞추면 희생을 최소한으로 줄일 수 있어."

천밍장이 미간을 찡그리며 덧붙였다.

"근데 이 일은 리징만 설득해서 될 일이 아니에요. 샤오장도 궈훙샤를 설득해야 돼요. 궈훙샤는 이 일에 대해 전부 알 권리가 있어요. 하지만 평범한 여자라 아무래도……."

장양이 머리를 좌우로 흔들었다.

"라오천, 훙샤를 잘못 보셨어요. 여러분들 눈에는 훙샤가 가방끈도 짧고 직장에서도 단순한 일만 해서 세상물정 모르고 아무것도 할 수 없는 여자처럼 보일지 몰라도, 아내는 아주 강해요. 처음 만났을 때부터 제가 무슨 일을 하는지 알고 줄곧 응원해줬죠. 심지어 이렇게 많은 일을 겪었는데도 절 원망하는 말은 단 한 마디도 안 했고, 한 번도 저한테 포기하라고 권한 적도 없었어요. 이번에도 절 응원해줄 겁니다. 다만." 장양의 눈시울이 붉어졌다. "평생 훙샤에게 미안할 뿐이에요."

천밍장이 입술을 깨물었다. 방법이 마음에 들지 않았지만 그렇다고 더 좋은 방법도 없었다.

제66장

일주일 후, 다시 한 자리에 모인 네 사람은 손에 원고 한 장씩을 들고 있었다.

장차오가 나머지 사람들을 둘러봤다.

“수정한 계획에 무슨 이견이라도 있습니까?”

주웨이가 투덜거렸다.

“이러면 샤오장이 횡령, 도박, 성매매를 한 쓰레기라는 낙인이 찍힐 텐데. 이래도…… 괜찮겠어? 마지막까지 가지 못하면 샤오장의 명예만 완전히 더럽혀지는 거 아냐?”

장양이 상관없다는 듯 웃었다.

“지금 제 이미지가 딱 그거잖아요.”

“하지만 명백히 사실이 아니잖아!”

장차오가 말했다.

“모두 마지막 반전을 위한 일입니다. 장양이 철저하게 더럽혀질수록 마지막이 더 빛날 겁니다.”

주웨이가 연신 고개를 가로저었다.

“어쨌든 난 이 계획에 동의 못 해!”

장양이 주웨이를 뚫어져라 쳐다봤다.

"동의하지는 않아도 이대로 해줄 거죠?"

"난……, 제길!"

주웨이가 공연히 주먹을 허공에 휘둘렀다.

장양이 의기양양하게 입꼬리를 올렸다.

"자, 베테랑 노형사의 입장에서 주의할 점이 어딘지 말해주시죠."

주웨이가 깊게 한숨을 내쉬고 어쩔 수 없다는 듯 원고를 들고 입을 열었다.

"진짜 다들 못 말리겠군. 그럼 내가 알려줘야지."

장양이 웃었다.

"역시 아쉐는 입으로는 반대한다면서 이 계획에 대해 무수히 연구했을 줄 알았어요."

"입 다물어."

주웨이가 장양에게 눈을 흘기고 진지한 표정으로 입을 열었다.

"장 변호사가 체포되고 법정 심문이 있기 전까지는 경찰이 장 변호사가 범인이라고 완전히 믿게 해야 돼요. 절대로 다른 상황을 의심 못하도록 말입니다. 이 계획에 따르면 사건은 단순하고 증거도 완벽히 장 변호사를 지목하고 있어요. 장 변호사가 순순히 자백만 한다면 보통은 경찰도 다른 상황을 의심하지 않고 곧바로 범인으로 확정짓고 검거할 겁니다. 하지만 유명한 형사변호사가 충동적으로 범죄를 저지르고, 또 이렇게 바로 자백한다는 점에 대해 의심하는 경찰이 있을지도 몰라요. 또 왜 시체를 하루 지나서 유기하는지, 왜 지하철역으로 갔는지 등등의 문제에 대해 납득이 가도록 설정하고 대답하는 게 가장 중요해요. 물론 증거들이 장 변호사를 지목하고 있는데다가 자백까지 하면 경찰은 이런 부자연스러운 행동에 대해 굳이 따져가며 조사하진 않을 겁니다. 많은 사건에서 용의자들은 남들이 보기에 비논리적이고 이해할 수 없는 행동을 하는 경우가 많으니까 경찰은 크게 신경 쓰지 않을 거예요. 사건을 처리하려면 동기가 어떻든지간에 증거가 제일 중요하거든요. 하지만 이 계획에서 장 변호사와 샤오장이 많은 부분을 희생하는 만큼 조금도 방심할 수 없어요. 진술 번복 전까지 경찰이 장 변호사를 한 치도 의심해선 안 되니까 내가 진술 내용을 좀 수정하겠습니다. 또 장 변호사가 진술을 번복해서 경찰이 재수사에 들어가면 반드시 샤오장의 주변인을 조사할 거예요. 통화내역도 당연히 조사할 거고. 그러니까 오늘부터 라오천은 샤오장과 통화하지 마. 둘이 아는 사이라는 걸 경찰이 알아서는 안 되니까. 크게는 이렇게 두 부분인데, 이의 없으면 내가 다시 정리해서 수정하죠."

장차오가 보충설명을 더했다.

"진술 번복 후에는 우리가 경찰의 수사 방향을 이끌어야 합니다. 그리고 또 최대한 많은 사람이 수사에 참여토록 해야 해요. 진실을 아는 사람이 많을수록 쑨훙윈 일당이 인맥을 동원해 사건을 압박하기 어려울 테니 말입니다. 수사 방향을 유도하는 과정에서 우리가 주도권을 잡으려면 주 형사님이 처음부터 경찰의 탐문 대상이 되어서는 안 됩니다. 경찰은 우리가 정확히 원하는 시기에 주 형사님을 주목해야 해요. 그러니까 주 형사님도 이제부터 장양과 통화하지 말고 절 찾으십시오. 제가 중간에서 말을 전하겠습니다."

주웨이가 잠시 생각하더니 동의했다.

장차오가 천밍장에게 눈길을 돌렸다.

"천 사장님, 장양이 제게 교살된 걸로 경찰 부검 결과가 나오도록 도와주실 수 있겠습니까?"

천밍장이 미간을 찡그리며 고개를 끄덕였다.

"내가 이 업계 출신이잖소. 계획대로 샤오장이 교살된 걸로 보이게 하려면 진술과 증거가 일치해야 하는데, 우리 회사에서 경찰의 수사 장비를 제작하니까 교살 시 신체역학의 힘과 각도를 모방한 장비 정도는 만들 수 있어요. 다만…… 그게……."

천밍장이 우물거리자 장양이 재촉했다.

"라오천, 무슨 곤란한 문제가 있으면 그냥 말해요."

천밍장이 굳은 표정을 지었다.

"곤란한 건 내가 아니라 자네야. 교살로 인한 질식사는 아주 고통스러운 일이니까. 목을 밧줄 안에 넣었어도 못 견디겠다 싶으면 처음에는 밧줄을 잡아당기면 탈출할 수 있어. 그렇지만 1분 동안 손대지 않고 참으면 그 이후에는 벗어나고 싶어도 못 해. 1분이 지나면 숨이 막혀 본능적으로 손이 밧줄을 당기게 될 거야. 밧줄이 목을 죄는 걸 막으려고. 하지만 그때는 이미 밧줄의 힘이 강해진 상태라 후회해도 늦어. 어쩌면…… 후회할 수도 없을 거야."

장양이 괜찮다는 듯 웃었다.

"처음 1분은 의지력으로 참을 수 있지만, 그 이후에는 본능적으로 밧줄을 잡아당겨도 벗어나지 못한다? 딱 제가 원하는 건데요. 라오천이 준비한 장비가 튼튼하지 못해서 제가 죽기 전에 괴력이라도 발휘해 벗어나면 어쩌나 걱정했거든요."

천밍장이 고개를 저으며 쓴웃음을 지었다.

"그건 불가능해."

"아니면 본능적으로 벗어날 수 없게 제 손을 묶는 게 어때요? 그래야 더 안심이 될 거 같은데. 그날 계획대로 되지 않으면 다시 오랜 시간을 들여서 준비해야 하잖아요."

"안 돼. 장 변호사는 순간적인 충동으로 자네를 목 졸라 죽였다고 경찰한테 자수할 거야. 그래야 그 다음에 당황해서 시체를 유기했다고 할 수 있으니까. 그런데 자네 손을 묶으면 검시할 때 분명히 발견될 거야. 먼저 손을 묶고 교살한 거면 계획살인으로 치부되니까 장 변호사가 왜 시체를 유기했는지 해명해도 경찰은 믿지 않을 거야."

천밍장의 지적에 장양이 그제야 이해를 했다.

"의식이 있는 동안 손으로 밧줄을 잡아당기지 않도록 스스로를 잘 통제해야겠네요."

천밍장이 다시 한숨을 푹 내쉬며 단단히 일렀다.

"다음 날, 장 변호사는 잊지 말고 반드시 벽에 붙어 있는 장비를 철거해서 베란다 구석에 던져둬요. 그러면 낡은 접이식 빨래건조대처럼 보여서 아무도 주목하지 않을 겁니다."

장차오가 대답했다.

"명심하겠습니다."

장양이 말했다.

"이 계획은 검찰 쪽에서 보기엔 보완이 필요한 허점이 없어요."

네 사람은 오랫동안 반복적으로 논의했다. 모든 요점을 기록하고 나서 장차오가 말했다.

"각 단계에서 자신이 해야 할 말을 실수하면 안 되니까, 세부사항을 전부 똑똑히 기억해야 합니다."

다들 고개를 끄덕였다.

천밍장이 의혹 어린 눈빛으로 장차오를 바라봤다.

"어떻게 설득했기에 리징이 이 계획에 동의한 겁니까? 아무리 그래도 아내인데, 장 변호사가 교도소에 가면 좀……."

장차오가 미소를 지으며 천밍장의 말을 끊었다.

"당연히 처음에는 강하게 반대했습니다. 하지만 결국은 절 이해하고 허락해줬어요. 조사가 시작되면 리징도 계획대로 대응할 테니 안심해도 됩니다. 다만 장양의 아내가 경찰 조사에서……."

장양이 웃었다.

"저도 훙샤를 설득했어요."

주웨이가 물었다.

"널 그렇게 사랑하는 궈훙샤가 동의했다고? 도대체 어떻게 설득했는데?"

장양이 애매하게만 대답했다.

"장 교수님이 리징을 설득한 방법과 같아요. 경찰 조사 앞에서 훙샤의 대처능력을 걱정하시는데, 제 아내는 강하고 성실한 여자예요. 성실한 사람이 거짓말할 거라고 누가 의심하겠어요? 설령 논리적인 의문점을 가지고 반박한다고 해도 성실한 사람은 말을 바꾸지 않아요. 훙샤의 이런 점에 대해선 제가 잘 알아요."

모두가 한숨을 내뱉는 와중에 장차오가 말했다.

"어쨌든 우리 계획의 핵심은 파급력을 키워서 사회를 뒤흔들만한 대사건으로 만드는 겁니다. 조사팀의 스케일은 클수록 좋아요. 최대한 많은 사람을 사건 수사에 참여시켜서 10년 전의 진실을 알도록 유도해야 합니다. 그러고 나서 마지막에 저의 간단한 요구를 승낙하도록 압박하는 겁니다. 그러니까 다들 경찰 조사에 임할 때 조급해하지 마세요. 우리는 각 조사 단계에 따라 그에 해당하는 단서와 진술만 제공할 뿐, 절대로 처음부터 그들이 모든 진실을 알게 해서는 안 됩니다. 자칫하다가는 영향력이 가해지는 범위가 크게 줄어들 수 있어요. 만일 그들이 진실의 파급력을 고려해서 사건을 축소하려 든다면 우리의 계획은 결국 마지막에 가서 실패하고 말 겁니다."

제67장

2013년, 봄이 지나자 궈훙샤와 아들 러러는 핑캉현으로 돌아가고 장양은 장시에 남아 최후의 계획을 실행에 옮길 준비를 했다.

2월 중순에 장양은 후이랑에게 전화를 걸었다. 장양은 허우구이핑이 찍은 사진을 손에 넣었는데, 그중에 높으신 분이 어린 여학생을 데리고 호텔로 들어가는 장면이 있다며 만나서 얘기를 나누자고 말했다.

장양은 맨몸으로 후이랑이 예약해둔 프라이빗 클럽의 개별실로 갔다. 안전에 대해서는 전혀 걱정하지 않았다. 사진의 복사본만 들고 갔기에 혹시라도 후이랑이 클럽에서 자신을 죽이려 한다면 그것만으로 바로 상황을 역전시킬 수 있었기 때문이다.

주웨이는 추가적인 범행 증거를 확보할 수 있을지도 모르니 볼펜 녹음기나 도촬 장비를 가져가라고 장양에게 권했지만 장차오가 반대했다. 볼펜 녹음기나 도촬 장비는 실질적인 범행 증거로서 효력이 없을 테고, 상대에게 발각되기라도 하면 그 즉시 모든 계획이 실패로 돌아갈 수 있기 때문이다.

예상대로 장양이 클럽에 도착하자마자 후이랑이 수하에게 검색기계로 장양의 전신을 샅샅이 수색하게 했다. 후이랑은 장양이 아무 기기도 휴대하지 않은 것을 확인한 다음, 인사하며 자리에 앉아 대화를 시작했다.

"전화로 하신 말씀이 무슨 뜻인지 잘 이해가 안 되던데, 대체 그 사진이 뭡니까?"

후이랑의 미소에 장양이 차갑게 웃었다.

"그래? 허우구이펑이 이 사진 몇 장 때문에 죽은 게 아니었나?"

"네?" 후이랑이 고개를 갸웃거렸다. "무슨 말씀을 하시는지 도무지 모르겠습니다. 사진을 보여주실 수 있습니까?"

장양이 가방에서 복사본을 꺼내 건넸다.

후이랑이 힐끗 보더니 인상을 쓰며 사본을 반으로 쭉 찢어 한쪽에 버리고 장양을 똑바로 쳐다봤다.

"만나자고 한 목적이 뭡니까?"

"너희 덕분에 내 직장과 생활, 가정이 전부 사라졌잖아. 그래서 지금 이 사진을 넘기고 보상금으로 50만 위안을 받고 싶어서 말이야. 그리 무리한 요구는 아닌 것 같은데."

후이랑이 냉소를 지었다.

"무슨 근거로 말입니까? 이 사진이 뭘 설명할 수 있죠? 이게 증거가 될까요? 예전에 검찰관이셨으니 증거가 뭔지 잘 아시지 않습니까."

장양이 어깨를 으쓱했다.

"법률적으론 당연히 증거가 안 되지. 하지만 만일 누군가가 기위와 검찰원에 계속해서 신고한다면? 또 너희 회장님이 과거에 미성년자를 고위 간부에게 성상납했다는 이야기를 인터넷에 올리고 이 사진을 온갖 곳에 뿌리면 아주 많이 곤란해질 텐데."

"명예훼손으로 고발하면 당신은 다시 교도소에 가게 될 겁니다."

후이랑이 살벌한 표정으로 장양을 노려봤다.

장양이 가볍게 웃었다.

"상관없어. 한 번 들어가나 두 번 들어가나. 이 사진이 법률적으론 너희를 어쩌지 못해도 어지간한 사람들은 내 이야기를 믿을 것 같은데? 더욱이 샤리펑이 여학생을 데리고 호텔에 드나드는 사진이 아직도 이 세상에 존재하는 이유가 바로 너희가 내게 50만 위안을 주지 않아서라는 사실을 그 자가 알게 된다면 엄청 화를 낼 거야. 그치?"

후이랑이 주먹 쥔 손을 입가에 대고 잡아먹을 듯 장양을 노려봤다. 잠시 후, 그가 이를 악물고 싸늘한 목소리로 응대했다.

"꼭 그렇게 해야겠다면 다시 교도소에서 썩게 될 겁니다. 교도소에 두 번 들어갔다가 나오면 인생은 그대로 끝이죠. 게다가 아내분과 아드님도 있지 않습니까? 이혼했다고는 하나 아직 그들을 염려하고 있잖아요."

후이랑이 노골적으로 위협했다.

장양은 후이랑의 말이 우습다는 듯 쿡쿡 웃었다. 잠시 후, 장양이 가방에서 서류 하나를 꺼내어 건넸다.

"아직도 날 위협할 수 있을 것 같아?"

후이랑의 눈빛이 서류로 향했다. 바로 병원 진단서였다. 내용을 훑어본 그는 한숨을 쉬며 굳은 표정으로 장양에게 서류를 돌려줬다.

"우리가 서로 싸우며 지낸 세월이 얼만데 결국 이런 소식을 듣게 되다니 참으로 유감스럽습니다. 하지만 이런 상태면 돈이 아무리 많아도 소용없을 거 같은데, 그 많은 돈으로 뭘 하려는 거죠?"

"네 말대로 난 아직도 전처와 아이를 무척 걱정하고 있거든. 너희 때문에 공무원 신분이 박탈돼서 죽으면 연금도 안 나와. 전처와 아들에게 뭐라도 남겨주고 싶어. 그러니까 50만 위안으로 사진을 살지 말지 잘 생각해보라고. 나한텐 남은 시간이 얼마 없어서 생각할 시간도 많이 못 줘."

후이랑은 일어나서 핸드폰을 꺼내고 통화하러 밖으로 나갔다. 그가 10여 분 후 다시 돌아와 물었다.

"그 사진은 어디서 얻은 겁니까?"

장양이 웃으며 말했다.

"어디서 얻은 건지는 알 거 없잖아. 어쨌든 지금은 내 손에 있다는 게 중요하지."

"사진이 어디서 난 건지 알려주면 10만 위안을 더 드리죠."

"그건 흥정할 여지도 없이 불가능한 일이야."

후이랑이 살짝 미간을 찌푸렸다.

"사진의 출처도 모르는데, 당신이 우리에게 판 사진이 전부라는 걸 어떻게 믿죠?"

"내 손에는 원본 사진 한 장밖에 없어. 당시에 허우구이핑이 사진을 여러 장 뽑아둘 이유가 없었다는 건 잘 알잖아. 필름은 카메라 안에 있었고 그 카메라는 벌써 너희가 가져갔으면서."

후이랑이 한참 동안 장양을 쳐다봤다.

"당신에게 그런 일이 생기다니 정말 마음이 아픕니다. 사진에 대한 거래가 아니라, 순수한 동정심에서 60만 위안을 드리겠습니다. 그러니 원본을 넘기세요. 그럼 우리 사이의 모든 일은 여기서 끝나는 겁니다. 어떻습니까?"

"그건 너희 마음대로 해. 거래도 좋고 위로금도 좋아. 어떤 이유를 대든 상관없어. 돈을 받고 물건을 넘기고. 아주 간단하지."

"좋습니다. 그럼 거래는 어떻게 할까요?"

장양이 말했다.

"너희가 오늘 퇴근 전까지 내 계좌로 돈을 넣으면 원본을 보내주지."

"돈을 먼저 달라고요?" 후이랑의 눈이 가늘어졌다. "왜 만나서 돈과 사진을 맞바꾸지 않는 거죠? 원한다면 오늘 이 거래를 마칠 수 있습니다."

"만나서 바꾸자고?" 장양이 비웃었다. "너희가 강제로 사진을 빼앗고 돈을 안 주면 어떻게 하라고? 너희가 날 속인 게 한두 번이 아닌데 어떻게 믿지?"

"그럼 우리가 돈을 주면 당신이 사진을 보내준다는 보장은 어디 있습니까?"

"어차피 사진을 가지고 있어봤자 몇 달만 지나면 나한테는 아무 소용없어. 이 일로 너희한테 다시는 돈을 요구하지 않겠다고 약속하지. 오랫동안 알고 지냈으니 너희도 내 인간성은 잘 아는 거 아닌가?"

"글쎄요……." 후이랑이 웃었다. "저희는 사업을 하면서 먼저 전액을 보내고 물건을 받은 적은 한 번도 없습니다. 회장님도 동의하시지 않을 거예요."

장양이 하는 수 없다는 듯 인상을 구겼다.

"그럼 오늘 나한테 먼저 계약금 20만 위안을 보내고, 며칠 뒤에 만나서 나머지를 계산하는 걸로 하지. 이렇게 하면 나도 최소한

20만 위안은 확보할 수 있으니까."

후이랑이 잠시 생각하더니 대답했다.

"좋습니다. 그렇게 하죠."

제68장

그로부터 며칠 동안 후이랑은 하루빨리 거래를 마무리하자며 장양에게 수차례 전화를 걸었다. 하지만 그럴 때마다 장양은 원본이 핑캉현에 있는데 자신은 아직 장시 병원에 있다며, 곧 가지러 갈 테니 안심하라고 달랬다.

그렇게 열흘이 지나도 장양이 여전히 똑같은 대답만 되풀이하자 후이랑이 참지 못하고 다시 전화를 걸어 물었다.

"대체 언제 핑캉현으로 돌아갈 겁니까?"

"금방 가, 금방."

"더는 수작 부리지 마십시오. 도대체 무슨 생각이죠?"

후이랑의 인내심이 바닥을 드러내자 장양도 본심을 드러냈다.

"미안, 내가 장난 좀 쳤어. 원본은 여기에 있는데 너희한테 줄 생각은 털끝만큼도 없어. 예전에 너희가 나한테 어떤 수를 썼는지 잊지 말라고. 난 그냥 죽기 전 몇 개월 동안 너희를 딱 한 번 갖고 논 것뿐이잖아?"

후이랑이 살벌한 목소리로 분노했다.

"당신은 죽는 게 두렵지 않을지 몰라도 잊지 마십시오. 핑캉현에는 아직 당신의……."

"아하, 내 전처와 아들 말이지?"

장양의 말에 후이랑이 코웃음을 쳤다.

"미안한데 우리 통화 내용은 전부 녹음되고 있어. 방금 한 말까지 말이지. 만일 내 전처와 아들에게 무슨 일이라도 생기는 날에는 아마 여러모로 심하게 곤란해질걸?"

"당신이 이러고도……."

"20만 위안은 고마워. 아직 나한테 할 말이 남았나?"

후이랑은 대화가 녹음된다는 걸 알고 더는 말을 잇지 못한 채 씩씩거리며 전화를 끊었다.

장양이 장차오와 주웨이를 바라보며 씩 웃었다.

"이렇게 해도 괜찮겠죠?"

장차오가 엄지를 치켜들었다.

"남우주연상을 받아도 되겠군!"

주웨이는 코웃음을 치며 몸을 홱 돌렸다.

장양이 의아한 듯 물었다.

"아쉐, 왜 그래요?"

주웨이가 한참 동안 주먹을 쥐었다 폈다를 반복하더니 다시 몸을 돌렸다. 부리부리한 두 눈에 눈물이 그렁그렁했다.

"이 전화까지 끝났으니 계획대로라면 이제…… 일주일밖에 안 남았어."

주웨이는 목이 메어 말을 잇지 못했다.

장양이 대수롭지 않다는 듯 웃었다.

"이것도 우리가 일찌감치 계획했던 거잖아요."

주웨이가 한숨을 푹 내쉬고 말없이 소파에 앉았다.

"아쉐, 이러지 마요. 아직 아무 일도 일어나지 않았는데 나이 지긋한 어른이 왜 이리 안달을 해요? 제가 달래주기라도 해야 돼요?"

주웨이가 장양을 흘겨보다가 웃음을 터뜨렸다.

"이틀 뒤에는 제가 장 교수님과 싸울 거고, 그걸 아쉐가 경찰에 신고해야 돼요. 맞다, 신고할 때 쓸 익명 유심 카드 준비했죠?"

주웨이에게 긍정의 대답을 들은 장양이 놀려댔다.

"아쉐, 신고할 때 말투는 자연스럽게 해요. 자, 신고할 때 어떻게 할 건지 여기서 한번 해봐요."

주웨이의 나이 든 얼굴이 빨개졌다.

"나…… 난 그딴 거 안 해도 돼!"

"그럼 틀리지 않게 말할 자신 있어요? 원고에 쓰인 그대로 읽기만 하면 생동감이 떨어진다고요. 첫 번째 조사에서부터 문제가 생기면 안 되잖아요."

장양이 계속 주웨이를 놀렸다.

"아무튼 너희의 희생을 헛되게 하진 않겠지만 난 아직도 분통 터진다고! 아무리 부탁해도 너랑 라오장老張은 마음을 바꾸지 않을 거잖아."

주웨이의 애원하는 눈빛에 장양과 장차오가 당연하다는 듯 고개를 저었다.

멈출 수 없는 힘에 의해 끌려가듯, 모든 것이 그들의 최종 목적지를 향해 앞으로 내달렸다.

2월 28일 저녁, 장양과 장차오는 몸싸움을 벌였다. 주웨이가 익명 유심 카드를 사용해 전화로 경찰에 이를 신고하자, 파출소에서 찾아와 싸움을 중재하고 사건을 기록했다. 경찰이 돌아가자 장차오는 장양의 목을 조르는 동작을 취했고, 장양은 발버둥 치며 손톱으로 장차오의 팔뚝과 목을 세게 할퀴었다. 장양은 장차오를 배웅한 뒤 손톱 밑에 낀 피부 조직을 마지막까지 보존하기 위해 손을 씻지 않았다.

3월 1일 저녁, 장양은 장차오의 옷을 입고 장차오의 차를 운전해 아파트 단지로 들어왔다. 그는 단지 입구에 있는 CCTV에 얼굴이 찍히지 않도록 차 내부의 선바이저를 내리고 머리를 뒤로 젖혀 차 내부의 어둠 속으로 얼굴을 숨겼다. 이렇게 하면 나중에 경찰이 사건 발생 시간을 확인할 때 장차오가 이 시간에 아파트 단지로 들어왔다고 생각할 터였다. 집으로 들어와 준비를 마치고 불을 껐다. 설치한 밧줄 안에 목을 넣고 장치의 리모컨 스위치를 누른 뒤 창밖으로 던졌다. 눈을 감고 이를 악물며 주먹을 세게 쥐었다. 밧줄이 점점 목을 조여 왔다.

천밍장과 주웨이는 집에서 멀찌감치 떨어진 곳에서 불이 꺼지는 것을 보고 나서도 한참을 제자리에 서 있었다. 불은 다시 켜지지 않았다. 말없이 고개를 떨어뜨린 주웨이가 끝이 보이지 않는 어두운 밤 속으로 사라지자, 천밍장은 한숨을 토하고 벤츠에 올라타 술집으로 향했다.

장차오는 베이징에 있는 호텔에 누워서 하염없이 천장을 바라보며 뜬눈으로 밤을 지새웠다.

리징은 집에서 최근 몇 달간 장양과 장차오를 찍은 사진을 들춰보며 소리 없이 울었다.

궈홍샤는 핑캉현에 있는 집에서 아이를 재우고 홀로 거실에 앉아 멍하니 텔레비전만 쳐다봤다. 그녀는 정규방송이 모두 끝나 지직거리는 잡음 화면이 나타날 때까지 채널을 돌리지 않았다.

3월 2일 오후, 만취한 장차오가 의도적으로 평소와는 전혀 다른 스타일의 지저분하고 낡은 옷을 입고 장양의 시체가 담긴 가방을 끌며 택시를 불렀다. 지하철역을 지날 때쯤 뒤에 따라오던 승용차 한 대가 불시에 속도를 내더니 택시와 추돌했다. 두 운전기사는 그 자리에 멈춰 서서 교통경찰을 불러 합의에 들어갔다.

사실 그 승용차의 운전자는 천밍장이 가장 신임하는 회사 직원이자 절친한 친구였다. 그는 이 계획에 대해서 전혀 몰랐다. 다만 교통경찰이나 혹시라도 다른 경찰이 물으면 자신의 운전미숙으로 추돌사고가 일어났다고 진술하기로 천밍장과 약속했다. 이 일로 그가 귀찮아질 일은 없었다.

합리적인 이유가 생기자 장차오는 가방을 끌고 현장에서 벗어나 지하철역으로 들어갔다. 천밍장과 주웨이가 역 안 멀찌감치 떨어진 곳에 서서 장차오를 지켜보고 있었다. 여러 가지 감정으로 마음이 착잡해진 주웨이가 두 눈을 부릅뜨고 장차오를 응시했다. 천밍장은 담담하게 자기 안경을 가리키며, 잠시 후 바로 안경을 버려야 한다는 사인을 보냈다. 체포된 후의 사진이 장차오의 평소 외모와 차이가 커야 베이징에서 만났던 고객들이 눈치채지 않을 테니 말이다. 장차오는 천밍장을 향해 가볍게 고개를 끄덕이며 그를 안심시켰다. 그러고 나서 바로 시체를 폭로하는 연극을 시작했다.

제69장

리징은 손톱을 깨물며 형사가 책장을 뒤지는 모습을 가만히 지켜보다가 고개를 돌려 창밖의 먼 허공을 향해 눈길을 던졌다.

리징을 힐끗 쳐다본 옌량이 조용히 옆으로 다가가 똑같이 밖을 바라보며 말했다.

"부군께서 당신을 많이 사랑하는 것 같군요."

"그럼요."

리징이 당연하다는 듯이 대답했다.

"당신도 부군을 사랑합니까?"

"물론이에요."

옌량이 고개를 돌렸다.

"그럼 왜 막지 않은 겁니까?"

리징이 코웃음을 치며 말했다.

"무슨 말씀을 하시는지 모르겠네요."

"당신들의 계획은 대충 알고 있습니다."

"그런가요?"

리징은 여전히 냉담한 반응만 보이며 대답하지 않았다.

"당신들은 가능한 길이 모두 막히자 마지막으로 이 길을 선택했다고 생각합니다. 분명히 힘든 결정이었을 겁니다. 처음에 어느 정도 눈치챘지만, 힘이 없어서 도움을 줄 수 없었습니다. 제가 할 수 있는 일은 그저 자오 대장이 포기하지 않고 계속 수사하도록 설득하는 것뿐이었습니다."

리징이 천천히 고개를 돌려 옌량을 힐끗 쳐다봤지만, 끝내 아무 말도 하지 않았다.

"다만 장양이 어떻게 전처를 설득했는지, 그리고 장 변호사가 어떻게 당신을 설득했는지 그 점이 궁금하군요."

리징이 천장을 바라보며 중얼거렸다.

"궈훙샤는 강한 사람이에요. 저도 그렇고요."

얼마 지나지 않아 형사가 책장에서 서류봉투를 찾아 옌량에게 건넸다. 열어보니 사진이 들어 있었다. 해상도로 볼 때 오래된 듯한 사진은 카언 호텔 입구를 찍은 사진이었다. 나머지 몇 장은 최근 사진으로, 한 남자가 열 살 정도로 보이는 아이와 함께 걷는 장면이 찍혀 있었다. 모두 도촬된 사진이었다.

서류봉투 안에는 사진 말고도 피해자 '거리'의 호적과 현재 상태, 그리고 어떤 소년의 호적과 호적 이전 기록, 취학 상황, 다니는 학교의 학년과 반에 관한 자료가 들어 있었다.

옌량은 자료들을 한번 쭉 훑어봤다. 최근 사진과 오래된 사진을 자세히 비교하던 그가 누렇게 변한 사진을 한 장 골라 리징에게 보였다. 여자아이의 손을 이끌고 호텔 안으로 들어가려는 남자를 가리키며 옌량이 물었다.

"이 남자가 누구죠?"

"10년 전에는 칭시의 부시장이었고, 지금은 성 조직부 부부장인 샤리핑이에요."

옌량이 잠시 무언가를 심각히 고민하다 조용히 납득했다.

"장차오가 원하는 게 뭔지 알겠군요."

옌량은 지휘관에게 수색을 종료하라고 전했다.

그들이 장차오의 집을 떠나려는데 리징이 갑자기 옌량을 불러 세웠다.

"더 볼일이 남았습니까?"

리징은 손톱이 살을 파고 들어갈 정도로 주먹을 세게 쥐면서 온몸을 가볍게 떨었다. 무슨 말을 하려는지 입을 벙긋거리며 한참을 있다가 어렵게 말문을 열었다.

"잘 부탁드립니다."

옌량이 리징을 향해 힘껏 고개를 끄덕이고 뒤돌아 집을 나갔다.

이 순간 옌량은 이 여인이 참으로 아름답다고 생각했다.

장차오가 옌량을 쳐다봤다. 옌량 이외에 다른 취조관은 없었다. 고개를 들어 카메라를 보니 렌즈가 사각지대를 향해 있었다. 장차오가 미소 지었다.

"보아하니 오늘도 특별한 얘기를 나눌 모양입니다."

이때 장차오는 옌량 앞에 그 서류봉투가 놓여 있는 것을 보고 절로 한숨을 내쉬었다.

"옌 교수님은 제 동기를 파악했을 거라고 믿습니다."

옌량이 고개를 끄덕였다.

"신중하게 계획을 세웠더군요. 특별조사팀에 곧바로 10년 전 오판 사건을 시정해달라고 요구하지 않은 걸 보면."

장차오가 쓴웃음을 지었다.

“특별조사팀의 권한으로는 한계가 있을 테니까요. 만일 제가 특별조사팀에게 10년 전 오판 사건의 시정을 요구하며 곧바로 진실을 자백했다면 아마도 제 요구는 이루어지지 않았을 겁니다. 여러분 역시 장양의 죽음에 대한 진실을 알지 못했겠죠. 서로에게 피해만 주고 아무 성과도 얻을 수 없는 상황을 만들 필요는 없다고 생각합니다.”

“그러니까 당신의 최종 요구는 간단하군요. 우리가 이 아이와 샤리핑, 거리의 유전자로 친자확인 검사를 해서 아이가 샤리핑과 거리의 자식임을 증명하면 되니까요. 거기다 출생일을 역추적하면 샤리핑이 당시 형법을 위반하고 만 14세 미만인 거리와 성관계를 맺었다는 사실을 증명할 수 있을 테고요. 샤리핑에게 강제조치가 내려지기만 하면 이 범죄 집단의 일선이 무너질 테고, 그러면 장양의 지난 10년 동안의 노력이 물거품이 되진 않을 겁니다.”

장차오가 부인하지 않았다.

“친자확인 검사는 당신들에게 그리 어려운 요구가 아닐 겁니다.”

옌량이 반문했다.

“자오 대장의 직급으로 샤리핑을 조사하는 게 어렵지 않다고 생각합니까?”

“직접 샤리핑을 조사하는 것까진 바라지 않습니다. 단지 친자 검사 보고서 한 장이면 됩니다. 당신들이라면 여러 가지 방법으로 저의 소소한 요구를 들어줄 수 있을 겁니다.”

옌량이 빙그레 웃었다.

“이제 보니 경찰에 대해 아주 잘 알고 있군요. 필시 이 계획은 뭐

어난 노형사, 핑캉 바이쉐 주웨이의 작품이겠군요."

"주웨이 형사는 이 일과 무관합니다. 전부 제 아이디어입니다. 그는 저 때문에 장양이 수감되었다면서 줄곧 절 증오했어요. 저를 보기만 하면 주먹질을 하려 덤벼드는데 어떻게 함께 거사를 도모할 수 있겠습니까?"

"그렇습니까?" 옌량은 긍정도 부정도 하지 않았다. "그렇다면 천밍장은 어떻게 장양의 자살을 도운 건가요?"

장차오가 잠시 멈칫거리다가 대답했다.

"무슨 말인지 모르겠습니다."

"후이랑 일당은 장양을 살해할 이유가 없습니다. 장양은 이미 폐암 말기로 살날이 얼마 남지 않았어요. 또한 장양에게는 후이랑 일당을 위협할 실질적인 증거도 없었고요. 그의 사인은 두 가지밖에 없습니다. 자살이거나 당신들이 장양의 자살을 도왔거나. 중국에서 안락사는 불법으로 범죄에 해당합니다. 장양은 절친한 이들이 자신의 자살을 도와 고의적 살인죄를 범하는 것을 원하지 않았을 겁니다. 그러니 아마도 자살을 선택했을 테죠. 하지만 보통 사람의 자살을 공안이 타살로 판단하게 만드는 건 불가능해요. 기술적으로 그렇게 하려면 천밍장의 도움을 받아야 했을 겁니다. 또 당신이 지하철역으로 들어가기 전에 탔던 택시와 추돌한 승용차 차주가 공교롭게도 천밍장과 아는 사이더군요. 참으로 우연한 일 아닙니까."

장차오가 눈을 가늘게 뜨며 엄숙하게 대꾸했다.

"천 사장도 이 일과 상관없습니다. 저와 장양이 그를 속이고 어떻게 하면 타살로 위장할 수 있는지 알아낸 겁니다. 천 사장은 장양의 마지막 결정에 대해 전혀 아는 바가 없습니다."

옌량이 한숨을 내쉬었다.

"좋습니다. 장양은 판결을 뒤집기 위해 몇 달을 앞당겨서 자신의 목숨을 끊었죠. 당신은 지난 과오를 속죄하기 위해 제 발로 구치소로 들어왔고, 주웨이와 천밍장을 이 일에 끌어들이려 하지 않는군요. 그럼 우리가 친자확인 검사 결과를 확보하고 나서 어떻게 하길 원합니까?"

"보고서를 특별조사팀 전원에게 공개해주십시오."

"보고서가 공개되면 샤리핑이 법적 처벌을 받을 거라고 생각합니까?"

장차오가 차갑게 웃었다.

"저는 줄곧 도박을 하고 있습니다. 우리가 반드시 이길 거라고 믿으면서요. 이번 도박에서도 이기지 못하면 10년간의 진실은 이대로 어둠 속에 묻혀 완전한 종지부를 찍게 될 겁니다. 우린 할 수 있는 한 최선을 다했고, 여기서 더 노력하는 건 불가능합니다."

장차오가 한숨을 토해낸 후, 옌량을 똑바로 보며 말했다.

"특별조사팀은 성 공안청과 성 검찰원, 시 공안국 소속 사람들로 구성돼 있고 여론도 이 사건을 주목하고 있습니다. 친자확인 검사 결과를 특별조사팀에 있는 수많은 지도부에 공개하면 그들이 각자의 소속 기관으로 돌아가 보고하겠죠. 이토록 많은 사람과 이토록 많은 기관이 범죄 사실을 알고 있는데도 샤리핑이 무사할 거라곤 믿지 않습니다!"

옌량이 감탄 어린 눈빛을 보내며 장차오를 향해 고개를 끄덕이고 나서 물었다.

"만일 이 사건에서 자오 대장과 내가 아닌, 그러니까…… 일을 크게 만드는 것을 싫어하는 인물이 특별조사팀 팀장일 경우도 고려해봤습니까?"

장차오가 미소를 지었다.

"당연히 옌 교수님이 말한 그런 상황도 생각했습니다. 그래서 가능한 한 많은 사람들이 10년 전 진실을 알 수 있도록 줄곧 경찰의 수사방향을 유도한 겁니다. 진실은 많은 사람이 알수록 감추기 어려운 법이니까요. 처음부터 취조관에게 제 요구사항과 진실을 밝히지 않은 것도 그 때문입니다. 경찰이 계속해서 수사하지 않았다면 장양 피살사건은 영원히 미제로 남을 테고, 그러면 공안은 사회 각계가 만족할 만한 답을 내놓지 못했을 겁니다. 이것이 바로 제가 경찰과 벌인 도박이었습니다."

장차오가 잠시 말을 멈추고 옌량을 향해 고개를 숙여 보이며 감사를 표했다.

"옌 교수님께 진심으로 감사하고 있습니다. 교수님은 처음 만났을 때부터 제 동기를 의심하셨지만 방해하지 않고 오히려 경찰이 제 지시에 따라 수사할 수 있도록 도와주셨으니까요."

옌량이 미소를 지으며 물었다.

"제가 처음 만났을 때부터 의심을 품고 있었다는 건 어떻게 알았습니까?"

"제 안경과 옷차림에 대해 물어본 사람은 교수님이 처음이었습니다. 저는 근시가 있습니다. 그날 지하철역에서의 행동은 오랜 기간 준비한 거였고, 실수가 있어선 안 되었기에 안경을 낄 수밖에 없었습니다. 하지만 체포된 다음에는 일부러 안경을 벗어, 옷차림과 머리모양이 가급적이면 촌스럽게 보여야 했습니다. 그래야 뉴스 속

제 모습이 평소와 달라 베이징에 있는 증인이 절 알아보지 못할 테니까 말입니다. 그들이 알아보기라도 하면 계획은 시작하자마자 실패로 끝났을 겁니다. 그래서 교수님이 제 안경에 대해 여러 번 물어보실 때 긴장했습니다. 그러다 결국 교수님께는 숨길 수 없다는 걸 알고 그저 제 비밀을 지켜주시길 간절히 기도했습니다."

옌량이 솔직히 고백했다.

"처음에는 도대체 당신이 뭘 하려는 걸까에 대한 호기심이 컸습니다. 그래서 의심스러운 부분에 대해 자오 대장에게 곧바로 말하지 않은 겁니다. 하지만 더 많은 사실을 알게 된 다음부터, 자오 대장이 계속해서 수사하도록 만드는 것만이 제가 당신들을 도울 수 있는 유일한 방법이었습니다."

제70장

주말 밤, 장시 빈장구에 있는 널찍한 도로. 한쪽에 있는 자전거 전용도로 위에 평범한 승용차 한 대가 세워져 있었다. 운전석에 앉은 옌량이 차창을 반쯤 내리고 자오톄민과 먼 곳으로 시선을 던졌다.

저 멀리 떨어진 길목에 교통경찰의 순찰차 한 대가 서 있었다.

이때 멀리서 아우디 한 대가 빠른 속도로 달려왔다. 경찰인 린치가 아우디를 향해 손을 흔들자 차량이 재빨리 길 한쪽에 부드럽게 멈춰 섰다.

차창이 내려가고 린치가 운전석으로 다가갔다.

너무 멀어서 모습이 잘 보이지 않자 옌량이 옆에 있는 자오톄민에게 물었다.

"샤리핑이 정말로 운전기사도 대동하지 않고 직접 차를 몰았을 거라고 확신하나?"

자오톄민이 확신에 차서 대답했다.

"응, 주말에는 직접 운전해서 혼자 아이를 보러 갔다가 빈장구 신도시에 있는 아파트 단지로 돌아오거든. 사생아가 있다는 비밀을 들키고 싶지 않을 테니까."

린치가 음주측정기를 꺼내 아우디 운전자에게 불어보라고 요구했다.

샤리핑이 측정기에 대고 크게 숨을 불어넣었다. 그러고 나서 떠나려 하는데 갑자기 린치가 엄격한 말투로 소리쳤다.

"내리세요!"

"왜 내리라는 거지?"

샤리핑이 불쾌한 눈빛으로 상대를 쳐다봤다.

"수치가 105로 음주운전에 해당합니다. 당장 내리세요. 병원으로 가서 채혈해야겠습니다!"

린치가 고함치자 다른 경찰 둘이 다가와 아우디를 가로막으며 절대로 놓아주지 않겠다는 태세를 취했다.

"말도 안 돼!" 샤리핑이 눈을 동그랗게 뜨며 말했다. "술도 안 마셨는데 음주운전이라니!"

린치가 측정기를 샤리핑에게 보여주며 강경한 태도로 말했다.

"직접 보십시오. 변명 그만하고 어서 내리십시오!"

"측정에 문제가 있는 게 틀림없어. 술도 안 마셨는데 어떻게 음주운전이라는 거지? 기계가 고장 난 거 아냐?"

샤리핑이 차 안에 앉아서 꼼짝도 하지 않으려 했다.

"잔말 말고 빨리 내려요!"

차문을 열려던 린치가 문이 잠겨 있자 차창 안으로 손을 집어넣어 잠금 버튼을 눌렀다. 그런 다음 차문을 열고, 샤리핑을 잡아 밖으로 끌어냈다.

샤리핑이 노발대발했다.

"이거 놔! 너희들 다 고발할 거야! 어디 소속이지? 상관한테 연락해야겠군!"

린치가 비웃었다.

"고발을 하든 말든 알아서 하시고요. 지금은 그럴 시간 없습니다. 빨리 병원으로 데려가!"

운전석에서 끌려 나온 샤리핑이 강제로 경찰차에 태워졌다.

샤리핑은 높은 간부였지만, 직급이 낮은 사람들 앞에서 신분을 밝혀봤자 소용없다는 걸 잘 알고 있었다. 상대는 직속상관의 명령만 듣기 때문에 직급 차이가 많이 날 경우에는 오히려 아무 도움이 되지 않았다. 말단 기관의 상관을 샤리핑이 어떻게 안단 말인가? 장시는 성 정부 소재지로 뉴스미디어가 발달된 곳이다. 만일 샤리핑이 이처럼 사소한 일로 법 집행에 협조하지 않았다는 사실이 보도되기라도 하면, 아무리 술을 안 마셨다 하더라도 사람들은 명망 있는 간부가 음주운전을 하고도 직위를 내세우며 갑질로 법 집행을 거부했다고 떠들어댈 것이 틀림없었다.

샤리핑은 속에서 울화가 치밀었지만 어쩔 수 없이 경찰차에 올라타 병원으로 향했다.

경찰 대동하에 채혈을 마치고, 10분 정도 더 기다리고 나서야 샤리핑은 린치의 사과를 받아낼 수 있었다. 린치는 음주측정기가 고장이 나서 수치가 잘못 나왔다는 사실을 인정했다. 샤리핑은 화가 났지만 직위가 있는 간부로서 품위를 유지해야 했기에 이런 말단 경찰과 시끄럽게 실랑이를 벌일 수는 없었다. 그는 씩씩대며 다시 경찰차에 올라타 자신의 차가 세워진 곳으로 돌아갔다.

아우디가 떠나자 자오톄민이 전화를 걸어 통화를 마치고 옌량을 향해 빙그레 웃었다.

"린치가 연기를 꽤 잘했나 봐. 샤리핑이 린치의 제복에 있는 일련

번호*도 못 본 모양이야."

"봐도 상관없지. 최근에 음주운전을 엄격하게 단속하느라 교통경찰 인력이 부족해서 형사가 투입됐다고 둘러대면 되니까. 샤리핑 정도 위치에서 이런 사소한 일을 가지고 물고 늘어지는 건 너무 모양이 빠지는 일이잖아. 하지만 자네가 조사하고 있다는 사실은 절대로 샤리핑이 알게 해선 안 돼."

자오톄민이 상관없다는 듯 웃었다.

"머지않아 알게 되더라도 날 어쩌진 못할 거야. 난 시 공안국 소속인데 뭐. 공안국에서 설마 이런 일로 날 어떻게 하겠어?"

장시의 한 외국어초등학교. 개학한 지 얼마 되지 않아 장화대학교 의과대학에 있는 한 교수가 교장을 찾아왔다. 그는 성 위생청의 서류를 보여주며 현재 성 전 지역을 대상으로 아동의 영양 상태 조사에 관한 연구를 진행하고 있다며, 각 지역에서 연령대별로 아동의 미량 영양소 상태를 검사해야 한다고 말했다.

학교는 그들의 요구에 따라 6학년 학생 명단을 보여줬고, 연구팀은 '무작위'로 학생 몇 명을 선택해 채혈을 진행했다. 그중에는 샤씨 성을 가진 남학생도 있었다.

연구팀은 학교에서 나와 곧장 옌량이 있는 곳으로 향했다. 일찌감치 도착해 기다리고 있던 옌량은 작은 병에 든 혈액 샘플을 건네받고 감사의 인사를 전했다. 그리고 연구팀에게 부디 비밀을 지켜줄 것을 거듭 부탁했고, 상대는 흔쾌히 승낙했다.

---

* 경찰의 신분증과 같은 것으로, 해당 경찰의 소속기관을 확인할 수 있다.

제71장

가오둥 부청장 사무실의 문과 창문은 굳게 닫혀 있었다. 그는 책상에 앉아 심각한 표정으로 미동 하나 없이 손에 든 친자확인 검사 보고서를 뚫어져라 쳐다봤다.

자오톄민은 가오둥의 맞은편에 앉아 깍지를 끼고 불안한 마음으로 상관의 의견을 기다렸다.

한참 동안 보고서를 수차례 확인하던 가오둥이 천천히 서류를 내려놓고 담배를 꺼내 불을 붙였다. 그가 담배를 한 모금 깊게 빨고 나서 물었다.

"이제 장양의 사건은 해결된 건가?"

자오톄민이 고개를 끄덕였다.

"해결됐습니다. 사건 종결 마지막 단계까지 왔는데, 결과는 아직 특별조사팀 전원에게 통보하지 않았습니다. 검사 결과를 받고 나서 장차오에게 보여줬더니 만족해하며 아내에게도 한 장 전해달라고 부탁해서 리징에게도 가져다줬습니다. 그랬더니 리징은 장차오가 진술을 번복하고 나서 남편과 구치소에서 만났을 때, 그가 장양의 죽음이 타살이 아니라 자살임을 증명하는 USB 하나를 집에 숨겨놨다고 말했는데 그 일이 갑자기 떠올랐다고 말했습니다. 그

전까지는 너무 긴장해서 잊고 있다가 오늘 갑자기 생각났다면서 말이죠."

가오둥이 입을 비죽거렸다.

"남편의 죄를 벗겨줄 직접적인 증거를 너무 긴장해서 잊었다, 그런데 이제야 갑자기 생각났다? 허허, 막장 드라마 첫 회에서 죽었다가 몇 달 후에 갑자기 경찰 앞에 등장하는 것과 똑같군. 정말이지……."

자오톄민도 참지 못하고 웃음을 터뜨렸다.

"이제 연기할 필요가 없으니, 그저 이런저런 핑계를 대며 저희에게 진실을 알려주는 거겠죠."

"USB에는 뭐가 들어 있나?"

"녹화 영상입니다. 장양은 그날 밤 자살하기 전 카메라 앞에 앉아 지난 10년 동안 겪은 일과 자살을 선택한 이유에 대해 30분간 말했습니다. 지금까지 그가 찾은 수많은 간접 증거도 보여줬고요. 또 이 일은 장양 혼자만의 생각이고 다른 사람은 관련이 없다며, 장차오에게 이 영상을 보고 나서 영상과 증거를 적당한 시기에 국가 유관기관에 제출해줄 것을 부탁했습니다. 그는 말을 마치고 의자 뒤에 서서 설치한 장치의 밧줄에 머리를 집어넣더니, 리모컨 스위치를 누르고 그걸 창밖으로 던졌습니다. 그리고 눈을 감았습니다. 1분 정도 지나서 손으로 밧줄을 붙잡으려 했지만 벗어나지 못했고요. 그렇게 얼마 지나지 않아…… 사망했습니다."

자오톄민이 이를 악물었다. 아무리 강하고 냉혹한 사람이라도 그 영상을 보면 철저한 무력감은 물론이고 허탈감마저 들 것이다.

자오톄민의 설명을 들은 가오둥이 턱을 괸 채 입술을 꽉 다물고 침묵했다. 그렇게 한참을 있다가 다시 힘주어 말했다.

"그 영상은…… 보고 싶지 않으니 내게 줄 것 없네."

자오톄민이 묵묵히 고개만 끄덕였다.

가오둥이 다시 물었다.

"이 일이 정말로 다른 사람하고는 관계가 없나? 장양은 장차오에게 영상을 유관기관에 전해줄 것을 요청했어. 헌데 장차오는 지하철로 가서 시체를 유기하려 했지. 이 계획이 설마 장차오가 즉석에서 생각해낸 거란 말인가?"

"옌량 말로는 이 계획은 장차오, 장양, 주웨이, 천밍장 그리고 리징이 공동으로 오래전부터 고안해서 실행에 옮긴 거라고 합니다. 또 장양이 미국 영화 〈데이비드 게일〉에서 영감을 얻어 마지막에 자살 영상을 찍은 거라고 장차오가 옌량에게 고백했다더군요. 장양의 전처는 남편이 자살한다는 것만 알고 있을 뿐 전체 계획에 대해 자세히는 알지 못한다고 합니다. 성실한 사람이어서 경찰 조사 앞에서 말실수라도 하면 큰일이니까요. 장양과 장차오가 어떻게 각자의 아내를 설득했는지는 여전히 알 수 없지만 분명히 아주 어려웠을 겁니다. 어쨌든 당사자나 그와 가까운 사람들에게 이 모든 것은 힘든 결정이었을 테니까요."

자오톄민이 잠시 말을 끊었다가 다시 사건의 진상을 설명했다.

"옌량은 장양 사망 몇 개월 전에 이 계획이 결정됐을 걸로 판단하고 있습니다. 장양의 통화내역을 보면 1월 초부터 주웨이, 천밍장과의 통화 횟수가 급격히 줄어들고 장차오와의 통화 횟수가 늘어났습니다. 아마도 천밍장과 주웨이가 이 계획에 참여했다는 혐의를 없애기 위해서였겠죠. 장차오는 빠져나가지 못하고 교도소에 갇힐 것이 뻔했지만, 다른 이들까지 끌어들이고 싶지는 않았던 겁니다. 전체 계획의 틀은 주웨이라는 노형사가 역수사에 대한 의견을 받아 짰을 것이고, 인체역학을 모방해 장양을 교살한 장치는 당연히 천밍장의 작품일 겁니다. 그리고 장차오가 이튿날 장양의 집으로 가서 자살 장치의 모든 부품을 철거해 망가진 접이식 빨래 건조대로 오인하도록 만들었습니다. 리징도 이 계획에서 중요한 역할을 맡았습니다. 장차오에게 협조해 적절한 시기에 단서를 제공함으로써 저희가 잘못된 방향으로 가지 않고 그들의 계획에 따라 수사를 하도록 유도했으니까요."

가오둥이 잠시 생각하더니 웃음을 터뜨렸다.

"옌량도 진즉에 진실을 눈치채고 있었군."

"옌량은 처음부터 장양에게 특별한 동기가 있을 거라고 의심했습니다. 하지만 제게는 말하지 않고 모르는 척하며 계속해서 수사를 하라고 재촉했습니다. 10년 전의 일이 서서히 드러나면서 저는 장차오가 기존의 판결을 뒤집기 위해서 이런 일을 벌였다고 의심했지만, 옌량은 그건 아니라고 말했습니다. 장차오에게 판결을 뒤집을 증거가 있다면 이처럼 큰 희생을 치를 필요가 없고, 증거가 없다면 스스로 교도소에 갇혀도 판결을 뒤집을 수 없다고 말이죠. 옌량 역시 처음에는 진짜 동기를 파악하지 못하다가 마지막에 가서야 알아차렸다고 합니다. 장차오가 짠 판은 우회적인 방법으로 과거 오판 사건의 판결을 뒤집는 것이었습니다. 즉 사건 해결을 교환조건으로 친자확인 검사를 하도록 저희를 압박하고, 그 검사 결과를 샤리핑이 사건에 연루되었다는 직접 증거로 삼음으로써 10년 전 오판 사건을 해결하고 진범까지 잡을 수 있도록 말입니다."

"쉽지 않은 일이야. 쉽지 않아."

가오둥이 천장을 바라보며 중얼거렸다.

"내가 처음에 했던 말 기억하나? 이 사건에서 자네는 조사만 할 뿐, 그 배후에 관한 일은 신경 쓰지 말라고 했었지."

자오톄민이 고개를 끄덕였다.

가오둥이 설명했다.

"최근 몇 년간 장양은 10년 동안 있었던 일을 자세히 적은 투서를 성에 있는 지도부에 보냈어. 하지만 간부들에겐 매일 이런 투서가 수없이 쏟아져서 일일이 관심을 기울이기가 어렵지. 그런데 아주 우연히도 성에 있는 한 간부가 몰래 내게 이 투서를 전해줘서 보게 됐는데, 그 투서에는 경악할 만한 내용이 적혀 있었어. 허나 장양에게 증거가 없어서 나 역시 그 내용의 진실 여부를 판단하기 어려웠네. 더욱이 연루된 간부의 직위가 내 권한 밖이었고 말이야. 그러다가 장차오가 진술을 번복한 일로 큰 사회적 파장이 일어나면서, 피해자 장양이 바로 그 투서를 보낸 검찰관이라는 사실에 주목했지. 투서에 적힌 내용을 떠올려보면 자백했다가 진술을 번복한 연극을 벌인 이면에 내막이 있을 거라 생각했어. 그래서 자네한테 계속 수사하라고 권한 거야."

자오톄민은 가오둥이 가장 갈등할 만한 질문을 던졌다.

"현재 샤리핑이 만 14세 미만의 여아를 성폭행했다는 확실한 증거가 있습니다. 앞으로 제가 어떻게 하면 좋겠습니까?"

가오둥이 잠깐 생각에 잠겼다가 말했다.

"특별조사팀에서 이 일을 알고 있는 사람이 얼마나 되지?"

"검찰관 몇 명에게는 이미 알렸으니 성 검찰원에 보고가 들어갔을 겁니다. 하지만 아직 상부로부터 이렇다 할 지시는 받지 못했습니다."

가오둥이 비웃었다.

"하긴 상대가 조직부 부부장인 데다가 그 뒤에 또 어떤 인물이 있을지도 모르니 다들 먼저 나서서 조사하기를 꺼려하는 게지."

자오톄민이 미간을 찌푸렸다.

"절 찾아와서 이 일에 깊이 관여하지 않는 게 신상에 좋을 거라고 충고한 이가 있었습니다. 장양 사건만 마무리하면 된다면서 사건 종결 보고서에 그 동기에 대해서는 언급하지 말라고 했습니다."

가오둥이 다시 담배에 불을 붙이고 한숨을 푹 내쉬었다.

"지금쯤 샤리핑도 이 일을 알고 좌불안석하고 있겠지. 자네한테 숨기지 않겠네. 나한테도 알은체한 사람이 있었어. 그 상대가 나보다 높은 직위라서 거절하지 못했지. 이 사건에 관심은 없지만 혹시라도 자네를 만나면 잘 타이르겠다고 말해두긴 했지만."

"이대로……." 자오톄민이 복잡한 표정을 지었다. "그냥…… 손을 떼어야 합니까? 저들은 수많은 죄를 저질렀습니다. 성폭행, 살인, 증거 인멸, 뿐만 아니라 사법 종사자를 핍박했습니다. 이건 그야말로……."

자오톄민이 고통스럽게 잇새로 말을 짜냈다.

"옌량과 장차오에게 약속했습니다. 저는…… 저는 제가 할 수 있는 한 최선을 다해 진실을 공개하겠습니다."

가오둥이 자오톄민을 보고 슬쩍 웃었다.

"자네를 만나서 타일렀지만, 형정지대 지대장인 자네가 워낙 오만하고 고집불통이라 내 말을 듣지 않았다고 변명해두지. 게다가

난 직속상관도 아니고 자네가 규율을 위반한 것도 아니니까. 자기 본분에 충실한 것뿐이니 나도 어쩔 수 없었다고 말이야."

자오톄민이 걱정스럽게 물었다.

"제가 진실을 공개해도 된다는 말씀입니까?"

가오둥이 자오톄민을 가리켰다.

"자네 지대에서 예전에 처리한 그 오판 사건을 시정한 사람이 바로 시 검찰원의 우 부검찰장이네. 우 부검찰장은 굉장히 강직한 검찰관이지. 사건 시정을 위해 수년간 동분서주했고, 수많은 고난과 방해가 있었음에도 불구하고 끝까지 포기하지 않았어. 이 사건의 진실을 세상에 공개하기에 자네 같은 특별조사팀의 팀장은 적합하지 않아. 장양의 사연과 친자확인 검사 보고서를 우 부검찰장에게 넘기는 것이 아마도 가장 적절한 방법일 듯하네."

제72장

2013년 12월 3일, 성 인민대회당.

회장 밖에는 '2013년 전국 우수 검찰관 우XX의 업적 학습 보고회'라고 적힌 현수막이 내걸려 펄럭였다.

회장 안 단상에는 성과 시급 검찰원과 정부 및 선전 부처 간부의 명패 십여 개가 즐비하게 놓여 있었다. 단상 아래에는 성 각지에서 온 검찰관과 이를 축하하기 위해 참석한 공안, 법원 등 관계 기관의 대표 수백여 명이 자리를 잡고 있었다.

플래시가 터지는 가운데 주요 간부 몇 명이 직급 순서에 따라 발언을 마치자, 진행자는 오늘의 주인공이자 지난달에 최고검으로부터 2013년 전국 우수 검찰관의 칭호를 받은 우 부검찰장에게 마이크를 넘겼다.

쉰 살이 넘은 우 부검찰장은 희끗희끗한 머리에 강직한 생김새로, 화를 내지 않아도 위엄이 넘쳐 보였다. 마이크를 건네받은 우 부검찰장은 먼저 여러 간부와 단상 아래에 있는 내빈에게 의례적인 감사와 인사말을 건넸다. 그러고 나서 곧이어 헛기침을 내뱉더니 순간 엄숙한 표정을 지으며 모두를 한 차례 훑어본 다음, 뜻밖에도 가슴에 매달린 우수 검찰관 휘장을 두 손으로 떼어 천천히 탁자 위에 올려놓았다. 아무도 예상치 못한 행동이었다.

이때 그가 차분하게 입을 열었다.

"저는 감히 이 휘장을 달 자격이 없습니다. 제 본분에만 충실한 것은 대단한 일이라고 할 수 없기 때문입니다. 저보다 이 휘장이 훨씬 더 걸맞은 한 검찰관이 있습니다. 그는 진실을 밝히기 위해 10년이라는 세월 동안 젊음, 일, 명예, 미래, 가정뿐만 아니라 심지어…… 심지어 자신의 생명까지 바쳤습니다. 그러나……."

우 부검찰장이 한층 더 엄숙한 표정을 지으며 목소리를 높였다.

"그러나 이 자리에 앉아 계신 몇몇 분들은 진실을 바로 눈앞에 두고도 여전히 못 본 척하고 있습니다!"

힘차게 울려 퍼진 웅변에 모두가 어리둥절해했지만 아무도 그의 말을 끊지 않았다. 우 부검찰장은 마저 연설을 이어나갔다.

연설은 오랫동안 이어졌지만 조는 사람은 아무도 없었다. 원래라면 중간에 회장을 떠나야 하는 성 소속 간부도 발걸음을 멈추고 자리를 지켰다.

구치소 면회실, 두꺼운 유리를 사이에 두고 옌량이 장차오에게 말했다.

"우 부검찰장님이 성에서 열린 검찰관 표창 보고회에서 표창에 관한 일은 한 마디도 꺼내지 않고, 그 상황과 전혀 어울리지 않는 당신들의 이야기를 했습니다."

장차오의 눈이 살짝 가늘어졌다. 한참을 아무 반응 없이 가만히 있던 장차오의 두 눈에서 뜨거운 눈물이 쏟아졌다.

옌량이 계속해서 말했다.

"우 부검찰장님의 담대함에는 정말 감탄했습니다. 그 상황에서 이런 이야기를 꺼내려면 상당한 용기가 필요했을 겁니다. 현재 성 전체의 사법기관이 모두 이 일을 알게 되었고, 샤리핑의 죄가 공개되었으니 이제 그를 지켜줄 사람은 없습니다. 조만간 샤리핑이 체포되면 사건에 연루된 쑨홍윈 일당도 법망을 빠져나가긴 어려울 겁니다. 이제 장양도 편안히 잠들 수 있겠군요."

장차오는 눈물이 목까지 흘러내린 것도 알아차리지 못했다.

"장 변호사의 행위는 법률에 저촉되지만, 검찰기관에서도 내막을 알았으니 법원에 선처를 호소할 겁니다. 경미한 처벌을 받게 될 테니 크게 염려할 것 없어요."

"그건 조금도 걱정하지 않습니다. 10년이라니 참 오래도 걸렸군요."

조용히 말을 내뱉은 장차오가 스테인리스 창살에 거꾸로 비친 자신의 모습을 바라봤다. 반 년 전만 해도 원기왕성했는데, 어느덧 머리에는 새하얀 서리가 내려앉아 있었다. 그가 창살에 비친 자신을 향해 한숨을 내뱉었다.

"사람은 이렇게 나이가 드는가 봅니다……."

제73장

2014년 3월 6일, 장시 XX일보

최근 장시 공안국은 작년 세간의 큰 주목을 받았던 지하철역 시체 유기 사건을 해결했다. 조사 결과 용의자 장차오는 피해자를 살해하지 않은 것으로 밝혀졌으며, 구체적인 사건 정황은 사적인 이유로 공개되지 않았다. 장차오는 증거조작, 사법수사 방해, 공공안전 위협의 혐의로 1심 재판에서 유기징역 8년을 선고받았다. 장차오는 법정에서 죄를 인정하고 이에 상소하지 않겠다고 밝혔다.
…….

2014년 3월 9일, XX일보

샤리핑 조직부 부부장이 3월 8일 소속기관 4층에서 추락사했다. 경찰은 샤리핑 부부장이 투신자살한 것으로 판단하고 있다. 경찰은 고인이 남긴 유서와 조사를 통해 샤리핑 부부장 본인과 그의 아내가 오랫동안 지병을 앓고 있었으며, 심리적 부담감이 심해지면서 이를 비관하여 자살한 것으로 추정하고 있다.
…….

2014년 3월 14일, X일보 홈페이지

3월 13일 오전 11시경, 리젠궈 칭시 공안국 정치위원이 시 공안국 6층 사무실에서 실족 추락사했다. 칭시 공안국 관계자는 이 일은 뜻밖에 벌어진 사고로, 리젠궈 정치위원이 유리를 닦다가 발을 헛디뎌 추락사했다고 기자에게 밝혔다. 리젠궈 정치위원의 발인 날짜는 오는 16일로 정해졌다.

리젠궈 정치위원을 잘 아는 한 내부 인사는 올해 49세인 고인이 생전에 근면성실하고 진실한 사람이었다며, 그의 부고 소식을 들은 동료들이 깊이 슬퍼하고 있다고 전했다.

2014년 3월 19일, 선전 증권거래소 카언 제지업 공고

후이랑 이사회 비서가 급성 심장마비를 일으켜 응급처치를 실시했으나, 결국 2014년 3월 19일 오후 향년 46세의 나이로 세상을 떠났습니다.

현재 이사회 회원은 8인으로, 인원 구성은 회사법과 회사 장정의 관련 규정에 부합하며 합법적인 효력을 갖고 있습니다. 이에 이사회는 신임 이사회 비서를 선출하기 전까지 부이사장 뤄XX 여사가 이사회 비서의 직무를 대행하기로 결정했습니다. 회사 각 부처의 경영과 관리는 정상적으로 진행될 예정입니다.

…….

2014년 5월 8일, 장시 공안국 홈페이지

자오톄민 시 공안국 형정지대 지대장은 사건 수사 과정에서 일반인에게 중대한 기밀을 누설해 커다란 문제를 초래했다. 이에 심각한 기율 위반 혐의로 모든 직무를 해제하고 사법기관으로 송치해 조사한다.

…….

2014년 7월 6일, 장시XX일보

탈세 및 장부조작 혐의로 XX미량분석기기 설비 지분 유한공사 법인대표 천밍장에게 유기징역 3년 및 벌금 100만 위안이 선고되었다. 한 소식통에 의하면 그는 오랫동안…….

자오테민이 술집 안으로 들어갔다. 개별실 안에는 주웨이와 옌량이 있었고 테이블 위에 술이 놓여 있었다. 옌량이 자오테민을 쳐다보더니 말했다.

"리징 씨는 방금 와서 울다가 다시 갔어." 옌량이 힘겹게 한숨을 내뱉었다. "결국 이렇게 되는군……."

자오테민이 입매를 굳히며 쓴웃음을 지었다.

"가오 부청장님이 자네한테 고맙다고 전해달래. 조사받을 때 부청장님 지시에 대해 언급하지 않아줘서 고맙다고 하셨어."

옌량이 탄식을 토해냈다.

"하지만 자네가 일반인인 내게 중대한 기밀을 누설하는 바람에 지금 할 일이 없지 않나."

자오테민이 소리 내어 웃었다.

"가오 부청장님이 몇 년만 지나면 다른 부서로 보내준다고 했어. 형사 일이 아닌 다른 일을 해도 국민들을 위해 봉사하는 건데 무서울 게 뭐 있어?" 그가 주웨이를 가리켰다. "핑캉 바이쉐는 이제 파출소 일을 안 해도 되니 기분이 좋으시죠?"

주웨이가 자오테민을 바라보다가 크게 웃음을 터뜨렸다. 세 사람이 잔을 들고 부딪쳤다.

주웨이가 창밖을 응시했다. 칠흑처럼 어두운 밤하늘을 보자 타지에 수감되어 있는 천밍장이 떠올랐다. 그는 저절로 차오르는 슬픔에 술병을 통째로 가져다가 벌컥벌컥 들이켰다.

옌량도 낙담한 기색으로 고개를 저였다. 이런 결과를 전혀 납득할 수 없었다.

자오톄민이 쓴웃음을 지으며 말했다.

"가오 부청장님이 그러시더군. 우리의 가장 큰 착오는 샤리핑이었다고 말이야. 우리는 샤리핑이 이 사건에서 제일 높은 위치를 차지하고 있을 줄 알았는데 그게 아니었던 거지. 그래서 샤리핑은 추락사했지만 쑨훙윈은 멀쩡히 살아 있는 거고."

"또 누가 있는 걸까?"

"모르지."

옌량이 침묵했다. 잠시 후, 세 사람은 다시 밝게 웃었다.

이날 밤, 그들은 말없이 엄청나게 많은 술을 마셨다.

어둡고 어두운 밤, 언제쯤이면 날이 밝아올지 알 수 없었다.

중기위 판공실, 기위 서기*가 새파랗게 질린 얼굴로 앞에 있는 문건을 쳐다보자, 주위에 있는 기율검사원 모두가 안절부절못하며 그의 눈치를 살폈다.

그가 무거운 표정으로 자리에서 일어나 문건을 내던지듯 내려놓았다. 그러고는 그 누구에게도 눈길을 주지 않고 그대로 밖으로

* 중앙기율검사위원회의 최고책임자.

나가버렸다.

2014년 7월 29일, 거물급 호랑이가 낙마했다.

한국 독자들에게는 다소 생소할 수도 있는 작가인 쯔진천은 중국의 열혈 독자들에게 '추리의 대신大神'이라고 불리며, 『사악한 최면술사』의 저자 주하오후이周浩暉, 『심리죄』를 쓴 레이미雷米와 함께 중국 추리소설계 3대 인기 작가로 손꼽힙니다. 정부 관료들의 살인사건을 다룬 '엘리트 범죄' 시리즈와 수학과 교수 옌량이 사건을 해결하는 '추리의 왕' 시리즈로 명성을 얻었는데, 발표하는 작품마다 화제를 불러일으키며 일본의 추리소설 작가 히가시노 게이고와 비교되곤 합니다.

『동트기 힘든 긴 밤』은 쯔진천의 대표작 '추리의 왕' 시리즈의 마지막 작품으로, 10여 년이 넘게 거대한 권력과 맞서 싸운 한 검찰관의 처절한 일생을 설득력 있게 그려낸 사회파 추리소설입니다. 그의 작품 중 가장 높은 평가를 받으며 중국 도서 리뷰 사이트 더우반豆瓣에서 2017년 추천 도서 TOP 10에 이름을 올리기도 했지요(7천 명이 넘는 사람들이 만점을 주었습니다). 법의관과 수학 교수의 대결을 그린 『무증거 범죄無證之罪』와 청소년 범죄를 다룬 『나쁜 아이坏小孩』 등 '추리의 왕' 시리즈는 사건 해결의 주인공인 탐정은 같지만 사건과 범인이 서로 달라 독립적인 작품으로도 충분히 즐길 수 있습니다. 이 중 『무증거 범죄』는 2017년 중국에서 웹드라마로 각색되어 '올해의 웹드라마'에 선정되는 등 큰 인기를 끌었고, 넷플릭스에 해외 판권이 판매되어 한국에서도 시청할 수 있습니다.

이 책의 원제인 『장야난명長夜難明』은 '빛을 보기 힘든 기나긴 밤'이라는 뜻으로, 일반적으로 기나긴 암흑 통치를 비유하는 말로 쓰입니다. 희망이 보이지 않는 어둠 속에서 10여 년간 거대한 권력과 맞서 싸운 검찰관의 처절한 삶과 그 비극을 암시하고 있지요. 이 책은 중국 사회에서 다루기에 비교적 민감한 내용인 관료의 부정부패를 다루고 있습니다. 그래서 소설 속에 등장하는 지명과 학교명을 실존하지 않는 가상의 명칭으로 바꾸는 등 우여곡절을 겪은 후에야 겨우 출간될 수 있었다고 합니다. 그 결과 '추리의 왕' 시리즈의 전작인 『무증거 범죄』와 『나쁜 아이』에서 옌량은 중국 저장浙江성에 위치한 저장浙江대학교의 수학과 교수로 나오지만, 이 책에서는 가상의 대학인 장화江華대학교 교수로 등장합니다. 중국의 각종 리뷰 사이트에서도 '출간 자체가 신기하다' '금서 취급을 받는 게 아닌지 걱정 된다'는 등의 반응을 상당수 접할 수 있습니다. 이는 그만큼 이 책이 중국 사회의 현실을 생생히 담고 있다는 방증이기도 합니다.

『동트기 힘든 긴 밤』은 '2014년 7월 29일, 거물급 호랑이가 낙마했다.'라는 문장으로 끝을 맺습니다. 시진핑 중국 국가주석은 2013년 집권 후, 부패척결에 대한 강한 의지를 드러내며 거물급 부패 관료를 '호랑이'로 비유했습니다. 그래서 중국에서는 거물급 관료의 부패 행각이 드러나 체포되면 '호랑이가 낙마했다'고 표현합니다. 다시 말해, 책의 마지막 문장은 사건 배후의 거물급 진범이 잡혔음을 암시하고 있다고 볼 수 있습니다. 흥미로운 점은 2014년 7월 29일이 실제로 중국 당국이 부정부패 혐의로 저우융캉周永康 전 공산당 중앙 정치국 상무위원에 대한 공식 조사에 착수한 날이라는 사실입니다. 후진타오 전 주석 체제에서 무소불위의 권력을 휘둘렀던 저우융캉은 이 조사를 통해 횡령, 뇌물수수, 간통, 성매매 등 각종 혐의가 밝혀져 2015년 6월 11일 무기징역 및 재산몰수, 정치적 권리 박탈을 선고받습니다. 물론 소설 속 이야기가 실제로 저우융캉과 관련이 있는지는 알 수 없습니다.

이 책에서 진실을 밝히기 위해 오랜 세월 동안 무모할 만큼 처절하게 맞서 싸우는 주인공과 그 조력자들의 모습은 우리 사회의 변화가 어디서부터 시작되는지 돌이켜보게 합니다. 성폭행 사건의 진실을 밝히기 위해 동분서주하는 허우구이핑에게 주변인들은 이제 그만 포기하길 권하지만, 그는 자신이 직접 목도한 일을 어떻게 방관할 수 있느냐고 항변합니다. 자신 역시 이런 일을 직접 겪지 않았다면 잠시 분노하고 잊어버렸겠지만, 이젠 더 이상 그럴 수 없다며 절규합니다. 장양 역시 그만 단념하라는 주변의 만류에도 결국 자신의 모든 것을 바쳐 끝까지 진실을 쫓습니다. 적자지심을 간직한 이들의 처절함과 강인한 신념은 침묵하고 있는 대다수 사람들의 마음에 큰 울림을 줍니다. 중국 독자들도 '한참을 울었다', '가슴이 먹먹하다', '단순히 소설 속 이야기만이 아닌 것 같아 마음이 아팠다', '많은 사람들이 잊고 있던 본심을 일깨워준다', '단숨에 읽었지만 마음이 아파 한동안은 다시 읽지 못할 것 같다' 등 열광적인 반응을 보였습니다. 침묵하고 있는 대다수가 움직일 때 세상은 비로소 변화합니다. 이 책이 중국 독자뿐만 아니라 한국 독자들에게도 변화의 계기가 될 수 있길 바랍니다.

2018년 10월

최정숙

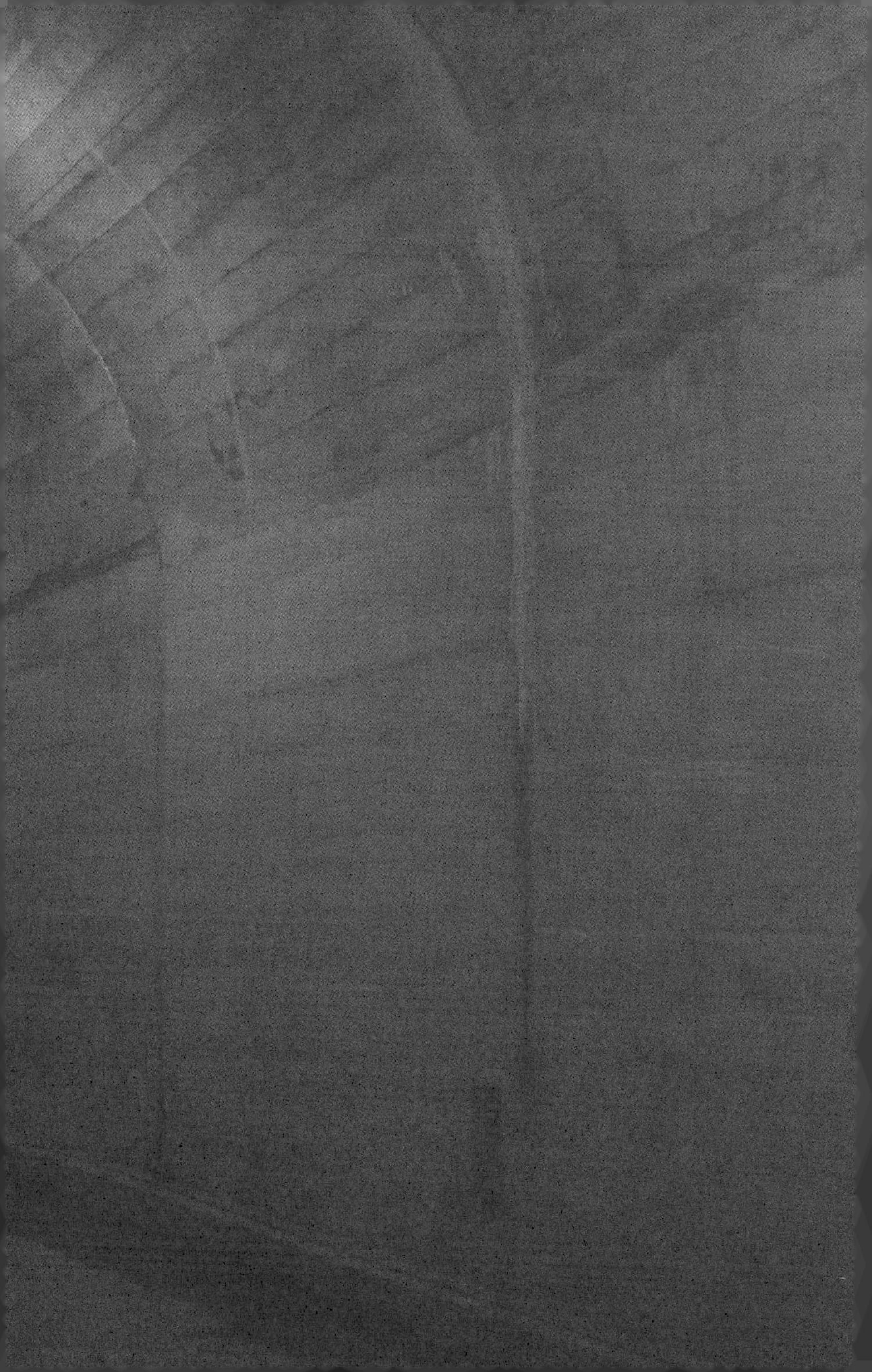

동트기 힘든 긴 밤

1판 1쇄 인쇄 | 2018년 11월 9일
1판 4쇄 발행 | 2024년 10월 8일

지은이 쯔진천
옮긴이 최정숙
펴낸이 김기옥

문학팀 김세화 | **마케팅** 김주현
경영지원 고광현, 김형식, 임민진

표지디자인 박진범 | **본문디자인** 고은주
인쇄·제본 (주)민언프린텍

펴낸곳 한스미디어(한즈미디어(주))
주소 (04037) 서울시 마포구 양화로 11길 13(서교동, 강원빌딩 5층)
전화 02-707-0337 | **팩스** 02-707-0198 | **홈페이지** www.hansmedia.com
출판신고번호 제313-2003-227호 | **신고일자** 2003년 6월 25일

ISBN 979-11-6007-313-3 03820

한스미디어 소설 카페 http://cafe.naver.com/ragno | **트위터** @hans_media
페이스북 www.facebook.com/hansmediabooks | **인스타그램** @hansmystery

책값은 뒤표지에 있습니다.
잘못 만들어진 책은 구입하신 서점에서 교환해드립니다.